SIMPLEMENTE INOLVIDABLE

MARY BALOGH

*S*IMPLEMENTE *I*NOLVIDABLE

Titania
ARGENTINA - CHILE - COLOMBIA - ESPAÑA
ESTADOS UNIDOS - MÉXICO - URUGUAY - VENEZUELA

Título original: *Simply Unforgettable*
Editor original: Delacorte Press, Nueva York
Traducción: Amelia Brito Astorga

© 2005 *by* Julie Mary Balogh
   All Rights Reserved
   This translation is published by arrangement with The Bantam Dell
   Publishing Group, a division of Random House, Inc.
© 2005 *by* Ediciones Urano, S. A.
   Aribau, 142, pral. - 08036 Barcelona
   www.titania.org
   atencion@titania.org

ISBN: 84-95752-64-6
Depósito legal: B - 50.960 - 2005

Fotocomposición: Ediciones Urano, S. A.
Impreso por Romanyà Valls, S. A. - Verdaguer, 1 - 08786 Capellades
(Barcelona)

Impreso en España - *Printed in Spain*

Capítulo *1*

*J*amás nieva por Navidad. Si acaso, siempre nieva antes de Navidad, cuando todo el mundo tiene que viajar para asistir a reuniones familiares o hacer los preparativos para la fiesta en casa, o nieva mucho después de Navidad, cuando la nieve es una pura molestia para hacer las cosas del vivir diario. La verdad es que nunca nieva el día de Navidad, cuando la nieve daría colorido y una cierta magia a las celebraciones.

Esa es la triste realidad de vivir en Inglaterra.

Y ese año no fue ninguna excepción. Todos los días de vacaciones el cielo se mantuvo tercamente gris y cargado con la promesa de una horrible tormenta, el tiempo frío y ventoso, nada agradable, en realidad. Pero el suelo continuó obstinadamente seco y tan gris como el cielo.

Dicha sea la verdad, las vacaciones navideñas fueron bastante monótonas.

Así discurrían los pensamientos de Frances Allard, que había hecho el largo viaje de un día desde Bath, donde era profesora en la Escuela de Niñas de la Srta. Martin, en la esquina entre las calles Sutton y Daniel, para pasar las vacaciones navideñas con sus dos tías abuelas en las afueras del pueblo Mickledean de Somersetshire. Había esperado con ilusión esos días en un entorno rural; había soñado con hacer largas caminatas por el campo al vigorizante aire del invierno, bajo un cielo azul, o ir a la iglesia y a la sala de fiestas vadeando por entre blancos copos de nieve.

Pero el viento y el frío bajo un cielo nublado, sin una pizca de sol, la habían obligado a acortar las pocas caminatas que emprendió, y la sala de baile se mantuvo firmemente cerrada esos días; al parecer, ese año todo el mundo se contentó con pasar la Navidad con familiares y amigos en casa y no con todos sus vecinos en una fiesta o baile comunitario.

Se mentiría a sí misma si no reconociera haberse sentido un poquitín decepcionada.

Las tías abuelas, señorita Gertrude Driscoll y su hermana viuda, señora Martha Melford, que vivían en la casa para la viuda del parque de Wimford Grange, recibieron una invitación para pasar el día de Navidad en la casa grande con la familia del barón Clifton, que era su sobrino nieto y por lo tanto primo segundo o tercero de ella; a ella también la invitaron, lógicamente, y también las invitaron a otras cuantas fiestas íntimas en el vecindario. Pero las tías abuelas declinaron amablemente todas las invitaciones asegurando que se sentían tan a gusto abrigaditas en su casa y tan contentas con la compañía de su sobrina nieta que no les apetecía aventurarse a salir a ninguna fiesta con ese tiempo inclemente. Al fin y al cabo ellas podían visitar a su sobrino nieto y su familia, y a sus vecinos, cualquier día del año. Además, la tía Gertrude tenía la idea de que iba a caer en cama con algo, aun cuando no manifestaba ningún tipo de síntoma, y no se atrevía a alejarse demasiado del fuego del hogar de su casa.

A ninguna de las dos se les ocurrió consultarle qué deseaba ella.

Solamente cuando llegaron a su fin las vacaciones, y las ancianas se estaban despidiendo con abrazos, besos y unas cuantas lágrimas, antes que ella subiera a su muy desvencijado coche particular que, insistieron, debía llevarla, aun cuando normalmente el susodicho coche no se aventuraba más allá de cinco millas a la redonda, se les ocurrió pensar que tal vez habían sido egoístas al quedarse en casa todas las vacaciones, y que deberían haber recordado que su amadísima Frances sólo tenía veintitrés años y seguro que habría disfrutado con una o dos fiestas y con la compañía de otros jóvenes, aliviando así el tedio de pasar todas las vacaciones navideñas sólo con dos viejas.

Entonces ella las abrazó, derramó unas cuantas lágrimas también y les aseguró, casi sinceramente, que ellas eran lo único que había necesitado para hacer de esas navidades unas vacaciones maravillosamente felices después de un largo trimestre en la escuela, aunque en realidad había sido más de un trimestre. Se había quedado en el colegio todo el verano pasado, ya que la señorita Martin acogía a niñas pobres gratuitamente y siempre era necesario ocuparse de ellas y procurarles diversiones en época de vacaciones y asuetos, y ella no tenía ningún lugar especial adonde ir en esos períodos.

Así pues, las vacaciones de Navidad fueron decepcionantemente aburridas. Pero sí que había disfrutado del silencio y quietud después del constante bullicio y ajetreo de la vida en la escuela. Además, quería muchísimo a sus tías abuelas, que le abrieron sus brazos y corazones desde el momento mismo en que llegó a Inglaterra, cuando sólo era un bebé, huérfana de madre, y con un padre francés emigrado que tuvo que huir del reinado del Terror. No tenía ningún recuerdo de esa época, como es lógico, pero sabía que sus tías la habrían llevado a vivir con ellas en el campo si su padre lo hubiera permitido. Pero él no aceptó; la mantuvo con él en Londres, rodeándola de niñeras, institutrices y maestros de canto, prodigándole todo lo que podía comprar el dinero para su comodidad y placer, y amor a mares además. Su vida había sido feliz, segura y privilegiada durante toda su infancia y adolescencia, hasta la repentina muerte de su padre cuando ella sólo tenía dieciocho años.

Pero sus tías habían cumplido su papel durante esos años; la llevaban al campo a pasar las vacaciones y de vez en cuando iban a Londres para sacarla a pasear, comprarle regalos y llevarla a tomar helados y otras exquisiteces. Y desde el momento en que ella aprendió a leer y escribir, se escribía con ellas todos los meses. Les tenía un cariño inmenso, desmesurado. Y de verdad fue delicioso pasar las navidades en su compañía.

Y no hubo nieve para alegrar esas navidades.

Sin embargo, cayó nieve, y muchísima, poco después.

Comenzó cuando el coche se encontraba a no más de ocho o diez millas de Mickledean; ella consideró la posibilidad de golpear el panel del techo para sugerirle al anciano cochero que girara para volverse, pero en realidad no era mucha la nieve que caía, y no quería retrasar el viaje; parecía más bien agua de lluvia blanca durante toda la hora que cayó, e inevitablemente, cuando ya era demasiado tarde para volver, los copos fueron aumentando en tamaño y densidad, y en un espacio de tiempo muy corto el campo, que hacía unos momentos sólo parecía cubierto de escarcha, comenzó a desaparecer bajo un manto blanco cada vez más grueso.

El coche continuaba traqueteando con movimiento parejo, y Frances se tranquilizaba diciéndose que era una tontería ponerse nerviosa, que lo más probable era que el camino fuera totalmente seguro para viajar, sobre todo al paso de tortuga con que llevaba Thomas a los caballos. Pronto dejaría de nevar y la nieve comenzaría a derretirse, como ocurría siempre en Inglaterra.

Concentró la atención en el trimestre que la aguardaba, pensando qué piezas de música elegiría para que cantara el coro de las mayores. Algo alegre, brillante, isabelino, pensó. ¿Se atrevería a elegir un madrigal para cinco voces? Las niñas ya dominaban el canto a tres voces y lo empezaban a hacer bastante bien a cuatro voces, aunque a veces se interrumpían a mitad de una frase revolcándose de risa al enredarse sin remedio en una armonía compleja.

Sonrió al recordarlo. Normalmente ella se reía con ellas. Eso era mejor, y en último término más productivo, que echarse a llorar.

Tal vez probaría con cinco voces.

Al cabo de otra media hora ya no se veía nada aparte de blanco, blanco y blanco en todas direcciones, y ya no le fue posible concentrarse en las clases, el colegio ni en ninguna otra cosa. Y la nieve seguía cayendo, tan densa y apretada que la deslumbraba, y le impedía ver más allá de las ventanillas, en el caso de que hubiera habido algo para ver. Apoyó la mejilla en el cristal para mirar hacia delante y comprobó que ni siquiera se distinguía el camino de las cunetas y de los campos que había más allá. Y en ese tramo ni siquiera se veían setos, que podrían haber servido de indicadores para señalar por dónde discurría el camino.

El terror le atenazó el estómago.

¿Vería Thomas el camino desde su sitio más elevado en el pescante? La nieve le estaría entrando en los ojos, medio cegándolo, y debía de tener el doble de frío que ella. Metió aún más las manos en el manguito de piel que le había regalado la tía Martha en Navidad. Pagaría una fortuna por una taza de té caliente, pensó.

¡Y tanto desear nieve! ¿Qué sabio fue el que dijo una vez que uno debe tener cuidado con lo desea, no sea que se lo concedan?

Se acomodó en el asiento, apoyando la espalda, resuelta a fiarse de Thomas para encontrar el camino. Después de todo, él era el cochero de sus tías abuelas de toda la vida, eternamente, o al menos desde que ella tenía memoria, y jamás había oído decir que hubiera estado implicado en algún tipo de accidente. Pero pensó tristemente en la acogedora y calentita casa de la viuda que había dejado y en el animado y bullicioso colegio que era su destino. Claudia Martin estaría esperándola ese día. Anne Jewell y Susanna Osbourne, las otras profesoras residentes, estarían mirando por la ventana para verla llegar. Todas pasarían juntas la velada esa noche en la sala de estar particular de Claudia, sentadas cómodamente alrededor del hogar, bebiendo té, conversando acerca de cómo habían pasado las fiestas. Ella les haría un relato gráfico del temporal de nieve por el que había viajado. Lo embellecería y exageraría el peligro y su miedo y las haría reír a todas.

Pero todavía no se estaba riendo.

Y de repente la risa escapó tan lejos de sus pensamientos como lo estaba el volar a la luna. El coche aminoró la marcha, se ladeó y patinó; al instante se cogió del agarradero de cuero que colgaba sobre su cabeza, convencida de que en cualquier momento el coche se volcaría hacia la derecha. Antes de cerrar los ojos esperó para ver su vida en un relámpago y musitó las primeras palabras del Padrenuestro, para no chillar y sobresaltar a Thomas haciéndolo perder el último vestigio de control sobre los caballos. El sonido de los cascos de los caballos era ensordecedor, aun cuando iban avanzando sobre nieve y no deberían oírse. Thomas estaba gritando por diez hombres.

Y entonces, al mirar por la ventanilla más cercana, en lugar de cerrar fuertemente los ojos para no ver el inminente fin, vio los caballos, y estos, en lugar de ir delante tirando del coche, estaban pasando junto a la ventanilla.

Apretó con más fuerza la tira de cuero y acercó la cara a la ventanilla. Esos no eran los caballos de su coche. Cielo santo, alguien los estaba adelantando, ¡con esa nevasca!

Apareció el pescante del coche que les estaba adelantando, con su cochero, que parecía un muñeco de nieve jorobado, inclinado sobre las riendas y soltando todo tipo de insultos por la boca, al parecer dirigidos al pobre Thomas.

Y entonces pasó el coche, como una especie de rayo azul, y ella alcanzó a vislumbrar en su interior a un caballero con muchas esclavinas sobre su abrigo y un elegante sombrero de copa. Él giró la cabeza y la miró con una ceja arqueada y una expresión de arrogante desprecio en la cara.

¿Cómo se atrevía a mirarla así? ¿A ella?

En unos instantes el coche terminó de pasar, mientras el de ella se estremecía, patinaba otro poco, para luego enderezarse solo, y continuar su lento y laborioso avance.

El miedo cedió el paso a una ardiente furia. Hirvió de furia. Pero qué cosa más temeraria, desconsiderada, suicida, homicida, peligrosa, ¡estúpida! Por el amor de Dios, si ni siquiera aplastando la nariz contra el cristal podía ver a más de cinco yardas, y la tupida cortina de nieve estorbaba la visibilidad incluso en esas cinco yardas. ¿Y ese cochero jorobado y malhablado y ese caballero despectivo con su arrogante ceja tenían tanta prisa que habían puesto en peligro la vida de ella, la de Thomas y la suya propia, por adelantar?

Pero una vez que se le pasó el ataque de furia, repentinamente tomó conciencia de que estaba toda sola en medio de un mar de blancura. Nuevamente el pánico le contrajo los músculos del estómago, y volvió a sentarse bien, soltando adrede el agarradero de cuero y metiendo cuidadosamente las manos en el manguito de piel. El miedo no la llevaría a ninguna parte. Y total, lo más probable era que Thomas sí la llevara a alguna parte.

Pobre Thomas. Cuando llegaran a ese alguna parte estaría deseoso de beber algo caliente, o más probablemente algo caliente y fuerte. No era un hombre joven, no, de ninguna manera.

Con los dedos de la mano derecha empezó a tocar la melodía de un madrigal de William Byrd sobre el dorso de la mano izquierda, como si fuera las teclas de un piano y entonó la melodía en voz alta.

Y de pronto el coche se estremeció y patinó nuevamente, y tuvo que volver a cogerse del agarradero. Miró hacia fuera, hacia delante, sin esperar ver nada en realidad, pero vio; vio una forma oscura que al parecer estaba bloqueando el camino. En un instante de casi claridad entre los copos de nieve vio que era un coche con caballos. Incluso le pareció que era azul.

Pero aunque los caballos que tiraban de su coche pararon, el coche no paró inmediatamente; se ladeó ligeramente hacia la izquierda, se enderezó y luego se ladeó más que ligeramente hacia la derecha, y continuó ladeándose y patinando hasta que llegó a lo que debía ser el borde del camino, donde una rueda se quedó atrapada en algo. A continuación el vehículo pegó un brinco, haciendo un medio giro, y empezó a caer lentamente hacia atrás hasta que las dos ruedas traseras quedaron hundidas completamente en la cuneta que estaba a rebosar de nieve.

Frances, de espaldas y de cara al asiento de enfrente, que de repente estaba encima de ella, sólo logró ver nieve sólida por las ventanillas de los dos lados.

Y si eso no era la parte de fuera, pensó con ominosa calma, no sabía qué era.

A sus oídos llegaba un fuerte clamor, bufidos y relinchos de caballos, gritos de hombres.

Antes que lograra armarse de serenidad para salir de su níveo capullo, se abrió bruscamente la puerta, no sin la considerable ayuda de unos músculos masculinos y unas horrorosas palabrotas masculinas, y un brazo seguido de una mano se introdujeron para ayudarla; el brazo envuelto en la manga de un abrigo muy grueso y carísimo, y la mano en un fino guante de piel. Estaba clarísimo que ese brazo no pertenecía a Thomas, y tampoco la cara que apareció al final, de ojos castaños, mandíbula cuadrada, irritada y ceñuda.

Era una cara que había visto fugazmente hacía menos de diez minutos.

Era una cara, y una persona, por la que había concebido una considerable hostilidad.

Sin decir palabra plantó la mano en la de él, con la intención de usarla para levantarse con la mayor dignidad posible. Pero él la sacó de un tirón de su incómoda postura como si fuera un saco de harina y la depositó sobre el camino, donde al instante sus botas de media caña se perdieron de vista bajo varias pulgadas de nieve. Sintió en toda su violencia la ferocidad del viento frío y el furioso ataque de la nieve que caía del cielo.

Según decían, la rabia hace ver en rojo. Pero ella sólo veía blanco.

—Usted, señor —gritó, para hacerse oír por encima de los ruidos de los caballos y la batalla de vigorosos y coloridos insultos entre Thomas y el muñeco de nieve jorobado—, se merece que lo cuelguen, lo ahoguen y lo descuarticen. Se merece que le arranquen la piel a latigazos. Se merece que lo achicharren en aceite hirviendo.

La ceja que ya la había ofendido antes volvió a arquearse. También la otra.

—Y usted, señora —dijo él, marcando las sílabas en un tono abrupto que hacía juego con la expresión de su cara—, se merece que la encierren en una mazmorra oscura por ser un peligro público y aventurarse por la carretera del rey en esa vieja chalupa. Es un verdadero fósil. Cualquier museo lo rechazaría por ser demasiado antiguo como para que alguien se interese por él.

—¿Y su antigüedad y la prudencia de mi cochero le da el derecho de poner en peligro varias vidas adelantándolo con este horroroso temporal de nieve? —preguntó ella retóricamente, con los pies bien plantados ante él, tocándole las puntas, aunque la verdad es que no se veían los pies de ninguno de los dos—. Tal vez, señor, alguien debería relatarle la historia de la tortuga y la liebre.

Él bajó las dos cejas y luego arqueó sólo la primera.

—¿Y con eso quiere decir...?

—Su temeraria velocidad le ha llevado a este percance —contestó ella apuntando con un dedo hacia el coche azul, que bloqueaba completamente el camino, aunque al mirarlo vio que parecía estar bien situado sobre él—. No ha avanzado más después de todo.

—Si usara los ojos para mirar, señora, en lugar de usarlos sólo para arrojar fuego y azufre —dijo él— vería que hemos llegado a un recodo del camino y que mi cochero, y también yo, después de adelantarles a ustedes en su ineptitud, estamos limpiando un montículo de nieve para que mi liebre pueda continuar su camino. Su tortuga, por su parte, está hundida en un montón de nieve y no va a ir a ninguna parte durante algún tiempo. Hoy no, sin duda.

Ella miró hacia atrás por encima del hombro. De repente se le hizo horriblemente evidente que él tenía razón. Apenas se veía la parte delantera del coche, y estaba medio apuntando al cielo.

—¿Quién va a ganar la carrera, entonces? —le preguntó él.

¿Qué demonios podía hacer? Tenía los pies empapados, la orilla de la capa toda llena de nieve, le seguía nevando encima, tenía frío y se sentía desgraciada. Y asustada también.

Y furiosa.

—¿Y de quién es la culpa? —preguntó—. Si no hubiera llevado los caballos brincando, no estaríamos metidos en este montón de nieve.

—Los caballos brincando. —La miró con incredulidad combinada con desprecio y gritó por encima del hombro—: ¡Peters! He sabido de muy buena tinta que venías haciendo brincar los caballos cuando adelantamos a esta antiquísima reliquia. Te he dicho una y mil veces que no hagas brincar los caballos durante un temporal de nieve. Estás despedido.

—Déme un momento para terminar de quitar este montón de nieve, jefe, y echaré a caminar hacia la puesta de sol —gritó el cochero—. Si alguien me dice en qué dirección queda eso.

—Mejor que no —dijo el caballero—. Tendría que conducir yo el coche. Estás recontratado.

—Me lo pensaré, jefe —gritó el cochero—. ¡Ya está! Esto está terminado.

Mientras tanto Thomas estaba atareadísimo desenganchando los caballos de su inútil carga.

—Si su coche hubiera ido avanzando a cualquier velocidad que superar el casi imperceptible paso de tortuga, señora —dijo el caballero volviendo su atención a Frances—, no habría obligado a cometer una peligrosa temeridad a viajeros serios y responsables que verdaderamente preferirían llegar a alguna parte al final del día en lugar de pasar una eternidad en un tramo de camino.

Frances lo miró indignada. Apostaría el salario de un mes a que ni un mínimo asomo de frío lograría penetrar ese abrigo, con su docena de esclavinas, y que ni una brizna de nieve había encontrado su camino hacia dentro de esas botas de caña alta.

—Estamos listos para continuar, entonces, jefe —gritó el cochero—, a no ser que prefiera quedarse a admirar el paisaje una hora más o algo así.

—¿Dónde está su doncella? —preguntó el caballero, entrecerrando los ojos.

—No tengo —repuso ella—. Eso debería ser absolutamente obvio. Estoy sola.

Vio que él la estaba recorriendo con los ojos de la cabeza a los pies, bueno, sólo hasta poco más abajo de las rodillas. Se había puesto ropas útiles y prácticas para volver a la escuela, aunque para un caballero tan elegante sería evidente, cómo no, que no eran caras ni a la moda. Lo miró fijamente, indignada.

—Va a tener que venir conmigo —dijo él, en un tono nada cortés.

—¡De ninguna manera!

—Muy bien, entonces —dijo él, girándose para alejarse—, puede quedarse aquí en virtuosa soledad.

Ella miró alrededor, y esta vez el pánico le atacó las rodillas además del estómago, y casi se hundió en la nieve hasta donde no volvería a saberse nunca jamás de ella.

—¿Dónde estamos? —preguntó—. ¿Tiene una idea?

—En alguna parte de Somersetshire —contestó él—. Aparte de eso, no tengo la más remota idea, pero la mayoría de los caminos, lo sé por experiencia, llevan finalmente a alguna parte. Esta es su última oportunidad, señora. ¿Desea explorar la gran incógnita en mi diabólica compañía, o prefiere perecer aquí sola?

Le fastidiaba espantosamente no tener ninguna otra opción.

Los dos cocheros estaban otra vez gritándose mutuamente, y con palabras nada amables.

—Tómese una o dos horas para decidirse —dijo el caballero con la voz cargada de ironía, y arqueando nuevamente esa ceja—. No tengo ninguna prisa.

—¿Y Thomas? —preguntó ella.

—¿Thomas sería el hombre de la luna? ¿O tal vez su cochero? Él llevará los caballos y nos seguirá.

Dicho eso echó a caminar a largas zancadas hacia el coche, arrojando lluvias de nieve a su paso. Frances lo siguió con más cautela, tratando de poner los pies en los surcos dejados por las ruedas.

¡Qué embrollo!

Él volvió a ofrecerle la mano para ayudarla a subir al coche. Era un coche maravillosamente nuevo, observó, resentida, con mullidos asientos tapizados. Tan pronto como se sentó en uno, se hundió y cayó en la cuenta de que ofrecía una fabulosa comodidad, incluso para un viaje largo. También sentía casi calor, comparado con el frío que hacía fuera.

—Hay dos ladrillos en el suelo todavía algo calientes —dijo el caballero desde la puerta—. Ponga los pies en uno de ellos y cúbrase con una de las mantas. Yo iré a ocuparme de que saquen sus pertenencias de su coche y las trasladen al mío.

Las palabras en sí mismas podían interpretarse como amables y consideradas, pero el tono abrupto en que las dijo contradecían esa posible impresión, como también la firmeza con que cerró la puerta. De todos modos Frances hizo caso de la sugerencia. Le castañeteaban los dientes, y los dedos se le caerían si los pudiera llegar a sentir; se había dejado el manguito dentro de su coche.

¿Cuánto tiempo tendría que soportar esa situación insufrible?, pensó. No tenía la costumbre de odiar a nadie a primera vista, ni siquiera de sentir una leve aversión, pero la idea de pasar aunque sólo fuera media hora en compañía de ese caballero arrogante, malhumorado, burlón y despectivo le resultaba singularmente poco atractiva. Sólo con pensar en él se le erizaba el pelo.

¿Lograría encontrar otra modalidad de transporte en el primer pueblo al que llegaran? ¿Una diligencia tal vez? Pero incluso mientras le pasaba la idea por la cabeza comprendió lo absurda que era. Tendrían suerte si llegaban a un pueblo. ¿Acaso suponía que si llegaban no habría ningún rastro de nieve allí?

Iba a quedarse atrapada en alguna parte toda la noche, sin ninguna compañía femenina, y sin mucho dinero, puesto que rechazó el que sus tías abuelas trataron de darle. Tendría suerte si ese alguna parte no resultaba ser ese coche.

Esa sola idea la sofocó y tuvo que hacer una larga inspiración.

Pero era una clara posibilidad. Sólo hacía un par de minutos el camino había desaparecido ante sus ojos.

Esta vez combatió el pánico poniendo cuidadosamente los pies, uno al lado del otro, sobre el ladrillo ligeramente tibio y entrelazando suavemente las manos sobre la falda.

Se fiaría de la habilidad del extraño e impertinente Peters, que había resultado no ser jorobado después de todo.

Ahora bien, esa sí sería una aventura para obsequiar a sus amigas cuando llegara por fin a Bath, pensó. Igual si lo miraba con más detenimiento hasta podría describir a ese caballero como alto, moreno y apuesto, el proverbial caballero de brillante armadura, en realidad. Con eso a Susanna se le caerían los ojos de la cara y los de Anne se suavizarían con un brillo romántico. Y Claudia fruncería los labios y la miraría desconfiada.

Pero, ay Dios, le resultaría difícil encontrar algo divertido o romántico en esa situación, incluso cuando la mirara en retrospectiva ya en la seguridad de la escuela.

Capítulo 2

*S*u madre le advirtió que nevaría antes que acabara el día. También se lo advirtieron sus hermanas. Y también su abuelo.

Y, dicha sea la verdad, también se lo advirtió su sentido común.

Pero puesto que rara vez hacía caso de consejos, y mucho menos si se los ofrecía su familia, y rara vez seguía los dictados del sentido común, ahí estaba, en medio de una nevasca como para agotar eternamente la nieve y contemplando con menos que gran entusiasmo la clara probabilidad de pasar la noche en una oscura posada rural en medio de ninguna parte. Al menos esperaba pasarla en una posada, y no en un tugurio o, peor aún, dentro de su coche.

Y ya estaba de mal humor incluso antes de comenzar ese viaje.

Miró fijamente a su pasajera cuando subió al coche a instalarse al lado de ella, después de haberse ocupado de que se hiciera todo lo que había que hacer. Estaba acurrucada debajo de una de las mantas de lana para las rodillas, las manos metidas debajo con el manguito que él rescatara de su coche y le pasara minutos antes, y, según comprobó, tenía los pies apoyados en uno de los ladrillos. Aunque «acurrucada» era tal vez una palabra incorrecta para describir su postura. Estaba con la espalda bien derecha, rígida de hostilidad, resuelta dignidad y virtud ofendida. Ni siquiera giró la cara para mirarlo.

Parecía una vieja pasa, pensó. Lo único que le veía de la cara, por debajo del borde del ala de su horrible papalina marrón, era la punta enrojecida de la nariz. Lo sorprendente era que la nariz no estuviera temblando de indignación, como si la situación en que se encontraba fuera culpa suya.

—Lucius Marshall, para servirla —dijo, en tono no muy cortés.

Por un momento pensó que ella no iba a contestar el saludo y contempló seriamente la idea de golpear el panel del techo para que parara el coche y poder ir a sentarse con Peters en el pescante. Mejor ser atacado por la nieve fuera que congelado por un carámbano de hielo dentro.

—Frances Allard —dijo ella.

—Es de esperar, señorita Allard —dijo él, sólo por entablar conversación—, que el dueño de la próxima posada a la que lleguemos tenga la despensa llena. Creo que voy a ser capaz de hacerle justicia a un pastel de carne con patatas y verduras y una jarra de cerveza, por no mencionar un buen pudín de sebo con nata para acabar la comida. Que sean varias jarras de cerveza. ¿Y usted?

—Una taza de té es lo único que deseo —repuso ella.

Podría haberlo adivinado. Pero, buen Señor, ¡una taza de té! Y sin duda su labor de punto para ocupar las manos entre sorbo y sorbo.

—¿Cuál es su destino? —preguntó.

—Bath. ¿Y el suyo?

—Hampshire. Pensaba pasar una noche en el camino, pero había esperado que fuera en un lugar más cercano a mi destino. Pero no importa. No habría tenido el placer de conocerla, ni usted el de conocerme a mí, si no hubiera ocurrido lo inesperado.

Entonces ella giró la cabeza y lo miró fijamente. Incluso antes que hablara a él le resultó evidente que ella sabía reconocer la ironía cuando la oía.

—Creo, señor Marshall, que podría haber vivido muy feliz sin ninguna de esas tres experiencias.

Donde las dan las toman. Tocado.

Estando ya más desocupado para mirarla a sus anchas, lo sorprendió ver que era muchísimo más joven de lo que había calculado. La impresión que tuvo cuando su coche adelantó el de ella, y después cuando estaban en el camino, es que era una dama flaca, morena y de edad madura. Pero esa impresión había sido errónea. Ahora que no arrugaba el ceño ni hacía muecas ni tenía los ojos entrecerrados para no deslumbrarse con el brillo blanco de la nieve, veía que sólo tenía algo más de veinte años, unos veinticinco tal vez. De todos modos, menos de los veintiocho que tenía él.

Pero era una arpía.

Y era flaca. O tal vez sólo muy esbelta; era difícil verlo a través de esa informe capa de invierno. Pero tenía las muñecas finas; se fijó en eso cuando ella cogió el manguito de su mano. Su cara también era delgada, con pómulos altos, la piel blanca con un leve matiz moreno, aparte de la punta de la nariz enrojecida. Eso combinado con sus ojos, pestañas y cabellos oscuros, llevaba a la conclusión de que por sus venas corría algo de sangre extranjera, italiana, tal vez, mediterránea, seguro. Eso podría explicar su temperamento. Por debajo de la papalina se veía el comienzo de una severa raya en el medio y a ambos lados el pelo peinado liso y tirante hacia atrás, desapareciendo bajo el ala del sombrero.

Daba la impresión de ser la institutriz de alguien. El cielo amparara a su pobre discípula.

—¿Supongo que le aconsejaron no viajar hoy? —preguntó.

—No. Todas las vacaciones de Navidad esperé que nevara, y estaba convencida de que nevaría. Hoy ya había dejado de esperar. Y entonces, claro, ha nevado.

Al parecer no estaba de ánimo para más conversación, porque giró firmemente la cabeza al frente, dejándole solamente la punta de la nariz para admirar, y él no sintió ninguna obligación, ni inclinación, de continuar hablando.

Si todo eso tenía que suceder, por lo menos el destino podría haberle ofrecido una débil damisela en apuros, rubia, de ojos azules y hoyuelos en las mejillas. Encontraba muy injusta la vida a veces. Y últimamente se lo había parecido bastante.

Volvió la atención entonces a la causa del humor negro que se había cernido sobre él como un oscuro nubarrón durante todas las vacaciones navideñas.

Su abuelo se estaba muriendo. Ah, no estaba exactamente a punto de exhalar su último suspiro y ni siquiera languideciendo en su lecho de muerte. Incluso se tomó a risa el veredicto que le había dado su ejército de médicos londinenses cuando fue a consultarlos a comienzos de diciembre. Pero la cruda verdad era que le dijeron que se le estaba debilitando rápidamente el corazón y que no había nada que pudiera hacer ninguno de ellos para sanárselo.

«Es un corazón viejo que ya está listo para cederle el paso a uno nuevo. Como el resto de mí», comentó el abuelo con una bronca risa cuando por fin lograron sonsacarle la noticia.

Mientras su nuera y sus nietas sorbían por la nariz y ponían caras trágicas, el nieto, él, se mantuvo adrede en la parte más oscura del salón, con un feroz entrecejo en la cara, no fuera a manifestar una emoción que lo avergonzaría a él y a todos los demás.

A nadie le hizo gracia la broma del anciano, aparte de a él mismo.

«Lo que quisieron decir los matasanos —añadió, irreverente—, es que será mejor que ponga en orden mis asuntos y me prepare para encontrarme con mi Hacedor cualquier día a partir de ahora.»

En los últimos diez años él no se había relacionado mucho con su abuelo ni con el resto de su familia, pues estaba demasiado ocupado viviendo la vida de un hombre ocioso por la ciudad. Incluso alquilaba habitaciones en Saint James Street para cuando estaba en Londres, en lugar de vivir en la casa Marshall, la residencia familiar en Cavendish Square, donde normalmente vivían su madre y sus hermanas durante la temporada.

Pero aquella horrorosa noticia lo había hecho comprender lo mucho que quería a su abuelo, el conde de Edgecombe, que vivía en Barclay Court, en Somersetshire. Y tras haber comprendido eso, llegó a la conclusión de que quería a toda su familia, aunque le había hecho falta algo así para hacerlo tomar conciencia de lo mucho que los descuidaba.

Su sentimiento de culpa y su aflicción habrían sido más que suficientes para ensombrecerle de tristeza sus navidades. Pero había algo más.

Sucedía que él era el heredero del conde. Era Lucius Marshall, vizconde Sinclair.

Esa realidad en sí misma no era algo triste. No sería un hombre del todo normal si detestara la idea de heredar Barclay, donde se crió, Cleve Abbey, donde residía cuando no estaba en Londres o en alguna otra parte con sus amigos, y las demás propiedades y la inmensa fortuna que venía con ellas, aun cuando eso debiera venir a expensas de la vida de su abuelo. Y no le molestaban las obligaciones políticas que un escaño en la Cámara de los Lores le pondría sobre los hombros cuando llegara el momento. Al fin y al cabo, desde la muerte de su padre hacía unos años sabía que, si la vida seguía su curso natural, algún día heredaría, y se había educado y preparado para eso. Además, incluso una vida de ocio y placer empieza a aburrir después de un tiempo. Participar realmente en política le daría a su vida una dirección más activa y positiva.

No, lo que verdaderamente le molestaba era que, en opinión de su madre, su hermana casada y tal vez su marido (aunque jamás se podía saber lo que pensaba Tait), sus tres hermanas solteras y su abuelo, un hombre que pronto se convertiría en conde también necesitaba, incluso antes, convertirse en hombre casado. Es decir, un conde necesita una condesa.

Es decir, que necesitaba una esposa.

Al parecer eso estaba tan claro como las narices en las caras de todos ellos, a excepción de la suya. Aunque, a decir verdad, ni siquiera podía afirmarlo; él lo sabía todo acerca del deber, aun cuando hubiera pasado la mayor parte de su vida ignorándolo e incluso huyendo de él. Pero hasta ese momento había sido libre para hacer lo que se le antojara; nadie había puesto jamás objeciones en voz muy alta a su forma de vida. Se daba por supuesto que los jóvenes normales han de correrla, siempre que no se hundan en el vicio, y él había hecho lo que se esperaba de él.

Pero ahora todo iba a cambiar. Y si uno ha de tomarse la vida con filosofía, tiene que reconocer que tarde o temprano el deber da alcance a la mayoría de los jóvenes; es la naturaleza de la vida. Y a él le había dado alcance.

Todos sus parientes, por separado, le habían soltado una perorata sobre el tema en esas vacaciones, siempre que uno, o a veces dos, lograban meterlo en lo que les encantaba llamar una simpática charla.

Había disfrutado de más simpáticas charlas esas navidades que nunca antes en toda su vida, o en lo que le quedara de vida, esperaba sinceramente.

El consenso era, lógicamente, que necesitaba una esposa sin tardanza.

Una esposa perfecta, si es que existía ese dechado; y al parecer sí existía.

Portia Hunt era con mucho la candidata más favorecida, ya que era prácticamente imposible encontrarle alguna imperfección.

Portia se había conservado soltera hasta la avanzada edad de veintitrés años, le explicó su madre, porque esperaba convertirse en su vizcondesa algún día, y finalmente en su condesa, claro está. Y en la madre de un futuro conde.

Portia sería una esposa admirable, le aseguró su hermana mayor Margaret, lady Tait, porque era una joven madura, estable, y tenía todas las cualidades, conocimientos y habilidades que necesita una futura condesa.

Portia seguía siendo un diamante de primerísima calidad, le señalaron sus hermanas menores, Caroline y Emily, y bastante correctamente en realidad, aun cuando se expresaran con esa frase manida; no había ninguna mujer más bella, más elegante, más refinada, más hábil, que Portia.

La señorita Portia Hunt era la hija del barón y lady Balderston y la nieta del marqués de Godsworthy, le recordó su abuelo (Godsworthy era uno de sus más viejos e íntimos amigos). Esa alianza sería muy conveniente y deseable, le dijo, y no es que él quisiera presionar indebidamente a su nieto.

«La elección de esposa debe ser sólo tuya, Lucius. Pero si no hay ninguna otra que te guste, podrías considerar seriamente a la señorita Hunt. Le haría bien a mi corazón verte casado con ella antes de morir.»

¡Y eso no era presionarlo indebidamente, desde luego!

Solamente Amy, la menor sus hermanas, se manifestó en desacuerdo con los demás, aunque sólo en el punto de la candidata para la esposa perfecta, no sobre la necesidad de que encontrara a esa criatura en alguna parte dentro de los próximos meses.

«No lo hagas, Luce —le dijo un día en que habían salido a cabalgar solos—. La señorita Hunt es muy, muy tediosa. El verano pasado le aconsejó a mamá que no me presentara en sociedad este año, y eso que voy a cumplir los dieciocho en junio, sólo porque el brazo fracturado le impidió a Emily presentarse el año pasado y así se retrasó su turno. La señorita Hunt podría haber hablado a mi favor, puesto que pretende casarse contigo y ser mi cuñada, pero no lo hizo, y después me sonrió, con esa sonrisita suya tan de superioridad, y me aseguró que el próximo año yo estaría feliz cuando la atención de toda mi familia estuviera enfocada sólo en mí.»

El problema era que él conocía a Portia de toda la vida; su familia iba con frecuencia a pasar una temporada a Barclay Court, y a veces sus abuelos lo llevaban con ellos cuando iban a visitar al marqués de Godsworthy y, quiera que no, los Balderston estaban ahí con su hija. Siempre había sido muy evidente el deseo de las dos familias de que ellos se casaran finalmente. Y si bien él nunca había alentado a Portia a sacrificar todas las proposiciones que le hicieran después de su presentación en sociedad, a la espera de que él se decidiera a hacer la suya, nunca la había desalentado tampoco. Puesto que no era un romántico y sabía desde siempre que tendría que casarse algún día, había supuesto que probablemente acabaría casado con ella. Pero saber eso como una especie de vaga posibilidad futura era absolutamente distinto a enfrentarse con la expectativa de que eso iba a ocurrir, y pronto.

La verdad, lo había asaltado una especie de pánico con bastante frecuencia durante las vacaciones. Le ocurría particularmente cuando intentaba imaginarse en la cama con Portia. ¡Buen Dios!, esperaría que él cuidara sus modales.

Y otro pequeño detalle que le ensombrecía aún más el ánimo era que se oyó claramente prometerle a su abuelo (fue el día de Navidad al anochecer, cuando estaban los dos sentados en la biblioteca y todos los demás se habían ido a acostar, y unas cuantas copas de la cerveza especiada le ablandaron los sesos y lo pusieron bastante sensiblero) que miraría seriamente a su alrededor esa primavera, elegiría esposa y se casaría antes que terminara el verano.

No le prometió exactamente casarse con Portia Hunt, pero su nombre salió a relucir de todos modos.

«La señorita Hunt estará feliz de verte en la ciudad este año», comentó su abuelo, lo cual era bastante extraño puesto que él siempre estaba en la ciudad. Lo que quería decir el anciano, lógicamente, era que Portia estaría feliz de verlo bailar con ella y atenderla en todos los bailes, fiestas y otros eventos sociales que normalmente él evitaba como la peste.

Era un hombre condenado. No tenía ningún sentido intentar negarlo. Sus días como hombre libre, libre y despreocupado, estaban contados. Y ya antes de Navidad había sentido apretarse firmemente el dogal en el cuello.

—Ese cochero suyo merece que lo pongan ante un pelotón de ejecución —dijo de repente la señorita Frances Allard, esa dama tan encantadoramente amable, con voz aguda, atenazándole al mismo tiempo la manga con una mano—. Otra vez va demasiado rápido.

Cierto que el coche se balanceaba rodando y patinando por la espesa nieve. Seguro que Peters iba disfrutando más de lo que había disfrutado en muchos días.

—No me sorprende que diga eso —dijo—, dado que tiene entrenado a su cochero a avanzar a la mitad de la velocidad con que caminaría un octogenario gotoso. Pero ¿qué tenemos aquí?

Al mirar por la ventanilla vio que el balanceo se debió a que el coche se había detenido. Habían llegado a lo que parecía ser una posada, aun cuando era decididamente una bastante pobre, a juzgar por la impresión que causaba a primera vista. Parecía más bien un centro de reunión para los bebedores del pueblo, que debía estar cerca, que un lugar de alojamiento para viajeros respetables, pero, como decía el viejo adagio, los mendigos no pueden ser selectivos.

También se veía bastante abandonada. Nadie había quitado la nieve de la puerta. Las puertas del establo que había detrás de la casa estaban cerradas, no parpadeaba ninguna luz detrás de las ventanas, y no salía ninguna tranquilizadora voluta de humo por la chimenea.

Fue una suerte de alivio, entonces, cuando se abrió un poquitín la puerta, después que Peters gritara algo ininteligible, y se asomara una cabeza entera con las mandíbulas y el mentón sin rasurar y un voluminoso gorro de dormir, ¡a media tarde!, y gritara algo.

—Es hora de entrar en la refriega, creo —musitó Lucius, abriendo la puerta y saltando a la nieve que llegaba hasta las rodillas—. ¿Cuál es el problema, hombre?

Interrumpió el discurso de Peters, que desde su asiento en el pescante estaba informando a aquel hombre acerca de su sorprendente y muy poco encomiable pedigrí.

—Parker y su señora se marcharon y aún no han vuelto —gritó él—. No pueden alojarse aquí.

Peters comenzó a dar su opinión no solicitada sobre los ausentes Parker y los patanes groseros y sin afeitar, pero Lucius levantó una mano apaciguadora.

—Dime que hay otra posada a menos de quinientas yardas de ésta —dijo.

—Bueno, no la hay, pero eso no es problema mío —contestó el hombre, haciendo ademán de cerrar la puerta.

—Entonces me temo que tienes huéspedes para esta noche, mi buen hombre. Te sugiero que te vistas y te pongas tus botas, a no ser que prefieras hacer el trabajo tal como estás. Hay equipaje por entrar y caballos por atender, y vienen más en camino. Ahora, venga, pon cara alegre.

Se giró a tenderle la mano a la señorita Allard.

—Al menos es un alivio verle dirigir su mal humor hacia otra persona —dijo ella.

—No me irrite, señora —le advirtió él—. Y será mejor que ponga su brazo alrededor de mis hombros. La llevaré a peso, puesto que esta mañana no tuvo la sensatez de ponerse unas botas apropiadas.

Ella lo obsequió con una de sus miradas feroces y él creyó notar que esta vez sí se le agitaba la enrojecida punta de la nariz.

—Gracias, señor Marshall —dijo ella—, pero entraré en la posada por mi propio pie.

—Usted misma —le dijo él, encogiéndose de hombros.

Y entonces tuvo la inmensa satisfacción de verla saltar del coche sin esperar a que sacaran los peldaños, y hundirse en la nieve hasta casi las rodillas.

Era muy difícil, observó con los labios fruncidos, caminar con dignidad desde un coche hasta una casa varias yardas distante sobre una capa de nieve de bastante más de un palmo, pero ella lo intentó. Al final tuvo que vadear y agitar los brazos a los lados para no caerse al dar un nada elegante patinazo justo antes de llegar a la puerta, que el ocupante con gorro de dormir había dejado abierta.

Lucius sonrió con macabro humor a sus espaldas.

—Recogimos una buena pieza, jefe —comentó Peters.

Lucius se giró a mirarlo severamente.

—Mantén la lengua domada en tu boca cuando te refieras a cualquier dama a una distancia que yo pueda oírte.

Peters saltó a la nieve sin parecer ni por asomo acobardado por la reprimenda.

—Razón tiene, jefe.

—Al parecer yo podría tener mi cerveza —dijo el señor Marshall—, y usted su té si logramos encender un fuego y si hay té escondido en alguna parte de la cocina. Pero doy por perdido mi pastel de carne, y también mi pudín de sebo.

Estaban en medio de un triste y pobretón bodegón, que no estaba más caliente que el coche, pues no había fuego ardiendo en el hogar. El criado que les abrió la puerta y que luego no quería dejarlos pasar, a pesar de la inclemencia del tiempo, entró pesadamente con el baúl de viaje de Frances y lo depositó justo a un lado de la puerta junto con sus gruesas huellas de nieve.

—No sé que van a decir Parker y la señora cuando se enteren de esto —masculló sombríamente.

—Sin duda te van a aclamar como a un héroe por obtener ingresos extras y te doblarán el salario —le dijo el señor Marshall—. ¿Te dejaron solo aquí durante todas las fiestas?

—Sí, aunque no se marcharon hasta el día siguiente al de los aguinaldos y quedaron de volver mañana. Me dieron órdenes estrictas de no admitir a nadie aquí durante su ausencia. No sé lo de doblar el salario, pero sí conozco la lengua de la señora. No pueden pasar aquí la noche y no hay más que hablar.

—¿Tu nombre?

—Wally.

—Wally, «señor».

—Wally, «señor» —repitió el hombre, malhumorado—. No se pueden alojar aquí, señor. Las habitaciones no están preparadas y la chimenea no está encendida; tampoco está la cocinera aquí para preparar algo de comer.

Todo eso le era dolorosamente evidente a Frances, que estaba a punto de sumergirse en lo más profundo de la aflicción que fuera posible. Su único consuelo, el único, era que por lo menos estaba viva y tenía un suelo sólido bajo los pies.

—Veo que en ese hogar está todo preparado para encender el fuego —dijo el señor Marshall—. Tú puedes encenderlo mientras yo voy a buscar el resto del equipaje. Aunque primero tienes que traerle a la dama un chal o una manta para que se mantenga moderadamente abrigada hasta que prenda el fuego. Y luego te encargarás de preparar dos habitaciones. En cuanto a la comida....

—Yo iré a la cocina a hacer un reconocimiento —terció Frances—. No tengo ninguna necesidad de que me traten como a una carga delicada. No lo soy. Cuando hayas terminado de prender el fuego aquí, Wally, puedes venir a ayudarme a encontrar lo que necesitaré para preparar alguna suerte de comida que satisfaga a cinco personas, incluido tú.

El señor Marshall la miró con las dos cejas arqueadas.

—¿Sabe cocinar?

—Necesito alimentos, utensilios y un hornillo o fogón si he de lograr algo —repuso ella—. Pero por lo que parece sé hacer hervir una tetera sin que el agua se ponga grumosa.

Por un fugaz instante le pareció que el destello que brilló en los ojos de él podría ser de diversión.

—Era un pastel de carne, por si no lo oyó la primera vez —dijo él—, con mucha cebolla y salsa.

—Tal vez tenga que conformarse con un huevo escalfado, si es que hay alguno.

—Por el momento, eso me parece un digno sustituto.

—Hay huevos —dijo Wally, en tono todavía malhumorado, arrodillándose a encender el fuego del hogar—. Eran para mí, pero no sé qué hacer con ellos.

—Pues esperemos entonces —dijo el señor Marshall—, que la señorita Allard sí sepa qué hacer con ellos y que no hayan sido sólo ganas de alardear sin fundamento cuando nos prometió unos huevos escalfados.

Frances no se molestó en contestar. Abrió la puerta que suponía llevaba a la cocina, mientras él salía a la nieve a ayudar a su cochero a descargar el coche.

La posada estaba fría y oscura. Las ventanas eran pequeñas y dejaban entrar muy poca luz, aun cuando fuera reinara una deslumbrante blancura. Tenía los pies mojados y fríos dentro de las botas. La posada no estaba sucia, pero tampoco resplandecía de limpieza. No se atrevió a quitarse la capa ni la papalina, no fuera a congelarse. No había nadie que atendiera a sus necesidades aparte de un criado desaseado y perezoso, y nadie para preparar una comida caliente, y tampoco fría, si era por eso. Y ahí estaba, sola con un caballero antipático, malhumorado, maleducado y tres sirvientes ariscos.

Decididamente la situación era triste.

En la escuela la esperaban ese día; las niñas llegarían para el siguiente trimestre pasado mañana. Tenía mucho trabajo que hacer si quería tener todas las clases preparadas y a punto, ya que intencionadamente no se había llevado ningún trabajo para hacer en las vacaciones. Tenía una pila de redacciones en francés de la clase de las mayores por corregir y poner notas y una pila más alta aún de relatos en inglés de la clase de las menores.

Ese giro de los acontecimientos junto con el retraso resultante era más que triste. Era un desastre total.

Echó una primera mirada a la cocina, después exploró los cajones, armarios y despensa, al principio con timidez, luego con más osadía, y finalmente salió a buscar a Wally y le ordenó que fuera con ella para limpiar de cenizas el enorme fogón y luego pusiera carbón y leña y encendiera el fuego. Mientras hacía todo esto decidió que el sentido práctico era la única manera sensata de hacer frente a la situación.

Y tal vez cuando recordara ese día en la seguridad de la escuela, una vez que llegara ahí, lo vería más como una aventura que como un desastre. Igual podría encontrar algo divertido al recordarlo. En esos momentos era difícil imaginárselo así, pero era muy posible que pudiera considerarlo una aventura de primera clase.

Ahora bien, si estuviera allí encallada con un apuesto y sonriente caballero de brillante armadura...

Ese hombre era sin duda una de esas tres cosas, se vio obligada a reconocer. En su primera impresión de él se equivocó en un detalle. Era tremendamente corpulento, sí, pero tenía una cara hermosa, aunque le gustaba estropearla frunciendo el ceño, haciendo muecas burlonas y arqueando una ceja.

Dudaba de que ella supiera escalfar un huevo, y cuando habló del pastel de carne lo dijo como si para ella eso fuera algo inaudito. ¡Ja! Cómo le gustaría darle su justo castigo. Y lo haría. Antes solía sorprender a su padre y al resto de habitantes de su casa pasando largas horas en la cocina, observando a la cocinera y ayudándola siempre que se lo permitían. Y siempre encontró que ésa era una manera maravillosamente relajadora de emplear su tiempo libre.

Examinó una barra de pan que encontró en la despensa y comprobó que aunque no estaba fresco para comerlo tal cual, quedaría muy apetitoso si lo tostaba. También encontró un trozo de queso que alguien tuvo la previsión de cubrir, por lo que estaba en perfectas condiciones. En otro plato cubierto había un poco de mantequilla.

Envió a Wally a la bomba a buscar agua, llenó la tetera y la puso a hervir. Tardaría un poco, calculó, porque el fuego estaba empezando a cobrar vida, pero la espera valdría la pena. Seguro que en la posada habría bastante cerveza para aplacar la sed de cuatro hombres mientras tanto. En realidad, suponía que Wally había tomado poco más que cerveza desde que se quedara solo en la posada; no había la menor señal de que se hubiera usado algún plato o preparado alguna comida. Y probablemente él no había hecho nada aparte de estar calentito en la cama, tan perezoso que ni siquiera encendía un fuego para su comodidad.

Cuando volvió al bodegón ahí estaba el señor Marshall. Ya ardía el fuego en el hogar, alegrando algo más la sala, y aunque nada podía salvarla de la fealdad, él estaba trasladando una mesa y sillas más cerca del hogar. Se enderezó a mirarla.

Se había quitado el abrigo y el sombrero desde la última vez que lo vio, y estuvo a punto de detenerse en seco con la boca abierta. Era el caballero corpulento que había visto desde el principio. También le había parecido gordo. Pero ahora, en ese momento, ahí delante de ella, vestido con una chaqueta de excelente confección en una tela verde oscuro de finísima calidad, chaleco y pantalones color tostado, botas hessianas secas, camisa blanca y corbata muy bien anudada, vio que no era gordo en absoluto sino simplemente ancho de hombros y con músculos en todos los lugares correctos, una clara evidencia que pasaba muchísimo tiempo montado a caballo. Y sin el sombrero de copa, su pelo se veía más tupido y rizado de lo que se había imaginado. Lo llevaba corto y muy bien peinado.

De hecho, era un verdadero corintio.

Dicha fuera la verdad, era nada menos que aniquiladoramente magnífico, pensó, resentida, recordando fugazmente lo mucho que se divertía cuando oía sin querer las risitas y sentimentales suspiros de las niñas cuando estaban hablando de algún jovencito que les gustaba.

Y ahí estaba ella, boquiabierta.

Los caballeros antipáticos deberían ser feos, pensó.

Avanzó con la bandeja para dejarla en la mesa.

—Sólo es la hora del té —explicó—, aunque supongo que se perdió el almuerzo, como yo. El fogón de la cocina estará lo bastante caliente para preparar una comida para la cena, pero mientras tanto tendrán que bastar tostadas con queso y unos pocos encurtidos. He puesto algo en la mesa de la cocina también para los hombres, y envié a Wally corriendo al establo a buscar a Thomas y a su cochero.

—Si Wally es capaz de correr —dijo él, frotándose las manos y mirando ávidamente la bandeja—, me comeré mi sombrero junto con las tostadas y el queso.

Mientras estaba en la cocina, Frances había dudado entre ir a tomar el té en el bodegón con el señor Marshall o quedarse a tomarlo en la cocina, pero su orgullo le dijo que si lo hacía en la cocina sentaría un precedente y se pondría firmemente en la clase sirvientes. Sin duda él estaría contento de tratarla en conformidad. Podía ser una maestra de escuela, pero no era la criada de nadie, y mucho menos de él.

Así que ahí estaba, sola en un bodegón de posada con el señor Lucius Marshall, malhumorado, arrogante, apuesto y muy masculino. Era como para hacer desmayar a cualquier dulce damita de buena crianza.

Se quitó por fin la capa y la papalina y las dejó sobre un banco de madera. Le habría gustado arreglarse el pelo, pero vio que su baúl y su ridículo habían desaparecido del lugar junto a la puerta. Así que en vez del peine se pasó las manos por el pelo y fue a sentarse a la mesa trasladada de lugar.

—Ah, calor —suspiró, sintiendo el calor del fuego como no lo había sentido en la cocina, donde el fogón era mucho más grande que el hogar y tardaba en calentarse—. Qué absolutamente delicioso.

Él se había sentado frente a ella y la estaba mirando con los ojos entornados.

—Déjeme que adivine —dijo él—. ¿Es española? ¿Italiana? ¿Griega?

—Inglesa —repuso ella firmemente—. Pero sí tuve una madre italiana. Por desgracia, no la conocí. Murió cuando yo era sólo un bebé. Pero sin duda me parezco a ella. Mi padre siempre lo decía.

—¿Lo decía? ¿En pasado?

—Sí.

Él continuó mirándola. Encontraba desconcertante su mirada, pero de ninguna manera se lo iba a hacer notar. Se puso comida en el plato y tomó un bocado de la tostada.

—El té tardará un poco —dijo—, pero no me sorprendería que

usted prefiriera cerveza. Tal vez logre encontrar algo aquí sin tener que molestar al pobre Wally otra vez. Ha tenido una tarde ajetreada.

—Pero si hay algo para lo que realmente vale —dijo él—, incluso con entusiasmo, es para buscar licor. Ya me hizo un recorrido guiado por los estantes que hay detrás de ese mostrador.

—Ah.

—Y ya he catado algunas de las ofertas —añadió él.

Ella no se dignó a contestar. Comió más tostada.

—Arriba hay cuatro habitaciones —continuó él—, o cinco si se cuenta la habitación grande vacía, que supongo es la sala de fiestas del pueblo. Otra de las habitaciones pertenece al parecer al ausente Parker y su señora de la lengua formidable; hay una habitación muy pequeña en que cabe un solo mueble que podría ser o podría no ser una cama. No me he sentado ni tumbado en él para descubrirlo. Las otras dos podrían llamarse, en términos latos, habitaciones de huéspedes. Robé sábanas y mantas del arcón grande que está fuera de la habitación de la señora e hice las dos camas. Sus cosas las puse en la más grande. Más tarde, si Wally logra mantenerse despierto tanto rato, le ordenaré que encienda el hogar ahí arriba para que usted pueda retirarse a dormir con cierta comodidad.

—¿Usted hizo las camas? —Fue el turno de Frances de arquear las cejas—. Eso habría sido digno de verse.

—Tiene una lengua muy mordaz, señorita Allard —dijo él—. Puede que haya visto uno o dos ratones instalados debajo de su cama, pero sin duda logrará dormir el sueño de los justos esta noche, de todos modos.

Y de repente, mientras lo miraba de frente, tratando de encontrar una réplica sarcástica adecuada, la golpeó una fuerte dosis de realidad, como si alguien le hubiera enterrado el puño en el estómago. A menos que el dueño ausente, o más exactamente, la dueña, llegara a casa dentro de las próximas horas, iba a dormir ahí esa noche sin ninguna compañía femenina, en una habitación cercana a la del señor Lucius Marshall, que era horriblemente atractivo además de ser también simplemente horrible.

Bajó la cabeza y se levantó, apartando la silla con las corvas.

—Iré a ver si ya hierve el agua de la tetera —dijo.

—¿Qué, señorita Allard? ¿Y me va a dejar con la última palabra?

Pues sí.

Cuando entró a toda prisa en la cocina sintió las mejillas ardientes, casi como para hacer hervir una tetera.

Capítulo 3

Condenación, maldición, abominación, pensó Lucius cuando se quedó solo, levantándose para ir a buscar más cerveza.

Se vestía de un modo horrible, con un vestido marrón en un tono más claro que la capa. El vestido era de talle alto, cuello alto y mangas largas, más asexuado imposible. Cubría una figura alta, esbelta casi hasta el punto de la flacura; menos voluptuosa, imposible. El pelo era bastante parecido a como se lo había imaginado cuando todavía llevaba la papalina; lo llevaba peinado en un estilo absolutamente serio, partido cruelmente por el medio, bien estirado hacia atrás y enrollado en un sencillo moño en la nuca. Incluso tomando en cuenta el efecto aplastante de la papalina, no creía que esa mañana hubiera intentado siquiera suavizar el estilo con unos pocos rizos o bucles para tentar la imaginación masculina. El pelo era castaño oscuro, incluso posiblemente negro; su cara larga y estrecha, con pómulos altos, nariz recta y una boca sosa. Sus ojos eran oscuros y las pestañas tupidas.

Se veía gazmoña y poco atractiva. Era la quintaesencia de la institutriz, en apariencia y comportamiento.

Pero, de todos modos, se había equivocado respecto a ella.

Por algún motivo que aún no lograba determinar, y tenía que ser la suma total, que no ninguna de las partes individuales, la señorita Frances Allard era sencillamente preciosa, magnífica.

Magnífica, pero sin nada en sus modales que él encontrara ni remotamente atractivo. Sin embargo ahí estaba, clavado con ella en esa posada hasta algún momento del día siguiente.

Debería sentirse feliz de dejarla sola en la cocina, puesto que parecía tan contenta ahí. No volvió a aparecer por el bodegón después de tomar su té y retirar las cosas de la mesa. Por suerte, parecía haberle tomado tanta aversión a él como él se la había tomado a ella y se mantenía alejada.

Pero pasada media hora se sintió aburrido. Podría ir al establo, a ver si Peters y Thomas ya habían llegado a las manos. Pero si estaban dándose de puñetazos él se vería obligado a intervenir. Por lo tanto, entró en la cocina y se detuvo en seco en la puerta, asaltado por vistas y olores totalmente inesperados.

—¡Buen Señor! ¿No estará intentando hacer un pastel de carne, verdad?

Ella estaba ante la inmensa mesa de madera que ocupaba el centro de la cocina, arremangada hasta los codos, envuelta en un voluminoso delantal, extendiendo con un rodillo algo que tenía todas las trazas de ser pasta.

—Pues sí —dijo ella, mientras él aspiraba el aroma a carne con hierbas cociéndose en una olla—. ¿Creía que yo era incapaz de preparar una comida tan sencilla? Incluso conseguiré no provocarle una indigestión.

—Estoy pasmado —dijo él en tono sarcástico, aunque de verdad lo estaba; los huevos escalfados nunca habían estado muy arriba en su lista de platos favoritos para la cena.

Ella tenía una mancha de harina en una mejilla, y las dos mejillas estaban sonrosadas. El delantal, que sin duda pertenecía a una muy rolliza señora Parker, casi la ahogaba. Pero se veía más atractiva que antes, más humana.

Alargó la mano y cogió un trozo de masa de la mesa y alcanzó a echársela en la boca un instante después que ella intentó golpearle la mano y erró el golpe.

—Si lo único que va a hacer es comer la pasta cuando yo he hecho todo el trabajo, lamentaré haberme molestado —dijo ella secamente.

Él arqueó las cejas. No le habían golpeado los dedos desde hacía como mínimo veinte años.

—¿De veras, señora? Entonces después de la cena le haré el cumplido de devolver el pastel de carne sin tocarlo.

Ella lo miró indignada un momento y luego... se desternilló de risa.

¡Señor, ay, Dios! Vamos, el diablo se la lleve. De pronto se veía muy, muy humana, y más que un poco atractiva.

—Ha sido una tontería decir eso —reconoció ella, sus ojos todavía iluminados por el humor y la boca curvada hacia arriba en las comisuras, como para que él viera que no era una boca sosa en absoluto—. ¿Ha venido aquí a ayudar? Podría pelar las patatas.

Él seguía mirándola boquiabierto como un escolar embobado, cuando captó el eco de sus palabras.

—¿Pelar las patatas? —Frunció el ceño—. ¿Cómo se hace eso?

Ella se limpió las manos en el delantal, desapareció en lo que él supuso era la despensa, y reapareció con un cubo con patatas que colocó a sus pies. Sacó un cuchillo de un cajón y se lo pasó, con el mango hacia él.

—Tal vez es lo bastante inteligente para descubrirlo solo —dijo.

No era ni de cerca tan fácil como parecía. Si cortaba la piel demasiado gruesa para obtener una patata lisa y limpia, también acababa con patatas muy pequeñas y una gran cantidad de peladuras. Y si la cortaba demasiado fina tenía que perder otro minuto más o menos en cada una, sacándole los ojos y otras manchas.

A su cocinera y a todo el personal de su cocina les daría un ataque de apoplejía si lo vieran en ese momento, pensó. También a su madre y a sus hermanas. A sus amigos no, pero ya se estarían revolcándo de risa debajo de la mesa y sujetándose los costados. He ahí al vizconde Sinclair, el corintio consumado, cantando por su cena, o al menos pelando patatas por su cena, lo que era peor aún.

Al mismo tiempo mantenía más de medio ojo en la señorita Frances Allard, que extendió la pasta por el interior de una fuente honda, trabajando expertamente con sus finas manos de largos dedos. Después la llenó con la fragante mezcla de carne, verduras y salsa que había estado hirviendo en el fogón, y finalmente lo cubrió todo con una tapa de pasta, que unió con la otra parte por los bordes, aplastándola con las yemas de los pulgares, y luego le enterró un tenedor aquí y allá.

—¿Para qué hace eso? —le preguntó él, terminando de sacar un ojo de una patata para poder apuntar con el cuchillo—. ¿No se va a salir todo el relleno por ahí al hervir?

—Si no hay salida para el vapor —explicó ella, agachándose a colocar la fuente en el horno—, esto podría explotar, la tapa de pasta saldría volando y tendríamos que rascar esa pasta y el contenido del pastel del techo del horno para ponerlo en nuestros platos. En su plato, debería decir, porque yo me serviría lo que fuera que quedara en la fuente.

Y hablando de tapas volando...

Seguro que ella no tenía idea del seductor cuadro que presentaba ahí agachada ante el horno, su redondo trasero bellamente ceñido por la tela del vestido, prueba definitiva de que no era de ninguna manera informe. Claro que desde que se habían conocido ella no había hecho ni el más mínimo esfuerzo para seducirlo. En realidad, si no le fallaba la memoria, las primeras palabras que le había dirigido fueron que se merecía que lo sometieran a un buen número de espantosas torturas letales.

Pero en eso, acababa de ver que se había equivocado otra vez. Primero le pareció una vieja pasa y una arpía. Después la encontró magnífica pero no atractiva. Y en ese momento se sentía como si le fuera a salir volando la tapa de los sesos.

—¿He pelado suficientes patatas para su gusto? —le preguntó, irritado.

Ella se enderezó y miró, con la cabeza un poco ladeada.

—A menos que cada uno de ustedes coma como un regimiento completo y no sólo la mitad, sí. ¿Esta es la primera vez que hace esto supongo?

—Curiosamente, señorita Allard —repuso él—, no me acobarda reconocer que sí, es la primera vez, y la última también, espero fervientemente. ¿Quién va a lavar todos estos platos?

Pregunta más estúpida no había hecho jamás.

—Yo —contestó ella—, a no ser que tenga un ayudante voluntario. Dudo que valga la pena pedírselo a Thomas. Y a Wally lo mandé a afeitarse. No me sorprendería que esa tarea lo tuviera ocupado toda una hora siguiente o más. Eso deja a su cochero o... —arqueó las cejas.

¿Cómo diablos se había metido en esa ridícula situación? Ella no esperaría en serio que... Pues claro que no. Veía un inconfundible destello de risa en sus ojos.

—¿Quiere que lave o seque? —preguntó secamente.

—Mejor que seque —dijo ella—. Podría estropearse esas manos de caballero si las tuviera mucho rato sumergidas en el agua.

—Mi ayuda de cámara lloraría —reconoció él—. Ayer se marchó a casa antes que yo. Se negaría a volver a dejarme solo alguna vez.

Ese día se iba volviendo más extraño por momentos, pensó, mientras ella lavaba y él secaba los platos, las patatas burbujeaban alegremente en su olla y el olor que salía del horno hacía gemir protestas a su estómago por tenerlo esperando su cena. Era un día diferente a todos los que había vivido anteriormente.

Jamás se detenía siquiera en ninguna posada que no fuera lo mejor de lo mejor. Rara vez viajaba sin su ayuda de cámara, pero Jeffreys había cogido un catarro y él no logró soportar la idea de ir escuchando sus autocompasivas sorbidas de nariz durante todo el viaje en coche hasta su casa. No había puesto un pie en una cocina desde que era niño, cuando hacía visitas frecuentes y clandestinas para mendigar sabrosos bocados. Le gustaban sus comodidades materiales o, si renunciaba a ellas para salir a cabalgar un día lluvioso, por ejemplo, le gustaba hacerlo voluntariamente y para dedicarse a una actividad que disfrutara o considerara valiosa.

Ese día había sido un desastre desde el momento en que Peters adelantó a ese coche tan viejo que él llegó a pensar que el temporal de nieve lo habría catapultado hacia atrás en el tiempo. Y el día no iba mejorando.

Era raro, entonces, que estuviera empezando casi a disfrutarlo.

—Se da cuenta, supongo —dijo ella cuando él dejó el paño mojado sobre el último plato después de secarlo—, que habrá que hacer todo esto otra vez después de la cena.

Él la miró incrédulo.

—Señorita Allard —dijo, antes de escapar de vuelta al bodegón—, ¿nadie le ha explicado nunca para qué están los criados?

Cuando terminaron de cenar y el señor Marshall asignó a Wally y a los dos cocheros la tarea de lavar los platos, Frances ya se sentía agotada. Había sido un día largo y más que raro, y la oscuridad del atardecer de invierno hacía que pareciera que era más tarde de lo que era. El golpetear del viento en la ventana y sus gemidos en la chimenea, el calor y crepitar del fuego en el hogar, le producían adormecimiento. También el té caliente que estaba bebiendo.

Estaba sentada contemplando el fuego, bebiendo su té y observando con la visión periférica las flexibles y muy brillantes botas hessianas del señor Marshall. Las tenía cruzadas en los tobillos y apoyadas en la piedra del hogar, y su postura informal y relajada lo hacía parecer el doble de masculino que antes.

Peligrosamente masculino, en realidad.

No se atrevía a disculparse para irse a la cama. Tendría que levantarse y anunciar que iba a subir a acostarse, en la habitación contigua a la de él. Ni siquiera había cerradura en la puerta, había descubierto. Y no era que sospechara que ella le gustaba. Pero aún así...

Él suspiró con evidente satisfacción.

—Sólo había un defecto en ese pastel de carne, señorita Allard —dijo—. Me ha estropeado el gusto por todos los demás.

Sí que le había salido bastante bien, tomando en cuenta que nunca antes había cocinado sin supervisión y hacía varios años que no cocinaba. Pero el cumplido la sorprendió. Él no parecía ser el tipo de hombre dado a hacer muchos elogios.

—Las patatas estaban bastante buenas también —dijo, provocando en él un inesperado ladrido de risa.

El conocimiento mutuo había comenzado tremendamente mal, claro. Pero no tenía ningún sentido mantener la hostilidad sólo para ser antipática y provocar antipatía, ¿verdad? De alguna manera, por acuerdo tácito, los dos habían bajado las armas y hecho una especie de paz a regañadientes.

Pero qué extraño estar sentada ahí, sola con un caballero muy apuesto y masculino, que estaba repantigado en su sillón, totalmente relajado. Y saber que pasarían la noche a sólo unos palmos de distancia entre ellos, los dos solos en la planta superior de la posada. Ese era el tema de sus fantasías y sueños despierta. Pero esas fantasías no eran tan agradables cuando se transformaban en realidad.

Cielo santo, en los tres últimos años sólo se había relacionado y vivido con mujeres, si descontaba al señor Keeble, el anciano portero de la escuela de la señorita Martin.

—¿Su casa está en Bath, entonces? —preguntó él.

—Sí. Vivo en la escuela donde enseño.

—Ah, o sea, que «es» profesora.

¿Él ya lo suponía? Pero eso no era para sorprenderse. Era evidente que ella ya no era una dama elegante, ¿no? Hasta el coche en el que viajaba estaba viejo y maltrecho a pesar de lo ricas que eran sus tías abuelas.

—En una escuela de niñas —dijo—. Un colegio muy bueno. La señorita Martin lo abrió hace nueve años con unas pocas alumnas y un presupuesto muy reducido. Pero su fama como buena profesora y la ayuda de un benefactor al que ni siquiera conoce le permitieron ampliarlo anexando la casa de al lado y acoger a niñas pobres gratis además de las que pagan. Tambien pudo emplear más profesoras. Llevo tres años allí.

Él bebió un poco de su copa de oporto.

—¿Y qué enseña esa escuela a las niñas? ¿Qué enseña usted?

—Música, francés y escritura. Escritura creativa, no caligrafía, eso lo enseña Susanna Osbourne. La escuela instruye a las niñas en todas las habilidades que debe adquirir una damita, como baile, pintura y canto, así como porte, modo de andar, comportamiento y etiqueta. Pero también se les da formación académica. La señorita Martin siempre insiste en eso, ya que cree firmemente que la mente femenina no es en nada inferior a la masculina.

—Ah, admirable —dijo él.

Ella giró la cabeza y lo miró atentamente, pero no le quedó claro si había hecho ese juicio con ironía o no. Él tenía apoyada la cabeza en el respaldo alto del sillón; parecía adormilado; su pelo corto y rizado se veía algo revuelto. Sintió un extraño revoloteo en la parte baja del abdomen.

—Me gusta enseñar ahí —dijo—. Siento que hago algo útil con mi vida.

Él hizo rodar la cabeza para mirarla.

—¿Y antes de esos tres años no hacía nada útil?

Su mente vagó por los dos años siguientes a la muerte de su padre, y por unos instantes pensó que podría echarse a llorar. Pero ya hacía tiempo que había derramado todas las lágrimas por esos dolorosos y desperdiciados años. Y jamás había lamentado la decisión que tomó de enseñar en una escuela en lugar de correr humildemente a refugiarse en la casa de sus tías abuelas para ser mantenida por ellas. Si tuviera que hacerlo todo de nuevo, haría lo mismo.

La independencia es algo maravilloso para una dama.

—No era feliz hace tres años —dijo—. Ahora lo soy.

—¿Es feliz? —preguntó él, desconcertándola al pasear sus ojos por su cara, cuello y hombros y luego bajándolos por su pecho—. Tiene suerte de poder decir eso, señora.

—¿Usted no es feliz, entonces?

—Felicidad —musitó él, arqueando las cejas en claro desprecio—, es una palabra estúpida. Existe el goce y la gratificación sensual, y existen sus opuestos. Yo cultivo los primeros y evito los segundos siempre que puedo. Es mi filosofía de la vida, podríamos decir, y la de la mayoría de las personas si son sinceras consigo mismas.

—Me he expresado mal. Empleé la palabra errónea. Debería haber dicho que estoy «contenta» con mi vida. Evito los dos extremos que usted ha mencionado en favor de una paz mayor. Esa es mi filosofía de la vida, y creo que muchas personas han descubierto que es una forma juiciosa de vivir.

—Y también condenadamente aburrida —dijo él.

Y entonces hizo algo que le produjo más revoloteos por dentro, la dejó sin aliento un momento y casi sin poder respirar.

Le sonrió, revelándose como un hombre muy, muy apuesto.

Ella buscó una respuesta, no encontró ninguna y acabó mirándolo en silencio a los ojos y sintiendo arder las mejillas.

Él le sostuvo la mirada, igualmente en silencio, y la sonrisa se le fue desvaneciendo.

—Creo —dijo ella, encontrando la voz por fin—, que es hora de irse a la cama.

Si alguna vez deseó retirar sus palabras una vez dichas, fue esa. Y si alguna vez deseó que se abriera un hoyo negro a sus pies y se la tragara entera, fue esa vez.

Por unos espantosos momentos no pudo apartar los ojos de los de él, y él no desvió la mirada. El aire parecía crujir entre ellos. Y entonces él habló:

—Supongo que ha querido decir sola, señorita Allard. Y tiene toda la razón, es hora de irse a la cama. Si nos quedáramos sentados aquí mucho rato más no me sorprendería que nos acabáramos durmiendo y despertáramos más tarde cuando el fuego ya estuviera apagado, con el cuello dolorido y los pies congelados. Suba usted y yo me encargaré de cubrir el fuego y ponerle la rejilla delante. También iré a ver el fuego del fogón de la cocina, aunque me parece que Peters y su Thomas se quedarán allí algún tiempo jugando a las cartas y gruñéndose.

Mientras hablaba se levantó y se inclinó sobre el hogar.

Ella se levantó del sillón, pensando si la sostendrían las rodillas. ¡Qué *lapsus linguae* más horrible! Debería haberse instalado en la cocina después de todo.

—Buenas noches, señor Marshall —le dijo a la espalda de él.

Él se enderezó y se giró a mirarla.

—¿Todavía está aquí? Buenas noches, señorita Allard.

Ella se apresuró a escapar, deteniéndose sólo el tiempo justo para coger una vela del mostrador. Subió corriendo la escalera y llegó a su habitación; la sorprendió encontrar el fuego encendido en el hogar. Aunque el señor Marshall había dicho que enviaría a Wally a encenderlo, ella no lo oyó dar la orden. Se desvistió e hizo a toda prisa los preparativos para acostarse, aun cuando la habitación no estaba fría, y se metió bajo las mantas, subiéndolas hasta por encima de la cabeza, como para acallar sus pensamientos.

Pero había sensaciones además de pensamientos, y decididamente no eran las sensaciones de una que cultiva la tranquilidad en su vida. Sentía desagradablemente rígidos los pechos, le vibraba la parte baja del vientre, le hormigueaba la parte interior de los muslos, y no era tan inocente que no reconociera de qué eran esos síntomas.

Deseaba a un hombre al que ni siquiera conocía, y que probablemente no le gustaría si lo conociera. Si hasta lo había detestado durante unas horas. ¡Qué humillante!

A la mañana siguiente ya había dejado de nevar cuando Lucius se levantó y miró fuera por el pequeño círculo que limpió con su aliento caliente en la ventana de su dormitorio. Pero había caído mucha nieve, y el viento la había arrastrado formando inmensos montículos. Además, el cielo no estaba despejado y si podía juzgar por la temperatura de su habitación, la nieve tardaría en derretirse.

Aunque todavía estaba oscuro y era imposible ver en la distancia con perfecta claridad, se le hizo dolorosamente obvio que nadie iba a poder viajar a ninguna parte ese día.

Esperó, entonces, que descendiera nuevamente sobre él el abatimiento y el mal humor, y lo sorprendió descubrir que se sentía más animado que nunca desde antes de Navidad. No había cambiado ninguna de las nuevas circunstancias de su vida, pero el destino lo proveía de ese ligero respiro de ellas. Ese día no podría hacer nada para favorecer sus planes de reformar su vida y ser el nieto, hijo, hermano y marido perfectos, por lo tanto, bien podía disfrutar de lo que le ofreciera.

Era raro que pensara eso cuando estaba aislado en una lastimosa birria de posada rural sin su ayuda de cámara, y sin la mayoría de las otras comodidades que normalmente daba por descontadas.

Se afeitó y lavó en el agua fría que estaba inmóvil en la jofaina del lavabo desde la noche anterior, se vistió y se puso las botas de caña alta, el abrigo y el sombrero. Con los guantes en una mano bajó la escalera. Todo estaba sumido en la oscuridad. Tal como había supuesto, Wally seguía en su cama, y era muy posible que los cocheros también siguieran en las suyas. Los dejó jugando a las cartas y gruñéndose negras sospechas respecto a la honradez del otro cuando, bien pasada la medianoche, él se sintió seguro para subir a acostarse;

es decir, seguro de su paz mental. Cuando ella dijo que era hora de irse a la cama, por un momento se sintió, ¡otra vez!, como si fuera a saltarle la tapa de los sesos.

Esa mañana se sentía con un exceso de energía, a pesar de que no había dormido mucho. Y puesto que no podía salir a cabalgar, su ejercicio matutino favorito, ni a practicar el boxeo o la esgrima, que habrían sido alternativas dignas, quitaría la nieve por los alrededores de la puerta, decidió. Se puso los guantes, salió a la tenue claridad del alba y se dirigió al establo a buscar una pala y una escoba. Con la ayuda de Peters, que ya estaba atendiendo a los caballos, encontró lo que buscaba.

—Lo haré yo, jefe, si quiere, en cuanto termine aquí —dijo Peters—. Prefiero eso antes que lavar unos malditos platos otra vez. Pero veo que está a reventar de ganas de hacer algo. Así que, adelante.

—Muy agradecido —repuso Lucius, irónico.

Cogió la pala y se puso a trabajar con ella.

A la luz del amanecer vio que la posada estaba en las afueras de un pueblo, cuya existencia ya había sospechado, pero el camino que los unía estaba tan absolutamente sepultado bajo la nieve que era imposible saber por dónde pasaba. Era improbable que hubiera visitas ese día, ni siquiera en el caso de que los aspirantes a beber cerveza supieran que iba a llegar el dueño. Más improbable aún era que los Parker pudieran volver.

Tenía la vaga sospecha de que podría preferir las dotes culinarias de la señorita Allard, a no ser que el pastel de carne fuera su plato fuerte y no supiera preparar nada más. Aunque por lo que a él se refería, podía volver a prepararlo.

Al cabo de una hora ya había despejado un camino desde la puerta al establo y otro desde la puerta a lo que calculaba sería el camino. Estaba jadeando, y se sentía acalorado y lleno de vigor. Mientras trabajaba había salido el sol, al menos suponía que había salido, porque el cielo seguía nublado y de tanto en tanto caían unos copos de nieve. Pero por lo menos el mundo estaba iluminado.

Se apoyó en la pala e hizo unas cuantas respiraciones profundas inspirando el aire fresco. Todavía tenía más energía de la que iba a consumir encerrado en una pequeña posada rural todo un día.

Empezó a quitar nieve a lo largo de la pared de la posada y de pronto se encontró bajo una ventana que tenía que ser la de la cocina. Se incorporó y miró dentro.

Frances Allard ya estaba levantada y afanadísima trabajando cerca del fogón. Si había puesto el carbón y la leña y encendido ella el fuego no lo sabía, pero daba la impresión de que ardía desde hacía un buen rato.

El vestido era similar al del día anterior, sólo que este era de color crema y le sentaba mejor. Llevaba el pelo pulcramente recogido atrás, bien liso. Nuevamente estaba envuelta en un enorme delantal. Vio que salía una voluta de vapor del pico de la tetera. Había algo cocinándose en el quemador del fogón. Sobre la mesa había un cuenco con algo parecido a unos huevos revueltos.

De repente cayó en la cuenta de que estaba muerto de hambre.

También se sentía curiosamente hechizado por esa escena domestica, y más que un poco excitado. Encontraba un algo casi erótico en contemplar a una mujer agachándose, girándose y absorta en la tarea de preparar una comida.

Y ese era un pensamiento que de ninguna manera debía continuar. Ella era una maestra de escuela y sin duda virtuosa hasta el exceso.

En otras palabras, le estaba estrictamente prohibida.

Ella se giró como si hubiera sentido sus ojos en ella y lo vio mirándola. Y entonces, ¡condenación!, le sonrió, deslumbrándolo, incluso a esa hora de la mañana. Esa sonrisa era un arma letal, y dadas las actuales circunstancias estaría sumamente feliz si no la usara con él.

Ella le hizo un gesto invitándolo a entrar y señaló lo que se estaba cociendo en el fogón.

Cuando entró en la cocina pasados unos minutos, después de haberse quitado el abrigo y cambiado las botas, vio que ella había dispuesto dos lugares en la larga mesa de la cocina.

—Espero que no le importe comer aquí —dijo ella, girando la cabeza para reconocer su presencia y volviendo al instante la atención a los huevos, que estaba removiendo sobre el fuego—. Desperté a Wally hace un rato y lo envié a buscar agua. Entonces él pensó que se había ganado el desayuno con Thomas y Peters. Así que sólo hace un momento le asigné la tarea de encender el hogar del bodegón. La cocina será más acogedora para que comamos.

—¿Los hombres ya han desayunado? —preguntó él, frotándose las manos y aspirando los olores mezclados de jamón ahumado, patatas fritas y café.

—Podría haberle llamado a usted también —explicó ella—, pero me pareció que estaba disfrutando con su trabajo ahí fuera.

—Lo estaba.

Ella puso un plato bien abundante delante de él y otro con menos comida en el lugar de ella. Se quitó el delantal y se sentó.

—Supongo —dijo él, incorporándose para servir el café— que usted encendió el fuego aquí.

—Sí. ¿No es una aventura extraña esta?

Él se echó a reír y ella lo miró fijamente un momento. Después bajó la cabeza y volvió a mirar su plato.

—¿Ha llevado una cocina de posada antes? —le preguntó él—. ¿O se a encargado del apetito de cuatro hombres adultos?

—Jamás —repuso ella—. ¿Y usted ha quitado alguna vez la nieve con una pala de una posada rural?

—¡Buen Señor! Nunca.

Esta vez rieron los dos.

—Una aventura extraña, sí —convino él—. Ayer me dijo que durante todas las vacaciones de Navidad deseó que nevara. ¿Qué habría hecho si hubiera nevado?

—Habría contemplado la nieve maravillada y reverente. La nieve por Navidad es muy excepcional. Y me imaginaba caminando por la nieve hasta el pueblo cantando villancicos con los demás, aunque este año nadie salió a cantar villancicos. Y me imaginaba vadeando por la nieve hasta la sala de fiestas para el baile de Navidad. Pero no hubo ningún baile.

—Pueblo más desabrido no lo hay —dijo él—. Supongo que todos se quedaron en casa atiborrándose de pavo y pudín.

—Supongo. Y mis tías abuelas declinaron todas las invitaciones que recibieron para quedarse en casa disfrutando de la compañía de su sobrina nieta.

—Que habría preferido con mucho estar moviendo los pies en un baile de pueblo. Tristes navidades ha tenido, señora. Cuente con mi más sincera compasión.

—Pobre de mí —convino ella, aunque sus ojos bailaban de risa.

—¿Y esos son los únicos usos que le habría dado a la nieve? —continuó él—. No eran muy dignos de esperar, ¿verdad?

—Bueno, verá —dijo ella poniendo un codo sobre la mesa y apoyando el mentón en la mano, contra todas las reglas de etiqueta—, mis tías abuelas no habrían disfrutado enzarzándose en un combate con bolas de nieve, y es imposible luchar contra una misma. Probablemente habría hecho un muñeco de nieve. Hace dos inviernos, cuando nevó en Bath, la señorita Martin suspendió las clases de la tarde, llevamos a las niñas a un prado que hay cerca de la escuela y organizamos un concurso de muñecos de nieve. Fue divertidísimo.

—¿Ganó usted?

Ella volvió a coger su cuchillo y tenedor.

—Debería haber ganado. Mi muñeco de nieve era con mucho y de lejos el mejor. Pero a las profesoras se nos declaró fuera de concurso. Fue muy injusto. Casi dimití ahí mismo. Pero cuando amenacé con presentar la dimisión, unas diez niñas o más me arrojaron al suelo y me hicieron rodar por la nieve, y la señorita Martin se desentendió haciendo la vista gorda y no hizo ni el menor intento de acudir en mi rescate.

Ese parecía un colegio feliz, pensó él. No lograba ni imaginarse haciendo rodar por la nieve a ninguno de sus profesores, y mucho menos a la vista del director.

Estaba claro que la señorita Frances Allard no era la mujer gazmoña y malhumorada por la que la había tomado. Y debía reconocer que si hubiera estado en su lugar él se habría sentido más irritado aún de lo que se sintió ella y también se habría entregado a horribles sueños de poner a achicharrar a alguien en aceite hirviendo. Aunque ni él ni Peters tolerarían jamás que alguien los adelantara en ningún camino y en ninguna circunstancia, claro está.

—Pues bien, las profesoras no se quedarán fuera del concurso esta mañana —dijo.

Ella lo miró con las cejas arqueadas.

—¿Eh?

—Fuera de la posada —dijo él, apuntando hacia el lado opuesto al pueblo—. Tan pronto le haya ayudado con los platos. Pero hay un problema. ¿Tiene botas adecuadas?

—Por supuesto que las tengo. ¿Habría deseado que nevara para Navidad si no las tuviera? ¿Este es un reto para un concurso de muñecos de nieve? Va a perder.

—Eso lo veremos. ¿Qué les puso a estas patatas para hacerlas tan deliciosas?

—Mi combinación secreta de hierbas.

Él terminó de comer, juntó los platos y fue a lavarlos, mientras ella preparaba una masa para hacer pan fresco; la masa crecería mientras ella estuviera fuera ganando la competición, le dijo.

¡Pan fresco!, pensó él. Se le hizo la boca agua, aun cuando tenía lleno el estómago.

Incluso «secó» los platos, ¡horror de los horrores!

Si no hubiera nevado, él ya estaría en la etapa final de su viaje. Podría haber estado en su casa esa tarde, en la quietud y conocida paz de Cleve Abbey y la perspectiva de un pronto regreso a Londres y a su miríada de placeres, aunque sólo hasta que comenzara la temporada, pardiez. Pero estaba ahí, planeando mitigar el aburrimiento de un día inútil haciendo un muñeco de nieve.

Sólo que no estaba aburrido, y la verdad era que no lo estaba desde el momento en que se levantó de la cama.

Trató de recordar la última vez que había hecho un muñeco de nieve o disfrutara de algún otro juego en la nieve, y no lo consiguió.

Capítulo 4

M irando disimuladamente, Frances observó que él estaba cometiendo el error de hacer demasiado alto y delgado su muñeco de nieve, error cometido con frecuencia por los novatos. Se veía mucho más alto que el de ella, pero iba a tener dificultad con la cabeza. Aun en el caso de que lograra levantar una cabeza adecuada hasta esa altura, se caería rodando y le estropearía todo el trabajo. Ella sería la indiscutible ganadora.

Su muñeco de nieve, en cambio, era sólido y achaparrado. Más ancho que alto. Era...

—Demasiado gordo para pasar por una puerta —comentó el señor Marshall, desviando la atención de su trabajo—, incluso para pasar de lado. Demasiado gordo para encontrar una cama lo bastante ancha y lo bastante firme para dormir. Demasiado gordo para que se le permita comer pan o patatas en sus comidas todo el próximo año. Es asquerosamente obeso.

—Es mimoso —dijo ella, ladeando la cabeza para examinar su creación inconclusa—, y bonachón. No es cadavérico como algunos muñecos de nieve que he visto. No da la impresión de que va a salir volando con la primera ráfaga de viento. Es...

—Descabezado, como el mío —interrumpió él—. Volvamos al trabajo y dejemos para después los calificativos.

Su pobre muñeco de nieve se vio más obeso aún cuando le puso una hermosa cabeza redonda sobre los hombros. La cabeza le quedaba pequeña. Trató de agrandarla pegándole más nieve, pero la nieve se desprendió, cayendo en terrones sobre los hombros, así que tuvo que conformarse con sacar los dos trozos de carbón más grandes que habían traído de la cocina para por lo menos poder ponerle unos ojos grandes y conmovedores. Eligió un carbón más pequeño para la nariz y una zanahoria gorda a modo de pipa, y otros carbones pequeños para los botones de la chaqueta. Con el índice le esculpió una boca ancha y sonriente alrededor de la zanahoria.

—Por lo menos tiene sentido del humor —comentó, retrocediendo—. Por lo menos tiene cabeza.

Miró con una sonrisa burlona la enorme cabeza que él había formado en el suelo, completa, con orejas en forma de asa de jarro y rizos en forma de salchichas.

—El concurso no ha terminado todavía —dijo él—. No hay tiempo límite, ¿verdad? Sería algo prematuro comenzar a burlarse. Después podría sentirse tonta.

Entonces ella comprobó que él no era tan ignorante respecto a la ley de la gravedad como había supuesto; vio que dedicaba un tiempo a trabajar en los hombros, sacando nieve para dejar un buen hoyo en el centro, para que la cabeza no se cayera. Claro que todavía le faltaba subirla hasta ahí.

Lo observó con aire de suficiencia cuando él se agachó a coger la cabeza.

Pero ella había hecho sus cálculos sin tomar en consideración su mayor altura ni la fuerza de esos musculosos brazos. Lo que para ella habría sido imposible para él era un juego de niños. Incluso tuvo la fuerza para sostener la cabeza suspendida sobre el tronco un rato, calculando el mejor ángulo para ponerla. Una vez que la puso eligió los carbones y la zanahoria que deseaba y los puso en su lugar, aunque la zanahoria la puso de nariz. Después metió la mano en uno de los bolsillos del abrigo y sacó una larga y estrecha bufanda, tejida en una horrible combinación de rayas rosa y naranja, y se la enrolló en el cuello a su muñeco de nieve.

—La esposa del cura de la parroquia de mi abuelo me la regaló por Navidad —explicó—. La opinión general en el pueblo es que es daltoniana. Creo que hay que darle la razón a la opinión general. En todo caso es más amable que decir que tiene muy mal gusto.

Retrocedió y se puso al lado de Frances. Juntos contemplaron sus creaciones.

—La bufanda, los rizos y la boca sesgada salvan al suyo de parecer hosco y sin humor —dijo ella generosamente—. Por no decir esas orejas. Ah, y esas marcas de viruela pretenden ser «pecas». Ese es un bonito detalle, he de confesar. Me gusta, después de todo.

—Y yo he de reconocer que me gusta Fray Goloso, con sus botones negros en la chaqueta —dijo él—. Parece un alma jovial, aunque no sé qué le sujeta la pipa en la boca, con esa sonrisa tan ancha.

—Los dientes.

—Ah. Buen argumento. Nos olvidamos de nombrar un juez.

—Y de tener un trofeo esperando al que gane.

Sólo entonces fue cuando él giró la cara para sonreírle, cuando cayó en la cuenta de que él tenía un brazo sobre sus hombros en un relajado gesto de camaradería. Supuso que él acababa de darse cuenta también. Se les congelaron las sonrisas en las caras, y de pronto Frances sintió débiles las rodillas.

Él bajó el brazo, se aclaró la garganta y se acercó a los muñecos de nieve.

—Supongo que podríamos declarar terminada la competición en empate —dijo—. ¿De acuerdo? Si no, nos enzarzaremos en una pelea otra vez y usted ideará otro espeluznante plan para poner fin a mi existencia. ¿O insistirá en declararme ganador a mí?

—De ninguna manera. El mío es decididamente más resistente que el suyo. Va a resistir mucho más tiempo las fuerzas de la naturaleza.

—Vamos, esa es una declaración de guerra cuando yo he tenido la magnanimidad de sugerir un empate.

Acto seguido se agachó, se giró, y sin avisar le arrojó una bola de nieve. La bola le dio en el pecho y le salpicó nieve en la cara.

—¡Juego sucio! —exclamó ella.

Entonces se agachó, cogió un buen puñado de nieve y se lo arrojó. Le dio en el lado del sombrero, ladeándoselo.

Y empezó la batalla.

La batalla continuó durante varios minutos, y con tanta insistencia, que a algún observador casual le habría parecido que había cuatro muñecos de nieve al lado de la posada. Sólo que dos de ellos se movían y estaban casi sin fuerzas de tanto reír.

Y encima uno de ellos, el más alto y ancho, de repente se abalanzó sobre el otro y lo hizo caer hacia atrás hasta dejarlo tumbado de espaldas sobre un blando montón de nieve, hundiéndolo con su peso y sujetándole las muñecas a ambos lados de la cabeza.

—¡Basta! —declaró él, todavía riendo—. ¡Esa última me ha dado en el ojo! —Parpadeó para quitarse la nieve de las pestañas.

—¿Reconoce la derrota? —rió ella.

Él arqueó las cejas.

—¿Reconocer la derrota? Perdóneme, pero, ¿quién tiene a quién derrotada en la nieve?

—Pero ¿quién fue el que gritó ¡basta!? —rebatió ella arqueándo las cejas.

—El mismo que luego puso fin a la batalla con una aniquilación decisiva del enemigo —rió él.

De pronto ella tomó conciencia de que él estaba encima de ella. Sentía su peso hundiéndola; sentía su aliento tibio sobre la cara. Miró sus ojos castaños, que estaban a menos de un palmo, y vio que estaban perforándole los suyos. Bajó la vista a su boca y vio que en ese mismo instante él bajaba los ojos a la de ella.

Su extraña aventura iba avanzando rápidamente hacia el peligro, y tal vez hacia algo maravilloso.

Él le rozó los labios con los suyos, y se sintió como si estuviera tendida bajo el caliente sol de agosto y no bajo las nubes de nieve de diciembre.

Nunca había conocido a un hombre tan absolutamente masculino, pensamiento que no soportó tener ni interpretar.

—Uy, acabo de acordarme del pan —dijo, con una voz que a sus oídos sonó espantosamente normal—. Tendré suerte si la masa no se ha hinchado tanto que esté llenando la cocina hasta el techo. Y también si logro pasar por la puerta para rescatarla.

Él la miró a los ojos, perforándoselos, tal vez un segundo más, y luego se le curvó la comisura de la boca, en un gesto que bien podía ser una sonrisa o simple burla. Se incorporó, se puso de pie y se sacudió un poco la nieve; después le ofreció la mano para ayudarla a levantarse. Ella se cogió con las dos manos enguantadas juntas y una vez que estuvo de pie se sacudió la capa, pero comprobó que por el cuello le había entrado tanta nieve como la que la cubría por fuera, estaba segura.

—Ah, esto ha sido muy divertido —dijo, sin mirarlo.

—Sí —convino él—. Pero si alguna vez me encuentro cara a cara con la fortuna le preguntaré por qué tuve que quedarme atrapado aquí con una maestra de escuela gazmoña. Vaya, señorita Allard. Corra. Después de todo me pondré de muy mal humor si no tengo pan fresco para mi sopa.

Por un fugaz instante Frances pensó en quedarse para protestar por el uso de la palabra «gazmoña». Pero si era lo bastante tonta para hacer eso igual podría encontrarse en situación de tener que demostrar que ese adjetivo no era aplicable a ella.

Escapó, pero por orgullo, no corrió.

Una parte de ella se sentía decididamente enfadada. ¿Por qué había roto la tensión de ese momento? ¿Qué daño le habría hecho un beso? Hacía tanto tiempo que no la besaban; posiblemente la oportunidad no se le volvería a presentar, y ya tenía veintrés años cumplidos.

Pero claro, igualmente, «sólo» tenía veintitrés años.

¿Qué daño le habría hecho un beso?

Pero no era una niña ingenua. Sabía muy bien el daño que le habría hecho. Ninguno de los dos, sospechaba, se habría contentado con un solo beso. Y no había nada en sus circunstancias que los inhibiera para darse más besos.

Y más...

Cielo santo, si sólo el roce de sus labios le había medio destrozado los sesos y todos los huesos y órganos del cuerpo.

Se apresuró a entrar en la cocina después de quitarse la ropa de abrigo, y se lanzó a hornear el pan y preparar la sopa.

Durante el almuerzo la conversación fue bastante tensa y exageradamente alegre y superficial, por parte de ella, en todo caso. Lucius se refugió detrás de una actitud taciturna. Pero aunque el pan estaba esponjoso, de los mejores que había probado en su vida, y la sopa era más que digna de un segundo plato, se vio incapaz de concentrarse en disfrutar de ninguna de las dos cosas, por mucho que le gustaran.

Estaba distraído por un deseo no satisfecho.

Y maldijo su suerte, porque aunque las circunstancias eran las ideales para una aventura sexual, la mujer con que estaba no lo era. Ojalá hubiera sido una actriz o una viuda alegre o..., bueno, cualquier cosa, menos una maestra de escuela, que podía ser preciosa pero también gazmoña y virtuosa, a excepción de cuando construía muñecos de nieve, arrojaba bolas de nieve y se olvidaba de sí misma por un rato.

Mientras ella hablaba alegremente sobre una diversidad de temas anodinos, él trataba de pensar en Portia Hunt. Trató de imaginarse su cara, y lo logró, demasiado bien; tenía en sus ojos una expresión que decía que detestaba a todos los hombres y sus apetitos animales, pero que toleraría los de él siempre que nunca tuviera que conocerlos.

Tal vez era injusto con ella. Era una dama perfecta, cierto. También era posible, supuso, que hubiera una mujer atractiva debajo de toda esa perfección. Pronto descubriría la respuesta.

Y pronto acabaría esa aventura, como la llamaba la señorita Frances Allard. Ya había salido el sol por entre las nubes y por la ventana del bodegón se veía caer el agua de los aleros. Sólo quedaba por vivir ese día.

Y la noche...

Esa noche dormiría abajo. No pondría ni un solo pie más allá en dirección a la escalera que subía a las habitaciones. Cuando muriera, su virtud lo llevaría derecho al cielo, donde podría aburrirse tontamente tocando un arpa durante toda la eternidad.

¡Maldición! ¿Por qué no continuó siendo la vieja arpía por la que la tomó él el día anterior, menos de veinticuatro horas antes? ¿O por qué no continuó siendo la mujer risueña y entusiasta que fue afuera hasta que él le rozó los labios? ¿Por qué tenía que ser una mezcla tan frustrante?

Ordenó a Wally y Thomas que lavaran los platos; Peters seguía ocupado con el coche, aunque eso no impidió que Thomas mascullara algo acerca de favoritismos cuando Peters desapareció por la puerta de atrás.

Él volvió a ponerse las botas y el abrigo y se pasó la mayor parte de la tarde fuera, primero en la cochera sintiéndose inútil y luego cortando leña, ya que la pila de leña cortada había bajado bastante. Claro que podría haber hecho salir a Wally con un solo grito para que hiciera el trabajo, y en circunstancias normales lo habría hecho, pero le alegraba tener ese pretexto para quedarse fuera. Y le alegraba doblemente la oportunidad de gastar más energía. Cortó más leña de la que se necesitaría esa noche y la mañana siguiente. Esa leña le calentaría los dedos de los pies a los Parker hasta la próxima semana y tal vez más.

Cuando volvió a entrar en la posada ella tenía el té listo, pan fresco con más queso y encurtidos, y unas tortas de pasas todavía calientes, recién salidas del horno. ¿Quién fue el que dijo que el corazón del hombre se conquista por el estómago? Si bien no era exactamente su corazón el órgano afectado, ella era sin duda una buena cocinera.

—He decidido no ofrecerle empleo como mi cocinera —dijo cuando hubieron terminado de comer—. Ya soy bastante corpulento tal como estoy, o como estaba ayer.

Ella sonrió pero no dijo nada. Y cuando él se levantó para ayudarla a llevar la bandeja a la cocina, ella le dijo que se quedara donde estaba, que ya había estado bastante ocupado toda la tarde.

Vio que ella había estado leyendo. El libro estaba abierto sobre el banco de madera cerca del hogar, con las páginas hacia abajo. Era *Cándido* de Voltaire, nada menos. Y lo estaba leyendo en francés, comprobó cuando lo cogió. Había dicho que enseñaba francés, ¿no? Francés, música y escritura.

Era una maestra de escuela gazmoña y seria. Sin duda era condenadamente inteligente también. Si se repetía muchas veces esas cosas tal vez llegaría a aceptar la dura realidad y ese conocimiento le enfriaría la sangre.

¿Quién diablos querría llevarse a la cama a una mujer inteligente?

Entró Wally a poner más leña en el fuego y después Lucius dormitó en su sillón. Frances Allard no fue a reunirse allí con él hasta la hora de la cena, cuando apareció con un pato asado con patatas y otras verduras que había encontrado en la bodega.

—Ni siquiera la he ayudado con las patatas esta noche —dijo él—. Me sorprende que me permita comer.

—Yo no le ayudé a cortar leña, pero aquí estoy sentada junto al fuego.

Señor, ya ni siquiera podían tener una buena pelea.

—*Cándido* —dijo, haciendo un gesto hacia el libro—, ¿siempre lee en francés?

—Me gusta si el original fue escrito en ese idioma. Se pierde mucho en la traducción, aun cuando el traductor sea bueno y serio. Se pierde algo de la voz del autor.

Sí, no cabía la menor duda: era inteligente. Trató de sentir que a causa de eso menguaba su atracción por ella. Sólo se sentía atraído porque estaba atrapado allí y ella era la única mujer que había, se dijo. En circunstancias normales no le dedicaría ni una segunda mirada.

Durante el resto de la comida conversaron sin demasiada incomodidad ni demasiados silencios, pero a medida que transcurría la cena y después, cuando estaban juntos lavando los platos, descubrió que había descendido sobre él una cierta melancolía. No era el humor negro que lo había asaltado durante todas las vacaciones de Navidad, sino un... bueno, una clara melancolía. Al día siguiente se separarían y no volverían a verse nunca más. Dentro de una semana ella sería para él un simple recuerdo, y dentro de un mes ya se habría olvidado totalmente de ella.

¡Buen Señor! Y luego se dejaría crecer el pelo, usaría corbatas de colores vivos, recitaría poemas sentimentales y se hundiría en la decadencia.

Dejó en la mesa la pesada olla que acababa de secar y se aclaró la garganta. Pero cuando ella lo miró con las cejas arqueadas, y con las mejillas ligeramente sonrojadas, no supo qué decir.

Ella caminó delante de él para volver al bodegón y fue a sentarse en su sillón habitual. Él fue a ponerse de cara al hogar y se quedó ahí de pie, contemplando el fuego con las manos cogidas a la espalda. Y cedió a la tentación. No es que la combatiera mucho, la verdad. Tal vez lo haría después.

Y tal vez no.

—¿Así que no llegó a bailar en Navidad?

—Ay de mí, no —contestó ella riendo suavemente—. Y tan preparada que estaba para impresionar a los aldeanos con mis proezas en el vals. El señor Huckerby, el maestro de baile, insistió en enseñarles los pasos a las niñas, ya que dice que casi con toda seguridad hará furor dentro de unos años. Y me eligió a mí para hacer la demostración, como si no tuviera ya bastante ocupados mis días sin eso. Pero cuando aprendí los pasos dejé de gruñir. Es un baile divino. Pero no tuve la oportunidad de deslumbrar a nadie con mi baile en Navidad. Qué pena.

Su voz sonaba cargada de humor. Y sin embargo por sus palabras, y por lo que le había dicho esa mañana, él tuvo la impresión de que la Navidad había sido triste y decepcionante para ella. Una Navidad solitaria, con sólo dos ancianas por compañía.

Pero ya había cedido a la tentación y no podía negarse el placer de continuar.

La miró por encima del hombro.

—Deslúmbreme a mí.

—¿Cómo ha dicho? —Lo miró como si no entendiera, aunque le había subido algo de color a las mejillas.

—Deslúmbreme a mí —repitió él—. Baile el vals conmigo. Ni siquiera tiene que vadear por la nieve hasta la sala de baile. La espera arriba.

—¿Qué? —rió ella.

—Venga a bailar el vals conmigo. Tenemos el lujo de la sala y la pista sólo para nosotros.

—Pero no hay música —protestó ella.

—Creí haberla oído decir que es profesora de música.

—No he visto ningún piano ni espineta. Pero aún en el caso de que hubiera piano o espineta, yo no podría tocar y bailar al mismo tiempo, ¿verdad?

—¿No tiene voz? ¿No puede cantar? ¿O tararear?

Ella se rió.

—¡Qué absurdo! Además, hace frío ahí. —El hogar no está encendido.

—¿Siente frío, entonces? —preguntó él.

De pronto se sentía como si el fuego del bodegón le estuviera quemando hasta la médula de los huesos, y mirándola intensamente a los ojos supo que ella se sentía igual.

—No —dijo ella casi en un murmullo. Se aclaró la garganta—. No.

—Muy bien, entonces. —Se giró del todo, le hizo una elegante venia flexionando la pierna y extendiendo la mano con la palma hacia arriba.

—¿Me concede el placer de este baile, señora?

—¡Qué absurdo! —repitió ella.

Pero ya tenía el color muy subido en ambas mejillas, y los ojos grandes y brillantes, y él supo que era suya.

Ella puso la mano en la de él y él cerró los dedos alrededor.

Sí, bailarían un vals, como mínimo.

¡Como mínimo!

Y tal vez la recordaría incluso dentro de un año.

Capítulo 5

*É*l subió llevando dos candelabros, cada uno con una vela encendida, y ella subió con otro, que llevó a su habitación para sacar un chal de su baúl.

Se lo puso alrededor de los hombros y se encaminó a la sala de baile llevando el candelabro.

Él había colocado un candelabro en cada extremo de la sala, que en realidad no era muy grande. Cogió el que llevaba ella y fue a colocarlo sobre la repisa del hogar que estaba frente a la puerta. Debió hacer una visita a su habitación también; llevaba los zapatos puestos en lugar de las botas hessianas.

Qué cosa más terriblemente tonta, pensó ella. ¿Iban a bailar? ¿Sin compañía, sin música, sin calor?

No, calor lo había en abundancia. Y a veces la tontería puede ser maravillosamente estimulante. Cogió los extremos del chal y trató de calmar los acelerados latidos de su corazón mientras él atravesaba la sala, sus ojos fijos en los de ella, con un aspecto muy peligroso. Cuando llegó ante ella repitió la elegante venia maravillosamente teatral que había hecho abajo y arqueó una ceja.

—¿Señora? Este es mi baile, creo.

—Creo que lo es, señor.

Se inclinó en una venia, puso la mano en la de él y sintió el calor de sus dedos al cerrarse estos nuevamente alrededor de la mano.

Hablaban y se comportaban frívolamente como si estuvieran en una divertida fiesta.

Y no era nada divertido.

Era francamente pecaminoso.

Pero, cielo santo, si sólo iban a «bailar».

Él la llevó hasta el centro de la pista y se puso de cara a ella.

—Confieso que mi experiencia con el vals es algo limitada —dijo—. Veamos. Mi mano derecha va aquí, creo.

Mirándola a los ojos deslizó la mano por su cintura y la dejó apoyada en la espalda a esa altura. Ella sintió pasar el calor de la mano a través del vestido de lana y la camisola, y ahí estaban nuevamente los latidos desbocados.

—Y mi mano izquierda va aquí —dijo ella, poniendo la mano sobre su ancho hombro, un poco más arriba que el hombro de ella, y se le estremecieron los huesos de las rodillas.

—Y... —Él levantó la mano izquierda y arqueó las cejas.

—Esto —Ella colocó la palma contra la de él y dobló los dedos entre el pulgar y el índice de él mientras él cerraba los dedos sobre el dorso de su mano.

De repente notó que el chal era un añadido totalmente innecesario, aun cuando el aire que inspiraba estaba muy frío. Se sentía terriblemente consciente de que ese ancho pecho, detrás de su chaqueta de excelente confección, la nívea camisa y la bien anudada corbata, estaba a sólo unos dedos de sus pechos. Y su cara tan cerca que sentía el calor de su aliento.

Sus ojos estaban clavados en los de él, no podía apartarlos.

No era de extrañar que algunas personas siguieran considerando el vals un baile indecente. No había sentido nada de eso en la escuela. Y ni siquiera habían empezado.

—¿La música, señora? —dijo él, en voz baja, incluso ronca.

—Ay, Dios —dijo ella.

¿Tendría suficiente aliento para eso? Ya tenía experiencia en cantar estando nerviosa. No ese tipo de nerviosismo, cierto, pero aún así... Era cuestión de respirar con el diafragma, donde podía almacenar el aire y soltarlo poco a poco, en lugar de respirar con la garganta, porque entonces con los nervios soltaría todo el aire en un soplido.

Ahora bien, si lograra recordar la melodía de un vals. Si lograra recordar cualquier melodía, que no fuera un madrigal de William Byrd, claro.

Cerró los ojos, rompiendo la tensión al menos en parte, y recordó el ritmo y el placer de bailar el vals con el señor Huckerby, que era un buen bailarín, aun cuando fuera un hombre algo quisquilloso y siempre le acompañara un fuerte olor a lirios del valle.

Entonó la melodía en voz muy baja un momento, sólo para ella. Después abrió los ojos, sonrió al señor Marshall y la entonó en voz más alta y firme, acentuando el primer tiempo de cada compás.

Él marcó suavemente el ritmo con la mano derecha sobre su espalda y luego aumentó un poco la presión llevándola con los pasos del vals, al principio con pasos cortos, tímidos, y luego con más confianza, hasta que pasado un minuto más o menos se movían con pasos largos, firmes y rítmicos, girando por la pista hasta que ella vio, lo habría jurado, doce candelabros en lugar de sólo tres.

Se rió.

Él también se rió.

Y entonces, claro está, no pudieron dar los pasos porque ella había dejado de entonar la melodía un momento.

Volvió a comenzar.

Muy pronto a ella le quedó claro que cuando él dijo que tenía una experiencia limitada con el vals se expresó en términos muy relativos, o simplemente mintió, que era lo más probable. En realidad él sabía bailarlo muy bien. Más aún, tenía sentido del ritmo y facilidad; su mano izquierda sosteniéndole firmemente la de ella en alto, la derecha abierta sobre el arco de su cintura a la espalda, llevándola con tanta seguridad y dominio en los complicados giros cortos y giros amplios que ella se sentía como si los pies se le movieran por propia voluntad y casi no tocaran la madera del suelo.

Ese baile no podría haber sido más estimulante, pensó, si lo hubieran bailado en un salón atemperado, brillantemente iluminado, lleno de gente rutilante con sus galas y la música tocada por una orquesta al completo.

Cuando llegó a su fin la melodía, estaba jadeante. También era muy consciente de que estaba arrebolada, sonriente y feliz, y lamentaba que se hubiera acabado el baile. Los ojos de él brillaban con una extraña luz y miraban muy directamente los de ella. Tenía los labios apretados, lo que le daba a su mandíbula un aspecto rudo e imperioso.

Sentía el calor de su cuerpo y olía su colonia muy masculina.

—Ahora —dijo él— ya no puede decir que no fue a una sala de baile durante la temporada navideña ni que no bailó. O valseó.

—¿Qué? ¿Ya no puedo revolcarme en la autocompasión?

—No. A no ser que yo no estuviera a la altura del maestro de baile.

—Ah, usted supera con mucho al señor Huckerby —lo tranquilizó ella.

—La adulación la llevará a todas partes, señorita Allard —dijo él arqueando las dos cejas—. ¿Ha recuperado el aliento? Una serie, creo, consiste en más de un baile. Y yo reservé toda la serie con usted, si lo recuerda. ¿Algo un poco más lento esta vez, quizá?

De pronto a ella le asaltó la comprensión de que esa aventura estaba casi llegando a su fin. No estarían en la posada al día siguiente a esa hora. Probablemente ella ya estaría de vuelta en la escuela y él... dondequiera que fuera. En un lugar de Hampshire, había dicho.

No volvería a verlo nunca más.

Pero iban a bailar otro vals, una última vez. Sabía con absoluta certeza que viviría del recuerdo de ese día y de esa noche durante mucho tiempo, tal vez el resto de su vida. Tenía la vaga idea de que sería un recuerdo doloroso por un tiempo, aunque seguro que en el futuro lo recordaría con placer.

Pensó en otro vals, uno más lento, ese que el señor Huckerby usaba para comenzar sus clases, aunque no se dio cuenta, hasta que empezó a tararearlo y continuó con la-la-la, lo bello, conmovedor y terriblemente romántico que era.

Era tan tonta como cualquiera de las alumnas que tenía a su cuidado, pensó. Estaba bastante enamorada de él.

Esta vez mantuvo los ojos cerrados mientras bailaban, los pasos más lentos y largos, los giros más amplios, y encontró de lo más natural sentir los dedos de la mano derecha de él por la espalda para acercarla más, y deslizar la mano por su hombro hasta dejarla rodeándole la nuca. Encontró agradable abrir la mano derecha sobre la cálida tela de su chaqueta por encima del corazón y tenerla sujeta ahí por la palma y los dedos de él, y maravilloso apoyar la mejilla en la de él reduciendo el volumen de la música a un suave murmullo.

Sus pechos rozaron el pecho de él y los apretó más firmes contra él. En el abdomen sentía el bulto de su reloj de bolsillo, y su calor. Sus muslos rozaban los muslos de él mientras bailaban.

Y entonces dejaron de bailar y ella dejó de tararear.

Le pareció lo más natural del mundo. Como si el día anterior hubiera estado destinado a ocurrir, como si eso hubiera estado destinado a ocurrir. Aunque la verdad es que no pensó ninguna de esas tonterías, las sintió. Sintió que estaba donde le correspondía estar, donde siempre le había correspondido estar, donde siempre le correspondería estar. Qué más daba que una parte de ella más cuerda, más práctica, estuviera gritando por hacerse oír. Sencillamente no la escuchó. Tenía todo el resto de su vida para la cordura, pero por el momento, en «ese» momento había encontrado algo más profundo que la cordura. Se había encontrado a sí misma. Había encontrado lo que toda su vida había soñado, buscado y dudado de que existiera.

—Frances —musitó él en voz baja, en su oído.

La intimidad de su nombre en sus labios hizo que le recorriera un estremecimiento por la columna y le calentó hasta los dedos de los pies.

—Sí.

Echó hacia atrás la cabeza para sonreírle y subió la mano que tenía apoyada en la nuca de él enredando los dedos en su pelo corto y rizado. Entonces fue cuando supo qué era esa extraña e intensa luz que veía en los ojos de él. Pero claro, en ningún momento no lo había sabido. Era deseo, puro y duro.

Entonces él acercó más la cara a la de ella, cerró los ojos y la besó.

La habían besado antes. La había besado un hombre al que creía amar. Pero nunca así. Ah, seguro que nunca fue así. Él la rodeó con los brazos, una mano cerrada sobre el moño en la nuca, la otra abierta en la espalda por debajo de la cintura, estrechándola contra él. Abrió la boca sobre la de ella, invitándola a separar los labios, invitándola a un beso más íntimo. Cuando ella los entreabrió, él introdujo la lengua, haciendo círculos alrededor de la de ella y acariciándole el paladar.

Ella se apoyó más en él, rodeando con sus brazos su musculoso cuerpo, todo su cuerpo encendido desde la cabeza hasta la punta de los pies. Si hubiera podido acercarlo más lo habría hecho. Sabía sin el más mínimo asomo de duda que él era un amante experto, experimentado. Curiosamente, eso no la asustaba en absoluto; sólo la estremecía de ilusión.

—Lucius.

Él había bajado la cabeza y le estaba mordisqueando suavemente la curva entre el cuello y el hombro; tenía las manos ahuecadas en sus pechos por debajo del chal, modelándoselos, haciéndoselos vibrar de deseo.

Cuando levantó la cabeza, tenía ligeramente revuelto el pelo, y sus ojos castaños cargados de pasión.

—Te deseo —le dijo con la boca sobre sus labios—. Te deseo en la cama. Deseo meterme dentro de estas ropas.

Ella no estaba tan inconsciente como para que esas francas palabras no la sobresaltaran. Era el momento de la decisión final. Eso lo sabía. Él no la forzaría; eso también lo sabía. Había toda suerte de peligros e implicaciones morales que la desanimaban de continuar. Y después de todo, él era poco más que un desconocido. Casi no sabía nada de él. Seguro que lo lamentaría si cedía a la tentación con la que había combatido valientemente desde la noche anterior.

Pero también sabía, y lo vio en los pocos segundos que dejó pasar para contestarle, que lo lamentaría siempre, si no tenía la osadía de llevar su aventura hasta su conclusión última. Podía pasar esa noche con Lucius Marshall si quería. O podía pasar la noche dándo vueltas y más vueltas virtuosamente en su cama solitaria y lamentar eternamente haber dicho que no.

Además, decir no la convertiría en una coqueta tentadora. Ya había llegado muy lejos, demasiado lejos para simular que creía que se habían complacido con un simple beso.

—Sí —dijo, captando un tono ronco, entrecortado, en su voz, como si fuera la de otra persona—. Eso es lo que deseo yo también.

Fue un alivio haber dicho esas palabras, haber reconocido su deseo, su libertad de elección.

Su locura.

Él volvió a estrecharla y separó los labios sobre los de ella.

—Será estupendo —prometió—. Ésta será una noche para recordar, Frances.

Ella no lo dudó ni por un instante.

No llevaban ninguna vela con ellos cuando entraron en el dormitorio de ella, pero el fuego estaba encendido en el hogar; Wally debió tomar la iniciativa de encenderlo sin que se lo pidieran. El fuego ardía, calentando la habitación e iluminando con su parpadeante luz las paredes, el cielo raso y la cama. Pero sólo cuando entró tras ella en la habitación y cerró la puerta Lucius cayó en la cuenta de lo tremendamente frío que tenía que estar el salón de baile.

Ella se giró a mirarlo, sus ojos oscuros cargados de deseo, los dientes enterrados en su labio inferior. Levantó los brazos para rodearle el cuello y él pasó los brazos por debajo de los de ella y levantó las manos para deshacerle el severo moño de maestra de escuela que llevaba en la nuca. Bajó la cabeza y le rozó ligeramente los labios; ella se soltó el labio inferior y lo besó suavemente con los labios entreabiertos.

Eso no era seducción, se dijo él, ni siquiera media seducción; ella estaba muy bien dispuesta. Y no era una cínica diversión la que se iba a tomar con una pareja bien dispuesta para pasar el rato en una noche ociosa. Pero aunque ardía por ella, si lo obligaran a expresar con palabras la potente atracción que le provocaba, se vería en serias dificultades. Normalmente no lo atraían ni las mujeres morenas ni las altas. Admiraba a las mujeres bajitas con rizos rubios; y le gustaban rellenitas, bien llenitas y blandamente femeninas. Le gustaban de piel muy blanca, rosada. Pero Frances Allard no era ninguna de esas cosas.

Y aun así, ardía por ella como no había ardido por ninguna otra mujer antes.

Con sus ágiles y expertos dedos le quitó las horquillas y los cabellos le cayeron en cascada por los hombros, abundantes, sedosos y brillantes a la luz del fuego del hogar, y casi hasta la cintura. Le enmarcaban la cara estrecha haciéndola parecer una madonna renacentista. En ese momento no lograba imaginarse una mujer más hermosa y más deseable. Deslizó la mano por el pelo, enrollándolo entre sus dedos para cogerle la nuca y mantenerle la cara ladeada hacia la de él.

—Es precioso —comentó—. Y sin embargo lo mantienes cruelmente oculto. Eso es un crimen contra la humanidad.

—Soy maestra de escuela —repuso ella, depositándole ligeros besos en la mandíbula y mentón.

—No esta noche —dijo él, apoderándose nuevamente de su boca—. Esta noche eres mi mujer—. Le cogió todo el labio superior con la boca, succionándoselo.

Ella echó atrás la cabeza y lo miró a los ojos, los suyos ardientes de deseo.

—Y esta noche tú eres mi hombre.

Bueno. Se sintió endurecer de excitación.

—Sí, esta noche —dijo, besándole los ojos cerrados, besándole nuevamente los labios, besándole el hueco en la base de la garganta—. Por esta noche, Frances.

Le quitó el chal, lo tiró a un lado y comenzó a desabrocharle el vestido por la espalda. La sintió estremecerse, apretada contra él y enredando los dedos en su pelo. Pero sabía que esos estremecimientos no eran de frío.

Introdujo una mano por debajo de la suave lana de su vestido, después la otra. Sintió su piel cálida y suave, ligeramente humedecida por el deseo. Le bajó el vestido por los hombros y por los brazos hasta que la prenda cayó al suelo por su propio peso. Debajo llevaba camisola, pero no corsé; tal vez eso explicaba por qué él había pensado que tenía los pechos muy pequeños, hasta que ahuecó las manos en ellos en la sala de fiestas. No eran voluptuosos, pero sí seductoramente femeninos. La apartó un poco para mirarla entera.

Tenía las piernas largas, esbeltas, bellamente formadas. Y con los cabellos muy oscuros a todo alrededor, se veía más joven.

Haciendo una lenta inspiración fue hasta la cama y echó atrás las mantas.

—Siéntate en la cama.

Mientras ella se sentaba le colocó las manos en los hombros y se inclinó a besarle el hombro en la curva con el cuello. Olía seductoramente a jabón y a mujer.

Hincó una rodilla en el suelo, le colocó un pie sobre la otra rodilla y empezó a quitarle la media, enrollándola hacia abajo hasta sacársela por el pie. Se inclinó a besarle la parte interior de la rodilla y continuó hacia abajo dejándole una estela de besos por la bien torneada pantorrilla hasta el talón y el empeine.

—Ah, sí —dijo ella, con esa misma voz ronca, entrecortada, que le había oído antes.

Levantó la cabeza para sonreírle. Pero ella estaba inclinada hacia atrás, con las manos apoyadas detrás sobre la cama y los ojos cerrados. Todo su maravilloso pelo caía sobre la cama extendiéndose sobre la blanca sábana bajera.

Le quitó la otra media de la misma manera.

Cuando él se incorporó para quitarse la ropa, ella se tendió en la cama; pero no cerró los ojos ni desvió la cara. Se quedó con los brazos extendidos sueltos a los costados, la cabeza medio vuelta hacia él, una pierna estirada y la otra ligeramente flexionada, la planta apoyada entera en la cama. A él le resultó difícil no arrancarse la ropa a toda prisa para ir a unirse a ella lo más pronto posible. Pero con toda intención se quitó lentamente la ceñida chaqueta, la dejó caer al suelo, y lo mismo hizo con el chaleco. Se desanudó la corbata, la tiró también, y luego se sacó la camisa por la cabeza y la tiró encima del resto.

A la luz del fuego vio los pechos de ella subiendo y bajando, marcándose en la camisola. Tenía los labios entreabiertos.

Le sonrió y fue hasta el hogar a poner más carbón; después volvió junto a la cama y se quitó el resto de la ropa.

Volvió a sonreír cuando ella cruzó los brazos por delante, se cogió la camisola, se la sacó por la cabeza y la dejó caer por el borde de la cama. Eso contestaba un interrogante. Había estado pensando si debía permitirle conservar esa barrera de pudor por lo menos hasta que estuvieran los dos metidos bajo las mantas.

Era curioso que sólo el día anterior la hubiera encontrado delgada y poco atractiva. Esa noche su belleza era tan perfecta en todos los detalles que le quitaba el aliento. Ella levantó los brazos hacia él.

—La cama es algo estrecha —dijo.

—Pero ¿para qué querríamos una más ancha? —le preguntó él arrojándose en sus brazos y pasando un brazo por debajo de ella para besarla—. Nos sobraría la mitad.

—Debo repetir lo que me dijiste antes respecto al vals —dijo ella, introduciendo los largos dedos de una mano por su pelo—. He de confesar que mi experiencia en este tipo de actividad es gravemente limitada.

—¿O tal vez inexistente? —dijo él besándole la punta de la nariz y mirándola a los ojos.

—Algo así.

Él le mordisqueó un lóbulo.

—Yo no tenía ninguna experiencia en pelar patatas.

—Pero quedaron deliciosas.

—Exactamente lo que quiero decir —dijo él, soplándole dentro de la oreja.

Ella le buscó la boca para besarlo otra vez, y al instante se reencendió con redoblada fuerza la pasión que puso prematuramente fin al vals y los llevó a ese momento. La besó a fondo, explorándole el interior de la boca con la lengua mientras deslizaba la mano por su cuerpo, acariciándola, atormentándola, excitándola. Y ella le correspondió las caricias con sus esbeltas manos de dedos largos y finos, suave y tímidamente al principio, y luego con más osadía, urgencia y avidez.

Continuaron acariciándose, besándose, saboreándose y excitándose con frenético ardor, jadeantes, hasta cuando él cerró la boca sobre un pezón y se lo succionó, deslizando al mismo tiempo la mano por entre sus muslos hasta encontrar su caliente y mojado centro de deseo, y empezó a explorar, frotar y rascar ligeramente ahí con los dedos; entonces ella rodó hasta quedar de espaldas y él se montó encima, aplastándola con su no poco considerable peso. No tuvo que pedirle que abriera las piernas; ella las abrió y levantó, abrazándole las caderas con los esbeltos y fuertes muslos y entrelazando las piernas con las de él. Entonces él pasó las dos manos por debajo de ella, acomodó la posición y la penetró, firmemente, y con la mayor lentitud que le fue posible.

Pero ella no le permitió hacer concesiones a su virginidad. Se arqueó, apretándose contra él hasta que él rompió la barrera y se enterró hasta el fondo en ella con más fuerza que la que hubiera querido. Ella le presionó las nalgas, enterrándolo más. Estaba jadeante.

La sintió estrecha, caliente y mojada. Sintió vibrar la sangre por todo el cuerpo y oía los latidos del corazón como golpes de un tambor en los oídos. Se quedó muy quieto, tratando de dominarse.

—Tranquila —susurró, besándola en la boca—. Con calma. Quiero darte placer, Frances, no salir disparado como un crío en su primera excursión.

Sorprendentemente, y deliciosamente, ella se rió. Sintió los estremecimientos de su risa por todo su cuerpo, y la presión de sus músculos interiores alrededor de su miembro.

—Me estás dando placer —dijo ella—. Sí, Lucius, de verdad.

La silenció con un beso. Pero la risa de ella había disipado algo del frenesí de su unión, y logró moverse dentro de ella con embites lentos, y ella cerró los ojos, echó atrás la cabeza y relajó los músculos. Continuó así durante varios minutos, sintiéndola cada vez más lubricada, hasta que los suaves murmullos y las sensaciones lo fueron llevando más y más cerca de sus límites.

Pero no quería cambiar el ritmo todavía. No quería perderse el placer de la expectación del placer, y ella era una pareja de cama magnífica, sensible, apasionada. Pasado el primer minuto ella había empezado a moverse con él, cogiendo el ritmo de sus embites con sus músculos interiores y complementándolos. Movía lentamente las caderas, en círculos, produciéndole un placer tan exquisito que casi rayaba en dolor.

Había tenido experiencias con cortesanas que eran menos hábiles.

Y de pronto ella se descontroló y empezó a gemir suavemente con cada embite, contrayendo los músculos con más fuerza y sin ritmo. Él sintió más caliente su cuerpo y más húmedo por el sudor; oía sus respiraciones entrecortadas y resollantes. Ella lo apretó más con los brazos y muslos.

Entonces él embistió más rápido, con más fuerza, y más profundo.

Era imposible que una virgen llegara al orgasmo la primera vez; era excepcional que una mujer tuviera un orgasmo alguna vez. Esas dos afirmaciones las había oído a otros hombres, claro. Frances Allard demostraba que estaban equivocados.

De pronto ella llegó a un pasmoso orgasmo; primero se le tensaron todos los músculos del cuerpo, luego gritó y se estremeció violentamente en sus brazos, y él dejó de moverse. Fue un regalo extrañamente maravilloso verla remontar la cresta de la ola y luego su estremecido descenso al otro lado. Rara vez le había ocurrido eso a él, aunque había conocido a muchas mujeres que llegaban a valientes extremos fingiendo.

Esperó hasta que ella se quedó en silencio y quieta, y entonces reanudó sus embites en busca de su propio placer, penetrándola y saliendo una y otra vez hasta que llegó el maravilloso momento de liberación.

Después suspiró con la boca pegada a la mejilla de ella y se relajó, poniendo todo su peso sobre su cálido y acogedor cuerpo.

Ese fue y era, pensó, cuando al cabo de unos minutos rodó hacia un lado y la cogió en sus brazos, un digno final para una aventura, como la llamara ella, que había sido rara e imprevisible desde el primer momento.

Su mente, sin embargo, rechazó la idea de que ese fuera el final.

Por la mañana pensaría en eso, decidió.

Frances descubrió que estaba enamorada hasta las cejas de Lucius Marshall, justamente del caballero antipático y malhumorado del día anterior. Sonrió con la boca pegada al hombro de él. Casi se rió en voz alta.

Claro que con su intelecto sabía que no estaba en absoluto enamorada, no. En todo caso, no lo estaba de la manera de esos fabulosos y duraderos romances de los que uno oye hablar o lee de vez en cuando. Después de todo, acababa de conocerlo, y no sabía nada de él. Aun cuando él se las había arreglado para enterarse de varios detalles de su vida, había dicho muy poco acerca de la suya. Lo que habían compartido y estaban compartiendo esa noche era enteramente físico; era lujuria pura y dura. Sobre eso no se hacía ni la menor ilusión. Y no la avergonzaba nada reconocerlo. Posiblemente se avergonzaría después, pero no en ese momento, no, de ninguna manera. En ese momento estaba muy feliz de aceptar la situación en su realidad.

Acostada en la estrecha cama con él, con los brazos y piernas entrelazados, él dormido y ella intentando no dormirse, hizo sus reflexiones con sus emociones, no con el intelecto.

Deseaba, y lo intentaba con toda su voluntad, aferrarse al momento, disfrutar, deleitarse de la sensación de estar enamorada y de haber sido amada físicamente de una manera más gloriosa de lo que jamás podría haberse imaginado.

Había supuesto que el acto de amor era doloroso. Y sí que sintió dolor cuando él la penetró y luego uno o dos minutos después que él empezó a moverse dentro. También había supuesto que se iba a sentir horrorosamente avergonzada. ¿Cómo no, considerando lo que realmente había ocurrido? Pero la verdad era que no había sido ni doloroso ni vergonzoso.

Había sido, con mucho, la experiencia más maravillosa de su vida.

Y seguía siendo maravillosa. Se sentía calentita y cómoda. Sentía sus fuertes brazos alrededor de ella y una potente pierna metida entre las suyas. Sentía su musculoso y duro cuerpo pegado al suyo, sus pechos aplastados en el de él con su ligero vello. Olía su colonia, su sudor, su masculinidad, y no lograba imaginar que existiera algún perfume que fuera la mitad de seductor.

¡Extraño pensamiento!

Acurrucándose más contra él y metiendo la cabeza en el agradable hueco bajo su mentón, con lo que provocó un adormilado gruñido de protesta, consideró que era positivo el hecho de que nunca tendría a nadie con quien compararlo. Las oportunidades de matrimonio, e incluso las oportunidades de amores no serios, no se les presentaban con mucha frecuencia a las maestras de escuela. En otra época tuvo la oportunidad de hacer un buen matrimonio, incluso uno feliz, pero eso ya estaba muy lejos en el pasado.

Quería continuar despierta, no porque no estuviera cansada sino porque esa noche era algo que tendría que durarle todo el resto de su vida. Cada vez que pasaba por su mente la idea de que la próxima noche estaría de vuelta en su cama de la casa de Daniel Street en Bath, sentía punzadas de terror en la base del estómago.

Si no dormía, tal vez la noche no acabara nunca.

¡Qué tontería!

Pero la tragedia, el conocimiento cierto de la terrible desolación que vendría, estaba justo bajo la superficie de su soñolienta felicidad.

Ya pensaría en eso mañana, cuando no le quedara más remedio.

—¿Tienes frío? —preguntó una voz ronca y adormilada.

El fuego se había apagado hacía un rato, pero ella se sentía muy a gusto y calentita donde estaba.

—No.

—Lástima, porque podría haber pensado en alguna manera de calentarte si tuvieras frío.

—Estoy congelada —le aseguró ella, riendo en voz baja.

—Mientes descaradamente, señora —dijo él—, pero me gusta tu ánimo. Supongo que ahora tengo que pensar en alguna manera de calentarte, y calentarme yo. Sin duda notas que estoy temblando de frío también. ¿Alguna sugerencia?

Ella sacó la cabeza de su cálido refugio y lo besó en la boca. Él tenía una boca hermosa, ancha y firme, con promesas deliciosas de todo tipo dentro.

—Mmm —musitó él—. Sigue pensando.

No era sólo su atractivo físico, pensó ella, aunque de eso tenía toneladas y toneladas, era que ese día había descubierto ingenio, humor e inteligencia en él, con lo que empezó a caerle bien como persona, además de admirarlo como hombre. En otras circunstancias podrían ser amigos tal vez, si hubiera más tiempo. Pero tiempo era algo que no tenían. Al menos no mucho, sólo el resto de la noche.

Se incorporó apoyada en el codo para besarlo más concienzudamente, pero de repente dos fuertes manos la cogieron por la cintura, la levantaron y la mantuvieron en alto mientras él se ponía de espaldas y se movía hasta el centro de la cama; después la depositó cuan larga era encima de él.

—Así estás mejor —dijo él—, como una hermosa y cálida manta.

Subió las mantas hasta cubrir las cabezas de los dos y luego la besó largamente, haciendo círculos con la lengua alrededor de la de ella, explorándole el interior de la boca y luego simulando el acto sexual.

Ay, sí que quedaba el resto de la noche, pensó ella.

Liberó la cabeza para besarle, lamerle y mordisquearle la curva del cuello, y apoyó las manos abiertas sobre sus hombros para apartarse un poco y poder rozarle el pecho con sus pechos y pezones.

—Mmm —musitó.

—Me has quitado las palabras de la boca —le dijo él.

Entonces ella abrió las piernas y apoyó las rodillas en la cama para quedar a horcajadas encima de él y tener más libertad de movimiento para acariciarlo, palparlo y explorarlo con palmas, dedos y uñas, labios, lengua y dientes. Él se quedó inmóvil y la dejó hacer, sólo reaccionando con roncos gruñiditos apreciativos. Y entonces ella sintió hincharse y endurecerse su miembro contra el abdomen y se frotó contra él hasta que le pareció que alguien había encendido diez fogatas en la habitación.

Fue maravillosamente excitante sentir su poder sobre él, saber que volverían a hacer el amor, que ella lo dirigiría.

Pero finalmente él intervino abriendo las manos sobre sus caderas, colocándola en posición sobre su dura erección y bajándola. Pero eso último no fue necesario, porque ella hizo presión hasta quedar una vez más llena con él.

Gloriosa y maravillosamente llena.

Se inclinó sobre él, con los cabellos cayendo sobre los dos, y lo miró a los ojos, apenas visibles a la tenue claridad que entraba por la ventana; nuevamente apoyó parte de su peso en las rodillas, extendió las manos sobre su pecho y empezó a moverse, subiendo y bajando, generando otra vez el embriagador ritmo del amor.

—Ah, sí —susurró él—, cabálgame Frances.

Ella encontró sorprendente y erótica esa imagen. Pero sí que lo cabalgó, subiendo y bajando una y otra vez, y otra vez, hasta que no pudo continuar y tuvo que rendirse a las manos de él, que volvieron

a cogerle las caderas y la mantuvieron quieta mientras él se arquea-
ba y embestía, rápido y profundo, hasta el momento en que se quedó ahí firme, muy adentro, mientras algo en el centro de ella hacía
explosión en un placer perfecto y luego una paz perfecta.

Continuó arrodillada tal como estaba hasta qué él llegó a su orgasmo y eyaculó, y entonces se echó sobre él, con las piernas estira-
das a los lados de las de él. Él volvió a subir las mantas y la envolvió
en sus brazos.

Continuaban unidos.

Eso era felicidad, pensó ella adormilada. No alegría sino «felicidad».

Y mañana...

Pero afortunadamente se durmió.

Capítulo 6

*P*eters y Thomas habían salido cuando Lucius llegó a la planta baja, aun cuando todavía faltaba bastante para que amaneciera. Volvieron poco después que él llegara al establo, y venían con la noticia de que la nieve se había derretido considerablemente y el camino ya estaba transitable, siempre que se procediera con extrema cautela. Pero el coche de la señorita Allard seguía firmemente metido en el montículo de nieve, dijeron. Sería necesario pedir ayuda, y llevaría la mayor parte del día levantarlo, secarlo y revisarlo para asegurarse de que estaba en condiciones de circular por un camino.

—Aunque se podría decir, jefe, que nunca ha estado en esas condiciones en los últimos treinta años más o menos —añadió Peters, sin poder resistirse.

Enfurruñado, Thomas masculló sombríamente algo así como que a su coche no le habría ocurrido nada malo si cierto joven descarado, cuyo nombre prefería no mencionar, en bien de la paz, no lo hubiera adelantado cuando no debía y luego hubiera parado su coche bruscamente en medio del camino. Y en su época, añadió, los coches se hacían para que duraran.

Si ese coche no hubiera ido tan lento que en vez de avanzar parecía que retrocedía, replicó Peters, y si a esa velocidad no era capaz de detenerse detrás de otro coche sin patinar, volcarse y hundirse en un montón de nieve, eso quería decir que ya era hora de que a su cochero, cuyo nombre prefería no mencionar, en bien de la paz, lo pusieran a criar malvas.

Lucius los dejó enzarzados en la pelea sin intentar hacer de mediador; volvió a la posada y entró en la cocina. Frances ya estaba ahí, afanada preparando el desayuno.

La realidad lo golpeó como un puño en el estómago. Hasta no hacía mucho rato había tenido ese esbelto cuerpo desnudo en sus brazos.

—Si quieres —le dijo, después de darle la noticia acerca de lo de su coche—, nos quedaremos aquí otro día. Seguro que mañana ya estará rescatado y en condiciones de circular.

La sugerencia tenía su atractivo, aunque el mundo los encontraría en algún momento durante el día, aun cuando no se movieran de allí. Los aldeanos vendrían a por su cerveza; los Parker regresarían de sus vacaciones. No había manera de recuperar el encanto del aislamiento del día anterior, ni de la pasión de esa noche.

El tiempo había avanzado, como siempre hacía, inexorablemente.

Ella pareció dudar, pero él casi vio pasar por su mente los mismos pensamientos y llegar a la misma conclusión.

—No —repuso ella—. Debo volver a la escuela hoy, de la manera que sea. Las niñas vuelven hoy y mañana empiezan las clases. Tengo muchísimo trabajo que hacer. Iré a ver si para alguna diligencia en alguna parte del pueblo.

No lo miraba a los ojos, observó él. Pero tenía la cara sonrosada y los labios se veían blandos y ligeramente hinchados, y en toda ella había algo más cálido y femenino de lo normal. Tenía el aspecto de una mujer a la que le han hecho delicadamente el amor durante toda la noche.

De nuevo se sintió algo excitado al verla. Pero por desgracia esa noche ya había pasado y acabado. Tal vez no debería haber ocurrido, aunque, claro, él se había tomado cierto trabajo en procurar que ocurriera. Y decir que había disfrutado del resultado de su trabajo sería quedarse muy corto.

Sencillamente era hora de pasar a otra cosa.

—No pasa ninguna —dijo—. Se lo he preguntado a Wally. Pero

si estás dispuesta a dejar a Thomas aquí para que se ocupe del coche y mañana lo lleve de vuelta a su destino, puedes venir conmigo esta mañana. Yo te llevaré a Bath.

Entonces ella lo miró a los ojos y se acentuó su rubor.

—Oh, no puedo pedirte eso. Bath debe de estar bastante alejado de tu camino.

Lo estaba. Y más aún, puesto que no era posible recuperar el ayer, y en realidad no quería prolongar ese encuentro más allá de su fin natural. Lo mejor sería que esa mañana pudieran besarse y despedirse alegremente y luego partir cada uno por su lado. Todo acabaría en menos de una hora más o menos.

—No queda muy lejos —dijo—. Y no me lo has pedido, ¿verdad? Creo que debo ocuparme de que llegues sana y salva a tu colegio, Frances.

—¿Porque te sientes responsable de lo que le ocurrió a mi coche?

—¡Qué tontería! Si Thomas fuera mi criado lo pondría a arreglar el jardín en el rincón más remoto de mi propiedad, donde nadie se fijara si sacaba las flores y dejaba las malas hierbas. Si alguna vez fue un cochero competente, eso tiene que haber sido hace veinte años por lo menos.

—Siempre ha sido un criado muy leal de mis tías abuelas —dijo ella—. No tienes ningún derecho a...

Él levantó una mano para callarla y de un paso se acercó a besarla profundamente en la boca.

—Me encantaría tener una buena pelea contigo otra vez. Te recuerdo como a una digna enemiga, pero prefiero no perder la posibilidad de un viaje agradable. Quiero llevarte personalmente a Bath para no tener que preocuparme de si llegas sana y salva.

Los caminos podían estar transitables, pero no cabía duda de que aún había peligro. Nieve, barro, charcos de nieve a medio derretir, lo que fuera que estuvieran destinados a encontrar, y era probable que toparan con todo eso antes que acabara el viaje; sería un trayecto difícil. Sí que se preocuparía si sabía que iba sola con el viejo Thomas conduciendo un coche más que destartalado. Ni siquiera al día siguiente los caminos ofrecerían su mejor aspecto.

¡Buen Señor!, pensó de pronto. ¿No se habría enamorado de ella, verdad? Diantres, eso sí que sería estúpido.

Acababa de prometerle a su abuelo que comenzaría seriamente a cortejar a una novia adecuada, y en su mundo una novia adecuada significaba una mujer conectada con la aristocracia, una mujer criada desde la cuna para hacer el importante papel de condesa de Edgecombe.

Una mujer perfecta en todo.

Una mujer como Portia Hunt.

No una mujer como una maestra de escuela de Bath que enseñaba música y francés.

Una dura realidad, sí, pero realidad de todos modos. Así era como funcionaba su mundo.

—Lo agradeceré mucho, entonces —dijo ella y se giró a terminar de preparar el desayuno—. Gracias.

Estaba fría y reservada esa mañana, aparte del rubor de sus mejillas y los labios hinchados. ¿Lamentaría lo ocurrido esa noche? Pero no se lo preguntaría. ¿Qué sentido podía tener lamentar lo que está hecho? Y estaba claro que ella no lo lamentó mientras ocurría. Lo había amado con avidez y entusiasmo, pensamiento que más le valía no continuar teniendo.

Entonces deseó que pasara una diligencia por el pueblo. Necesitaba alejarse de ella.

Pero menos de una hora después, habiendo desayunado y lavado los platos, y dejado dinero e instrucciones a Thomas y un buen dinero a Wally por su estancia en la posada, el coche de Lucius emprendió la marcha hacia Bath con Frances Allard de pasajera.

Hubo cierta discusión, lógicamente, sobre quién debía hacer los pagos. Él se impuso, pero sabía que ceder había sido doloroso y humillante para ella. Si su suposición era correcta, y casi estaba seguro de que lo era, el ridículo de ella no contenía grandes riquezas. Estaba herido su orgullo, sin duda. Iba sentada rígida y en silencio, y así continuó durante la primera y segunda milla, mirando por la ventanilla de su lado.

De pronto Lucius se sorprendió deseando poder revivir el día anterior otra vez, exactamente como fue, con la excepción tal vez de la tarde, que desperdiciaron manteniéndose separados, en el vano intento de evitar lo que probablemente había sido inevitable desde el instante en que se conocieron. Debía de hacer años que no jugaba como jugó con ella en la nieve por el puro y simple placer de jugar. Hacía años que no bailaba voluntariamente. La verdad, no recordaba haber bailado voluntariamente alguna vez antes de esa noche. Y seguía sintiéndose relajado y saciado después de esa noche de buen y vigoroso sexo.

Condenación, pero si aún no estaba preparado para decirle adiós.

¿Y por qué tenía que decirle adiós? La temporada no comenzaría en serio hasta pasada la Pascua. Hasta entonces no era mucho lo que podía hacer para cumplir su promesa. Y pese a lo que parecían creer su madre y sus hermanas, todavía no estaba comprometido con Portia Hunt. De hecho, siempre había puesto sumo cuidado, en presencia de ella, en presencia de Balderston, su padre, y muy especialmente en presencia de lady Balderston, de no comprometerse de ninguna manera, de no decir ni una sola palabra que pudiera interpretarse como una proposición de matrimonio. Y ni siquiera le había prometido a su abuelo que sería ella la elegida.

Por lo tanto, no estaba en juego su honor. Todavía no, en todo caso. No le había sido infiel a nadie esa noche.

Entonces, ¿por qué debía despedirse?

Estaba buscando justificaciones, claro. Eso lo sabía. No había ningún futuro realista para él y Frances Allard. Pero de todos modos continúo intentando idear uno.

Tenía poca experiencia en no conseguir lo que fuera que deseaba.

¿Y por qué demonios no podía pasar una diligencia por el pueblo?

¿O por qué ella no le dijo simplemente que esperaría sola en la posada hasta que el coche de sus tías abuelas estuviera listo al día siguiente? Él no habría aceptado dejarla sola en la posada, estaba segura. Y, dicha sea la verdad, no habría podido soportar quedarse sola ahí viendo alejarse el coche de él hasta perderlo de vista. El vacío de la posada, el silencio, habrían sido insoportables.

Aunque eso era lo que ocurriría en Bath. Ese pensamiento le provocó una dolorosa opresión en el estómago que la hizo lamentar haber desayunado.

La mejor solución, lógicamente, habría sido despedirse esa mañana después del desayuno y haber partido cada uno en un coche distinto y seguido la misma dirección durante un rato. Aunque muy pronto el coche de él habría adelantado al suyo. Pero, en todo caso, esa no había sido la opción.

Ah, no había ninguna manera fácil de decir adiós.

¿Qué demonio la había poseído esa noche? Jamás en su vida había estado ni cerca de ceder a esa tentación.

Se había entregado a un desconocido. Había hecho el amor con él y pasado toda la noche en la cama a su lado. Hicieron el amor tres veces, la tercera, ardiente, rápida y maravillosa, justo antes que él se levantara y saliera de su habitación, sólo con los pantalones puestos y el resto de la ropa en la mano.

Y ahora iba a tener que sufrir todas las considerables consecuencias emocionales. Ya las estaba sufriendo, y eso que todavía estaba con él. Sentía su cuerpo junto al de ella en el asiento. Sentía el calor de su cuerpo en todo el costado derecho. Pero era el final. Pronto, cuando se acabara ese lento y triste viaje por en medio de campos nevados, que ese día se veían grises en lugar de blancos se despedirían para siempre y no volvería a verlo nunca más.

Y como si no tuviera suficiente con la depresión y la pena, más encima estaba el nerviosismo que la acometía cada vez que las ruedas del coche patinaban en la fangosa superficie del camino, y eso ocurría casi a cada momento, por lo que en las primeras millas su nerviosismo fue constante, hasta que Lucius Marshall metió la mano por debajo de la manta que le cubría la falda, le sacó la mano derecha del manguito, se la cogió firmemente en su mano y entrelazó los dedos con los de ella.

Podría haberse echado a llorar al sentir su cálido y consolador contacto.

—Peters no es el más sumiso de los criados —dijo él—, pero es el mejor cochero que conozco. Le confiaría, y le confío, mi vida.

—Creo que la sensación de patinar y luego caer hacia atrás fuera del camino y encontrarme sumergida en un mar de nieve va a aparecer en mis pesadillas durante mucho tiempo.

—Pero si no te hubiera ocurrido eso no me habrías conocido.

La estaba mirando, lo sabía, pero no giraría la cabeza para verle la expresión. Le había dicho eso mismo el primer día. ¿Sólo fue anteayer?. Pero en esa ocasión lo dijo con antipática ironía.

—No —dijo—. No te habría conocido, ¿verdad? Qué terrible habría sido eso.

—Ya está, ¿ves? —rió él—. Te has olvidado del nerviosismo por un momento para mortificarme. ¿O lo has dicho en serio?

Ella se rió también, a su pesar.

Después de eso le desapareció en gran parte el nerviosismo, y también desapareció la tensión que había habido entre ellos desde el momento en que él entró en la cocina esa mañana. Continuaron cogidos de la mano, y pasado un rato cayó en la cuenta de que tenía apoyado el hombro en las gruesas esclavinas de su abrigo. Bajo ellas sentía el calor y la fuerza de su brazo.

Dentro de unos días les haría escribir un ensayo a sus alumnas, pensó. No, un relato, pero no sobre el aburrido tema de cómo pasaron la Navidad, cosa que tal vez ellas esperarían, sino algo más creativo. «Ahora cada una se va a imaginar que vuelve sola al colegio después de las vacaciones de Navidad, se encuentra en medio de un temporal de nieve y queda aislada en una posada rural abandonada con una sola persona por compañía. Escribid la historia.»

Marjorie Phillips mojaría su pluma en el tintero y, sin más, se inclinaría sobre el papel y no se enderezaría hasta haber escrito unas diez páginas con letra bien apretada y líneas muy juntas. Joy Denton haría casi lo mismo. Sara Ponds levantaría la mano para recordarle a la señorita Allard que ella no se fue del colegio antes de Navidad y por lo tanto no volvió después. El resto de las niñas fruncirían el ceño, con sus imaginaciones inactivas o incluso inexistentes, calculando si ella notaría que sólo llenaban una página, escribiendo con letra grande y alargada y en líneas bien espaciadas.

Sonrió afectuosa al pensarlo. Todas esas niñas eran preciosas.

Pero no le fue fácil distraer sus pensamientos durante ese largo trayecto.

Pararon unas cuantas veces para cambiar los caballos, y una vez para un almuerzo de casi una hora, pero el resto del tiempo lo pasaron sentados juntos dentro del coche, sin hablar mucho, las manos cogidas, los muslos y brazos tocándose, a ratos la cabeza de ella ladeada, apoyada en el hombro de él. Una vez que se quedó dormida, comprobó al despertarse que él también se había quedado dormido, con la mejilla apoyada en su cabeza.

Nuevamente sintió ganas de llorar. Tenía oprimido y dolorido el pecho de tanto retener las lágrimas.

Un rato después de eso, cuando a ella le pareció que debían estar no muy lejos de Bath, él le pasó un brazo por los hombros, la giró hacia él, le levantó el mentón con el hueco entre el índice y el pulgar, y la besó.

Sintió su boca tremendamente caliente, comparada con el aire frío. Se oyó gemir suavemente, le rodeó el cuello con el brazo y le correspondió el beso con todas las ansias que sentía.

—Frances —musitó él después de un largo, largo beso—. Frances, ¿qué demonios voy a hacer contigo?

Ella se apartó, se enderezó en el asiento y lo miró recelosa.

—Creo —continuó él— que deberíamos preguntarnos si es verdaderamente necesario decirnos adiós cuando lleguemos a Bath.

Sus palabras eran tan iguales a las que había estado soñando oír todo el día que el corazón le dio un vuelco de dolorosa esperanza.

—Doy clases allí —dijo—. Tú tienes tu vida en otra parte.

—Olvida las clases —dijo él. Sus ojos brillaban con intensa temeridad—. Vente conmigo.

Ella frunció el ceño, y el corazón se le aceleró tanto que le impedía respirar.

—¿Irme contigo? ¿Adónde?

—Dondequiera que decidamos ir. Tenemos todo el mundo para elegir. Vente conmigo.

Ella apoyó los hombros en el rincón del asiento, para poner más distancia entre ellos y poder pensar con claridad.

«Tenemos todo el mundo para elegir.»

Eso sí que era una temeridad.

—No sé nada de ti aparte de tu nombre.

Y sin embargo una parte de ella, esa parte igualmente temeraria que bailó el vals con él, que se acostó con él esa noche, sin pensar en las consecuencias, deseó decir sí, sí, sí, sí, y marcharse con él adonde él quisiera llevarla, al fin del mundo si era necesario. De preferencia ahí, en realidad.

—Ni siquiera sabes mi nombre completo —dijo él. Le hizo una media reverencia con un amplio gesto de la mano—. Lucius Marshall, vizconde Sinclair, para servirte, Frances. Mi casa es Cleve Abbey, en Hampshire, pero paso la mayor parte del tiempo en Londres. Vente a Londres conmigo. Soy tremendamente rico. Te vestiré de satén y te cubriré de joyas. Jamás te hará falta nada. Jamás tendrás que dar otra clase en tu vida.

Vizconde Sinclair... Cleve Abbey... Londres... riqueza... satén y joyas.

Se lo quedó mirando horrorizada, desvanecida su euforia inicial y con ella el romántico sueño que le había obnubilado la mente desde esa noche, o igual desde antes.

Él no era simplemente un caballero casi anónimo con el que tal vez podría desaparecer en la oscuridad y ser felices para siempre. Aunque en realidad ese era un sueño infantil imposible; nadie es anónimo y ni siquiera casi anónimo. Quien fuera que hubiera resultado ser él, tenía una familia, una historia, una vida en alguna parte. No era un príncipe de cuento de hadas. Y no existía aquello de felices para siempre.

Pero la realidad era mucho peor que cualquier cosa que hubiera esperado o supuesto. Él era el vizconde Sinclair de Cleve Abbey, y tremendamente rico...

—Vizconde Sinclair —dijo.

—Pero también Lucius Marshall. Las dos personas son una y la misma.

Sí.

Y no.

Murió un sueño imposible y lo vio en lo que era: un aristócrata impulsivo y temerario, acostumbrado a salirse con la suya fuera cual fuera la fría realidad, sobre todo en lo referente a mujeres.

Pero tal vez la realidad nunca había sido fría para él.

—Olvida lo de tener un trabajo —la instó él—. Vente conmigo a Londres.

—Tal vez me gusta enseñar.

—Y tal vez a los presidiarios les gustan sus celdas.

Esas palabras la indignaron y frunció el ceño. Le recordaron que ese era el mismo hombre que la enfureciera sólo hacía dos días con su comportamiento arrogante y despótico.

—Encuentro insultante esa comparación —dijo.

Pero él le cogió las manos y le besó dulcemente una palma y luego la otra.

—Me niego absolutamente a pelear contigo —le dijo—. Vente conmigo. ¿Por qué habríamos de hacer lo que ninguno de los dos desea? ¿Por qué no hacer lo que deseamos? No puedo despedirme de ti todavía, Frances. Y sé que tú te sientes como yo.

—¿Pero podrás la próxima semana, o el próximo mes o el próximo año?

Él la miró fijamente, con las cejas arqueadas.

—¿Es por eso que dudas? ¿Crees que quiero hacerte mi querida?

Ella sabía que sí.

—¿Es matrimonio lo que me propones, entonces? —le preguntó, sin poder evitar un tono de amargura.

Él la miró un largo rato, o al menos a ella le pareció largo, con expresión insondable.

—La verdad —dijo al fin—, no sé qué es lo que te propongo, Frances. Simplemente no soporto decirte adiós, y ya está. Vente a Londres conmigo y te buscaré alojamiento y a una mujer respetable para que viva contigo como dama de compañía. Podríamos...

Ella cerró los ojos y desconectó los oídos para no oírlo. Estaba claro que él no lo tenía todo pensado. Pero claro, no tenía para qué. No era él a quien se le pedía que abandonara todo lo que había dado seguridad y sentido a su vida durante tres años. Su vida continuaría más o menos como siempre, suponía, con la diferencia de que tendría una nueva amante, porque ciertamente era como amante que la quería. Se quedó algo sorprendido cuando ella mencionó el matrimonio, como si fuera algo de lo que no había oído hablar jamás.

—No me iré contigo —dijo.

Pero mientras decía esas palabras sabía que todavía podría caer en la tentación si no fuera por una cosa: Londres era el único lugar de la Tierra adonde no podría volver nunca. Lo había prometido...

Había algo más también. Cuando él habló de vestirla de satén y cubrirla de joyas, lo dijo en un tono tan parecido al de otros hombres que había conocido en otro tiempo, que ella no pudo evitar ver con cegadora claridad la sordidez del futuro que la aguardaba si cedía a ese deseo de cogerse de cualquier cosa que la salvara de despedirse de él para siempre.

La idea de no volver a verlo nunca más era casi insoportable.

Él le apretó las manos tan fuerte que le dolieron.

—Me quedaré en Bath contigo, entonces.

El corazón le dio un vuelco de alegría por su disposición a ser él quien hiciera el sacrificio, pero eso le duró sólo un instante. No resultaría. Él era el vizconde Sinclair de Cleve Abbey, un aristócrata rico y elegante. Vivía la mayor parte del tiempo en Londres. ¿Qué podía ofrecerle Bath que lo retuviera ahí indefinidamente? Si se quedaba, simplemente postergarían lo inevitable. Nada podía resultar de ningún tipo de relación entre ellos. Y en Bath no podía existir entre ellos ninguna relación que lo satisficiera; relación sexual no, en todo caso, y ningún otro tipo de relación lo satisfaría. ¡Era una profesora, por el amor de Dios!

Sencillamente no había ningún futuro para ellos. Algunas realidades son así de duras, y no queda más remedio que aceptarlas.

Negó con la cabeza, mirándose las manos, todavía cogidas en las de él.

—No. Prefiero que no te quedes.

—¡Y por qué demonios no! —exclamó él, en voz más alta e irritada de lo normal, la voz de un hombre no acostumbrado a que se le niegue aquello en que ha puesto su corazón.

Ella trató de retirar las manos, pero él se las sujetó firmemente, apretándole los dedos, haciéndole daño.

—Los dos últimos días han sido muy agradables —dijo, abandonando el tuteo—. Al menos ayer lo fue. Pero es hora de volver a la vida normal, señor Marshall, vizconde Sinclair. Lo es para los dos. Yo nunca seré su querida y usted nunca se casará conmigo, ni yo con usted, si es por eso. No tiene ningún sentido, entonces, intentar prolongar lo que ha sido simplemente un agradable interludio en nuestras vidas.

—Agradable —dijo él, en tono aún más irritado, francamente furioso, atronador—. Hemos pasado un día en íntima compañía y una noche juntos en la cama, ¿y eso ha sido «agradable», Frances?

—Sí, lo ha sido —dijo ella, tratando de que no le fallara la voz—. Pero no es algo que se pueda repetir nunca. Es hora de decirnos adiós.

Él la miró largamente y luego le soltó las manos. Sus ojos se habían apagado, observó ella, y ya no podía leer en ellos sus pensamientos ni sus sentimientos. La expresión le había cambiado de otras maneras también; tenía la boca curvada en las comisuras, pero no en una sonrisa; tenía una ceja arqueada. Se había retirado detrás de una máscara de cínica burla. Era como si ya se hubiera marchado.

—Muy bien, señorita Allard, parece que tenía razón respecto a usted desde el principio. No es frecuente que me rechace una mujer. No es frecuente que a mi forma de hacer el amor se la condene con un elogio tan insípido como el calificativo de «agradable». ¿No siente el menor deseo de continuar nuestra relación, entonces? Muy bien. Acataré su deseo, señora.

En ese corto discurso se había convertido en un aristócrata glacial y altivo que no se parecía en nada al Lucius Marshall que la abrazara y amara esa noche.

Se había expresado mal, comprendió.

Pero ¿de qué otra manera podría haberse expresado cuando en esencia debía decir lo mismo? Ya no tenía ningún sentido decirle que su forma de hacerle el amor había sido sorprendente, maravillosa, que tenía el corazón roto, que igual lloraría su pérdida el resto de su vida.

Con toda probabilidad ninguna de esas cosas eran ciertas, en todo caso. Eran ciertas ese día, pero al día siguiente lo serían un poquito menos y la próxima semana menos aún. Estaba en la naturaleza de las emociones fuertes que fueran menguando con el tiempo. Su experiencia anterior le había enseñado eso.

Continuaron en silencio hasta que finalmente, después de una eternidad, y también demasiado pronto, fueron entrando en la periferia de Bath.

—¿Lo ves? —dijo él, con una voz tan normal que a ella volvió a darle un vuelco el corazón—. Te dije que te dejaría sana y salva en la escuela.

—Y lo has hecho —dijo ella sonriendo alegremente, aunque él no giró la cabeza para ver su sonrisa—. Gracias. No tengo palabras para expresarte mi agradecimiento por haberte apartado tanto de tu camino para traerme.

—La señorita Martin se sentirá aliviada al ver que no le faltará una profesora mañana.

—Pues sí —dijo ella, sin dejar de sonreír—. Esta noche voy a estar ocupadísima preparando las clases para mañana, y todas estarán clamando por contarme cómo pasaron las navidades.

—Y estarás feliz de estar de vuelta en el trabajo —dijo él, y no era una pregunta.

—Ah, sí, por supuesto —le aseguró ella—. Las vacaciones siempre vienen bien, y siempre son agradables, pero disfruto enseñando y tengo buenas amigas en la escuela.

—Las amigas son siempre importantes.

—Ah, sí —convino ella alegremente.

Y así desperdiciaron esos últimos minutos juntos, en una cháchara alegre, artificial, insustancial, los dos evitando tocarse y mirarse a los ojos.

El coche viró para seguir por Sydney Place, dio una amplia vuelta al parque Sydney Gardens y continuó hasta tomar por Sutton Street y luego virar en Daniel Street, donde Peters lo detuvo delante de otro coche, del que se estaban apeando unos cuantos pasajeros y estaban bajando equipaje, amontonándolo en la acera delante de las dos elevadas e imponentes casas que formaban la escuela de la señorita Martin.

—Hanna Swan, una de las alumnas de la clase de las pequeñas —musitó Frances, como si a él pudiera importarle.

Él se metió la mano en un bolsillo y sacó una tarjeta de visita. La dobló, se la puso en la palma, le cerró la mano sobre ella y se llevó la mano a los labios.

—Tal vez prefieras que yo me quede aquí para que no me vean —dijo—. Este es un adiós después de todo, Frances. Pero si me necesitas, me encontrarás en la dirección de Londres que está en la tarjeta. Vendré inmediatamente.

Ella tenía la vista clavada en el botón que le cerraba el cuello del abrigo, pero entonces alzó la vista y lo miró a los ojos, unos ojos castaños intensos, fijos. No había manera de interpretar mal sus palabras, lógicamente. También la mandíbula se le veía dura y rígida.

—Adiós, Lucius —dijo.

Peters ya había abierto la puerta y estaba sacando fuera los peldaños.

—Si hubieran traído más equipaje en ese coche —comentó alegremente, haciendo un gesto con la cabeza hacia el vehículo—, las ballestas irían arrastrando por el suelo. ¿Se va a quedar ahí, entonces, jefe? ¿Tiene pereza para bajar a estirar las piernas? Bien, entonces. Deme la mano, señorita, y cuidado con el charco.

Sin perder tiempo ella se giró y bajó a toda prisa hasta la acera. En un instante ya se la había tragado el alboroto que rodeaba al otro coche bajando baúles del techo y entrándolos en la casa.

Bajó la cabeza y pasó casi corriendo por en medio sin mirar atrás.

Capítulo 7

*A*unque la conmoción en el vestíbulo era enorme, estando Hannah Swan ahí con sus padres, que se estaban despidiendo de ella y sermoneándola con todo tipo de consejos de última hora, al anciano portero, el señor Keeble, le faltó tiempo para acercarse a saludar a Frances con una inclinación de cabeza y un guiño, e informarla de que ciertas profesoras llegarían a cualquier extremo para no volver al colegio ni un minuto antes del que debían.

También se le acercó Claudia Martin a darle la bienvenida con una palmadita en el brazo, y decirle que la alegraba verla sana y salva y prometerle que ya hablarían después.

Pero no estaba en su destino evitar más efusivas bienvenidas, descubrió Frances. Antes que llegara al pie de la escalera se encontró con otras dos alumnas de las pequeñas que bajaban para recibir a Hannah y que la tuvieron todo un minuto ahí, parloteando y riendo sin parar, explicándole algo sobre la Navidad que ella casi no logró entender. Y una vez arriba, no bien hubo cerrado la puerta de su habitación, soltado los lazos de la papalina para tirarla en la cama y expulsado el aire de las mejillas infladas, volvió a abrirse la puerta, después de un solo y débil golpecito, y entró corriendo Susanna Osbourne a darle un exuberante abrazo.

—¡Granuja, tunante! Nos has tenido dos noches sin dormir, a Anne y a mí, y hasta la señorita Martin estaba preocupada, aunque insistía en que siendo tú tan sensata no te ibas a arriesgar a ponerte en peligro. Te imaginábamos convertida en un carámbano en medio de un montón de nieve. Uy, qué alivio verte aquí sana y salva.

Susanna era la menor de las cuatro profesoras residentes del colegio. Bajita, de pelo castaño rojizo, ojos verdes, muy bonita y vivaz, se veía demasiado joven para ser profesora, aunque en realidad sólo daba clases al curso de las menores, y sólo desde hacía dos años, después que terminara sus seis años como alumna de la escuela. Pero pese a su pequeña estatura y apariencia juvenil, había triunfado en la difícil tarea de ganarse el respeto y obediencia de niñas que en otro tiempo fueron sus compañeras.

Frances le correspondió el abrazo riendo. Pero antes que pudiera decir algo, la cogió en otro fuerte abrazo Anne Jewell, otra de las profesoras.

—Le aseguraba a Susanna, igual que Claudia, que tú eres tan sensata que no te ibas a aventurar a marcharte de la casa de tus tías abuelas con un tiempo tan inclemente. Me alegra que las dos tuviéramos razón, Frances. Aunque, aún así, estaba preocupada.

A Anne la quería todo el mundo, personal y alumnas por igual. Rubia, de ojos azules y muy hermosa, era también ecuánime, accesible, comprensiva y simpática incluso con las alumnas más humildes y menos inteligentes, en especial con éstas, en realidad. Si tenía favoritas, solía ser entre las alumnas que no pagaban, que constituían la mitad del alumnado. Pero siempre había unas pocas niñas, de clase social más elevada, que no perdían oportunidad de comentar que la señorita Jewell, acentuando significativamente la palabra «señorita», tenía un hijo pequeño viviendo con ella en el colegio.

Ni Frances ni Susanna conocían toda la historia respecto a la existencia de David Jewell, aunque sin duda Claudia sí. Las cuatro eran sinceras y firmes amigas, pero incluso las amigas tienen el derecho a guardarse ciertos secretos. Y en cuanto a David, tenía una niñera para él solito, así como varias profesoras particulares, y las niñas y el personal lo adoraban y malcriaban. De todos modos, era un niño dulce, encantador, y poseía muchísimo talento artístico, según el señor Upton, el maestro de arte.

—Bueno, estoy muy bien, como podéis ver —dijo Frances—, aunque me haya retrasado dos días y me asuste pensar en el enorme trabajo que tendré que hacer en lo que queda de día. Me quedé con mis tías abuelas hasta esta mañana, como era lógico, así que no teníais por qué haberos preocupado. Me enviaron aquí en su propio coche.

Y a veces las amigas tienen derecho a mentirse entre ellas.

No soportaba la idea de decirles la verdad. No soportaría la mirada de compasión que sin duda vería en sus ojos cuando llegara al final de la historia.

—Tengas trabajo o no, vas a venir a tomar el té con nosotras, Frances —dijo Anne firmemente—, para relajarte después de lo que ha sido un día agotador, estoy segura. No me imagino que los caminos estuvieran muy bien, y no tenías a nadie aparte de ti para distraerte de contemplarlos. Pero no importa. Ya estás aquí sana y salva y Claudia ha ordenado que sirvan el té en su sala de estar dentro de diez minutos. Con Susanna hemos decidido ser absolutamente generosas y no pelearnos contigo por el sillón junto al hogar.

Las dos se rieron y Frances sonrió alegremente.

—Ese punto no lo voy a discutir —dijo—. Y el té me vendrá muy bien. ¿Me dais diez minutos para arreglarme el pelo y lavarme las manos y la cara?

Anne abrió la puerta.

—Ya están aquí todas las niñas —explicó—. Hanna Swan ha sido la última en llegar, como siempre. La gobernanta las tiene a todas firmemente bajo el ala, así que tenemos toda una hora para relajarnos.

—Queremos saberlo todo de tus vacaciones —dijo Susanna—, hasta el último detalle, incluida la descripción de todos los caballeros que conociste.

—No, sólo de los apuestos, Susanna —terció Anne—. Y solteros. Los demás no nos interesan.

—Ah, en ese caso es posible que baste una hora —dijo Frances—, si hablo rápido.

Las otras dos salieron riendo alegremente.

Al instante Frances fue a sentarse en la cama. Las piernas no la habrían sostenido si se hubieran quedado un minuto más, estaba segura. Cerró fuertemente los ojos. Se sentía muy cerca de un ataque de histeria, aunque claro está, su orgullo no le permitiría entregarse a él. Lo que deseaba más que cualquier otra cosa en el mundo era meterse en la cama bajo las mantas y continuar ahí, hecha un ovillo, el resto de su vida.

Si se asomaba a mirar por la ventana, vería que la calle estaría vacía. Él se había marchado.

Para siempre.

Por decisión de ella.

La habría llevado con él. O se habría quedado en Bath.

Cerró fuertemente los puños sobre la falda, combatiendo el terror, combatiendo el estúpido deseo de bajar corriendo y salir, con la esperanza de darle alcance a su coche antes que desapareciera para siempre.

Era inútil. No había ninguna esperanza. Él no sólo era Lucius Marshall, un caballero, si no también el vizconde Sinclair. Vivía la mayor parte del tiempo en Londres. Ella no podía volver jamás allí, y jamás podría volver a moverse en los círculos elevados, ni aunque él se lo hubiera pedido. Pero no se lo habría pedido, seguro. La habría convertido en su querida, durante un tiempo, hasta que se cansara de ella. Y eso habría ocurrido. Lo que hubo entre ellos esos dos días pasados no fue un gran romance después de todo.

No tenía la menor duda de que había hecho lo correcto.

Pero jamás le había parecido tan triste hacer lo correcto.

«Este es un adiós después de todo, Frances.»

Tragó saliva una vez, luego otra.

Y entonces oyó el eco de sus últimas palabras: «Pero si me necesita, me encontrarás en la dirección de Londres que está en la tarjeta. Vendré inmediatamente».

Abrió los ojos, al caer en la cuenta de que todavía tenía apretada la mano derecha sobre la tarjeta que él le había colocado ahí. Abrió la mano y la miró, doblada, la parte abierta con la dirección mirando hacia el otro lado.

Se había acabado. Se habían despedido para siempre. Él vendría en su ayuda si ella le necesitaba, es decir, si descubría que estaba embarazada.

Pero se había acabado.

Con toda lentitud, dobló nuevamente la tarjeta, la rompió por la mitad y continuó rompiéndola hasta que no pudo continuar, y fue a tirar los trocitos en la parte de atrás del hogar. Reconoció su precipitación. Pero ella lo había enviado lejos. Nunca podría recurrir a él pidiendo ayuda.

—Adiós, Lucius —dijo en voz baja.

Entonces, muy resuelta, se dirigió al lavabo y vertió agua fría en la palangana.

Diez minutos, dijeron Anne y Susanna. Cuando llegara a la sala de estar de Claudia Martin ya estaría presentable. Y estaría sonriendo.

Y estaría armada hasta los dientes de divertidas anécdotas sobre sus navidades.

Nadie sabría la verdad.

Y nadie la sospecharía siquiera.

La semana siguiente Lucius la pasó en Cleve Abbey, y luego se trasladó a Londres, aunque antes de lo que tenía planeado; se sentía tan desasosegado que no podía quedarse en el campo solo con sus pensamientos, o mejor dicho, con sus emociones.

Estas últimas eran predominantemente rabia, que se manifestaba en irritabilidad. Ser el rechazado en lugar del rechazador era una experiencia nueva para él en el trato con las mujeres. También, suponía, era una experiencia humillante y por lo tanto buena para el alma. Pero ¡al diablo el alma! La sola idea de que pudiera salir algo bueno de esa experiencia sólo le aumentaba el mal humor.

¿Qué podía haber de bueno en perder una compañera de cama de la que sólo había empezado a disfrutar?

Que Frances Allard hubiera tenido toda la razón para acabar su naciente romance no hacía nada para calmarle la irritabilidad tampoco. Cuando le propuso llevarla a Londres con él no se había parado a considerar en calidad de qué la llevaría. Pero no habría sido en calidad de esposa, ¿verdad? Demonios, acababa de prometer tomar una esposa conveniente antes de que terminara el verano, y no se imaginaba que su abuelo o su madre consideraran de alguna manera conveniente a una maestra de escuela de Bath.

Siempre había sido impulsivo, incluso temerario. Pero esta vez una parte de él reconocía que si ella hubiera aceptado su sugerencia él se habría encontrado en una posición considerablemente incómoda. No sólo le había hecho la promesa a su abuelo, también se había prometido a sí mismo pasar página y convertirse en un hombre responsable y respetable, ¡Dios misericordioso! Iba a cortejar a una futura esposa durante la primavera, no complacer su gusto con una nueva querida.

Y eso era lo que habría sido Frances si se hubiera ido con él, para qué engañarse; no tenía ningún sentido negarlo. No podría haberla mantenido mucho tiempo; una parte de eso de pasar página entrañaba comprometerse con una mujer para el resto de su vida, la mujer con la que se casaría.

Era la hora de decir adiós, le dijo Frances. Habían disfrutado juntos uno o dos días, había sido agradable, pero ahora era el momento de volver a la vida normal.

¡Agradable!

La elección de esa palabra en cuestión siguió doliéndole durante un tiempo, incluso cuando ya estaba en Londres, inmerso en la conocida ronda diaria por sus clubes y otras aficiones típicamente masculinas con sus numerosos amigos y conocidos.

Su relación sexual con ella había sido «agradable». Eso era casi como para hacer llorar a un hombre, mesarse los cabellos y perder toda la confianza en sí mismo como amante.

Le había hecho un favor al decirle que no. Verdadera y francamente.

Realidad que sólo conseguía que el malhumor se le pegara como un indeseado dolor de cabeza.

Pero no estaba en su naturaleza entregarse a tristes cavilaciones indefinidamente. Y tenía muchísimo para ocupar la mente, además de los conocidos placeres de la vida en la ciudad.

Estaba el hecho, por ejemplo, de que ahora estaba viviendo en la casa Marshall en Cavendish Square, y que muy pronto se le reunirían allí con él su madre y sus hermanas.

Después estaba toda la cuestión de volver aformar parte de una familia, y por un tiempo prolongado, participando de todas sus esperanzas, miedos y ansiedades relativos a la temporada que se aproximaba, en la que se había comprometido a desempeñar un papel activo ese año. Emily iba a hacer su presentación en sociedad y debía equiparse y prepararse bien para ello y para su presentación a la reina. Y él debía cortejar a una futura esposa.

Y también estaba el hecho de que se esperaba la llegada de Portia Hunt a la ciudad inmediatamente después de Pascua. Su madre se lo recordó (como si se le pudiera haber olvidado) una mañana durante el desayuno, después de leer una carta de lady Balderston.

«Le contestaré esta misma mañana —le informó su madre—, y le diré que tú ya estás en la ciudad, Lucius, y que este año te has venido a vivir a la casa Marshall, y que piensas acompañar a tus hermanas a un buen número de eventos sociales.»

Es decir, su madre le anunciaría a la madre de Portia que él estaba dispuesto, por fin, a tomar esposa. Al fin y al cabo, ¿para qué iba un hombre de la reputación del vizconde Sinclair estar planeando asistir a los bailes, fiestas, desayunos venecianos y otras cosas de esas si no andaba buscando seriamente un grillete?

Así pues, los Balderston y Portia, como también su abuelo el marqués de Godsworthy, llegarían a Londres con las expectativas puestas de que su compromiso era inminente. Eso, Lucius no lo dudaba. Así era como funcionaba la sociedad. Se podían decir y organizar muchas cosas, sobre todo las mujeres, sin que mediara ni una sola palabra clara. La palabra clara la diría él cuando finalmente hiciera su visita a Balderston para hablar del contrato de matrimonio y luego hacer su proposición formal a Portia.

La sola idea de lo que lo aguardaba bastaba para que su cuerpo quedara todo bañado en un sudor frío.

De todas formas, igual se sorprendía agradablemente cuando volviera a ver a Portia. Pensándolo bien, debía de hacer unos dos años que no tenía ningún tipo de conversación con ella. Tal vez volver a verla le serviría para enfocar la mente sobre su deber y sobre el inevitable futuro. Después de todo, un hombre debe casarse finalmente. Y si debía, y si daba la casualidad de que el momento era ya, bien podría casarse con alguien eminentemente conveniente y que conocía casi de toda la vida. Mejor lo malo conocido que...

No, no, de ninguna manera pretendía hacer una comparación entre Portia y el mal. Buen Señor, ella sería la esposa perfecta, la quintaesencia de la perfección. No lograría encontrar una mejor si buscaba a todo lo ancho y largo del país los próximos cinco años. Y esos cinco años no los tenía, en todo caso. Había prometido casarse mucho antes que acabara el año.

Casi esperaba con ilusión la llegada de Portia a la ciudad.

Pero había otra cosa diferente esa primavera también. Estaba preocupado y nervioso por la salud de su abuelo, por lo que se arrojaba encima de todas las cartas que llegaban de Barclay Court. Y una de esas cartas, llegada más o menos una semana antes de que llegaran los Balderston, trajo la noticia de que el conde estaba haciendo los preparativos para irse a Bath a pasar unas dos semanas, con el fin de tomar las aguas del balneario. Estas aguas siempre habían sido beneficiosas para su salud en el pasado, explicaba, y quería ver si nuevamente tendrían un efecto similar. Había alquilado una casa en Brock Street, para no alojarse en un hotel.

Si bien lady Sinclair estaba sinceramente preocupada por la salud de su suegro, no podía de ninguna manera marcharse de Londres en ese determinado momento. Emily iba a ser presentada en la corte muy pronto, y tenía que atender a mil y un detalles antes que llegara ese gran día. Caroline, dos años mayor que Emily, tampoco podía abandonar Londres ya que iba a empezar su tercera temporada, todavía soltera, aunque había buenos fundamentos para suponer que sir Henry Cobham se decidiría a solicitarle la mano antes que acabara el mes. Y Amy era aún muy joven para ir sola a Bath a cuidar de su abuelo, aun cuando expresó su entusiasta disposición a hacerlo.

Eso lo dejaba a él. Era deseable que se quedara en la ciudad, cómo no. Pero estaba muy preocupado por su abuelo y sentía la necesidad de asegurarse personalmente de que su salud no se había deteriorado desde las navidades. En todo caso, no pasará nada porque se ausentara de Londres una o dos semanas, ya que estaría de regreso cuando la temporada estuviera en su apogeo.

Una vez que regresara tendría tiempo de sobra para cortejar a alguien.

Ya habían transcurrido casi tres meses desde las navidades, y más o menos se había olvidado de Frances Allard, aparte del ocasional recuerdo nostálgico de aquella noche pasada juntos. Aún así, no era del todo insensible al hecho de que yendo a Bath estaría bastante cerca de ella. Pero no le dio más vueltas al asunto. Era poco probable que la viera, y de ninguna manera haría el menor esfuerzo por intentarlo. Ella estaba firmemente anclada en su pasado y ahí continuaría. Y en realidad había ocupado un rincón muy diminuto en el suyo.

Por eso le desconcertó bastante la potencia de los recuerdos que lo asaltaron cuando el coche llegó a las inmediaciones de Bath y apareció la ciudad en el valle, bajo el camino de Londres, toda blanca y resplandeciente al sol primaveral. Recordó con tanta intensidad el sufrimiento que experimentó la última vez que pasó por ese camino, en dirección opuesta, que volvió a sentir la punzada de dolor. Recordó el deseo casi abrumador que sintió de devolver para suplicarle que se fuera con él, de rodillas si era preciso.

Sólo pensar que podría haber hecho algo tan vergonzoso y humillante le produjo estremecimientos. No, no quería volver a poner los ojos en la mujer que lo había humillado así.

Amy venía con él, y a sus diecisiete años estaba en una edad difícil. Después de Navidad la liberaron del aula para que pudiera acompañar al resto de la familia a Londres a comienzos de la primavera, pero también le aplastaron cualquier entusiasta expectativa que hubiera albergado en su pecho. Su madre se puso firme en la negativa a permitirle que se presentara en sociedad ese año, puesto que le tocaba a Emily, y Caroline todavía seguía soltera. La pobre Amy se sentía menos que encantada ante la perspectiva de verse excluida de casi todas las deslumbrantes actividades que pronto iluminarían la vida de sus hermanas, por lo que cogió al vuelo la oportunidad de acompañarlo a Bath.

Oír sus exclamaciones de placer ante al paisaje que se extendía ante ella y señalarle algunos de los sitios más prominentes de Bath le distrajo la atención. En realidad, su compañía le había alegrado todo el viaje. Dicha sea la verdad, disfrutaba bastante de ese contacto más íntimo con su familia, y empezaba a extrañarle que le hubiera parecido tan importante mantenerse distanciado de ellos tanto tiempo.

Eso se debía a que ya no era un joven irreflexivo, se dijo. Se debía a que había puesto fin a sus correrías y empezaba a comprender el valor de las relaciones de afecto.

Hizo una mueca. ¿Era posible que se hubiera hundido tanto en las profundidades del aburrimiento?

Ella no le escribió nunca, aunque él esperó una carta hasta bien entrado febrero, «ella», Frances Allard. De repente estaba pensando en ella otra vez, muy a su pesar.

Eran pocas las probabilidades de que la viera, ni siquiera por casualidad. Ella vivía en el colegio al otro lado del río, más allá de Sydney Gardens, y estaría ocupada con sus deberes docentes. Él estaría alojado en Brock Street, la zona de la clase alta, y alternaría con otras visitas o residentes elegantes de la ciudad. Era imposible que se cruzaran sus caminos.

Cuando llegaron a Brock Street, dejó de pensar en ella para centrar toda la atención en su abuelo. Se veía frágil, pero estaba tan animado y alegre como siempre, e insistió en que el aire y las aguas de Bath ya le habían hecho algún bien.

El abuelo estaba sentado escuchando con ojos risueños el entusiasta relato de Amy sobre el viaje, en el que intercaló riendo la divertida anécdota de lo que le ocurrió en una posada de postas: la confundieron con la esposa de Lucius y la llamaron «milady».

Después del té, mientras su abuelo descansaba, Lucius llevó a Amy a dar un corto paseo para ver el edificio Royal Crescent, en el otro extremo de Brock Street. La escuchó sonriendo indulgente cuando ella se deshizo en exclamaciones de placer y declaró que el Royal Crescent era el monumento arquitectónico más magnífico que había visto en su vida.

Pero ese mismo día al atardecer, después de cenar, mientras su abuelo leía sentado junto al hogar de la sala de estar y Amy le escribía una carta a su madre y sus hermanas en un pequeño secreter, él se fue a instalarse junto a la ventana a contemplar la majestuosa arquitectura de la calle circular llamada Circus, que estaba muy cerca. De pronto se sorprendió pensando que si Frances seguía trabajando en la escuela de la señorita Martin, estaba a no más de una milla o algo así de allí. Pensar eso le molestó, no tanto por la poca distancia que había, sino por pensar en ella.

Se volvió y se alejó firmemente de la ventana.

—¿Estás triste, Lucius? —le preguntó su abuelo, bajando el libro a su regazo.

Él apoyó ligeramente la mano en el hombro de Amy.

—¿Yo, señor? No, en absoluto. Estoy encantado de estar aquí contigo. Me alegro haberte visto comer una buena cena y que hayas venido a pasar una hora aquí con Amy y conmigo.

—Pensé —dijo el anciano, mirándolo con ojos risueños por debajo de sus espesas cejas blancas— que tal vez estabas suspirando por ver un cierto par de hermosos ojos.

Unos ojos castaños tan oscuros que eran casi negros. Ojos grandes, expresivos, que podían chispear de rabia o bailar de risa u oscurecerse de pasión.

—¿Suspirando, señor? —dijo, arqueando las cejas—. ¿Yo?

—Te refieres a la señorita Hunt, abuelo, ¿verdad? —dijo Amy, mojando la pluma en el tintero de plata—. Tiene los ojos más azules que he visto. Hay quienes los llamarían hermosos, pero yo prefiero los ojos que saben reír aunque sean del gris más feo que exista. Y la señorita Hunt no ríe jamás, supongo que reír es indecoroso, impropio de una dama. De verdad, Luce, espero que no te cases con ella.

—Sin duda Lucius hará la elección correcta cuando llegue el momento —dijo el abuelo—. Pero sería muy raro, Amy, si no admirara los ojos azules, el pelo rubio y la piel sin mácula de la señorita Hunt. Y es una dama refinada. Me enorgullecería llamarla nieta.

Lucius le apretó el hombro a su hermana y fue a sentarse en el sillón del otro lado del hogar. Su abuelo tenía toda la razón, pensó. Portia era una beldad; también era elegante, refinada y perfecta. Corría el rumor, según le informó su madre, de que en los últimos años le había dado calabazas a numerosos pretendientes muy convenientes.

Lo estaba esperando a él.

Concentró la mente en sus considerables encantos y nuevamente sintió apretarse el dogal en el cuello.

Capítulo 8

*E*l día siguiente fue frío y ventoso; nada que animara a hacer excursión prolongada, pero el otro fue uno de esos días primaverales perfectos que invitan a salir a tomar el aire y recuerdan que el verano no está muy lejano. El sol brillaba en un cielo sin nubes, el aire estaba limpio y bastante cálido, y sólo soplaba una tenue brisa.

Después de una visita temprana a la Pump Room para tomar las aguas y un descanso en casa leyendo los diarios de la mañana, a media tarde el conde de Edgecombe estaba muy dispuesto a dar un paseo con sus nietos por el Royal Crescent. Los elegantes iban a pasear allí cada día a esa hora, si lo permitía el tiempo, para intercambiar los cotilleos que se hubieran acumulado desde la mañana, y a ver y ser vistos. El paseo tenía más o menos la misma función que el de Hyde Park en Londres a la hora en que salía la aristocracia, aunque a una escala mucho menor, lógicamente.

Caminar por la calle adoquinada que discurría delante del edificio trazando una amplia curva y luego bajar al hermoso prado que lo rodeaba por ese lado no era lo que se dice un ejercicio vigoroso, por lo que Lucius echaba de menos sus clubes, actividades y conocidos de Londres, aunque estaba totalmente resignado a pasar una semana más o menos cabalgando un poco por la mañana temprano a las colinas para dar una salida a su exceso de energía. Lo alegraba ver a su abuelo tan animado y ligeramente mejor de salud que en Navidad. Y Amy, que en ese momento estaba cogida de su brazo, realmente irradiaba alegría por el cambio de escenario, libre como estaba de las severas restricciones sociales que le imponía Londres a una jovencita aún no presentada en sociedad.

Estaban los tres conversando en el prado con las señoras Reynolds y Abbotsford cuando, medio aburrido pero con una amable sonrisa bien firme en la cara, levantó la vista hacia el Royal Crescent y distraídamente vio un grupo de niñas escolares en doble fila, todas con uniforme azul marino, caminando por Brock Street, tal vez después de haber admirado la arquitectura del Circus y de camino a hacer lo mismo con la joya vecina, el Royal Crescent. Una dama, probablemente una profesora, venía a la cabeza, imponiendo un paso enérgico y con el aspecto de mamá pata surcando el agua para sus dos rectas filas de patitos que la seguían detrás.

«Probablemente una profesora.»

Entrecerró los ojos para mirar más detenidamente a la mujer. Pero el grupo todavía estaba muy lejos para poder distinguir con claridad las caras de ninguna de sus componentes. Además, sencillamente sería demasiada coincidencia...

—Y el señor Reynolds ha aceptado alquilar una casa ahí para el verano —estaba diciendo la señora Reynolds—. Nuestra querida Betsy estará con nosotros, por supuesto. Un mes junto al mar en julio será justo lo que necesitamos todos.

—Dicen que los baños de mar son excelentes para la salud, señora —dijo el conde.

La señora Reynolds emitió una exclamación que sonó como un chillido de buen tono.

—¿Baños de mar, milord? —exclamó—. Oh, no diga eso. Uno no se puede imaginar algo más horroroso para las tiernas sensibilidades. Tendré sumo cuidado en no permitir que Betsy se encuentre a menos de media milla de las instalaciones de los baños.

—Pero yo no podría estar más de acuerdo con usted, lord Edgecombe —dijo la señora Abbotsford—. Cuando hace dos veranos pasamos unos días en Lyme Regis, Rose y Algernon, es decir, mi hija y mi hijo, para que me entienda, se bañaron en el mar, y nunca han estado más sanos de lo que estuvieron el resto de esas vacaciones. Las damas se mantienen muy separadas de los caballeros, Bárbara, así que no había nada indecoroso.

Lucius y su abuelo se miraron, intercambiando una sonrisa traviesa.

—Ay, antes que se me olvide, lord Edgecombe —dijo la señora Reynolds—. Debo suplicarle...

La doble fila de niñas llegó a la esquina de Brock Street en que comenzaba el Royal Crescent, y la profesora se detuvo para señalarles la amplia curva de la fachada del magnífico edificio que tenían ante los ojos. Un esbelto brazo apuntó; una esbelta mano gesticuló.

Estaba de espaldas a él. Sobre un vestido color beige llevaba una chaquetilla entallada marrón. La papalina también era marrón. Desde el lugar donde estaba él era imposible verle la cara y el pelo.

De todos modos se le secó la boca.

No tenía la menor duda acerca de su identidad.

Las coincidencias sí ocurren.

—¿Y usted también vendrá, espero, lord Sinclair? —estaba diciendo la señora Reynolds.

—Uy, di que sí, di que sí, Luce —rogó Amy apretándole el brazo y mirándolo suplicante—. Así podré ir yo también.

—¿Cómo? —Sobresaltado miró de una a la otra señora, con los ojos inexpresivos. ¿De qué demonios hablaban?—. Le ruego me perdone, señora. Me temo que estaba en la luna.

—Lord Edgecombe ha aceptado amablemente asistir a mi sencilla fiesta mañana por la noche —explicó la señora Reynolds—. No será nada comparada con las grandiosas fiestas multitudinarias a que está acostumbrado en Londres, por supuesto, pero la compañía será de buen tono, en el salón habrá un recital musical de calidad y una sala de juego para aquellos que no aprecian la música. El señor Reynolds siempre insiste en eso. Me haría mucha ilusión que aceptara unirse a nosotros y trajera a la señorita Amy con usted.

—Será un honor para mí, señora —dijo Lucius, haciéndole una inclinación de la cabeza—. Y para Amy también, me parece.

¡Buen Señor! Una fiesta. En Bath. ¿Hacia dónde iba su vida?

Amy estaba casi brincando de entusiasmo a su lado. Una fiesta en Bath podría no considerarse importante en la agenda social de la mayoría de las personas, pero era muy atractiva para una niña que estaba excluida de casi todos los eventos sociales de Londres a los que se estaban preparando para asistir su madre y sus hermanas durante toda la primavera.

Podría haberle sonreído afectuosamente si por lo menos la mitad de su atención no hubiera estado dirigida a otra parte, y si su corazón no hubiera comenzado a golpearle el pecho como si alguien le hubiera enganchado un martillo.

Condenación, no había querido que ocurriera eso; no había querido volver a poner los ojos en ella. De todos modos alzó la vista para mirar otra vez a la mujer que lo había rechazado hacía tres meses con cajas destempladas y que luego procedió a instalarse en su memoria y que se negó a marcharse durante un buen tiempo.

La bien ordenada doble fila de niñas iba caminando por la calle y volvió a detenerse en la mitad. Nuevamente habló la profesora, de cara al edificio, describiendo amplios semicírculos con los dos brazos, explicando algo a su clase aparentemente atenta.

No había mirado ni una sola vez hacia el prado. Pero no tenía por qué. Él sabía. Algunas cosas no hace falta verlas con los ojos.

—Dos caballeros con título entre tus invitados —estaba diciendo la señora Abbotsford—. Serás la envidia de todas las anfitrionas de Bath, Barbara, y tu fiesta tiene asegurado el éxito. Y no es que no lo hubiera tenido, por supuesto.

—Estoy muy de acuerdo con usted, señora —dijo el conde—. La señora Reynolds ya tiene fama de excelente anfitriona. Siempre que estoy en Bath espero con ilusión recibir una de sus invitaciones.

La profesora se dio media vuelta; lo mismo hicieron todas las niñas. Entonces ella procedió a hacer un amplio gesto con el brazo abarcando la espléndida vista de la ciudad y las colinas de más allá.

¡Frances!

Estaba demasiado lejos para verle la cara con claridad, pero lo bastante cerca para saber que irradiaba entusiasta animación, absorta en la tarea de instruir al grupo de niñas; lo estaba disfrutando.

No se veía ni ojerosa ni acongojada, observó.

Pero bueno, ¿es que había esperado que lo estuviera, sin duda consumida por él, convertida en una sombra de sí misma?

También parecía totalmente desinteresada en la presencia de las personas de su entorno. No miraba a ninguno de los señores elegantes que paseaban por la calle o por el prado de abajo. De todos modos, él se ladeó el ala del sombrero, como para protegerse de los rayos del sol, y medio se giró, como para admirar las vistas que tenía detrás.

—Bath nunca deja de maravillarme con su belleza —comentó estúpidamente.

Al instante las señoras Reynolds y Abbotsford, las dos residentes de la ciudad, acogieron felices el tema con entusiasta locuacidad. Amy les explicó entonces lo mucho que había disfrutado comprando en Milsom Street la tarde anterior, cuando su hermano le regaló la papalina que llevaba puesta.

Las dos damas admiraron la papalina exclamando efusivos elogios.

Cuando Lucius volvió nuevamente la cabeza para mirar, las niñas ya habían terminado el recorrido del Royal Crescent e iban bajando rápidamente la colina por Marlborough Buildings.

Pardiez, pensó, ¿es que se había ocultado de ella? ¿De una simple maestra de escuela que un día había deseado achicharrarlo en aceite hirviendo, que al siguiente se acostó con él y que luego emitió juicio sobre su relación sexual calificándola de «agradable» para luego decirle un muy firme y final adiós?

¿De veras se había escondido detrás de su sombrero como un cobarde rastrero?

Se sentía decididamente perturbado, si es que tenía que reconocer la verdad. Pensó qué habría ocurrido si él hubiera estado en la calle y no en el prado y se hubieran encontrado cara a cara. ¿Habría balbuceado y tartamudeado haciendo el tonto, o la habría mirado fríamente, arqueado las cejas y fingido buscar su nombre en su memoria?

Señor, esperaba que hubiera sido eso último.

Y entonces, cuando las niñas iban desapareciendo por Marlborough Lane, se le ocurrió pensar cómo habría reaccionado ella. ¿Se habría ruborizado y perturbado? ¿Habría arqueado las cejas y fingido que lo había medio olvidado?

Condenación, a lo mejor sí que lo había olvidado.

En realidad había sido muy conveniente que no se encontraran cara a cara; su autoestima podría haber sufrido un golpe del que no se habría recuperado jamás. Su abuelo, Amy y esas dos señoras habrían presenciado su humillación. Y también las niñas, claro, absorbiendo la escena con ojos ávidos para después poder carcajearse en su dormitorio durante toda la semana o el mes.

No le habría quedado más remedio que buscarse una pistola en alguna parte para volarse la tapa de los sesos.

De pronto volvió a sentirse irritado, e intensamente molesto con la señorita Frances Allard, casi como si realmente no le hubiera visto y tampoco reconocido.

Tal vez, pensó, apretando los dientes, un destino maligno la había introducido en su vida con el fin de mantenerlo humillado; esa maestra de escuela que prefirió un trabajo docente a él.

Las señoras Reynolds y Abbotsford se estaban despidiendo. Lucius se tocó el ala del sombrero ante cada una y luego miró atentamente a su abuelo.

—Creo que ya hemos tenido suficiente por una tarde, señor. Es hora de volver a casa para tomar el té.

—Tal vez a Amy le gustaría estar un rato más —sugirió el conde.

Pero Amy sonrió alegremente y se cogió de su brazo, mientras con el otro seguía cogida del de Lucius.

—Estoy encantada de volver a casa a tomar el té contigo, abuelo —le dijo—. Ha sido una tarde fabulosa, ¿verdad? Hemos hablado con unas diez personas o más. Y nos han invitado a una fiesta mañana por la noche. Tendré muchísimo que contar cuando le escriba a mamá, Caroline y Emily esta noche. No sé qué me voy a poner.

—Creo —dijo Lucius, con un exagerado suspiro— que puedo predecir otra expedición de compras a Milsom Street mañana.

—Puedes comprarte un vestido confeccionado con el dinero que te daré, hija —dijo el conde—. Y todos los adornos que vayan con él. Pero fíate del buen gusto de Lucius cuando elijas. Es impecable.

Mientras caminaban de vuelta a casa, Lucius fue luchando contra el recuerdo de Frances Allard cerrando los bordes de un pastel de carne con las yemas de los pulgares, pinchando la cobertura de pasta para que el vapor no la hiciera salir volando, y agachándose luego a poner el pastel en el horno caliente.

Por qué seguía sintiéndose como el relleno de carne debajo de la cobertura de pasta sin agujerear, en medio del horno caliente, era un misterio para él, por no decir una grave molestia.

¿Por qué ella había elegido justamente ese día para llevar a una clase al Royal Crescent?

O, más importante aún, ¿por qué demonios él eligió justamente ese día para ir a pasear por ahí con su abuelo y su hermana?

Encontraba ignominiosamente humillante haber perdido la serenidad por culpa de una amante de una noche tres meses después de aquellos hechos.

—Uy, Luce —dijo Amy, apretándole el brazo—, ¿no es maravilloso estar en Bath?

—Es absolutamente injusto —protestó Susanna Osbourne— que yo haya pasado sólo una hora fuera jugando con las niñas de primero y tenga las mejillas como una langosta, la nariz como una cereza y todas estas pecas, y que Frances, que se ha pasado tooooda la tarde caminando con la clase de las medianas, esté bronceada y hermosa. Todavía no es verano.

—El bronceado no se considera mejor para una dama que el color langosta —dijo la señorita Martin, levantando la vista del encaje con que ocupaba las manos—. Les enseñas a las niñas que deben protegerse la piel del sol a toda costa, ¿verdad, Susanna? No te tengo ninguna compasión, entonces, si estabas tan ocupada divirtiéndote con tu clase que no te protegiste la tuya, y cada vez que miraba por la ventana veía que te estabas divirtiendo. Vi que participabas en los juegos. En cuanto a Frances, bueno, es la excepción de todas las reglas en lo que a apariencia y piel se refiere. Es su herencia italiana. Las pobres mortales inglesas debemos sencillamente soportar esa injusticia.

Pero pese a sus palabras, sus ojos reían al mirar a su profesora más joven, que estaba sentada inclinada, con los pies apoyados en un taburete, rodeándose las rodillas levantadas con sus esbeltos brazos, y la cara brillante y visiblemente quemada por el sol.

—Además —terció Anne Jewell, que estaba remendando un roto en la espalda de una camisa de niño pequeño—, no te pareces a ninguna langosta que yo haya visto, Susanna. Te ves sonrosada, joven y sana y más bonita que nunca. Aunque en la oscuridad te brillaría la nariz como un faro, supongo.

Todas se rieron de la pobre Susanna, que se tocó con sumo cuidado la parte ofendida, la arrugó al sonreír y luego se unió a las risas.

Las cuatro estaban sentadas en la sala de estar de la señorita Martin, como solían hacer al anochecer después que las niñas se hubieran retirado a sus dormitorios al cuidado de la gobernanta y David estuviera ya durmiendo en su cama.

—¿Resultó educativo tu paseo, Frances? —preguntó la señorita Martin, con los ojos todavía risueños—. ¿Las niñas adquirieron todo el material que esperabas para sus composiciones?

Frances se echó a reír.

—Estuvieron maravillosamente atentas. Lo que no sé es cuánto asimilaron de la arquitectura del Circus, el Royal Crescent y de la sala de baile Upper Assembly Rooms. No me cabe duda de que podrían describir con los más mínimos detalles a todas las personas elegantes que pasaban, en especial si la persona era hombre y menor de veintiún años. Pero me sentí muy orgullosa de todas cuando íbamos cruzando el Pulteney Bridge, de vuelta aquí. Había allí un grupo de jóvenes petimetres que empezaron a pavonearse y hacer comentarios intencionados; uno incluso tuvo la impertinencia de ponerse un monóculo en el ojo. Todas las niñas pasaron con la cabeza muy erguida, como si los jóvenes fueran invisibles.

Anne y Susanna se rieron también.

—Ah, buenas niñas —dijo la señorita Martin, aprobadora, volviendo a inclinar la cabeza sobre su labor.

—Claro que lo estropearon todo una vez que atravesamos Laura Place y ya no pudieron oír a los mocitos —añadió Frances—. No pararon de susurrar riéndose de ellos a todo lo largo de Great Pulteney Street. Supongo que eso es lo que más van a recordar de la excursión.

—Pues claro —dijo Anne—. ¿Esperabas otra cosa, Frances? Todas tienen catorce o quince años. Se comportan conforme a su edad.

—Tienes toda la razón en eso, Anne —dijo la señorita Martin—. Los adultos son muy tontos cuando reprenden a los niños revoltosos diciéndoles que se porten de acuerdo a su edad. En nueve de cada diez casos, eso es exactamente lo que han estado haciendo.

—¿Qué te vas a poner mañana por la noche, Frances? —preguntó Anne.

—Mi vestido de seda marfil, supongo. Es el mejor que tengo.

—Ah, pero claro —dijo Susanna sonriendo traviesa y levantándose para servirles más té a todas—, Frances tiene un galán.

—A Frances la han invitado a la fiesta de la señora Reynolds aparte del señor Blake, Susanna —acotó la señorita Martin, levantando nuevamente la vista de su labor—. La han invitado por su voz, que es como la de un ángel. Sin duda Betsy Reynolds se lo dijo a su madre, y esta, muy juiciosamente, añadió a Frances a la lista de invitados que van a entretener a los demás con su talento superior.

—Pero es el señor Blake quien la va a acompañar —insistió Susanna, sin poderse resistir a seguir bromeando—. Creo que Frances tiene un galán. ¿Qué te parece a ti, Anne?

Anne les sonrió a las dos, con la aguja suspendida sobre su labor.

—Yo creo que Frances tiene un admirador y aspirante a galán. También creo que Frances aún no ha decidido si lo va a aceptar en calidad de lo último.

—Yo creo que será mejor que decida en contra —añadió la señorita Martin—. Tengo una fuerte objeción a perder a mi profesora de francés y música. Aunque supongo que por una buena causa, una muy buena causa, podría dejarme persuadir de hacer el sacrificio.

El señor Aubrey Blake era el médico que atendía a las alumnas de la escuela siempre que alguna de ellas necesitaba sus servicios. Era un hombre serio, responsable y apuesto, de unos treinta y cinco años, que ese mes había empezado a mostrar interés por Frances. Un sábado por la tarde en que se encontró con ella cuando andaba de compras por Milsom Street, insistió en acompañarla hasta la escuela para llevarle las bolsas, que en realidad eran apenas un paquetito muy liviano.

Sus tres amigas se revolcaron de risa después, cuando ella les explicó que casi se había muerto de vergüenza pensando que él descubriría que el paquete contenía unas medias.

Después, un día que ella llevó a su casa a una alumna antes que terminaran las clases porque tenía fiebre, y se quedó allí a esperar al doctor Blake para poder volver con noticias sobre el estado de la niña, él insistió en acompañarla de vuelta hasta la puerta de la escuela.

Y ahora, al enterarse de que ella acudiría a cantar a la fiesta de los Reynolds, a la que él estaba invitado, se personó en la escuela y le pidió a Keeble que la llamara a la sala de visitas, después de pedirle muy correctamente permiso a la señorita Martin, para pedirle que le concediera el honor de acompañarla esa noche.

A ella le habría costado negarse, aunque hubiera querido. Pero en realidad fue un alivio. Dado que la salida era por la noche, Claudia habría insistido en que la acompañara una criada, lo cual causaría graves inconvenientes en el servicio. Además, caminar sola por la noche le habría exigido mucha fuerza de voluntad.

—No creo que una profesora tenga tiempo para un galán —dijo—. Y aún en el caso de que esta profesora lo tuviera, no sé si elegiría al señor Blake. Es tal vez un poquitín demasiado serio para su gusto. Sin embargo, es apuesto, es un perfecto caballero y tiene una profesión muy respetable, y si ella decidiera que lo desea como galán, sin duda informaría a sus más queridas amigas y avisaría a su empleadora de su inminente partida hacia el mundo de la ociosa dicha conyugal.

Riendo se llevó la taza a los labios.

—Bueno, yo no me conformaría con un simple médico —dijo Susanna, sentándose y cogiéndose nuevamente las rodillas—. Tendría que ser un duque o un príncipe, tal vez.

Susanna había llegado a la escuela a los doce años en régimen de no pago. Antes de eso había mentido, poniéndose más edad de la que tenía, con el fin de entrar a trabajar como doncella, y dos días después de que la rechazaran para ese puesto, la encontró el señor Hatchard, el agente de la señorita Martin en Londres, y le ofreció el puesto de alumna en la escuela. Cuando terminó los estudios, la señorita Martin le dio un empleo como profesora del primer curso. De su vida antes de los doce años Frances no sabía nada.

—Un duque no, por favor, Susanna —dijo firmemente la señorita Martin.

Frances y Anne se miraron divertidas; Susanna apoyó la frente en las rodillas para ocultar su sonrisa. Todas conocían la aversión de la señorita Martin por los duques. Una vez trabajó para el duque de Bewcastle en calidad de institutriz de su hermana, lady Freyja Bedwyn. Al poco tiempo dimitió, como hicieron las numerosas institutrices anteriores a ella, al comprobar que su trabajo, o mejor dicho la alumna, era inaguantable. Pero a diferencia de las otras, se negó a aceptar el dinero que le ofreció el duque en pago y la recomendación para otro empleo. Simplemente echó a andar por el camino de entrada de la casa señorial Lindsey Hall, llevando con ella su triunfo y sus efectos personales. Entonces, cuando poco después abrió la escuela, sin recursos para mantenerla, y un benefactor anónimo le ofreció ayuda económica, antes de aceptarla hizo jurar al señor Hatchard sobre la Biblia que ese benefactor no era el duque de Bewcastle.

—Tendrá que ser un príncipe —añadió Claudia—. Me niego rotundamente a asistir a tu boda si el novio es un duque.

Anne terminó su remiendo, dobló la camisa, recogió las tijeras, la aguja y el hilo y se levantó.

—Es hora de que vaya a ver a David para asegurarme de que sigue durmiendo apaciblemente. Aunque tendría que dormir bien después de todo lo que ha corrido por el prado esta tarde. Gracias por el té, Claudia. Buenas noches a todas.

Pero las otras también se habían levantado. La actividad comenzaba temprano en la escuela y acababa tarde, y estaban extraordinariamente ocupadas todo ese tiempo. Muy pocas veces se quedaban a conversar hasta tarde.

Mientras se preparaba para acostarse, Frances pensó en la velada del día siguiente. Cantar era algo que esperaba con verdadera ilusión y entusiasmo, aun cuando hacía tres años que no lo hacía en público. Cuando llegara el momento se pondría nerviosa, pero eso era natural. No permitiría que los nervios estropearan su interpretación.

Pero estaba algo nerviosa por otro aspecto de la fiesta. Era cierto que el señor Blake se convertiría en su pretendiente si ella lo alentara un poco; él no había dicho nada que lo diera a entender, pero su intuición femenina le decía que no se equivocaba. Era un hombre perfectamente conveniente, aun cuando debía ser por lo menos diez años mayor que ella. También era bien parecido, inteligente, afable y muy respetado.

Sus perspectivas de matrimonio no eran muchas. Sería una tonta si no lo alentara. Le gustaba enseñar y su salario era suficiente para cubrir todas sus necesidades más básicas; la escuela le daba un hogar y amistad. Pero sólo tenía veintitrés años y en otro tiempo su vida había sido muy diferente. No podía engañarse a sí misma diciéndose que sería muy feliz si continuaba tal como estaba el resto de su vida.

Tenía sus necesidades, necesidades humanas de las que era difícil desentenderse.

El señor Blake podría ser su única oportunidad de atraerse un marido decente. Claro que las cosas no eran tan sencillas. Tendría que explicarle algunos detalles de su pasado, y algunos de ellos no la dejaban muy bien. Igual él no estaría tan dispuesto a continuar interesado por ella una vez que se lo dijera todo. Por otro lado, igual sí. No lo sabría si no lo probaba.

Cuando estuvo lista apagó la vela, descorrió las cortinas, como hacía siempre, y se acostó de espaldas, contemplando la oscuridad y mirando unas cuantas estrellas.

Había llorado cuando se enteró de que no estaba embarazada; lágrimas de alivio, por supuesto, y lágrimas de pena.

No había recuperado del todo el ánimo en esos tres meses. Eso se debía a que se acostó con él, se decía, a que le había entregado su virginidad. Pues claro que era difícil recuperarse, olvidarlo. Sería extraño que no lo fuera.

Pero si era totalmente sincera consigo misma, sabía que había algo más que eso. La mayoría de las veces, cuando recordaba a Lucius Marshall, eran muchas las cosas que recordaba de él aparte de «eso». Lo recordaba pelando patatas, quitando la nieve con la pala, secando los platos, levantando la cabeza con esas orejas de asa de su muñecode nieve y poniéndolo en el agujero entre los hombros, bailando el vals y... bueno, sus pensamientos siempre volvían a lo que siguió después.

Incluso lo recordaba furioso, despectivo y arrogante ahí firme de pie ante ella sobre el camino nevado después de que la sacara con tanta brusquedad del coche.

Contemplando una estrella y pensando a cuantos miles o millones de millas estaría, reconoció que si no fuera por Lucius Marshall lograría ver con más claridad su camino en el asunto del señor Blake, y, claro, tendría menos cosas que confesar. Pero veía con dolorosa claridad las diferencias entre aquellos dos hombres y, más importante aún, la diferencia en sus reacciones hacia ellos.

Con el señor Blake no había nada de magia.

Pero claro, el señor Blake era un hombre estable, responsable, que tal vez podría ofrecerle un futuro decente. Además, no sabía de cierto que no llegara a haber magia si él decidía cortejarla, ¿verdad?

Lo alentaría, decidió, cerrando los ojos.

Sí, lo alentaría.

Comenzaría a ser más sensata.

Volvió a abrir los ojos y los fijó en la estrella.

—Lucius —susurró—, bien podrías estar tan lejos como esa estrella por toda la pena que me has causado. Pero esto es el final. No volveré a pensar en ti nunca más.

Era una decisión eminentemente sensata.

Y se pasó media noche despierta contemplándola.

Capítulo 9

*A*l atardecer del día siguiente fue la señorita Martin, no Keeble, la que llegó a la habitación de Frances, cinco minutos antes de lo que se esperaba al señor Blake, para avisarle que este ya había llegado.

—Por suerte tengo tantas pocas oportunidades de ponerme este vestido de seda marfil que pocas personas se darán cuenta de que ya tiene varios años.

—Y es de un diseño tan clásico —dijo la señorita Martin, mirando evaluadora el talle alto, las mangas cortas y el recatado escote redondo— que no se ve en absoluto pasado de moda. Irá bien. También tu pelo, aunque te lo has peinado con tanta severidad como siempre. Claro que de ninguna manera puedes esconder tu inmensa belleza. Si yo fuera dada a la vanidad, me sentiría mortalmente envidiosa. No, celosa.

Riendo, Frances cogió su capa marrón.

—No, no, tienes que ponerte mi chal de cachemira. Para eso lo he traído en el brazo. Y una cosa más antes que te vayas. No hablaba en serio anoche. Claro que me fastidiaría perder a cualquiera de mis profesoras. Somos un buen equipo y os he tomado muchísimo cariño a las tres que vivís en la escuela conmigo. Pero si le tomaras afecto al señor Blake...

—Vamos, Claudia —dijo Frances, riéndose otra vez y dándole un rápido abrazo—, qué boba eres. Me va a acompañar a una fiesta en la cual ni siquiera soy una invitada de pleno derecho. Y nada más.

—Mmm, aún no le has visto la expresión de sus ojos esta noche, Frances.

Pero a los pocos minutos Frances se la vio, cuando bajó y lo encontró paseándose por el vestíbulo mientras Keeble, sombrío y ceñudo, montaba guardia en su dominio con su habitual desconfianza de toda la mitad masculina del orbe cuando pasaba por el umbral. El señor Blake estaba muy distinguido con su capa de gala negra y su sombrero de seda en la mano. Y cuando levantó la vista para verla bajar la escalera, ella vio un destello de aprobación y de algo más en sus ojos.

—Como siempre, señorita Allard, está extraordinariamente elegante.

—Gracias.

Él tenía el coche esperando a la puerta, y al cabo de muy poco tiempo ya estaban entrando en la casa de los Reynolds en Queen Anne Square. A Frances le resultó raro volver a entrar en una fiesta después de tantos años. Nuevamente sintió una enorme gratitud por ir acompañada por el señor Blake. La casa ya estaba llena de invitados, aun cuando se decía que Bath había dejado de ser un lugar de moda para pasar temporadas. La señora Reynolds estaba muy orgullosa informando a todos los invitados que iban llegando de la presencia del conde de Edgecombe y sus dos nietos.

Después de estar un rato en el salón, Frances llegó a la conclusión de que estos aristócratas debían estar en la sala de juego; al parecer no había allí ningún ilustre personaje que exigiera hacer reverencias y tocar el suelo con el sombrero a los demás invitados. Mejor aún, no había nadie que ella reconociera, aparte de los conocidos de Bath, y por lo tanto nadie que la reconociera a ella. Había sentido un poco de miedo de ser vista y reconocida por alguna de las personas que conociera antes en Londres. Prefería que nadie de su antigua vida descubriera jamás adónde se había ido.

Hasta el momento, nadie la había descubierto.

El recital musical comenzó poco después que ella llegara. Tomó asiento al lado del señor Blake para disfrutar de las actuaciones, aunque se levantó a ayudar en el primer número del programa, un estudio para piano tocado por Betsy Reynolds, la hija de trece años de la casa, alumna externa de la escuela de la señorita Martin. Ella era su profesora de música, y la ayudó a colocar la partitura y le dio aliento, hasta que la niña logró controlar los nervios y comenzar a tocar.

La interpretación fue bien, si no brillante, y cuando Betsy terminó le sonrió afectuosamente y fue a abrazarla antes que la enviaran a la cama.

Después tuvo que esperar casi una hora para su turno. De hecho, su número era el último del programa. Cuando terminara se serviría la cena.

—Me imagino, señorita Allard —le susurró el señor Blake mientras la señora Reynolds se levantaba a anunciarla— que la han dejado para el final porque se supone que será la mejor.

El señor Blake no la había oído cantar; ninguno de los presentes en el salón la había oído, a excepción del señor Huckerby, el maestro de baile de la escuela, que la iba a acompañar al piano. De todos modos le sonrió agradecida. Las conocidas mariposas le estaban revoloteando en el estómago.

Había elegido una pieza ambiciosa y tal vez no apropiada para la ocasión, pero la primera aria de la tercera parte de *El Mesías* de Haendel, «I know that my Redeemer liveth», siempre había sido su favorita, y la señora Reynolds le había dado libertad para elegir.

Se levantó, sonrió ante los aplausos y ocupó su lugar en medio del salón, junto al piano. Se tomó su tiempo, preparando los pulmones con inspiraciones y espiraciones lentas, con los ojos cerrados, introduciendo la mente en la música.

Después hizo un gesto de asentimiento al señor Huckerby, escuchó las notas introductorias, y empezó a cantar.

Al instante se evaporó todo su nerviosismo y junto con él la conciencia de su público, de su entorno y de sí misma.

La música adquirió existencia propia.

Después de dejar a Amy en el salón con la señora Abbotsford y su hija, que la habían acogido con mucho afecto entre ellas, Lucius había pasado la mayor parte del tiempo en la sala de juego, aunque sólo jugó una o dos manos. El resto, estuvo observando jugar a su abuelo, conversando con los invitados que entraban desde el salón, y tratando de no pensar mucho en lo atrozmente aburrido que estaba.

Iba a entrar en el salón cuando comenzó el recital musical, puesto que le gustaba la música, aun cuando estaba seguro de que la que podía ofrecer Bath sería insípida, si llegaba a eso. Pero justo entonces el señor Reynolds se las arregló para arrinconarlo y empezó a soltarle un largo y aburrido discurso sobre las virtudes de la caza como deporte absolutamente inglés y aristocrático y la naturaleza malvada de sus opositores, los que, según coligió, debían considerarse traidores a su patria. Observó a su abuelo por si veía en él señales de cansancio, medio deseando ver alguna. Aunque en Londres se habría sentido nada menos que horrorizado ante la perspectiva de tener que abandonar tan pronto una fiesta, en Bath sólo podía pensar nostálgico en estar sentado con los pies levantados en la sala de estar de la casa de Brock Street leyendo un libro.

¡Leyendo un libro, por el amor de Dios!

Claro que Amy se sentiría tremendamente decepcionada si ocurriera eso.

Pero el conde de Edgecombe parecía estar feliz absorto en su juego. Sus ganancias y pérdidas iban bastante equilibradas; y no es que se apostara muy alto. Rara vez subían mucho las apuestas en Bath, donde los maestros de ceremonia desaprobaban el juego con apuestas muy elevadas.

La música se oía claramente. El programa se inició con un estudio para piano algo lento, el que Reynolds le explicó lo estaba tocando su hija, aunque no hizo ademán de entrar en el salón a hacer el papel de padre orgulloso, y ni siquiera dejó de hablar para escucharlo. A este siguieron una sonata para piano y violín, un aria para tenor, un cuarteto de cuerdas y otra pieza de piano, el intérprete más seguro y más hábil que la señorita Reynolds.

Lucius ponía toda la atención posible a la música. Afortunadamente, comprendió a los pocos minutos, sólo necesitaba prestar medio oído a lo que decía Reynolds sin peligro de perderse algo importante.

Y entonces comenzó a cantar una soprano, y se preparó para no prestar mucha atención. La voz soprano no era su favorita, pues con mucha frecuencia tendía a ser chillona o estridente. Y esa soprano había cometido el error de elegir una pieza religiosa para una fiesta muy secular.

Pero mientras se preparaba para desviar la atención cayó en la cuenta de que esa soprano era muy superior a las normales. Y al cabo de unos instantes centró toda su atención en ella y su canto, dejando a Reynolds hablándole al aire.

—*I know that my Redeemer liveth, and that He shall stand at the latter day upon the earth.**

Muy pronto un buen número de los invitados que estaban en la sala de juego, e incluso los que estaban jugando, levantaron las cabezas para escuchar. La conversación no paró del todo, pero disminuyó considerablemente en volumen.

Pero eso Lucius ni lo notó. La voz le había cautivado todo su ser.

Era una voz potente y llena, sin ser estridente. Tenía todas las cualidades de la voz de contralto, pero llegaba a las notas más altas sin esfuerzo aparente y ni siquiera un asomo de estridencia ni rigidez. Era una voz pura como una campana y sin embargo reflejaba pasión humana.

—*Yet in my flesh shall I see God.*

Sin la menor duda, era la voz más gloriosa que había escuchado en toda su vida.

Cerró los ojos, con el ceño fruncido en una concentración casi dolorosa. Y finalmente Reynolds, tal vez comprendiendo que había perdido a su oyente, se quedó callado.

—*For now is Christ risen from the dead* —continuó la voz, ya alegre y triunfal, llevándose su alma con ella.

Tragó saliva.

* *I know that my Redeemer liveth, and that He shall stand at the latter day upon the earth. And tho' worms destroy this body, yet in my flesh shall I see God. For now is Christ risen from the dead, the first fruits of them that sleep.* Sé que mi Redentor vive, y que estará el último día sobre la Tierra. Y aunque los gusanos destruyan este cuerpo, en mi carne veré a Dios. Porque Cristo ha resucitado de entre los muertos, como la primicia de aquellos que duermen. *(N. de la T.)*

—The first fruits of them that sleep.

Sintió que le tocaban la manga y abrió los ojos. Su abuelo estaba a su lado. Sin intercambiar palabra, juntos caminaron hacia el salón.

—For now is Christ risen —la voz disminuyó en intensidad preparándose para la apoteosis—. *For now is Christ ri-sen, from the dead.*

Llegaron a la puerta y se quedaron ahí, mirando.

Ella estaba en el centro del salón, alta, morena, esbelta y majestuosa, los brazos a los costados, la cabeza erguida, de belleza clásica pero cautivando a su público sólo con su voz.

—The first fruits... —sostuvo la nota alta, alargando el sonido de triunfante aclamación y luego empezando a bajar— *of them that sleep.*

Continuó con la cabeza levantada y cerró los ojos mientras el piano tocaba las notas finales, y ni una sola persona del público movió un músculo.

Hubo un breve silencio.

Y luego un entusiasta aplauso.

—Dios mío —musitó el conde, uniéndose a los aplausos.

Pero Lucius sólo podía mirar, como si estuviera paralizado.

¡Ay, Dios! ¡Ay, Dios!

Frances Allard.

Ella abrió los ojos, sonrió e inclinó la cabeza en agradecimiento a los aplausos, sus mejillas sonrosadas, sus ojos brillantes, su pelo liso y oscuro resplandeciente a la luz de la lámpara de araña de arriba. Sus ojos fueron recorriendo a los asistentes, hasta llegar a la puerta...

Y allí se detuvieron en Lucius, que estaba mirándola.

No se le desvaneció la sonrisa. Más bien se le congeló tal como estaba.

En esa fracción de un instante pareció que el mundo dejaba de girar.

Y entonces los ojos continuaron su recorrido hasta que su sonriente cara hubo dado las gracias a todo el público. Entonces se dirigió hacia una silla desocupada de un extremo del salón, cerca de donde estaba sentada Amy con las manos cogidas en la falda. Cuando Frances se aproximaba se levantó un caballero, se inclinó ante ella y le acomodó la silla para que se sentara. Después acercó la cabeza a la de ella para hacerle un comentario.

—Ha sido muy, muy espléndido, señorita Allard —estaba diciendo la señora Reynolds con cordial jovialidad—. Hice bien en seguir el consejo de colocarla al final del programa. Mi querida Betsy tenía toda la razón al decir que usted canta soberbiamente. Pero estoy segura de que después de estar sentados una hora todo el mundo debe de estar preparado para la cena. Se servirá inmediatemente en el comedor.

Mientras todo el mundo empezaba a moverse y el salón a zumbar con los murmullos de conversaciones, su abuelo le puso una mano en el hombro.

—Lucius, pocas veces he oído una voz que me conmoviera tanto. ¿Quién es? Si es famosa, no reconozco el apellido. ¿Señorita Allen?

—Allard —dijo Lucius.

—Vamos a ofrecer nuestras felicitaciones a la señorita Allard —dijo el conde—. Debemos invitarla a sentarse con nosotros para la cena.

Frances estaba de pie nuevamente. A su alrededor se estaban congregando varios invitados para hablar con ella. Tenía una alegre sonrisa fija en la cara. Estaba resuelta a no mirar hacia ellos, observó Lucius. La señora Reynolds se había abierto paso hasta ella y los vio acercarse.

—Ah, lord Edgecombe —dijo, con ese tipo de voz que hace retroceder a todo el mundo para dejar espacio—, ¿me permite tener el placer de presentarle a la señorita Allard? ¿No canta divinamente? Enseña música en la escuela de la señorita Martin. Es una academia superior. A nuestra Betsy la enviamos allí.

Frances fijó la vista en el conde y se inclinó en una venia.

—Milord —musitó.

—Tengo el honor, señorita Allard —continuó la señora Reynolds, visiblemente hinchada de orgullo por tener a esos ilustres invitados en su casa— de presentarle al conde de Edgecombe y a su nieto, el vizconde Sinclair. Y a su nieta, la señorita Amy Marshall.

Amy estaba a su lado, observó Lucius, y le había cogido el brazo.

Entonces Frances se volvió hacia él y sus ojos se encontraron con los de él una vez más.

—Milord —dijo.

—Señorita Allard —dijo él, inclinándose.

—¿Señorita Marshall? —dijo ella, mirando a Amy.

—Ha hecho que me salataran las lágrimas, señorita Allard —dijo Amy—. Ay, si yo pudiera cantar así.

Lucius se sentía como si alguien le hubiera asestado un puñetazo en la parte baja del abdomen.

Pero una cosa estaba perfectamente clara. Fueran cuales fueren sus sentimientos hacia él, ella no lo había olvidado.

—La escuela de la señorita Martin puede ser muy superior —estaba diciendo su abuelo—, pero ¿qué hace usted enseñando ahí, señorita Allard, cuando debería estar embelesando al mundo con su voz?

Con el rubor más encendido en las mejillas, ella se volvió a mirarlo.

—Es muy amable al decir eso, milord, pero enseñar es mi profesión. Me da muchas satisfacciones.

—Sería para mí una enorme satisfacción —dijo el conde, sonriéndole afectuosamente— si cenara con Amy, Sinclair y conmigo, señorita Allard.

Ella titubeó sólo un instante.

—Gracias, muy amable de su parte, pero ya he aceptado sentarme con el señor Blake y sus conocidos.

—Pero señorita Allard —exclamó la señora Reynolds horrorizada—. Sin duda el señor Blake estaría más que dispuesto a renunciar a su compañía una media hora en favor del conde de Edgecombe.

El caballero así aludido frunció el ceño pero inclinó la cabeza ante su anfitriona en aceptación preliminar a su petición. Pero Frances habló primero:

—Pero yo no estoy dispuesta a renunciar a la de él.

—Y razón que tiene, querida mía —dijo el conde, riendo—. Ha sido un placer conocerla. Tal vez podría hacerme el honor de tomar el té conmigo mañana en Brock Street. Mi nieto estará encantado de ir a recogerla en el coche, ¿verdad, Lucius?

Lucius, que estaba ahí mirando como un tarugo mudo o un gnomo atontado, inclinó la cabeza. Ya era demasiado tarde para que él o Frances hicieran lo lógico y reconocieran que ya se conocían, comprendió.

Demonios, pero ¿por qué no podía sencillamente sorprenderse de verla o alegrarse de verla o fastidiarse por verla? ¿Por qué demonios le había desequilibrado tanto que se sentía tambalear como si fuera un hombre sin ningún dominio sobre sí mismo o sus impulsos?

Pero, Señor, ¡esa voz!

Ella hizo una inspiración como para decir algo, pero al parecer cambió de opinión.

—Gracias —dijo, sonriendo, sin mirar a Lucius—. Estaría muy complacida, milord.

Demonios, pensó él, pero nadie le estaba prestando atención.

—¡Oh, qué ilusión! —exclamó Amy, batiendo palmas—. Eso me encantará sobremanera. Podré hacer de anfitriona, ya que sólo Luce y mi abuelo viven ahí conmigo.

Entonces otras personas reclamaron la atención de Frances Allard, y a Lucius no le quedó más remedio que hacer un comentario sobre el cansancio evidente de su abuelo, pasar por alto la expresión de decepción de Amy y enviar a buscar el coche sin tardanza.

El coche tardó una eternidad en llegar.

—Deseo escuchar otra vez esa voz en mi memoria —dijo el conde, instalándose en el asiento del coche para el corto trayecto a Brock Street. Apoyó la cabeza en el cojín, exhaló un profundo suspiro y no hizo más intentos de conversar.

Amy o bien estaba haciendo lo mismo o iba reviviendo toda la fiesta, de la que había disfrutado enormemente, aun cuando la privaran del placer de participar en la cena. Iba sentada en silencio, mirando la oscuridad por la ventanilla, con una soñadora sonrisa en los labios.

Lucius iba sentado en su rincón, hirviendo de furia calladamente. Ya era horrible que hubiera suspirado recordándola como un condenado poeta herido de amor durante un mes después de Navidad, y peor aún que después de verla la tarde anterior en el Royal Crescent hubiera tenido que sufrir toda una noche de insomnio, aunque tuvo que haber dormido de vez en cuando, o de lo contrario no habría tenido esos vívidos sueños con ella. Pero lo peor de todo era habérsela encontrado en una fiesta a la que asistía él esa noche, y de qué manera.

¡Esa voz!

Demonios, qué voz. Eso añadía toda una nueva dimensión al conocimiento de su carácter, del talento y la belleza de alma que vivía dentro de su hermoso cuerpo. Le hacía comprender todas las cosas que debía haber en ella que él todavía no conocía, y lo llenaba de ansias de saber más.

Estaba afectado gravemente de un enamoramiento resucitado, no había manera de negarlo. Y eso no le gustaba ni un ápice. Ya le había llevado bastante tiempo olvidarla.

Y para colmo de males, esa noche estaba aún más hermosa de lo que la recordaba. Su piel levemente morena se veía más tostada, como si hubiera estado expuesta al sol. En contraste, el castaño de sus ojos se veía más vivo, y sus dientes más blancos. El pelo lo llevaba igual, pero el peinado que después de Navidad le pareciera simplemente severo esa noche se veía elegante, su pelo exquisitamente lustroso. Estaba tan esbelta como la recordaba, pero el sencillo vestido de seda marfil que llevaba y su porte casi regio la hacían maravillosamente femenina.

¿Sería un pretendiente el individuo que estaba con ella? ¿Un novio? Pero si era medio calvo, por el amor de Dios, y había estado dispuesto a renunciar a su compañía a la hora de cenar, si bien de mala gana. Si ella le hubiera prometido sentarse con «él», pensó, y alguien hubiera tratado de usurpar su lugar, le habría abofeteado o se hubiera batido en duelo al alba, caramba, en vez de aceptar con sumisión.

—Se me ha obsequiado regiamente esta noche, he de decir —dijo su abuelo cuando el coche se detuvo— por lo que debería dormir profundamente. Sólo lamento no haber estado sentado en el salón como tú, Amy, para haber visto toda esa última interpretación. La señorita Allard tiene un talento excepcional. Y es una mujer hermosa también.

—Mmm —masculló Lucius.

—Qué velada más maravillosa —dijo Amy, suspirando de satisfacción, cuando Lucius la ayudó a bajar a la acera—. Y mañana seré la anfitriona del abuelo a la hora del té. ¿No te ilusiona sobremanera la visita de la señorita Allard, Luce?

—Sobremanera —repuso él secamente.

No podía culparla por estar en la fiesta de los Reynolds esa noche, claro, aunque al principio se sintió inclinado a hacer justamente eso; las maestras de escuela tendrían que permanecer dentro de las paredes de sus escuelas, para que los amantes rechazados no corran el riesgo de toparse con ellas cuando menos lo esperan.

Pero sí podía culparla por aceptar la invitación a tomar el té, demonios. Había tenido otras opciones: podía haber dicho sí y podía haber dicho no.

Y dijo sí, maldita sea.

Se sentía peligrosamente molesto. Y ni siquiera podía retirarse al White's o a algún otro sitio para caballeros de Londres a ahogar sus penas en medio del alboroto, el juego y el alcohol.

Capítulo 10

—*Y*a está en casa sana y salva señorita —comentó Keeble con solicitud casi paternal, cuando le abrió la puerta, inmediatamente después de que ella golpeara, tan rápido que sospechó que había estado en el vestíbulo esperándola—. Me preocupo cuando cualquiera de ustedes está fuera de noche. La señorita Martin la ha invitado a reunirse con ella en su sala de estar.

—Gracias.

Lo siguió por la escalera para que él pudiera abrirle la puerta e incluso anunciarla, como si fuera un miembro de la realeza.

Se había imaginado que sus amigas estarían esperando su regreso, pero de todas formas se le hizo muy difícil. Lo único que deseaba era llegar sigilosamente a su habitación para lamerse las heridas a solas. ¿La noche pasada fue cuando tomó la osada y liberadora decisión de no dedicar ni un sólo pensamiento más a Lucius Marshall, vizconde Sinclair? Pero ¿cómo podría haber sabido que por un extraño giro del destino esa noche se iba a volver a encontrar con él? Jamás asistía a fiestas en Bath, y desde que llegara allí ella no había cantado nunca en público fuera de la escuela.

Y no solamente era algo extraño; era cruel. Cuando sus ojos se posaron en él se sintió...

—¿Y bien? —preguntó Susanna, poniéndose de pie de un salto en el instante en que entró en la sala, mirándola entusiasmada, con los ojos chispeantes—. ¿Necesito preguntarte si tuviste un éxito sonado? ¿Cómo podrías no haberlo tenido?

—¿Te recibieron todo lo bien que te mereces? —le preguntó Anne, sonriéndole afectuosamente—. ¿Te trataron bien?

—Entra y cuéntanos cómo fue tu actuación —dijo la señorita Martin—. Y sírvete una taza de té antes de sentarte.

—Yo se lo sirvo —dijo Susanna—. Siéntate, Frances, siéntate. Déjame que sirva a la nueva celebridad de Bath. Después de esta noche no me extrañaría que te convirtieras en una estrella y te invitaran a todas partes.

—¿Y descuidar mis obligaciones aquí? —dijo Frances, sentándose en el sillón más cercano y cogiendo la taza que le ofrecía Susanna—. Creo que no. Esta noche ha sido maravillosa, pero soy muy feliz siendo profesora. Me preocupaba un poco la pieza que elegí, pero fue bien recibida. Creo que a todo el mundo le gustó. Me pareció que la señora Reynolds no estaba decepcionada conmigo.

—¿Decepcionada? —rió Anne—. Me imagino que no. Supongo que se está felicitando por haberte descubierto antes que nadie. Me encantaría haberte oído, Frances. A todas nos habría gustado. Hemos estado pensando en ti toda la noche.

—¿Y el señor Blake fue el acompañante perfecto, espero? —preguntó la señorita Martin.

—Absolutamente —contestó Frances—. No se separó de mí en toda la velada y fue muy amable. Y ha esperado fuera de su coche hasta que el señor Keeble me ha abierto la puerta.

—Estaba muy gallardo esta noche, he de decir —dijo Susanna, con los ojos risueños—. Con Anne nos asomamos a la ventana cuando te marchabas, igual que un par de escolares.

—¿Y cómo fue el resto de la velada? —preguntó Anne—. Cuéntanos todo, Frances.

—Betsy Reynolds tocó bien. Fue la primera en actuar y estaba muy nerviosa, pobre cría, pero no se equivocó en ninguna nota, ni tocó tan lento que se notara, como le ocurre a veces. Fue un buen concierto, y después hubo cena. Todos fueron muy amables.

—¿Había muchos invitados? —preguntó Susana. Miró traviesa

a Claudia Martin y les guiñó el ojo a las otras—. ¿Había algún duque? Me moriré de envidia si había alguno.

—Ningún duque. —Frances titubeó—. Sólo un conde. Fue muy amable. Me invitó a tomar el té con él mañana.

—¿Sí? —terció Claudia Martin en tono agudo—. ¿En un lugar público, espero, Frances?

—Un conde —rió Susanna—. Espero que fuera embelesadoramente apuesto.

—¡Qué espléndido! —dijo Anne—. Pero tú te mereces esa atención, Frances.

—En Brock Street —le dijo Frances a Claudia—, con su nieto y su nieta, Susanna.

—Me alegra oír eso —dijo Claudia—, siempre que los nietos no sean bebés.

Susanna arrugó la nariz.

—Bueno, hasta ahí llega mi idea de un ardiente romance, aunque incluso los abuelos pueden ser apuestos y amorosos, supongo.

—No son bebés —dijo Frances—. La señorita Marshall es una jovencita muy bonita, no mucho mayor que algunas de nuestras alumnas mayores, o tal vez no tan mayor. El nieto, el vizconde Sinclair, va a venir a recogerme en coche para llevarme a Brock Street.

Sólo pensar en eso le hizo temblar la mano y derramó un poco de té en el plato.

—Supongo que con un título como vizconde Sinclair debe de ser el heredero de su abuelo —dijo Susanna—. Tal vez mi sueño se va a hacer realidad después de todo. ¿Es maravillosamente apuesto, Frances?

—Dios mío, no me fijé —repuso ella, obligándose a levantar las comisuras de la boca para sonreír.

Susanna elevó los ojos al techo, poniendo los ojos en blanco.

—¿No te fijaste? Pero, hija, ¿dónde te dejaste los ojos al salir? Pero me imagino que lo es. Y no me sorprendería que concibiera una inmensa pasión por ti, Frances, a menos que ya la haya concebido, y te enamore perdidamente y acabes siendo la condesa de... ¿dónde?

—No tengo ni idea —dijo Frances, levantándose y dejando la taza con el plato mojado en la mesilla lateral—. No lo recuerdo. Estoy muy cansada, lo siento. La velada ha sido muy agotadora, y estoy tan cansada que no puedo ni pensar. Y no tengo tiempo para ir a ese té mañana. Por la mañana me llegarán las redacciones de toda una clase, y por la tarde me toca supervisar las horas de estudio y deberes de las niñas. Tengo que preparar un examen de francés para la clase de las mayores. Y hay ensayo del coro. Tal vez envíe una nota disculpándome para no ir.

—Pero ¿has aceptado la invitación? —le preguntó Anne.

Frances la miró desesperada.

—Sí, pero no quedaría mal si enviara una nota de disculpa sincera, ¿no? Aunque no sé a qué casa de Brock Street enviarla.

Al caer en la cuenta de eso se sintió invadida por oleadas de terror; volvió a sentarse y se cubrió la cara con las manos abiertas, combatiendo el ataque de histeria.

—Frances, no era mi intención ofenderte —le dijo Susanna, espantada—. Sólo era una broma. Perdóname.

—Lo siento —dijo Frances bajando las manos—. No estoy enfadada contigo, Susanna. Simplemente estoy cansada.

—Puedes corregir las redacciones y preparar el examen mientras supervisas las horas de estudio —dijo Anne—. Mejor aún, yo haré la supervisión, ya que el señor Upton me prometió venir mañana a darle una clase de arte a David. Así tendrás tiempo para ir a ese té y hacer tu trabajo. Seguro que a Claudia no le importará que te saltes un ensayo del coro.

—No —dijo Claudia—. Pero en esto hay algo más que cansancio y un día muy ajetreado. ¿Encuentras abrumadora la invitación, Frances? ¿Hay algún motivo en particular?

Se inclinó sobre el brazo del sillón y le colocó una compasiva mano en el brazo.

Y eso lo precipitó todo. Por Frances discurrió toda una oleada de emociones, que se tradujeron en una lluvia de palabras.

—Conocía al vizconde Sinclair de antes —dijo a borbotones—, y habría preferido no haberme encontrado con él otra vez.

La cruda angustia que se había visto obligada a mantener muy en el fondo de ella durante la hora pasada se le había alojado en la garganta y el pecho.

—Ay, pobre Frances —musitó Anne—. ¿Es alguien de tu pasado? Qué mala suerte que haya venido a Bath. Supongo que no sabía que estabas aquí.

—No le conozco hace mucho tiempo —explicó Frances—. ¿Recordáis la nevasca que retrasó mi vuelta al colegio después de Navidad? No me quedé con mis tías abuelas como os hice creer entonces. Ya venía de camino hacia aquí cuando comenzó a nevar. Mi coche acabó enterrado en un montón de nieve al borde del camino cuando el coche del vizconde Sinclair lo adelantó y luego paró bruscamente porque se encontró ante un montículo de nieve. Me llevó a la posada más cercana y pasamos juntos el día siguiente. Me trajo aquí tan pronto como el camino estuvo despejado. Sabía que yo vivo en Bath.

Pero había vuelto de todos modos. Y no había ido a verla; no, claro que no. El encuentro de esa noche había sido totalmente casual. Su actitud, tanto cuando lo vio en la puerta del salón como después cuando se acercó a ella con el conde, era rígida, seria. Estaba disgustado, en realidad.

No tenía por qué estar disgustado. Él sabía que ella vivía en Bath.

—Lo siento —repitió—, tanto por no habéroslo dicho todo entonces como por decíroslo ahora. En ese momento me pareció un incidente de escasa importancia, tan insignificante que no lo encontré digno de mencionar. Simplemente me perturbó un poco volver a verlo esta noche tan de repente, sin esperarlo, nada más. ¿Todas habéis tenido una noche agradable?

Pero todas la estaban mirando con mucha solemnidad, y comprendió que no las había engañado ni por un instante. Después de todo, qué idiotez decir que el incidente había sido tan insignificante que no se le ocurrió mencionarlo.

—Habría sido todo muy tranquilo —dijo Anne— si Miriam Fitch y Annabelle Hankcock no se hubieran enzarzado en una pelea justo antes de la hora de acostarse y la gobernanta se hubiera visto obligada a llamar a Claudia.

—Pero no hubo derramamiento de sangre —añadió la señorita Martin, dando una palmadita en el brazo a Frances y retirando la mano—. Así que no podemos quejarnos. Ahora bien, Frances, ¿quieres que te encuentre un trabajo absolutamente indispensable después que hayan terminado las clases? ¿Quieres que me niegue rotundamente a liberarte para que puedas ir a ese té con el conde y sus nietos? Sé ser una maravillosa tirana cuando quiero, como bien sabes.

—No —suspiró Frances—. Dije que iría, y sería una cobarde si esperara que me saques las castañas del fuego, Claudia. Iré. En realidad no es algo tan terrible.

Volvió a levantarse y les deseó buenas noches. De verdad se sentía mortalmente cansada, aunque dudaba que pudiera pegar ojo esa noche. Y ya se sentía mal por haberse desahogado, o medio desahogado, con sus amigas, que debían pensar que era una boba absoluta.

Otro problema en el que pensar era que el señor Blake interpretó mal su insistencia en sentarse con él en la cena, como era lógico, y cuando venían de vuelta en el coche le cogió la mano y se la llevó a sus labios. Le dijo que se sentía orgulloso y gratificado porque le hubiera elegido como acompañante en esa velada. Afortunadamente no dijo, ¡ni hizo!, nada más ardiente que eso, pero incluso eso la inquietó gravemente.

Jamás había sido una coqueta, pero esa noche había estado muy cerca de serlo, aun cuando lo hubiera hecho involuntariamente.

Anne le dio alcance en la escalera y le cogió del brazo, apretándoselo suavemente.

—Pobre Frances. Veo que has tenido una desagradable conmoción esta noche. Y claro, el solo hecho de que ocultaras la verdad después de Navidad sugiere que el vizconde Sinclair significó mucho más para ti de lo que quieres reconocer. No tienes que reconocerlo ahora. Somos tus amigas, y estamos para escuchar tus secretos cuando quieras contarlos, y para dejarte en paz con los que prefieras guardar. Todas tenemos y necesitamos tener secretos. Pero tal vez el té de mañana te sirva para enterrar algunos fantasmas.

—Es posible —convino Frances—. Gracias, Anne. Cualquiera creería que aprendí la lección hace tres años; ni siquiera te he contado toda la historia de lo que me ocurrió antes de venir aquí, ¿verdad? Pero parece que no he aprendido. ¿Por qué las mujeres nos enamoramos tan tontamente?

—Porque tenemos mucho amor para dar —dijo Anne—. Porque amar es nuestra naturaleza. ¿Cómo podríamos criar hijos si no fuéramos propensas a enamorarnos de esos pequeñajos que parimos? Enamorarnos de los hombres es sólo un síntoma de nuestra condición general. Somos penosas, pero no creo que yo fuera diferente si pudiera. ¿Y tú?

¿Anne había amado al padre de David?, pensó Frances fugazmente. ¿Habría en su pasado una tragedia terrible de la que ella no sabía nada? Supuso que sí.

—Ah, no lo sé —dijo, riendo a su pesar—. Nunca he tenido un hijo en el que derramar mi cariño, como tú, Anne. A veces la vida me parece... vacía. Y qué ingrato suena eso cuando tengo este hogar y esta profesión y a ti, Susanna y Claudia.

—Y al señor Blake —añadió Anne.

—Y al señor Blake.

Las dos se rieron en voz baja y se dieron las buenas noches.

Cuando por fin entró en su habitación, apoyó la cabeza en la puerta cerrada, cerró los ojos, y no pudo evitar que se le escaparan unas cuantas lágrimas calientes que le rodaron por las mejillas.

En realidad se había sentido muy feliz esa noche, no sólo contenta y gratificada, sino feliz. El señor Blake se mostró atento durante toda la velada, sin ser empalagoso; un acompañante amable e interesante. Incluso ella lo había considerado seriamente un posible galán, y decidido que sería una tonta si no le daba aliento. Encontró agradable estar nuevamente en compañía de un hombre y saber que gustaba e incluso era admirada. Esa decisión le agradó; significaba que por fin había dejado atrás ese leve incidente ocurrido después de Navidad como también todo lo ocurrido años atrás. Significaba que estaba mirando hacia un futuro más luminoso.

Y había vuelto a cantar; eso era la causa de la felicidad. No le preocupaba haber elegido la pieza que tal vez no convenía; había elegido la que «ella» quería cantar, y aunque mientras la cantaba estaba absolutamente absorta en ella, como siempre que cantaba, también se dio cuenta de que no se había equivocado en la elección; había percibido la reacción de sus oyentes, y sentido esa emoción ya casi olvidada de formar un vínculo con ellos, ese vínculo fuerte, dichoso, invisible, que a veces une al artista con el público. Cuando terminó el aria y percibió el momentáneo silencio que siguió a las últimas notas, sintió... ah, sí, entonces fue cuando conoció la felicidad.

Entonces abrió los ojos para sonreír a su público y...

Y se encontró mirando a Lucius Marshall.

Al principio sólo sintió una simple y estúpida conmoción, y luego vino el bajón, el brusco descenso desde la felicidad a la angustia total. Y en esos momentos se sentía mortalmente agotada.

Él estaba en Bath cuando ella ya no lo quería allí. Sólo en ese momento pudo reconocer para sí misma que durante días, incluso semanas, después de su marcha, había esperado y esperado que volviera.

¡Qué tonta insensatez!

Ahora él estaba de vuelta, pero no había hecho ningún intento de verla. Sin duda se habría marchado otra vez sin que ella supiera siquiera que había estado allí, si no hubiera sido por el casual encuentro de esa noche.

Le dolía que él no hubiera intentado verla.

Al parecer, en los asuntos del corazón no existe eso que se llama sentido común.

Cuando a la tarde siguiente Lucius golpeó la puerta de la escuela de la señorita Martin, lo hizo pasar un portero anciano de hombros encorvados que llevaba una chaqueta negra tan vieja que brillaba, unas botas que crujían a cada paso y una expresión ceñuda que decía tan claramente como cualquier palabra que todo hombre que atravesara ese umbral debía considerarse un enemigo y vigilarse estrechamente.

Lucius arqueó una elocuente ceja cuando el hombre lo hizo pasar a una sala para visitas y lo dejó firmemente encerrado ahí diciendo que iba a informar a la señorita Allard de la llegada de su señoría. Pero no fue ella la primera que entró en la sala; fue otra dama, de estatura media, la espalda recta como una vara y semblante severo. Ya antes que ella se presentara, él comprendió que esa tenía que ser la señorita Martin, a pesar de que era mucho más joven de lo que había supuesto; seguro que no tenía más de uno o dos años que él.

—La señorita Allard tardará cinco minutos más —le explicó ella después de presentarse—. Está dirigiendo el ensayo del coro de las mayores.

—¿Sí, señora? —dijo él en tono enérgico—. Es muy afortunada por tener una mujer tan experta como profesora de música aquí.

Durante todo un mes, hasta que consiguió sacársela de la cabeza, le había molestado, o herido su orgullo, en todo caso, que Frances hubiera preferido su trabajo docente en una escuela de niñas a irse con él. Pero desde la noche pasada notaba que aún le molestaba más que una mujer con esa voz tan extraordinariamente gloriosa pudiera haber elegido una profesión docente cuando podría haber elegido una ilustre carrera como cantante con sólo hacer chasquear los dedos. No lo entendía; no la entendía. Y el hecho de no conocerla, de no entenderla, lo había mantenido despierto e irritable la mayor parte de la noche. Apenas la conocía, comprendió, y sin embargo se dejaba obsesionar por ella como no se había dejado obsesionar nunca, ni de cerca, por ninguna otra mujer.

—Y nadie es más consciente de eso que yo, lord Sinclair —dijo la señorita Martin, entrelazando las manos a la altura de su cintura—. Es gratificante que su talento lo reconozca una persona de la importancia del conde, su abuelo, y me alegra que él haya considerado conveniente invitarla a tomar el té con él. Sin embargo, la señorita Allard tiene obligaciones en esta escuela, y la necesitaré de vuelta aquí a las cinco y media.

Cuando la directora se transformó en una afilada hacha de guerra, Lucius pensó que debía de tener mucha práctica. Sin duda sus alumnas, y sus profesoras, le tenían terror. ¡Dios mío!, ya eran casi las cuatro menos cuarto.

—La devolveré aquí pasada la media, ni un solo segundo más, señora —dijo, arqueando las cejas y mirándola con fría altivez.

Pero si ella se sintió intimidada, no lo demostró.

—Ojalá pudiera disponer de una doncella libre para que la acompañara —dijo—, pero no puedo.

¡Buen Dios!

—Entonces deberá fiarse de mi honor de caballero, señora —le dijo secamente.

No le caía bien a la dama, o ella no se fiaba de él. Eso estaba perfectamente claro. La razón no la veía tan clara. ¿Sabría lo del episodio después de Navidad? ¿O desconfiaba de todos los hombres? Apostaría que era eso último.

¿Y eso era lo que Frances había elegido en lugar de él? Era como para arrojar seriamente a un hombre a la bebida. Pero si incluso había preferido eso que una carrera como cantante.

Y entonces se abrió la puerta y entró Frances en la sala. Vestía igual que cuando la vio en el Royal Crescent: un vestido color beige con una chaquetilla marrón entallada y una papalina marrón sin adornos. Su expresión también era rígida, reservada, como si se hubiera preparado para una experiencia horrorosa. De hecho, se parecía muchísimo a la arpía seca a la que sacó de un tirón del coche ese día después de las vacaciones de Navidad dejándola sobre el camino nevado; la única diferencia era que ese día tenía roja la punta de la nariz y arrojaba fuego y azufre.

La habría dejado ahí hundida en la nieve para que se las arreglara sola si hubiera sabido la mitad de los problemas que le iba a causar.

—¿Señorita Allard? —dijo, inclinándose en una elegante venia.

—Lord Sinclair —dijo ella, haciendo su venia, sus ojos fríos e indiferentes, como si él hubiera sido una mosca en la pared.

—He informado a lord Sinclair, Frances, que tiene que traerte de vuelta exactamente a las cinco y media.

Ella pestañeó, tal vez sorprendida.

—No me retrasaré —prometió, y se giró para salir de la sala sin esperar a ver si él estaba preparado para seguirla.

Uno o dos minutos después, iban los dos sentados uno al lado del otro en su coche; éste entró en Sutton Street para luego trazar la larga curva que rodeaba Sydney Gardens y tomar por Great Pulteney Street. Ella iba aferrada al agarradero de cuero que colgaba sobre su cabeza, presumiblemente para no deslizarse por el asiento y tocarle el brazo inadvertidamente.

Eso lo irritó sobremanera.

—Me he aficionado a devorar profesoras cuando no veo las horas de que me sirvan el té —dijo.

Ella giró la cara y lo miró con expresión de no comprender.

—¿Y a qué viene eso? —preguntó.

—Si te sientas más lejos de mí me abollarás el costado del coche, y te advierto que eso me disgustaría bastante. Pero si decidiera atacar, podrías chillar y entonces Peters vendría corriendo a rescatarte, aunque no fuera más para que no le rompieras los tímpanos.

Ella soltó la tira, aunque desvió la cara y se puso a mirar por la ventanilla de su lado.

—De todos los lugares de Inglaterra a los que podría haber ido a disfrutar, ¿por qué tuvo que elegir Bath?

—No lo elegí. Lo eligió mi abuelo por motivos de salud. Está muy enfermo y piensa que las aguas le sientan bien. Yo vine a cuidar de él, a vigilarlo. ¿Creíste que había venido con la intención de verte, Frances? ¿A cortejarte nuevamente, tal vez? ¿A ponerme bajo la ventana de tu habitación a darte serenatas con baladas de amor herido? Presumida.

—Se toma mucha libertad tuteándome.

—¿Que me tomo...? Por lo menos podrías tratar de no ser ridícula, «señora».

Le observó el perfil, o lo que dejaba ver de su perfil el ala de la papalina, mientras el coche recorría el largo y recto tramo de Great Pulteney Street, pensando por qué estaba enfadada. No podía creer en serio que él hubiera venido a Bath con la intención de atormentarla. Ni siquiera fue él quien la invitó a tomar el té esa tarde, ni el que aceptó la invitación. Tampoco fue él el que la abandonó después de Navidad. Fue justamente al revés.

Iba sentada muy derecha, tan rígida como una vara, igual que la de la señorita Martin. Seguía mirando por la ventanilla, como una reina en busca de súbditos a los cuales conceder un saludo con su regia mano.

—¿Por qué estás enfadada? —le preguntó.

Ella se volvió a mirarlo otra vez, las ventanillas de la nariz agitadas, los ojos relampagueantes.

—¿Enfadada? ¿Por qué habría de estarlo? Usted es un simple mandado, lord Sinclair, ¿verdad?, enviado a llevarme a la casa del conde de Edgecombe. Él fue muy amable al invitarme y a mí me complace venir.

¡Parecía decirlo en serio!

—Por muchas mujeres que haya conocido —dijo—, nunca he llegado a comprender la mente femenina. Hace tres meses tuviste la oportunidad de prolongar y avanzar nuestra relación, y la rechazaste, y muy rotundamente, si no me falla la memoria. Y sin embargo ahora, Frances, toda tu actitud me dice que crees tener un agravio en mi contra. ¿Es posible que yo te haya herido de alguna manera?

A ella se le encendieron las mejillas, le relampagueó una luz en los ojos oscuros, y se volvió a coger del agarradero, en el momento en que el coche rodeaba la fuente central de Laura Place.

—¿Qué ridiculez es ésa? —exclamó—. ¿Cómo podría haberme herido?

—A veces los hombres y las mujeres reaccionan de forma diferente al tipo de... de aventura en la que participamos —dijo él—. Los hombres son capaces de disfrutar del momento y olvidarlo, mientras que las mujeres se inclinan más a comprometer sus corazones. Nunca fue mi intención hacerte sufrir.

Pero, demonios, pensó irritado, él no había olvidado exactamente ese momento, ¿verdad?

—Y no lo hizo, puede estar seguro —dijo ella, indignada, mientras el coche traqueteaba por Pulteney Bridge, bordeado de tiendas, cruzando el río—. ¡Qué presuntuoso, lord Sinclair! ¡Qué arrogante al imaginarse que me rompió el corazón!

—Frances, compartimos una cama y muchísimo más durante toda una noche. Haces el ridículo al tratarme de usted y llamarme lord Sinclair con esa voz de maestra de escuela gazmoña, como si yo fuera un total desconocido.

—Con la excepción de esa única noche, que no debiera haber ocurrido y que he lamentado desde entonces, soy gazmoña. Y soy maestra de escuela, y me enorgullece serlo. Es lo que he elegido ser, para el resto de mi vida.

Y dicho eso volvió a desviar la cara bruscamente.

—Entonces ¿ese caballero medio calvo que te habría cedido a mi abuelo y a mí anoche no es tu prometido?

La oyó hacer una fuerte inspiración, indignada.

—Lo que es o no es el señor Blake para mí no es asunto suyo en absoluto, milord.

Él miró furioso la parte de atrás de la papalina. Sí que era gazmoña, antipática, mal genio, y una masa de contradicciones. No sabía por qué demonios se le había instalado en su cabeza y emociones de esa manera. Cuanto antes se la sacara da ambas más feliz sería.

Tal vez si ponía todo su empeño, lograría enamorarse de Portia Hunt esa primavera. Pero, buen Dios, aun en el caso de que eso fuera posible, y dudaba mucho que lo fuera, Portia se horrorizaría.

—¿Por qué demonios elegiste ser profesora cuando tu profesión debería ser cantar? —le preguntó bruscamente.

Porque la noche pasada sólo había llegado a la puerta del salón cuando ella estaba terminando su aria, y todavía le costaba creer que Frances y esa cantante pudieran ser una y la misma persona.

—He de pedirle que vigile su lenguaje, lord Sinclair —dijo ella.

Él se sorprendió, y la sorprendió a ella al parecer, emitiendo un corto ladrido de risa.

—Creo —dijo— que tal vez acabas de darme la respuesta a mi pregunta. En esa ocasión después de Navidad no me dijiste que sabías cantar así.

—¿Para qué iba a decir una cosa así? —preguntó ella, girándose a mirarlo—. ¿Debería haber dicho «Ah, por cierto, señor Marshall, canto de una manera que podría impresionarlo un poco», o debería haberle despertado una mañana con un aria particularmente estridente?

Él se echó a reír al imaginársela despertándolo así la segunda mañana, cuando estaba acurrucada en sus brazos en la cama.

No supo si ella estaría pensando lo mismo, pero comoquiera que fuera, de pronto se le iluminaron los ojos de risa, se le curvaron los labios y no pudo evitar que se le escapara un borboteo de risa.

—Me encantaría saber si lo habría encontrado excitante —dijo.

Al instante hizo su reaparición la maestra de escuela gazmoña, y se enderezó en el asiento y dirigió los ojos al frente.

Por un momento, ¡condenación!, había vuelto a sentirse totalmente hechizado por ella, otra vez.

—Mi abuelo ha estado esperando con mucha ilusión volverte a ver —dijo, pasados unos momentos de silencio—. Y mi hermana está fuera de sí de entusiasmo. Aún no ha hecho su presentación en sociedad, ¿sabes?, y no suele tener la oportunidad de atender visitas ni de hacer el papel de anfitriona.

—Entonces puede hacerlo para mí —dijo ella—. Estoy acostumbrada a las jovencitas y a sus incertidumbres y exuberancias. Seré una invitada muy fácil de complacer.

No hubo más conversación mientras el coche hacía el lento trayecto colina arriba.

Cuando el coche se detuvo en Brock Street, ella aceptó la mano que él le ofreció para ayudarla a bajar, el primer contacto entre ellos desde que él le pusiera su tarjeta en la palma antes que ella entrara en la escuela, hacía tres meses. Volvió a sentir su esbelta mano, sus largos y finos dedos de artista. Aun cuando ella y él llevaban guantes, sintió el estremecimiento de la familiaridad.

Ella entró delante de él en la casa, mientras el mayordomo de su abuelo sostenía abierta la puerta.

Mirándole furioso la espalda, entró detrás de ella.

Capítulo *11*

*T*odo el trayecto fue una experiencia horriblemente penosa para Frances, al recordarle la última vez que viajó en ese mismo coche con Lucius Marshall, vizconde Sinclair. Entonces él le llevaba cogida la mano. Durante gran parte del viaje él la tenía rodeada con sus brazos. Se besaron y dormitaron así abrazados.

Durante todo el trayecto se sintió horrorosamente consciente de él, físicamente. Puso sumo cuidado en no tocarlo, hasta que ya no pudo evitarlo, cuando él le ofreció la mano para ayudarla a bajar delante de la casa de Brock Street.

Cuando entraron en la casa y luego siguieron al mayordomo hasta la primera planta, después que este hubiera recibido su papalina, guantes y chaquetilla, se sintió magullada y humillada.

«¿Es posible que yo te haya herido de alguna manera?»

Todavía hervía de rabia ante esa arrogancia.

«Los hombres son capaces de disfrutar del momento y olvidarlo, mientras las mujeres se inclinan más a comprometer sus corazones.»

¡Qué humillantemente cierto encontraba eso! Toda su actitud y conversación le demostraba que él no había sufrido ni un ápice a consecuencia de lo ocurrido entre ellos.

Había disfrutado del momento, olvidándolo enseguida.

Ella había estado batallando con su magullado corazón desde entonces.

«A pesar de todas las mujeres que he conocido...»

De cuyo número ella era una insignificante unidad. Si se hubiera ido a Londres con él cuando se lo pidió, ¿cuánto tiempo habría tardado en cansarse de ella? Ya haría tiempo que se habría cansado, estaba segura.

Pero su visita a esa casa esa tarde no tenía nada que ver con él, pensó. Enderezó los hombros y se sacó sus mejores modales cuando la hicieron pasar a una simpática sala de estar que daba a la calle. El conde de Edgecombe empezó a levantarse de su sillón junto al hogar, con una acogedora sonrisa en su cara macilenta, y la señorita Marshall corrió hacia ella con las manos extendidas, las mejillas sonrosadas, la cara sonriente.

—Señorita Allard —dijo, cuando Frances puso las manos en las de ella—. Estoy tan encantada de que haya podido venir. Tome asiento, por favor, al lado de mi abuelo. Enseguida subirán la bandeja con el té.

—Gracias.

Sonrió afectuosamente a la joven, que sin duda estaba haciendo gala de sus mejores modales, medio eufórica y medio nerviosa, temiendo cometer algún error. Era bonita, el pelo y los ojos castaños como su hermano, aunque su cara era acorazonada, las mejillas redondeadas y la delicada barbilla en punta.

El conde le sonrió amablemente y le tendió la mano derecha cuando ella se le acercó. Le cogió la mano y se la llevó a sus labios.

—Señorita Allard, nos hace un inmenso honor —le dijo—. Espero no haberla alejado de algo muy importante en su escuela.

Ella se sentó en el sillón contiguo al de él.

—Estoy segura de que las niñas del coro se sintieron encantadas al enterarse de que no habría ensayo esta tarde, milord.

—Así que dirige un coro, enseña música y da clases de piano —dijo él—. Pero ¿cuándo canta, señorita Allard?

—Anoche fue la primera vez que he cantado fuera de la escuela desde hace varios años —contestó ella, mientras el conde volvía a sentarse, el vizconde Sinclair tomaba asiento en otro sillón, la señorita Marshall revoloteaba por ahí y la doncella y el mayordomo entraban con las tazas para el té—. Le fue bien a mis nervios que el público no fuera más numeroso.

—Y una tragedia para el mundo musical que el público fuera tan poco numeroso —dijo él—. No sólo tiene buena voz, señorita Allard, más que buena. Tiene una voz «maravillosa», decididamente una de las más hermosas que oído en casi ochenta años de vida. No, no, «La» más hermosa.

Frances no sería humana si no hubiera sentido un calorcillo de placer ante ese elogio tan pródigo y al parecer sincero.

—Gracias, milord —dijo, sintiendo subir el rubor a las mejillas.

Sobre una mesita cercana a donde se acababa de sentar la señorita Marshall detrás de la bandeja del té, pusieron una fuente de delicados y diminutos bocadillos y otra con panecillos bañados en nata cuajada con mermelada de fresones. Había también otra fuente con galletas de caprichosas formas. La niña sirvió el té en tazas de exquisita porcelana y se las llevó a cada uno; después les ofreció los bocadillos.

—Pero seguro que todo esto se lo han dicho antes —dijo el conde—. Muchas veces, supongo.

Sí se lo habían dicho. A veces personas cuyas opiniones ella respetaba. Después de la muerte de su padre, personas que le prometieron fama y fortuna, sin interesarse ni un ápice por su alma de artista. Pero por diversos motivos, de los cuales la vanidad juvenil no era el menor, les había creído y permitido que la representaran, y a punto estuvo de deshonrarse por ello. Y luego perdió a Charles por culpa del canto, y finalmente se portó muy mal. Fue mucho lo que perdió; todos sus sueños de la infancia, por ejemplo. A veces, aun cuando sólo hubieran transcurrido tres años desde que viera el anuncio para el puesto de profesora en la escuela, lo solicitara y el señor Hatchard la enviara a Bath para una entrevista con Claudia, a veces le resultaba difícil creer que todas esas cosas le hubieran ocurrido a ella y no a otra persona. Hasta esa noche pasada, no había cantado en público en tres largos años.

—La gente siempre ha sido amable —dijo.

—Amable —repitió el conde, riendo roncamente, y cogiendo un bocadillito de la fuente—. No es amabilidad, señorita Allard, rendir homenaje cuando se está en presencia de la grandeza. Ojalá estuviéramos en Londres. Invitaría a la alta sociedad a pasar una velada en mi casa para que usted les cantara. No soy un famoso mecenas de las artes, pero no hace falta que lo sea. Su talento hablaría por sí mismo, y estaría asegurada su carrera como cantante. Estoy convencido de eso. Podría viajar por todo el mundo y embelesar a los públicos dondequiera que fuera.

Frances se mojó los labios y movió de aquí para allá los manjares que tenía en el plato.

—Pero no estamos en Londres, señor —dijo el vizconde Sinclair—, y la señorita Allard parece estar muy contenta con su vida tal como es. ¿No tengo razón, señora?

Ella levantó los ojos hacia los de él, y cayó en la cuenta de lo mucho que se parecía a su abuelo. Tenía la misma cara de mandíbula cuadrada, aunque la del conde se había aflojado con la edad y la dominaba una sonriente afabilidad, mientras que la del vizconde se veía arrogante, obstinada e incluso dura. La estaba mirando con sus ojos intensos y una ceja arqueada. Y había hablado en tono abrupto, aunque tal vez ella fue la única que lo notó.

—Me gusta cantar para mi misma —dijo—, y para los demás. Pero no ansío la fama. Cuando una es profesora, debe ofrecer lo mejor, por supuesto, a su empleadora, a los padres de las alumnas y a las propias alumnas, aunque, a pesar de todo, goce de muchísima libertad profesional también. No sé si se podría decir lo mismo de una cantante, o de cualquier otro tipo de intérprete. Necesitaría un representante o agente, para el que sería solamente un bien comerciable. Lo único que importaría sería el dinero, la fama y la imagen, conocer a las personas adecuadas y... bueno, creo que en esas circunstancias resultaría difícil conservar la integridad y la visión de lo que es el arte.

Hablaba por amarga experiencia.

Los dos la estaban mirando muy atentos, el vizconde con la burla marcada en todos los contornos del cuerpo.

Él la había llamado gazmoña; era una tontería sentirse herida por esa descripción. Era gazmoña, no tenía por qué avergonzarse de eso. Era algo que había cultivado intencionadamente. Observó que él estaba jugueteando con el borde de su plato, con esa mano fuerte y capaz, que había cortado leña, pelado patatas, esculpido la cabeza de un muñeco de nieve. Esa mano que mantuvo apoyada en su espalda cuando bailaban el vals, y le acarició el cuerpo...

La señorita Marshall se levantó a ofrecer panecillos.

—Seguro que no —dijo el conde—, si tuviera un agente que compartiera su visión artística, señorita Allard. Pero ¿y su familia? ¿Nunca la alentaron? ¿Quiénes son, si me permite preguntarlo? Nunca he oído hablar de ningún Allard.

—Mi padre era francés. Escapó del reinado del Terror cuando yo todavía era bebé y me trajo a Inglaterra. Mi madre ya había muerto. Él murió hace cinco años.

—Cuanto lo lamento —dijo él—. Debió quedarse sola muy joven. ¿Tenía algún otro familiar aquí en Inglaterra?

—Solamente mis dos tías abuelas. Son hermanas de mi abuela, hijas de un difunto barón Clifton.

—¿De Wimford Grange? —exclamó él arqueando las cejas—. Y una de ellas es la señora Melford, ¿verdad? Era íntima amiga de mi difunta esposa. Hicieron juntas su presentación en sociedad. Y usted es su sobrina nieta. Wimford Grange está a menos de veinte millas de mi casa de Barclay Court. Ambas propiedades están en Somersetshire.

Y eso explicaría que ella y Lucius Marshall fueran viajando por el mismo camino después de Navidad, comprendió ella. No lo miró, y él no hizo ningún comentario.

—Hace años que no veo a la señora Melford —continuó el conde—. Pero me extraña que el actual Clifton no la haya ayudado en su carrera como cantante.

—En realidad es un primo bastante lejano, milord —dijo ella; ni siquiera lo había visto esa última Navidad.

—Supongo —concedió él—. Pero tal vez la azoro con toda esta conversación sobre su familia y su talento. Hablemos de otra cosa. El concepto de un colegio para niñas es interesante, cuando la mayoría de las personas quieren hacernos creer que utilizar el dinero en educar a la mitad femenina de la población es tirarlo, o que la poca educación que requieren las niñas pueden aprenderla mejor de una institutriz. Me imagino que usted está en desacuerdo con ambas opiniones.

Le reían los ojos bajo sus cejas blancas. Y efectivamente cambió de tema, eligiendo uno que suponía provocaría una reacción en ella. La provocó, claro, y tuvieron una animada conversación analizando las ventajas de enviar lejos de casa a las niñas para educarlas, y de instruirlas en temas tales como matemáticas e historia. También era un tema en el que a la señorita Marshall le encantó participar. Siempre había pensado que sería tremendamente divertido ir a un colegio, le explicó a Frances, pero había heredado la institutriz de sus hermanas y por lo tanto continuado en casa.

—Y no es que no haya recibido una buena educación de ella, señorita Allard—, pero creo que habría sido maravilloso recibir clases de piano de usted y cantado en uno de sus coros. Las niñas de su colegio son muy afortunadas.

Frances casi sentía la burla que emanaba del sillón del vizconde Sinclair, aun cuando no miraba en su dirección y él no participaba mucho en la conversación.

—Bueno, gracias —dijo, sonriéndole a la niña—. Pero son afortunadas por los otros profesores y profesoras también. La señorita Martin insiste en elegir sólo lo mejor. Aunque supongo que diciendo eso me engrandezco yo.

—Me habría gustado —dijo la señorita Marshall—, y tener amigas de mi edad.

Finalmente la conversación volvió a la música, pero ya no se centró a ella personalmente. Hablaron de sus respectivas preferencias en compositores, piezas de música e instrumentos para solos. El conde les habló de interpretaciones de músicos famosos que había oído hacía muchos años en Viena, París y Roma.

—El Continente todavía estaba abierto a los jovencitos que hacíamos el Grand Tour en mi tiempo —explicó—. Y, ah, qué bien lo pasábamos, señorita Allard. Los franceses en general y Napoleón Bonaparte en particular, tienen mucho de qué responder. Lucius se vio privado de esa experiencia, y su padre también.

—Tiene que sacarle ese tema a mi abuelo cuando tenga una o tres horas libres, señorita Allard —dijo el vizconde Sinclair.

Eran palabras burlonas, y sin embargo a ella le pareció que las decía con afecto. Tal vez sí tuviera algunos sentimientos más nobles.

—¿Ha estado en París? —le preguntó al conde—. ¿Cómo es?

El conde de Edgecombe estaba más que dispuesto a hablar de su pasado, y los entretuvo tanto con las anécdotas de sus viajes y las descripciones de los lugares y personas que había visto, que Frances miró sorprendida cuando el vizconde se levantó y anunció que era hora de devolver a la señorita Allard a la escuela.

En algún momento de esa hora se había relajado y comenzado a disfrutar. Tal vez Anne tenía razón en lo que le dijo por la noche. Tal vez iba a enterrar unos cuantos fantasmas. Ese día había visto el otro lado de la naturaleza del vizconde Sinclair: el lado arrogante, burlón, menos agradable, el que vio cuando lo conoció y olvidó en gran parte al día siguiente y subsiguiente. Estaba bien que se le recordara de qué exactamente se había alejado.

No podría haber sido feliz con ese hombre. Aunque también era, claro está, la persona que había venido a Bath para cuidar a su abuelo y a su hermana menor.

Ah, qué enredo es la vida a veces. Sería mucho más fácil cobrarle simpatía o antipatía a las personas si sólo tuvieran una manera de ser.

El conde y la señorita Marshall también se levantaron. El conde le cogió la mano y se la llevó a los labios.

—Ha sido un placer y un honor, señorita Allard —le dijo—. Espero tener la oportunidad de oírla cantar otra vez antes de morir. Creo que eso será uno de mis más acariciados deseos, en realidad.

—Gracias, es usted muy amable. —Le sonrió con un sentimiento rayano en el afecto.

La señorita Marshall le dio un fuerte abrazo.

—Esto ha sido sencillamente «fabuloso» —dijo, revelando toda su juventud en esa exuberante despedida.

—Lo ha sido, sí —dijo Frances sonriéndole afectuosa—. Y mi anfitriona me ha tratado como una reina. Gracias por atenderme tan bien.

Pero entonces la niña se volvió impulsivamente hacia su hermano en el momento en que Frances iba a salir de la sala de estar delante de él.

—Luce, te pasas el día diciendo que si quiero que me lleves contigo y el abuelo a la fiesta en las Upper Rooms dentro de tres noches, tendríamos que buscar una dama mayor para que me acompañara. ¿Podríamos invitar a la señorita Allard? Ay, por favor, ¿podemos?

Frances la miró consternada, pero la niña tenía la vista clavada en su hermano, sus ojos suplicantes, sus manos cogidas a la altura del pecho.

Qué terrible torpeza la de la niña al preguntarlo cuando ella estaba delante.

—¿Mayor? —dijo el vizconde Sinclair arqueando una ceja.

—Bueno, es mayor que yo —dijo la niña—. No he dicho que sea vieja, Luce, sólo mayor que yo. Y es profesora.

—Es una sugerencia espléndida, Amy —dijo el conde—. Debería habérseme ocurrido a mí. Señorita Allard, ¿nos haría ese honor? Aunque tal vez, puesto que vive en Bath, asistir a una de esas fiestas no será una gran cosa para usted.

—¡Si nunca he ido a ninguna! —exclamó ella.

—¿Qué? ¿Nunca? Entonces, por favor, acepte asistir a esta fiesta en calidad de nuestra invitada especial —dijo el conde.

—Por favor acepte, señorita Allard —le suplicó la señorita Marshall—. Carolina y Emily, mis hermanas, se morirán de envidia si les cuento que voy a ir después de todo.

Frances era terriblemente consciente del silencio que mantenía el vizconde Sinclair a su lado. Se giró a mirarlo, con los dientes enterrados en el labio inferior. ¿Cómo podía negarse sin hacer sufrir a la señorita Marshall, que estaba desesperada por asistir a una fiesta antes de ser considerada oficialmente mayor de edad?

Él no la ayudaba. Pero ¿cómo podría, sin quedar como un grosero delante de su familia?

—Ojalá pudiera aceptar, señorita Allard —dijo él secamente—. Nos haría un favor a todos.

El problema era que ella siempre había pensado que sería maravilloso bailar en la sala de bailes llamada Upper Rooms, que ya había visto, pero sólo un día en que fue a visitarla con un grupo de niñas. En otro tiempo asistía a bailes en Londres y siempre disfrutaba extraordinariamente en ellos.

Pero ¿cómo podía ir a ése?

¿Y cómo podía negarse? Ahora la invitación se la habían hecho los tres.

—Gracias —dijo—. Sería muy agradable.

La señorita Marshall batió palmas, el conde se lo agradeció con una inclinación de la cabeza y el vizconde Sinclair la sacó de la sala sin añadir otra palabra, una de sus manos firme en su espalda a la altura de la cintura, haciéndola sentir como si le estuviera abriendo un agujero con fuego.

Hicieron el trayecto de vuelta al colegio sentados uno al lado del otro en el coche, sin intercambiar palabra. Qué situación más desconcertante. Frances estuvo a punto de preguntarle si le molestaba que ella fuera a esa fiesta, pero era evidente que le molestaba, como a ella. Se le ocurrió preguntarle si quería que ella enviara con él una disculpa para no ir. Pero ¿por qué habría de hacerlo? La habían invitado correctamente, aun cuando la señorita Marshall hubiera hablado impulsivamente sin haberlo consultado con su hermano primero en privado.

Además, si a él le molestaba y deseaba que ella no asistiera, tenía lengua, tal como la tenía ella. Que él fuera el primero en hablar.

Sin embargo, su corazón comprendió que se encontraba en un estado muy frágil, y seguro que no le haría ningún bien volverlo a ver después de ese día. Incluso esa visita la haría sufrir horas insomnes durante muchas noches, no le cabía duda. Cielo santo, si había hecho el amor con ese hombre que iba callado a su lado. Recordaba con enorme claridad todos los detalles de esa noche de intimidad.

Y de la horrorosa separación al día siguiente.

El coche se detuvo fuera ante la escuela exactamente a las cinco y media. Peters abrió la puerta, sacó los peldaños y el vizconde Sinclair bajó y ayudó a Frances a bajar a la acera. Luego la acompañó hasta la puerta, que Keeble ya tenía abierta.

—De aquí a tres noches, entonces, vendré a recogerla para acompañarla a las Upper Assembly Rooms —le dijo.

—Sí, gracias —dijo ella.

—Tal vez —dijo él entonces, perforándole los ojos con los suyos— lleguemos a bailar otra vez, señorita Allard.

—Sí.

Acto seguido entró y subió corriendo a su habitación, donde esperaba poder tranquilizar su revuelta mente lo suficiente para corregir unas cuantas redacciones antes de la cena.

«Vendré a recogerla para acompañarla...»

«Tal vez lleguemos a bailar otra vez...»

La vida era tremendamente injusta. La noche pasada se había vuelto a sentir feliz. Y ahora...

Ahora le parecía que todo en ella, todas las partes de su cuerpo, su cabeza, sus emociones, giraban en un remolino.

Leyó atentamente la primera de las cuatro páginas de una redacción, y cuando estaba llegando al final se dio cuenta de que no había entendido ni una sola palabra.

Le iría muy bien recordar que era una profesora, se dijo severamente. Ése era su papel principal y el único verdaderamente importante en su vida.

Era profesora.

Empezó a leer la página desde el principio.

Capítulo *12*

*D*espués de despedir a su ayuda de cámara, Lucius se miró en el espejo un momento, ceñudo. Siempre se esforzaba en verse lo mejor posible. Después de todo, una parte de ser un caballero era ir siempre a la moda y bien acicalado, sobre todo si el caballero tenía fama de ser un corintio. Pero ¿por qué demonios había obligado al pobre Jeffreys a descartar tres corbatas muy respetables para al final mostrarse satisfecho con la cuarta?

¿Se estaría convirtiendo en una especie de dandi?

Sólo iba a asistir a una fiesta en Bath, por el amor de Dios, no a un baile en Carlton House. Tendría suerte si había unas diez personas menores de cincuenta años. Lo más probable es que fuera una velada larga y aburrida, para roncar. Y sin embargo ahí estaba, tomándose más trabajo que de costumbre con su apariencia.

Le costaba creer que él, Lucius Marshall, vizconde Sinclair, fuera a asistir realmente a una reunión tan insípida. Rara vez asistía a bailes o fiestas, ni siquiera en Londres, aunque tendría que hacerlo esa primavera, claro. Consideraría esa fiesta algo así como un ensayo para lo que estaba por venir.

El ceño se le transformó en una mueca, así que le dio la espalda al espejo.

Cuando bajó encontró a Amy ya vestida y paseándose por la sala de estar, aun cuando todavía faltaba media hora para que ella y su abuelo echaran a caminar hacia la sala de fiestas. Había estado nerviosísima todo el día, incapaz de concentrarse en nada.

—Bueno, estás extraordinariamente bonita esta noche —le dijo.

Ella ya se había recogido los lados del vestido y hecho unos cuantos giros y saltos delante de él, mientras la miraba con ojo crítico de la cabeza a los pies. Le gustaba el vestido de muselina azul celeste que la ayudó a elegir hacía dos días, y el primoroso peinado con rizos. Su doncella había tenido el buen criterio de no tratar de hacerla parecer mayor de lo que era. Aunque no tenía la altura ni la elegancia de Caroline, ni el hoyuelo en la mejilla ni los rizos naturales de Emily, podía acabar siendo la más bonita de las tres. Margaret había sido una beldad en su tiempo y seguía siendo bonita aun cuando ya pasaba de los treinta y tenía tres hijos.

—¿Me irá bien, entonces? —preguntó Amy, mirándolo con las mejillas encendidas y los ojos brillantes.

—Muy bien. Si esta noche te acosan todos los caballeros tendré que ahuyentarlos con mi monóculo.

—Uy, Luce —rió ella, encantada—, espero que no pongas esa expresión tan fiera cuando estés conmigo, porque entonces nadie reunirá el valor para sacarme a bailar. Estás espléndido, eso sí.

—Gracias, señora —dijo él inclinándose en una reverencia en broma—. ¿Irás poco a poco cuando salgas de la casa con el abuelo, Amy? ¿O galoparás con todo tu entusiasmo obligándolo a ir a tu paso?

Ella se puso seria al instante.

—Por supuesto que no. Creo que las aguas le están haciendo bien, ¿no te parece, Luce? Se le ve bastante bien últimamente.

—Sí —convino él, aunque los dos sabían que nunca volvería a estar realmente bien.

—No veo las horas de ir —dijo ella cogiéndose las manos en el pecho— y de volver a ver a la señorita Allard. Es extraordinariamente amable, y me trata como a una adulta. Y es hermosa además, aunque no se viste a la última moda. La admiro por su hermoso pelo y sus ojos oscuros. Vamos, ¿a qué hora va estar listo el abuelo?

—A la hora exacta en que dijo que estaría —le dijo Lucius acercándose a la ventana—. Sabes lo puntual que es siempre. Y si yo quiero ser puntual, debo ponerme en marcha. Veo que Peters ya ha sacado el coche.

Un par de minutos después iba nuevamente de camino a la escuela de la señorita Martin.

Esa mañana habían llegado cartas de su madre y de Caroline.

Destacando entre las noticias que las dos estaban ansiosas por comunicar estaba la de que el marqués de Godsworthy había llegado a la ciudad a pasar la temporada con el señor y la señora Balderston, y con Portia, por supuesto. Su madre había ido con Caroline y Emily a visitar a las dos damas. La señorita Hunt estaba de muy buen ver, informaban. Lady Balderston había preguntado por él y dicho que esperaba verlo en un futuro próximo.

Portia siempre estaba de buen ver, así que eso no era ninguna novedad. No recordaba haberla visto jamás con el proverbial mechón fuera de lugar, ni siquiera cuando era una niña.

El coche se detuvo delante de la puerta de la escuela y Lucius bajó a la acera sintiéndose como si fuera a hacer algo pecaminoso: acompañar a otra mujer a un baile.

Sus ojos se encontraron con una curiosa escena cuando el portero abrió la puerta y lo hizo pasar. Frances Allard estaba en medio del vestíbulo, luciendo un vestido de muselina gris con visos plateados, ceñido bajo el pecho por una cinta de seda plateada y dos vueltas de la misma cinta en la orilla. Otra dama estaba arrodillada junto a ella, con una aguja e hilo en la mano cosiendo una parte de la cinta que debió haberse soltado. Y había una más, inclinada hacia la que estaba arrodillada con unos alfileres en la palma. Por último, la señorita Martin le estaba poniendo un chal de cachemira alrededor de los hombros, alisándoselo.

Cuando él entró las dos costureras volvieron hacia él sus caras igualmente ruborizadas y se echaron a reír. Frances se mordió el labio inferior, con aspecto de estar azorada, pero al instante se echó a reír también.

—Ay, Dios —dijo.

La viva belleza de su alegre expresión lo golpeó como un puño en el abdomen, y casi lo dejó sin poder respirar un momento.

—Otro caballero que decide llegar cinco minutos antes de la hora acordada —dijo severamente la señorita Martin.

—Le ruego me perdone. —Arqueó las dos cejas—: ¿Debo salir a la acera y esperar ahí hasta que pasen los cinco minutos?

Las tres se desternillaron de risa otra vez; incluso la señorita Martin sonrió.

—No, no, ya estoy lista —dijo Frances. La costurera cortó el hilo y la cinta ya estaba en su lugar—. Ya conoce a la señorita Martin, lord Sinclair. ¿Me permite que le presente a mis compañeras, la señorita Jewell y la señorita Osbourne?

Señaló a la dos costureras, las dos jóvenes y bonitas. Las dos mirando con franco interés.

—¿Señorita Jewell? —dijo, inclinándose hacia la profesora rubia de ojos azules—. ¿Señorita Osbourne? —se inclinó hacia la pequeña beldad de pelo castaño rojizo.

Las dos se inclinaron en una venia.

De pronto comprendió que una noche fuera para una de ellas debía ser una ocasión importante para todas. Comprendió que se le ofrecía un atisbo, si bien involuntario, de otro mundo, un mundo ajeno, en el cual la vida de las mujeres no era una constante y ociosa ronda de fiestas, bailes y frivolidades. Sin embargo, todas esas profesoras eran jóvenes y atractivas. Ni siquiera la rígida y agria señorita Martin le repelía.

Pero ¿por qué demonios Frances decidió ser una de ellas? No tenía por qué.

El portero, callado y sombrío, como si le fastidiara la intrusión de cualquier hombre que no fuera él en ese sagrado recinto femenino, abrió la puerta y él salió detrás de Frances y la ayudó a subir al coche.

—El tiempo ha aguantado para la ocasión —dijo ella alegremente cuando el coche se puso en marcha.

—¿Es que habrías declinado la invitación si hubiera llovido?

Ella se cogió los extremos del chal con ambas manos.

—No, claro que no.

—Entonces ¿es que sólo querías entablar una conversación educada?

—Perdone si le he aburrido —dijo ella en tono molesto—. Tal vez debería haberme quedado callada. Eso haré el resto del trayecto.

Cuando ella puso por obra, o mejor dicho, por no obra, sus palabras, durante uno o dos minutos, le preguntó:

—¿Qué hacéis normalmente para entreteneros? ¿Tú y esas profesoras? Vives en Bath y sin embargo nunca has estado en una fiesta. ¿Metéis a las niñas en la cama cada noche y luego os sentáis a conversar por encima del ruido de vuestras agujas de hacer punto?

—Si lo hacemos, lord Sinclair, no tiene por qué preocuparse por nosotras. Somos muy felices.

—Eso dijiste una vez, y después cambiaste la palabra por «contenta». ¿Te basta con estar contenta, Frances?

Pensó que no le iba a contestar. La observó a la tenue luz del anochecer. Esa noche no llevaba papalina. Llevaba sus oscuros cabellos lisos sobre la cabeza y con unos pocos rizos en la nuca. No eran bucles ni rizos complicados, pero le sentaban mucho mejor que el habitual moño. Se veía elegante y hermosa. Iba a conseguir que todas las demás mujeres que asistieran a la fiesta, parecieran excesivamente acicaladas.

—Sí —dijo ella—. La felicidad debe encontrar su equilibrio en la infelicidad, y la ilusión en la depresión. Estar contenta es más fácil de mantener y trae consigo la tranquilidad de la mente y la paz del alma.

—¡Dios mío! ¿Puede haber algo más aburrido? Creo que eres una cobarde, Frances.

Ella se volvió a mirarlo con sus grandes ojos indignados.

—¿Una cobarde? Supongo que fue cobardía por mi parte no abandonar mi profesión, mi seguridad, mi futuro y a mis amigas para irme a Londres con usted.

—Pues sí —dijo él.

—Si cobardía significa cordura, entonces sí, por su definición, soy una cobarde, lord Sinclair, y no pido disculpas por serlo.

—Podrías haber sido feliz —continuó él—. Podrías haber aprovechado una oportunidad en la vida. Y muy pronto yo habría descubierto tu talento, ¿sabes? Podrías haber cantado para públicos más numerosos de los que encontrarás jamás aquí. No puedes decirme que teniendo la voz que tienes no has soñado nunca con la fama.

—Y con la fortuna —añadió ella en tono duro—. Las dos van inevitablemente unidas, lord Sinclair. Supongo que usted me habría hecho feliz, supongo que usted habría patrocinado mi carrera como cantante y habría procurado que conociera a todas las personas adecuadas.

—¿Y por qué no? No hubiera querido mantener todo tu talento para mí solo.

—Entonces —dijo ella, con la voz temblorosa por una emoción que él pensó debía ser rabia—, una mujer es totalmente incapaz de saber lo que quiere y de encontrar la alegría, incluso la felicidad, que desea en la vida, sin la ayuda y la intervención de un hombre. ¿Es eso lo que quiere decir, lord Sinclair?

—No sabía que estábamos hablando de los hombres y mujeres en general. Yo hablaba de ti. Y te conozco lo bastante bien para comprender que no estás hecha para estar simplemente contenta. Qué absurdo que lo creas. Prácticamente rezumas pasión por los poros, Frances, y no toda ella sexual, podría añadir.

—¡Cómo se atreve! —exclamó ella—. No me conoce en absoluto.

—Perdona, te conozco en el sentido bíblico, y una noche me bastó para sacar ciertas conclusiones sobre tu capacidad para la pasión sexual. He hablado contigo, y peleado contigo, en varias ocasiones, esta noche incluida. He reído y jugado contigo. Y tal vez lo más importante de todo, te he oído cantar. Te conozco bastante bien.

—Cantar no tiene nada que ver con...

—Ah, pues sí que tiene que ver. Cualquier persona que usa un extraordinario talento en su totalidad, olvidándose de sí misma, no tiene otra opción que vaciarse. No hay forma de ocultarse en esas ocasiones, ya sea una pintura, un poema o una canción el producto. Cuando cantaste en la velada de los Reynolds, revelaste mucho más que una voz hermosa, Frances. Te revelaste tú, y sólo un idiota no te habría visto como la mujer profundamente apasionada que eres.

Curioso, no había pensado conscientemente esas cosas antes; pero sabía que decía la verdad.

—Estoy muy contenta como estoy —dijo ella tercamente, apoyando las dos palmas en la falda y mirándose los dedos extendidos.

—Ah, sí, muy cobarde, Frances. Renuncias a la discusión y te refugias en perogrulladas porque tu caso es indefendible. Y mientes descaradamente.

—Se ha puesto ofensivo. No le he dado ningún permiso para que me hable con tanta libertad, lord Sinclair.

—Es posible que sea así. Sólo me has dado tu cuerpo.

Ella hizo una brusca inspiración. Pero dejó salir el aire lentamente y se refrenó de contestarle.

Él no había prestado atención al camino. De pronto cayó en la cuenta de que iban acercándose a la sala de baile. Estupendo. Dios mío, no había tenido la más mínima intención de pelearse con ella. Y tal vez no lo habría hecho si ella no lo hubiera irritado iniciando la conversación con su alegre y banal comentario sobre el tiempo.

Como si sólo fueran dos desconocidos.

Cuanto antes se marchara de Bath y volviera al asunto serio de liarse en un matrimonio, mejor para todos. Y Portia Hunt estaba en Londres esperándolo. También lo estaban la madre de ella, la madre de él y sus hermanas.

Bath, Londres. Londres, Bath. Maldición, era como elegir entre el diablo y la profundidad del mar azul.

¿Adónde se había ido esa vida que le había mantenido tan contento durante los diez últimos años?

Pero cuando bajó del coche y se giró a ofrecerle la mano a Frances, se dio cuenta.

¿Contento?

¿Había estado «contento» esos diez últimos años?

¿Contento?

Muchas veces en esos tres días Frances había estado a punto de escribirle a la señorita Amy Marshall disculpándose por no poder asistir a la fiesta. Tenía mucho trabajo por hacer en la escuela, clases que preparar, redacciones por corregir, aparte de las clases particulares de música que debía repartir en su horario, y los ensayos con los coros de las pequeñas y las mayores y el coro de tres o cuatro voces.

Su vida de profesora le ocupaba la mayor parte de sus horas de vigilia.

Pero sus amigas, que deberían haber apoyado esa actitud responsable, en esta ocasión no colaboraron.

«Tienes que ir y disfrutar por la señorita Marshall —le dijo Claudia—; dijiste que necesitaba compañía femenina, y ya es tarde para que encuentren otra. Y debes ir por el conde de Edgecombe también. Parece un caballero fino y cortés, aunque sea un aristócrata.»

«Y debes ir y disfrutar por nosotras —añadió Anne suspirando—. Vas a asistir a una de las fiestas en las Upper Rooms, Frances, invitada especial de un conde y un vizconde. Queremos disfrutarla nosotras a través de ti. Queremos oír todos los detalles, por nimios que sean, a la mañana siguiente.»

«Y tal vez —añadió Susanna, con su característico guiño travieso en los ojos—, el vizconde Sinclair comprenda que no debería haberte dejado marchar después de Navidad, Frances, y empiece a cortejarte en serio. Igual te enamoras de él y pones a reposar al pobre señor Blake. —Pero corrió a abrazarla poniendo fin a las bromas—. Disfrútalo, Frances. Pásalo bien.»

Pero después Anne fue a su habitación cuando se estaba preparando para salir, a preguntarle si de verdad le iba a ser muy doloroso estar en compañía del vizconde Sinclair toda la velada.

«Tal vez no debería haber dicho que fueras a disfrutar de la fiesta por nosotras. Qué egoísmo el mío.»

Pero ya era demasiado tarde para no ir, de modo que Frances le aseguró que la visita a Brock Street a tomar el té la había curado de cualquier estúpido enamoramiento que hubiera sentido por él después de Navidad.

Eso fue justo antes de que llegaran Susanna y Claudia a su habitación, y justo antes de la hora en que debía llegar el vizconde Sinclair a recogerla, de modo que todas bajaron con ella a esperar en la sala para las visitas. Y justo cuando iban por el vestíbulo Anne vio que se le había descosido la cinta y Susanna voló arriba a buscar aguja, hilo y alfileres, y todas reían para ahuyentar el pánico mientras Anne cosía.

A ninguna se le ocurrió trasladarse a la sala de estar o decirle a Keeble que no abriera la puerta cuando golpeó el vizconde.

La situación fue bastante violenta y bastante divertida. Y cuando él se ofreció a salir a esperar fuera, fue más divertida aún. Y claro, en realidad era bastante emocionante ir a una fiesta, y tal vez poder incluso bailar.

Tal vez con él.

Él había hablado de bailar juntos cuando la llevó a casa esa tarde después del té.

Pero ella ya no se sentía tan animada cuando bajó del coche a las puertas de la sala de baile. Cielo santo, la había llamado cobarde; y mujer apasionada.

«Prácticamente rezumas pasión por los poros, Frances, y no toda ella sexual, podría añadir.»

Había hablado abiertamente la noche que pasaron juntos. Le recordó que la conocía en el sentido bíblico.

La acusó de esconderse detrás de su alegría, de ser demasiado cobarde para coger la felicidad.

No era cobardía. Era sensatez, arduamente adquirida.

Ojalá, pensó cuando iba pasando delante de él por las puertas, no estuviera tan aniquiladoramente apuesto esa noche con su frac y pantalones negros, su chaleco plateado bordado, la camisa blanca de lino y la corbata expertamente anudada. O tan sofocantemente masculino con su hermosa cara de mandíbula cuadrada e intensos ojos castaños.

Y entonces olvidó algo de su agitación al darse cuenta de que estaba ahí de verdad. Iba a asistir a un baile en las Upper Assembly Rooms. Al menos parte de los motivos para decidir asistir después de todo, comprendió, fue su deseo de participar en una reunión así otra vez. Había echado de menos la sociedad. No se había sentido desgraciada sin ella, pero sí echado de menos. Los invitados circulaban por el vestíbulo de entrada de elevado cielo raso, y sintió una inesperada oleada de entusiasmo.

El vizconde Sinclair le puso la mano atrás en la cintura para hacerla avanzar. Pero antes de que pudiera sentir algo más que un estremecimiento de emoción ante su contacto, se les acercó a toda prisa la señorita Amy Marshall; debía haber estado esperando su llegada mirando desde la puerta del salón de baile. Se veía bonita, juvenil toda animación y entusiasmo.

—Señorita Allard —le dijo tendiéndole las dos manos, como había hecho en Brock Street, cogiéndoselas y besándola en la mejilla—, qué a tiempo ha llegado. Sólo hace cinco minutos que llegamos el abuelo y yo, y sí Luce, hemos venido a paso de tortuga, te lo juro. Qué hermosa está de plata, señorita Allard. Su vestido hace juego a la perfección con los colores de Luce —añadió riendo.

Ay, Dios, que comentario más desafortunado. Frances se apartó de la mano de él, sonrió alegremente cuando la niña le cogió el brazo y las dos echaron a andar en dirección al salón de baile. Lord Sinclair las siguió.

—¡Uy! —exclamó Frances cuando se detuvieron en la puerta—. Sólo había visto el salón a la luz del día. Se ve mucho más espléndido con todas las velas encendidas, ¿verdad?

Varias lámparas de araña colgaban del cielo raso, todas llenas de velas encendidas. Sobre el estrado estaban los miembros de la orquesta afinando sus instrumentos. Un buen número de personas estaban reunidas en pequeños grupos, de pie o sentadas o paseándose alrededor de la pista de baile.

Tenía que fijarse en todos los detalles, pensó, para poder hacerles un fiel relato de todo a sus amigas al día siguiente.

—Esta es la primera vez que se entra en una sala de baile desde hace tiempo, ¿verdad, señorita Allard? —le preguntó el vizconde Sinclair.

La tarde del té ella les dijo que nunca había estado en una fiesta en ese salón de Bath, pero entendió al instante por dónde iban los tiros. Y cuando se volvió a mirarlo vio en sus ojos el destello casi diabólico que esperaba ver.

—Sí —contestó.

—Parece que va a haber bastante asistencia —dijo él—, aunque sólo estamos en Bath y por lo tanto no se puede esperar una gran multitud. Una fiesta puede ser, claro, perfectamente placentera con muy pocos invitados. Incluso dos bastan, siempre que uno sea un hombre y el otro una mujer, para que puedan bailar. Ni siquiera la orquesta es indipensable.

—¡Qué ridículo, Luce! —exclamó su hermana riendo alegremente.

Pero el vizconde tenía fijos los ojos en Frances y las cejas arqueadas.

—¿No estaría de acuerdo conmigo, señorita Allard? —le preguntó.

No se ruborizaría, pensó ella, no, por nada del mundo.

—Pero entonces no sería una verdadera fiesta, ¿verdad? —dijo.

—Y el hombre y la mujer —añadió él— podrían cansarse muy pronto de bailar y buscar alguna otra diversión. Tiene toda la razón. Supongo que hemos de agradecer que haya una multitud tolerable aquí esta noche.

¿Por qué haría eso?, pensó Frances. No le había parecido que le complaciera verla en ninguno de sus tres encuentros desde su vuelta a Bath.

Afortunadamente en ese momento llegó hasta ellos el conde de Edgecombe. Había permanecido en el salón de baile para acompañar a su nieta mientras estaba sola, les explicó, después de saludar a Frances inclinándose sobre su mano, pero quería irse a la sala de juego, si lo disculpaban.

—He bailado en unas cuantas fiestas informales en casa —le confió a Frances la señorita Marshall, mientras el vizconde Sinclair llevaba a su abuelo al otro salón—, pero nunca he estado en una tan grandiosa. Caroline y Emily se van a poner verdes de envidia cuando se lo cuente mañana.

No había mucha gente joven, observó Frances. Y aunque a primera vista la deslumbró la elegancia de los invitados, al mirar más detenidamente vio que muy pocos iban vestidos en el estilo que se esperaría ver en un baile de la alta sociedad. Pero eso la alegraba. Había temido llamar la atención con su vestido menos que elegante.

—Es bastante grandiosa —dijo—, pero el próximo año, señorita Marshall, cuando haga su presentación en sociedad, estará encantada al descubrir que hay algo aún más grandioso que esto para experimentar.

—Ah, debe tutearme, por favor, llámeme Amy —dijo la niña. Entonces se le iluminó más la expresión y levantó el abanico para saludar a alguien que se hallaba al otro lado de la pista de baile—. Ahí está Rose Abbotsford con su madre. Y ése debe de ser el hermano de que me habló. Es apuesto sobremanera, ¿verdad?

Abrió el abanico en el momento en que llegaba hasta ellas su hermano.

—Antes que te pongas a conquistar a todos los jovencitos del salón, Amy —le dijo—, recuerda que vas a bailar conmigo la primera serie de danzas. Es probable que mi madre quiera mi cabeza por haberte permitido venir aquí.

Y en ese instante un caballero se estaba inclinando ante Frances. Vio que era el señor Blake.

—Señorita Allard —dijo él—. No me atrevía a esperar verla aquí esta noche. Pero estoy encantado, por supuesto.

Mientras ella le hacía la venia él miró a sus dos acompañantes, y ella se los presentó, aunque ya los había visto en la velada de los Reynolds.

—Ha sido extraordinariamente amable por su parte, milord —le dijo al vizconde—, de traer aquí a la señorita Allard como invitada.

—Ah —dijo Frances, azorada—. Estoy aquí más en calidad de carabina que de invitada, señor Blake.

—No, eso no, de ninguna manera —exclamó Amy, golpeándole el brazo con el abanico—. ¡Qué idea!

—Gracias, señor, pero la señorita Allard es la invitada personal del conde de Edgecombe —dijo el vizconde Sinclair.

Lo dijo en un tono tan estirado y altivo que Frances lo miró fijamente; él había levantado su monóculo, aunque no lo tenía sobre el ojo.

El señor Blake se inclinó y lo miró, aunque al parecer sin entender que acababa de recibir un glacial revés. Frances se sintió indignada por él. ¿Se había molestado el vizconde porque le habían presentado a un simple médico? Cielo santo, pero si ella era una simple profesora.

—¿Sería mucho esperar que estuviera libre para bailar la segunda serie conmigo, señorita Allard? —le preguntó el señor Blake—. Ya había concertado la primera con la señorita Jones antes de verla a usted.

—La señorita Allard va a bailar la segunda conmigo —dijo el vizconde Sinclair.

Frances tuvo un breve instante para decidir si se peleaba en público con él o dejaba en paz el asunto. Lo miró y vio que tenía arqueada una de las cejas. Tal vez, pensó, a él le encantaría que ella lanzara el primer ataque; había un claro desafío en esa ceja.

—Sí —dijo, sonriendo y mirándolo a los ojos—. Lord Sinclair me lo pidió especialmente cuando veníamos en su coche.

—Ah. ¿La tercera serie tal vez, entonces, señorita Allard? —dijo el señor Blake.

—Encantada —le dijo ella.

El Maestro de Ceremonias estaba anunciando la primera serie de danzas, observó entonces, y la orquesta estaba a punto de empezar a tocar. Repentinamente evaporados todo el azoramiento y todo el malestar, volvió la atención a la pista de baile. Se sintió entusiasmada, aunque no esperaba bailar mucho. Por lo menos bailaría la segunda y la tercera serie de danzas, y eso era más de lo que había esperado.

Pero al final resultó que no se perdió la primera serie de contradanzas. El señor Blake se fue a buscar a su pareja, el vizconde llevó a su hermana a la pista de baile y ella encontró un asiento desocupado. Pero enseguida se le acercó el señor Gillray, cuñado del señor Huckerby, al que la habían presentado en el concierto de Navidad de la escuela, a preguntarle si bailaría con él, así que tuvo todo el placer de participar en el baile desde el primer momento.

Y fue un placer muy grande también. Se sorprendió sonriendo y riendo durante algunas de las intrincadas vueltas y giros de la danza, que tenía frescos en la memoria, ya que ella era siempre la pareja elegida por el señor Huckerby cuando daba las clases a las niñas. Más allá en la fila, Amy Marshall también lo estaba pasando en grande y riendo. El vizconde Sinclair miraba a su hermana sonriendo indulgente, aunque la vez que captó su mirada, la sostuvo un largo rato.

Y la próxima serie de contradanzas las bailaría con él. No sabía si alegrarse o lamentarlo. Él era con mucho el caballero más apuesto y distinguido de los presentes, y le entraban deseos de desmayarse de sólo pensar que iba a bailar con él otra vez. Pero sabía que cuanto más alejada se mantuviera de Lucius, mejor sería para su paz mental. Su preciada paz.

Su «alegría».

Pero, Dios misericordioso, la magia de aquella vez iba tejiendo su tela alrededor de ella de nuevo, momento a momento.

Deseaba volver a bailar con él, lo deseaba desesperadamente. Sólo una vez más.

Capítulo *13*

*E*l señor Algernon Abbotsford le fue presentado a Amy cuando terminó la primera serie de danzas, y con mucha corrección le pidió permiso a Lucius para llevarla a bailar la segunda. Habiendo dado su permiso, él quedó libre para volver su atención a su pareja, que estaba conversando con una dama que él no conocía.

Su atención no se había desviado mucho de ella desde que llegaron, la verdad fuera dicha. Y si en algún momento se engañó pensando que no esperaba con ilusión e impaciencia verla esa noche casi tanto como Amy, y que no había puesto especial esmero en su apariencia porque iba a ver a Frances Allard otra vez, en ese momento, finalmente, se vio obligado a encarar esa humillante verdad.

¡Condenación!

Y si de veras ella creía que era una mujer hecha sólo para estar contenta, quería decir que era más dada que él a engañarse a sí misma. No lograba imaginarse a ninguna mujer menos hecha para envejecer solterona como maestra de escuela que ella. Sus mejillas, sus ojos, toda ella, resplandecían de apasionado placer por esa ocasión, aun cuando sólo fuera una fiesta en Bath.

Sabía, como nadie, con qué facilidad y plenitud su amor por el baile se podía transformar en pasión sexual.

¡Y no es que él fuera a intentar efectuar esa transformación esa noche!

—¿Señora? —dijo, inclinándose ante ella—. Este es mi baile, creo.

Ella alzó la vista y lo miró a los ojos, y él vio que recordaba que esas fueron sus palabras exactas en esa fría y deslucida sala de baile de la posada, antes de que bailaran el vals y luego hicieran el amor. No sabía por qué se sintió impulsado a recordarle esa ocasión. ¿Pura diablura, tal vez? ¿O tal vez sentía la necesidad de enfrentarla, de obligarla a mostrarse, de...? Bueno, no sabía qué se proponía. Pocas veces pensaba en los motivos de lo que hacía o decía. Siempre había sido un hombre de impulsos y acción.

—Creo que lo es, milord —dijo ella, poniendo la mano en la de él—. Gracias.

—Ay de mí, no es un vals —comentó él cuando la llevaba a la pista de baile—. No habrá ninguno esta noche. Lo averigüé.

—Me han dicho que no se suele bailar el vals en Bath —dijo ella.

—Es un condenable delito de omisión. Pero si se bailara aquí, Frances, lo bailaríamos juntos.

—Sí —convino ella, y giró la cabeza para mirarlo a los ojos.

En ese momento pasó entre ellos algo fugaz y tácito. Deseo, anhelo, conocimiento, él no supo muy bien qué. Tal vez las tres cosas. Conciencia carnal plena, ciertamente.

Los dos se incordiaban el uno al otro. Los dos se inclinaban tanto a pelear como a ser educados entre ellos. Pero había una chispa de algo, que se fue encendiendo durante todo el día previo a aquel vals de hacía tres meses y que luego ardió a toda potencia durante y después del vals. Esa chispa no estaba apagada del todo, incluso después de tres meses.

Y, pardiez, ya no quería seguir simulando para sí mismo que lamentaba haberla vuelto a ver, que debía evitarla, que deseaba que se fuera al infierno. No era bueno en esos juegos de autoengaño, aun cuando ella lo fuera.

Estaba condenadamente feliz de estar con ella una vez más.

De nuevo otra contradanza, pero más lenta y majestuosa que la primera. La acompañó hasta la larga fila de damas y fue a ocupar su puesto frente a ella en la fila de caballeros. Ella se veía sorprendentemente diferente en medio de las otras damas, pensó: morena, llena de vida y hermosa. Una rosa entre espinas. No. Más bien una excepcional orquídea entre rosas.

Y de pronto las rosas le parecieron sosas.

No recordaba la última vez que bailó dos series seguidas en algún baile. Incluso una solía ser más de lo que podía soportar. Siempre había pensado que a quienquiera que decretó que el baile debía ser una forma predilecta de disfrutar de una velada deberían haberlo deportado a las colonias como un peligro público para la cordura de la mitad masculina de la especie. Si deseaba intimar con una mujer, y lo deseaba con frecuencia, había formas de hacerlo mucho más directas que hacer cabriolas alrededor de ella en una pista de baile en compañía de una gran aglomeración de personas con similar inclinación.

Pero el vals con Frances Allard después de Navidad fue una experiencia sexual en sí misma. Más que eso, fue excitante y estimulante. Y ahora iba a bailar con ella otra vez, y todo en su ser estaba enfocado en ella, alta, muy esbelta con su vestido de muselina plateada, sus cabellos oscuros resplandecientes a la luz de las velas de las lámparas, sus ojos brillantes de expectación y placer.

Comenzó la música, los caballeros se inclinaron, las damas flexionaron sus rodillas haciendo sus venias. Avanzaron las filas, acercándose, cada caballero cogió la mano derecha de su pareja levantándola hasta un poco por encima de sus cabezas, hizo un giro completo con ella y volvieron a separarse.

Continuó la música y los bailarines siguieron los pasos majestuosos y bien medidos de la danza, marcando una rítmica figura con sus zapatos en el brillante suelo. Giraban el uno alrededor del otro, Frances y Lucius, quedando a veces cara a cara, a veces espalda con espalda. Se cogían las manos, avanzaban hacia un lado y otro de la pista en sus filas, se cruzaban con otras parejas, separándose y volviéndose a juntar, pasaban por en medio de las hileras de un extremo al otro cuando les tocaba el turno, cogidos del brazo, las manos unidas entre ellos.

Lo hacían todo sin decirse una sola palabra, aun cuando había frecuentes oportunidades para retazos de conversación. Pero él no apartaba los ojos de los de ella en ningún momento, y le sostenía la mirada con su fuerza de voluntad. Tenía los sentidos a flor de piel, consciente de su presencia, del brillo de su cinta plateada, de los reflejos de la luz en sus cabellos oscuros, del frufrú de la muselina cuando se movía, del calor de su fina mano en la de él, su conocida fragancia, que seguro que provenía más del jabón que de algún perfume.

Pero mientras bailaban una cosa le quedó cegadoramente más clara que cualquier otra: ella podía haberlo rechazado hacía tres meses, pero no lo hizo por indiferencia, caramba. Todo ese tiempo lo había sabido, supuso, pero en ese momento estaba seguro.

Frances Allard no era otra cosa que una cobarde.

Y si había algo que estuviera resuelto a conseguir antes que se cerrara la puerta de la escuela detrás de ella esa noche, era obligarla a abandonar su actitud de falsa seguridad, obligarla a entender que había perdido más de lo que había ganado al preferir su cómoda seguridad a él. Obligarla a reconocer su error.

Olvidó totalmente que él mismo había reconocido que no había sido un error en absoluto.

El aire entre ellos prácticamente crujía.

Cuando terminó la danza ella estaba aún más hermosa, con el tenue brillo de sudor en la cara y el pecho, y más deseable. También la hacía más deseable la ligera agitación de su pecho, a causa del ejercicio. Tenía los labios entreabiertos, y los ojos brillantes.

—Gracias —le dijo cuando él dobló el brazo para ponerle la mano sobre la manga—. Ha sido muy agradable.

—Esa palabra otra vez. —La atravesó con una dura mirada—. A veces te daría de sacudidas, Frances.

—¿Cómo ha dicho? —preguntó ella mirándolo sorprendida.

—Espero que nunca elogies a las niñas de tus coros o a tus músicos diciéndoles que su interpretación ha sido agradable. Eso bastaría para que renunciaran a la música para siempre. Si yo pudiera, ya habría eliminado esa palabra del idioma.

—Me extraña que haya bailado conmigo, lord Sinclair. Parece que no le caigo muy bien.

—A veces parece que caer bien tiene muy poco que ver con lo que hay entre nosotros, Frances.

—No hay nada entre nosotros.

—Incluso la animosidad es algo —replicó él—, pero hay mucho más que eso.

Le llevó en dirección hacia donde estaba Amy con los Abbotsford, con expresión más animada de la que tenía cuando llegaron, si eso era posible.

—Después de la siguiente danza vas a reunirte con Amy, mi abuelo y yo en el salón de té —le dijo.

De repente se había acordado que ella iba a bailar la siguiente danza con Blake, el médico, que tenía claros intereses sobre ella, aunque avanzaba a paso de caracol si no se le había ocurrido la manera de invitarla a ir a esa fiesta con él esa noche. Pero el individuo no se la iba a llevar a tomar el té con él, como hiciera en la velada de los Reynolds.

—¿Es una petición, lord Sinclair, o una orden?

—Hincaré una rodilla en el suelo si quieres, pero te advierto que eso ocasionará considerables cotilleos.

Ella se rió.

A él nunca dejaba de acelerársele el corazón cuando ella se reía. La risa la transformaba, aun cuando ya estaba sonrosada y radiante. Sin duda fue creada para la risa. La risa la hacía real, lo que fuera que significara eso.

—Iré mansamente entonces —le prometió ella.

Muy pronto apareció su pretendiente y se la llevó, su cabeza medio calva brillando a la luz de las velas. El Maestro de Ceremonias llevó a un serio jovencito con anteojos para presentarlo a Amy, y el joven se la llevó a la pista para bailar la cuadrilla.

Lucius se apresuró a entrar en el salón de juego, no fuera a ser que al Maestro de Ceremonias se le metiera en la cabeza presentarle otra pareja también. Su abuelo estaba absorto en el juego, observó.

Volvía a sentirse molesto e irritable, sentimientos bastantes corrientes en él últimamente, y que con toda probabilidad no lo abandonarían en las próximas semanas y meses. Trató de recordar cómo era su vida antes de ir a Barclay Court justo antes de Navidad. Seguro que normalmente no estaba malhumorado e irritable, comportándose como la más plácida y simpática de las almas.

Seguro que tampoco sentía inclinaciones a enamorarse de maestras de escuela.

¿Por qué demonios no podía vivir eternamente su abuelo?

¿O por qué no tuvo una decena de hermanos, todos mayores que él?

La cuadrilla no acababa nunca, al parecer era eterna. Ya estaba dispuesto para ir a tomar el té.

¡Té, por el amor de Dios!

El señor Blake era un bailarín tolerablemente bueno. También fue una pareja amable y felicitó a Frances por su apariencia y su pericia para bailar. Volvió a expresarle su placer por verla ahí en la fiesta.

—Si hubiera sabido que podía asistir a estos eventos, señorita Allard, la habría invitado a venir conmigo, puesto que he venido con mi hermana y mi cuñado. ¿Tal vez querría venir con nosotros al teatro alguna noche?

—Eso sería muy agradable, señor —sonrió ella—. Es decir, si se me puede eximir de mis deberes vespertinos en la escuela, como me han eximido esta noche. Es muy amable de su parte pensar en mí.

—No es tarea en absoluto difícil pensar en usted, señorita Allard —dijo él, acercando más la cabeza a la de ella—. En realidad, últimamente me sorprendo haciéndolo con frecuencia.

Ella se alegró de que los pasos de la danza los separaran en ese preciso instante. Por dentro le giraban todo tipo de emociones después del baile anterior, y se sentía totalmente incapaz de la tarea de habérselas con un ardor que aún no estaba preparada para considerar. Por lo tanto se concentró en disfrutar de la cuadrilla que estaban bailando. Por un instante trató de recuperar el placer que sintiera sólo hacía una semana por el interés demostrado por el señor Blake, pero no lo consiguió. El vizconde Sinclair tenía razón, comprendió repentinamente: las palabras «agradable» y «placer» eran bastante sosas en realidad.

Notaba la ausencia del vizconde en el salón de baile mucho más que la presencia del señor Blake, señal nada prometedora. De pronto le pareció sosa toda la atmósfera del baile.

¿Por qué no era posible dominar el corazón con la misma facilidad que la mente? ¿Por qué no era posible elegir a qué hombre amar? Aunque en realidad «amar» no era exactamente la palabra apropiada para las emociones que bullían en su cabeza y su cuerpo. Pero fuera cual fuera la palabra correcta, uno debería poder elegir al hombre que le agitara la sangre, le acelerara el corazón y le llenara el mundo con el poder de su presencia.

Iba a tener que empeñarse más después de que acabara esa velada, decidió, después de haber visto al vizconde Sinclair por última vez.

Sí que deseaba iniciar una relación con el señor Blake. Su interés en ella debía considerarlo una bendición en su vida.

—Lo siento —dijo, cuando al terminar la danza él le preguntó si le haría el honor de tomar los refrigerios con él y sus parientes—, pero ya he aceptado tomar el té con el grupo del conde de Edgecombe. En realidad me invitó a venir porque le parecía que la señorita Marshall necesitaba una dama mayor que hiciera de carabina, o de acompañante, si quiere.

—Ah, pero no mucho mayor, señorita Allard —dijo él galantemente, inclinando la cabeza—. Pero lo comprendo perfectamente, y la honro por anteponer lo que considera una obligación a lo que podría ser su inclinación personal. Me haré el honor entonces de ir a visitarla a la escuela de la señorita Martin uno de estos días, si me lo permite.

—Gracias —dijo ella, volviendo a sonreírle.

Y sin embargo por un motivo incomprensible pensó que había sido falsa con él; o tal vez no era tan incomprensible. Los próximos días iba a tener que poner mucho cuidado en no utilizarlo para esconderse de su magullado corazón.

Qué idiotez más indecible permitir que le magullaran el corazón otra vez.

Disfrutó la media hora que pasó en el salón de té. Eso se debía a que el conde de Edgecombe y Amy Marshall volvieron a tratarla como a una invitada predilecta, se dijo, y a que la conversación era animada, y divertida, y a que su entorno era un festín para los sentidos. Tendría muchísimo con qué regalar los oídos de sus amigas. Y siempre, siempre, recordaría esa noche.

Pero en el fondo sabía que no habría sentido ni la mitad de la euforia que sentía si Lucius Marshall, vizconde Sinclair, no hubiera estado sentado a la mesa también. Podría ser terriblemente impertinente a veces, y tenía la costumbre de decir adrede cosas que la perturbaran o fastidiaran, o de quedarse callado por ese mismo motivo, pero siempre era un acompañante interesante, y estar en su presencia otra vez le traía recuerdos de un episodio de su vida que había tratado de olvidar por todos los medios, aunque en esos momentos reconocía que no se habría perdido por nada del mundo.

Esos días la habían hecho sentirse plenamente viva.

Y esa noche volvía a sentirse plenamente viva.

Iba a volver a sufrir cuando todo se acabara; tal vez casi tanto como sufrió entonces, pero ya no podía hacer nada para impedirlo, ¿verdad? La vida tiene la costumbre de hacer cosas así. No había manera de esquivarle el cuerpo al sufrimiento, por mucho que intentara llevar una vida tranquila en la que se equilibraban los altibajos de las emociones.

Y dado que los momentos álgidos insisten en meterse en la vida cuando uno menos lo espera. Al fin y al cabo, ¿quién podría haber previsto que iba a caer una fuerte nevada justo el día que ella eligió para viajar? ¿Quién podría haber predicho sus gloriosas consecuencias?

¿Y podría haber predicho que su decisión de aceptar la invitación a cantar en la velada de los Reynolds hacía tres noches la llevaría a encontrarse con Lucius otra vez, y que eso iba a llevarla a ese momento?

Y dado que las alturas insisten en invadir la vida, también lo hacen las bajuras. Es inevitable; alturas y bajuras van inextricablemente unidas.

¿Qué sentido puede tener, entonces, sufrir de antemano las bajuras, si van a llegar inevitablemente?

Por lo tanto, se dio permiso para disfrutar francamente de lo que quedaba de la velada y disfrutar por adelantado el placer que sentiría al contárselo todo a Claudia, Anne y Susanna al día siguiente, aunque entonces ya estaría sufriendo.

Después del té bailó todas las series que faltaban con el vizconde Sinclair, entre ellas la última, otra contradanza. Y puesto que al ver tantos coches aparcados alrededor de las Upper Rooms el vizconde había ordenado que el suyo esperara fuera de la casa, todos hicieron el trayecto de vuelta a pie, ella con Amy delante, la niña cogida de su brazo, y los dos caballeros detrás a cierta distancia.

—Nunca lo había pasado tan maravillosamente bien en mi vida —dijo Amy, suspirando contenta, cuando iban entrando en la curva del Circus—. ¿Y usted, señorita Allard?

—En realidad, creo que no —repuso Frances.

—Todos querían bailar conmigo —continuó candorosamente la niña—. Y con usted también. No se perdió ni un baile, ¿verdad? Me encantó ver a Luce bailando con usted por segunda vez. Vuelve loca a mamá porque «nunca» baila.

—Entonces debo considerarme muy honrada —dijo Frances.

—Claro que esta temporada tendrá que bailar quiera o no quiera. Para Navidad le prometió al abuelo que este año tomaría esposa, y supongo que será la señorita Hunt, que ha estado esperándolo toda la vida. Ella ya está en la ciudad con su madre, su padre y el marqués de Godsworthy, su abuelo y amigo especial de mi abuelo. Pero yo no podré volver a bailar hasta el año que viene, cuando haga mi presentación en sociedad. Es un fastidio.

Frances notó que el corazón le estaba golpeando las costillas. Había sido muy sensata al rechazarlo después de Navidad, y no había sido tan tonta esos últimos días para esperar que él renovara sus atenciones. No deseaba que las renovara. Pero la verdad, saber que estaba a punto de casarse, que ya había elegido a su futura esposa, sí que le dolía. Muy irracionalmente, en realidad. Pero la razón no tiene nada que ver con los asuntos del corazón. Había pasado una noche con él una vez. Era el único hombre con el que había tenido relaciones sexuales. Era comprensible, entonces, que se sintiera herida, o si no herida, entonces... deprimida.

—Tener que esperar algo que uno desea tanto es muy fastidioso —dijo—. Pero tu presentación en sociedad será gloriosa cuando llegue el momento, y lo será más aún porque has esperado tanto tiempo. Pero esas son palabras sensatas que tal vez has oído muchas veces. En tu lugar, yo estaría muy inclinada a montar una ruidosa pataleta.

Amy se rió encantada y le apretó el brazo.

—Oh, que encantadora es usted. Y cuando vuelva a Bath, aunque no sé cuándo será eso, le escribiré para decírselo e ir a verla a la escuela. Ojalá no tuviéramos que marcharnos tan pronto de Bath, porque aquí me siento adulta, lejos de mis hermanas. Pero Luce dice que debemos volver a Londres mañana o pasado mañana.

¡Ah! Otro golpe. Aunque en realidad no lo era, claro. No debía hacer una gran tragedia de los incidentes de los cuatro últimos días. No había esperado volver a ver a ninguno de ellos después de esa noche, al menos no lo había esperado con el intelecto.

—Esperaré con ilusión volver a verte en algún momento en el futuro, entonces —dijo, cuando se detuvieron ante la puerta de la casa.

El coche del vizconde Sinclair esperaba ahí; Peters instalado en el pescante. Por la mente le pasó la idea de sugerir irse sola en el coche a la escuela, pero sabía que no se lo permitirían. Además...

Bueno, además no podía privarse de los últimos minutos de sufrimiento en compañía de él, ¿verdad?

¿Sufrimiento?

¡Qué tontería más sentimental!

Se arrebujó el chal prestado alrededor de los hombros. Sólo era primavera y el aire estaba fresco.

Amy la abrazó cuando los caballeros se acercaran a ellas. El conde le tendió la mano derecha y cuando Frances puso la suya en ella, se la cubrió con la otra mano.

—Señorita Allard, le agradezco muy sinceramente el haber venido con nosotros esta noche. Sé que su compañía ha significado muchísimo para Amy. Dentro de uno o dos días me iré a Londres con mis nietos, pero cuando vuelva, la invitaré a cantar para mí. Espero que acepte.

—Estaré encantada, milord.

—Ahora Lucius la llevará a casa. Buenas noches, señorita Allard.

—Buenas noches, milord —dijo ella—. Buenas noches, Amy.

Al cabo de un minuto estaba nuevamente sentada en el coche con el vizconde Sinclair, y el coche emprendió la marcha. El trayecto llevaría diez minutos, calculó. Le quedaban diez minutos.

Qué tontería sentir pánico al pensarlo.

—Dime que disfrutaste esta noche —dijo él repentinamente pasado el primer minuto de silencio.

—Ah, sí, ha sido muy...

—Si dices «agradable» te estrangularé, Frances.

—Delicioso —dijo ella, sonriendo en la oscuridad.

—Dime que lo encontraste delicioso porque estaba yo ahí. Dime que no lo habrías pasado tan bien ni de cerca si yo no hubiera estado ahí.

El interior del coche estaba muy oscuro. No le vio la cara cuando volvió la cabeza para mirarlo.

—No diré nada de eso —dijo indignada—. ¡Qué idea! ¡Qué arrogancia! Claro que habría disfrutado de la velada igual, ¡y más! si no hubiera estado usted ahí.

—¡Mentirosa! —dijo él en voz baja.

—Parece tener la engañosa ilusión, lord Sinclair, de que es un regalo de Dios para las mujeres.

—Una frase manida indigna de ti. Dime que has lamentado haberme rechazado después de Navidad.

—¡No lo he lamentado! —exclamó ella.

—¿Ni siquiera un poquitín?

—Ni siquiera eso.

—¿Un cuarto, entonces? —rió él suavemente—. Mientes fatal, Frances.

—Y usted es el hombre más engreído que he conocido en mi vida.

—¿Es engreimiento mío el que después de haber conocido a una mujer y haber sentido una avasalladora atracción por ella, y ella por mí, y haber consumado esa atracción, crea que ella debió sentir una punzadita de pesar al decirme adiós, sobre todo cuando no tenía por qué hacerlo?

—Era mejor sufrir esa punzadita que convertirme en su querida —dijo ella sarcástica.

—Ajá. O sea, que reconoces haber sentido una punzadita, ¿eh?

Ella se mordió el labio y no le contestó.

—Nunca dije que mi intención fuera convertirte en mi querida.

—Pero tampoco dijo que su intención fuera el matrimonio. Perdone, lord Sinclair, pero no sé de ninguna otra relación que hubiera sido posible entre nosotros si me hubiera ido con usted.

—¿Cortejo? —sugirió él—. Necesitábamos pasar más tiempo juntos, Frances. No habíamos acabado la relación.

—Habla desde el punto de vista del rico ocioso. Yo necesito trabajar para vivir. Y mi trabajo está aquí.

—Te ofrecí quedarme aquí —le recordó él—, y no lo quisiste. Y te ofrecí llevarte a Londres y buscarte un lugar para vivir y una señora decente para que viviera contigo, por tu reputación.

—Y usted habría pagado todos los gastos, supongo.

—Sí, por supuesto.

Por el tono de su voz ella supo que había arqueado arrogantemente las cejas.

—Habría sido una mujer «mantenida». ¿Es que no lo ve? Habría sido su querida fuera cual fuera el otro nombre que hubiera querido ponerle a nuestra relación.

—¡Señor! —exclamó él—. Discutirías que el blanco es negro si yo me atreviera a decir que es blanco, Frances. Pero discutir me causa dolor de cabeza y evito los dolores de cabeza a toda costa. No hay manera de discutir nada sensatamente contigo, ¿verdad? Siempre tienes que decir la última palabra.

Ella empezó a girarse para replicarle, pero él la giró antes, le pasó un brazo por los hombros, le levantó el mentón con la otra mano y la besó intensamente en la boca.

La conmoción del beso le destruyó toda coherencia mental.

—Mmm. —Le puso la mano en el hombro para apartarlo.

—No te resistas —susurró él enérgicamente sobre su boca—. No te resistas, Frances.

Y puesto que su contacto le había destrozado todos los procesos de pensamiento racional, abandonó su resistencia instintiva y se entregó a su abrazo. En lugar de apartarlo, subió la mano introduciendo los dedos en su pelo y le correspondió el beso con todo el ardor que llevaba reprimiendo tres largos meses.

Él le apartó los labios con los suyos y su lengua le invadió la boca, inundándola de calor, deseo y cruda necesidad. Por un rato se entregó a la sensación y se giró más para rodearlo con los dos brazos y apretar sus pechos contra el pecho de él.

Ah, hacía tanto tiempo.

Toda la eternidad.

Cuánto, cuánto lo había echado de menos.

Sintió las manos de él por todo el cuerpo, estrechándola más contra él.

Pero por potente que fuera la pasión física, no le obnubiló la mente mucho más de unos momentos. No estaba libre para entregarse a la pasión de él como lo había estado después de Navidad, porque sabía que él no estaba libre. Había prometido casarse, se iría a Londres mañana o pasado mañana, justamente a hacer eso. En realidad, esa promesa la había hecho antes de encontrarse con ella en medio de la nevasca.

El estómago le dio un vuelco ante esa comprensión.

Bajó la mano hasta el hombro y lo empujó para apartarlo.

—¡No! —exclamó con la boca pegada a la de él.

—Maldita sea, Frances —dijo él, apartando unos dedos la cara—. ¡Maldita sea, mierda!

A ella ni se le ocurrió reprenderle por ese lenguaje. Se mordió el labio y cerró fuertemente los ojos para no echarse a llorar desconsoladamente.

Él intentó reanudar el beso, pero ella desvió la cara.

—La señorita Hunt tal vez no lo apruebe.

—¿La señorita...? ¿Quién diablos te habló de Portia?

Así que para él era Portia, ¿eh?

—Amy, supongo —se contestó él mismo.

—Sí, Amy. Le deseo lo mejor, lord Sinclair.

—Si vuelves a tratarme de usted una sola vez más, bien podría perder los estribos, Frances. Aún no estoy comprometido con Portia Hunt.

—Aún no. Pero lo estará pronto. Quite el brazo de mis hombros, por favor.

Él obedeció bruscamente, haciéndola sentirse tan abandonada que incluso hacer entrar aire a sus pulmones le parecía un esfuerzo superior a su capacidad.

El resto del trayecto lo hicieron en silencio. Cuando el coche hizo su gran viraje al salir de Great Pulteney Street para entrar en Sydney Place, y para luego tomar por Sutton Road, los dos se cogieron de los respectivos agarraderos de cuero para no tocarse. Y cuando se estremeció al detenerse ante la puerta de la escuela, repentinamente el silencio fue total, sólo roto por los caballos bufando y golpeteando el suelo con los cascos.

Se abrió la puerta y aparecieron los peldaños.

El vizconde Sinclair continuó donde estaba. También Frances.

—A algunas personas les gustaría poder meterse en su cama en algún momento de la noche —masculló Peters desde la acera.

—¡Al diablo tu descaro! —tronó el vizconde en tono de auténtica ira bajando del coche como un rayo—. Si decido tenerte de pie hasta después de la hora de acostarte, Peters, y quieres dejar mi servicio por eso, de buena me libraré.

—Razón tiene, jefe —dijo el cochero sin dar la menor señal de estar amilanado—. Ya se lo diré cuando llegue ese momento.

El vizconde se giró a tenderle la mano a Frances para ayudarla a bajar. Le acompañó hasta la puerta de la escuela, que se abrió cuando ellos se acercaban. Apareció Keeble, mirando como un padre desconfiado, con la cara ceñuda.

—Bueno, Frances —dijo el vizconde Sinclair, con las manos cogidas a la espalda—. Parece que éste es otra vez un adiós.

Ella combatió el pánico.

—Sí.

Se miraron largamente a la tenue luz de la lámpara del vestíbulo, él muy serio, implacable, con la mandíbula rígida. Después inclinó la cabeza dos veces, se giró bruscamente y echó a andar a largas zancadas hacia su coche.

Frances entró en el vestíbulo sin mirar atrás, y la puerta se cerró.

Se había acabado.

Otra vez.

Pero ahora se había acabado.

Capítulo 14

*F*ue un inmenso alivio encontrar la escuela a oscuras, aparte de una lámpara encendida en el vestíbulo y un candelabro en lo alto de la escalera. Había medio imaginado que se encontraría a sus amigas esperándola en el vestíbulo, igual que cuando ella salió para la fiesta.

Keeble le comentó que estaba a punto de cerrar con llave la puerta para irse a acostar.

Pero en lugar de celebrarle la broma, como habría hecho normalmente, pasó a toda prisa por su lado dándole las gracias y las buenas noches y subió corriendo la escalera antes que él pudiera decir algo más.

Ya casi había pasado junto a la sala de estar de la señorita Martin de camino a su habitación, cuando se abrió la puerta.

—Ahora no, Claudia —le dijo—. Espero no haberte tenido esperándome. Buenas noches.

Tan pronto como entró en su dormitorio se arrojó atravesada sobre su estrecha cama, boca abajo, y se cubrió la cabeza con los brazos, como si así pudiera dejar fuera todo lo que la amenazaba, incluso sus pensamientos.

«Para Navidad le prometió al abuelo que este año tomaría esposa, y supongo que será la señorita Hunt, que ha estado esperándolo toda la vida.»

Qué tonto, qué absolutamente ridículo que le hubieran dolido tanto esas palabras.

«Aún no estoy comprometido con Portia Hunt.»

«Aún no.»

Y entremedio, entre oírle a Amy la noticia de su inminente compromiso y matrimonio y el reconocimiento de él en el coche, se dejó besar. Incluso le correspondió el beso.

Aunque «beso» era una manera muy moderada para definir ese ardiente abrazo.

Oyó un leve golpe en la puerta, pero no hizo caso. De todos modos, pasado un instante tuvo conciencia de que alguien había entrado en la habitación y estaba sentado en silencio en la silla junto a su cama. Ese alguien le tocó el brazo, se lo frotó suavemente y le dio una palmadita.

Se quitó los brazos de la cabeza pero no giró la cara para mirarla.

—Supongo que no me creerás si te digo que lo pasé maravillosamente bien y que ahora estoy tan cansada que no tengo fuerzas para quitarme la ropa y acostarme.

—Ni por asomo —dijo Claudia.

—Ya me lo parecía.

Giró la cabeza, sin levantarla. Claudia estaba sentada con la espalda muy derecha, las manos entrelazadas sobre el regazo, tan serena y algo severa como siempre.

—Lo pasé maravillosamente bien. Bailé todas las series de danzas, incluso una con el señor Blake y otra con el cuñado del señor Huckerby. Y después hice la idiota cuando el vizconde Sinclair me trajo de vuelta aquí. Le permití que me besara en el coche, en realidad hice algo más que permitírselo. Y ya sabía que él está a punto de comprometerse y que pronto se casará.

Claudia la miró sin decir palabra.

—Fue culpa mía tanto como de él —continuó Frances—. Yo permití el beso. Lo deseaba. Estaba impaciente por besarlo.

—Pero tú no estás a punto de comprometerte, Frances. Y supongo que él inició el abrazo. Fue culpa de él.

Sí, lo era. Si era cierto que la señorita Portia Hunt lo estaba esperando en Londres, que se iba a casar con ella ese año, entonces él no debería haberle hablado como lo hizo en el coche. No debería haberla besado.

—No sé qué me pasa, Claudia —dijo cansinamente—. ¿Por qué siempre atraigo a los hombres que no debo? ¿Y por qué cuando atraigo al hombre correcto no puedo enamorarme de él? ¿Hay algo mal en mí?

—A veces, en particular cuando te oigo cantar, Frances, comprendo que eres una mujer muy apasionada, con un corazón romántico. Eso es una combinación peligrosa para una mujer, y tanto más porque se supone que las mujeres no deben ser otra cosa que un manojo de tiernas sensibilidades, y abundan los hombres que están muy dispuestos a aprovecharse de eso. La vida puede ser algo trágica para nosotras. Es más seguro, he llegado a creer, que una mujer haga de sí misma una persona, que se enorgullezca de quién o qué es, y llegue a sentirse a gusto consigo misma, al margen de lo que los demás digan o esperen de ella, en particular el mundo masculino. Si tiene mucha suerte, aunque reconozco que eso es raro, una mujer puede vivir con independencia de los hombres y contenta en el mundo que se ha creado.

Se levantó y caminó hasta la ventana, donde se quedó mirando la oscuridad, con la espalda muy recta.

—Eso fue lo que hice hace tres años —dijo Frances—, cuando vine aquí. Y he sido feliz, Claudia. Creía que nada podría afectar mi felicidad hasta que me encontré en medio de un temporal de nieve cuando volvía aquí después de Navidad.

—Supongo que en esta vida no existe lo que se llama felicidad perfecta, Frances —dijo Claudia, en voz baja y reflexiva—. Sólo podemos hacer lo mejor para hacernos tolerable la vida. A veces creo que debe haber algo más que eso para una mujer, pero esto es lo que yo he elegido para mí, y prefiero mi vida así a lo que podría ser si fuera la posesión de un hombre, o dependiera de mis parientes hombres.

—Y cuando uno cae —dijo Frances incorporándose y sentándose en el borde de la cama—, simplemente se levanta y comienza todo de nuevo. Los refranes más sencillos suelen ser los más sabios.

—Sólo que en tu caso no tienes que volver a comenzar desde el principio —dijo Claudia volviéndose a mirarla medio sonriendo—.

Mañana te esperan tus clases, tus coros y tus alumnas de la clase de música. Y todas te adoran, Frances. Y tus amigas estarán esperando impacientes en la mesa del desayuno para oírlo todo sobre el esplendor de una fiesta en las Upper Rooms. Desean e incluso necesitan saber que lo pasaste bien y disfrutaste.

—No las defraudaré —dijo Frances sonriendo tristemente—. Y después estaré animada para hacerle un examen oral de francés al curso intermedio, y para sonreír y elogiar a mis alumnas de música para que se sientan estimuladas a aspirar a mayores alturas. No te fallaré, Claudia.

—De eso estoy absolutamente segura. Todas aprendemos a enterrar un corazón roto bajo capas de dignidad, Frances. Lo has hecho ya más de tres años y lo seguirás haciendo. Buenas noches.

Después de que saliera Claudia, Frances volvió a oír sus palabras y frunció el ceño mirando la puerta cerrada: «Todas aprendemos a enterrar un corazón roto...».

¿Habría hecho eso Claudia?

¿Lo había hecho ella?

«Aún no estoy comprometido con Portia Hunt.»

«Aún no. Pero lo estarás pronto.»

Cansinamente se puso de pie y comenzó a desvestirse.

Aunque a la mañana siguiente el conde de Edgecombe se levantó temprano para hacer su habitual visita a la Pump Room para tomar las aguas, Lucius vio claramente que estaba agotado por la salida de la noche pasada; no estaba en condiciones de hacer el largo trayecto a Londres. Sin embargo, el anciano seguía insistiendo en que cuando sus nietos regresaran, él los acompañaría en lugar de volver a Barclay Court. Deseaba volver a ver a su amigo Godsworthy. Deseaba ver el progreso del galanteo entre él y Portia Hunt, aunque no mencionó su nombre.

Lucius sabía que su abuelo deseaba, aunque no lo decía, participar del entusiasmo y actividad que rodearía su compromiso y planes de boda.

Él estaba desesperado por marcharse de Bath aun cuando sólo lo esperaban Londres, Portia y el matrimonio. Esa noche se había portado terriblemente mal después de la fiesta, e incluso durante ella, pardiez. Se había desvivido por recordarle la primera vez que bailaron y por perturbar su controlado disfrute de la fiesta. Y después, en el coche, cuando debía protegerla como acompañante...

Bueno, fue incapaz de negarse la satisfacción de ese último beso. Ese era su problema, no estaba acostumbrado a ejercer el autodominio, a pensar antes de actuar. Sólo Dios sabía a qué habría llevado ese abrazo si ella no le hubiera puesto fin con firmeza.

Y sin embargo, justamente el hecho de que ella fuera siempre tan sensata y controlada, cuando él sabía que vibraba la pasión justo detrás de esa fachada, y que de tanto en tanto la dejara salir fuera por unos breves y seductores momentos, lo irritaba tanto que casi no podía soportarlo.

No se marcharon de Bath al día siguiente de la fiesta, entonces. Tampoco se marcharon al otro, ya que a Amy, que el día anterior había salido de compras con la señora Abbotsford y su hija, la invitaron a ir con ellas y el joven Algernon a una excursión a un pueblo cercano a Bristol, y le pidió permiso con una certeza tan trágica de que se lo negaría, que Lucius no pudo resistirse y se lo dio.

Un día más o menos no tenía mayor importancia, pensó.

Después también salió su abuelo a visitar a un amigo, con el que se quedaría hasta la tarde, con lo cual él se quedó con demasiado tiempo entre las manos y demasiados pensamientos desagradables para sopesar en su mente.

Maldición, ¿en qué momento la promesa que le hizo a su abuelo comenzó a considerarse un compromiso firme con Portia Hunt? ¿Alguna vez le había dicho a alguien que ella iba a ser la elegida? Pero claro, si no era Portia, ¿quién? Se había comprometido a elegir una esposa «conveniente».

No podía existir una perspectiva menos atractiva.

¡La esposa perfecta y perfectamente conveniente!

La palabra «perfecto» y todos sus derivados deberían eliminarlos del idioma junto con la palabra «agradable». El mundo sería un lugar mucho mejor sin ellas.

Se sentó con un libro y estuvo toda una hora cavilando tristemente, hirviendo de rabia, planeando, desesperando y maldiciendo su suerte en la vida, hasta que lo cerró sin haber leído ni una sola página, y salió de la sala de estar. Una vez en la calle y con paso enérgico paseó por el centro de la ciudad, llegó al río, cruzó el puente Pulteney y siguió por Great Pulteney Street. Cuando llegó al final se detuvo, simulando que había salido a caminar en beneficio de su salud y había tomado esa dirección al azar, pero puesto que había llegado ahí bien podía hacer un paseo solitario por Sydney Gardens.

No era un hombre dado a hacer caminatas solitarias y sin rumbo. Prefería un ejercicio más vigoroso para su salud. Además, el día no invitaba a pasear por placer; estaba gris, ventoso y frío. Podría haberle dedicado un pensamiento compasivo a Amy, que había salido a esa excursión con eufóricas esperanzas, si no estuviera seguro que la presencia del joven Algernon en el grupo la haría totalmente indiferente a la inclemencia del tiempo.

No, no había salido a dar un paseo por placer. Y hete aquí que estaba entrando en Sutton Street en lugar de cruzar la calle para entrar en Sydney Gardens, mirando por el rabillo del ojo la escuela, en la esquina con Daniel Street, y recordando que era sábado, que por lo tanto no habría clases, lo que no significaba necesariamente que ella estuviera libre, claro. Era un internado; alguien tenía que cuidar de las niñas y entretenerlas, incluso los fines de semana.

¿Qué demonios hacía ahí?

Estuvo un momento mirando la puerta, ceñudo, pensando qué sería más cobardía, si golpear o darse media vuelta y echar a correr. Por naturaleza él no era un indeciso ni un cobarde. Ni un pensador, si era por eso.

Avanzó hasta la puerta, levantó la aldaba de bronce y la dejó caer. Cuando pasaron dos minutos tal vez, y no hubo respuesta, llegó a la conclusión de que en realidad el portero no vivía en el vestíbulo, a un palmo de la puerta, sino que sólo lo ocupaba cuando estaba esperando a alguien. Pero fue él quien finalmente abrió la puerta y se asomó. Al instante su expresión se tornó agria y desconfiada.

—Pregúntele a la señorita Allard si me concede unos minutos de su tiempo —dijo Lucius en tono enérgico y cruzó el umbral sin previa invitación.

—Está dando una clase en la sala de música —dijo el portero.

Lucius arqueó las cejas.

—¿Y?

El hombre dio media vuelta y echó a caminar, haciendo crujir los tacones de las botas en el suelo.

—Será mejor que espere ahí —dijo en tono nada cortés, haciendo un gesto hacia la sala de visitas.

Cuando entró en la sala fue a ponerse junto a la ventana a mirar los prados que se extendían más allá de Daniel Street, deseando estar en cualquier parte del mundo menos ahí. No tenía por costumbre perseguir a mujeres mal dispuestas, sobre todo estando el mundo tan lleno de bien dispuestas. Pero ya era demasiado tarde para huir.

En la distancia oyó el sonido de risas infantiles y las notas de un piano; se interrumpieron las notas. En el prado había un grupo de niñas, seguramente de la escuela, jugando a algo en particular. La profesora que las supervisaba parecía ser la de pelo castaño rojizo, la señorita Osbourne. No las había visto cuando llegó, lo cual decía algo acerca de su obsesión; lo más seguro es que estuvieran todas riéndose como locas.

Cuando sintió abrirse la puerta, casi esperó que al volverse se encontraría de nuevo con la señorita Martin. Pero era Frances la que entró, totalmente pálida. Ella entró y cerró la puerta.

—¿Qué hace aquí?

Le tembló la voz, pero si era de conmoción, rabia o alguna otra emoción era difícil saberlo.

En ese momento él comprendió algo con atroz claridad.

Esta vez iba a ser incapaz de dejarla marchar.

Así de sencillo.

—He venido a verte —dijo.

Habían aparecido manchas rojas en sus mejillas. Sus ojos se habían tornado duros.

—¿Para qué?

—Porque todavía queda algo por decir entre nosotros, y no me gusta dejar cosas sin decir cuando deben decirse.

—No hay nada más que decir entre nosotros, lord Sinclair. Nada en absoluto.

—Ahí te equivocas, Frances. Sal conmigo. Vamos a caminar por Sydney Gardens.

—Estoy a mitad de una clase de música.

—Pues despide a la niña. Estará extasiada. ¿Tienes otra clase después de esta?

Ella mantuvo un momento los labios apretados y al fin contestó:

—No.

—Entonces ven a caminar conmmigo.

—¿No se ha fijado cómo está el tiempo hoy? Va a llover.

—Pero todavía no está lloviendo. Podría no llover en todo el día, como no nevó en todas las vacaciones de Navidad. Trae un paraguas. No puedes decir que eres inglesa, Frances, y no salir por miedo a que llueva. Te quedarías encerrada en casa toda tu vida.

—No quiero tener nada más que ver con usted.

—Si creyera que lo dices sinceramente, me iría al instante. Pero creo que mientes. O si no mientes conscientemente, creo que te engañas.

—Es un hombre comprometido. La señorita Portia Hunt...

—No estoy comprometido todavía.

—Pero lo estará pronto.

—El futuro sólo es una teoría, Frances, no una realidad. ¿Cómo podemos saber lo que vamos a hacer «mañana»? Ahora, en este preciso momento, no soy un hombre comprometido. Y tú y yo tenemos un asunto inconcluso.

—No ten...

—Qué cobarde eres, Frances.

Empezaba a sentirse frustrado, enfadado. ¿Se iba a negar a salir con él? ¿Y por qué demonios insistía cuando ella se mostraba tan claramente renuente a tener más trato con él?

Pero sabía, sabía sin el menor asomo de duda, que su atracción por él era tan fuerte como la de él por ella.

—No es cobardía querer evitar un sufrimiento inevitable y sin sentido.

La incipiente rabia se le evaporó al instante. Por fin ella reconocía algo más que una simple punzada.

—¿Te causo sufrimiento, entonces?

Pero ella no contestó. Juntó las manos junto a la cintura y volvió a verse serena y pálida. Lo miraba muy seriamente a los ojos.

—Dame una hora más de tu vida —le dijo—. No es mucho pedir, ¿verdad?

Notó un imperceptible hundimiento de sus hombros y supo que ella no se negaría.

—Una hora, entonces —dijo ella—. Iré a despedir a Rhiannon Jones y a avisar a la señorita Martin de que voy a salir un rato.

Él se quedó mirando pensativo la puerta después que ella salió. Debería haberse detenido a pensar, a considerarlo antes de venir. Pero, demonios, era su vida, y tenía que haber una manera de vivirla a satisfacción y cumpliendo su deber para con su familia y posición al mismo tiempo.

Pero ¿cómo lo podría haber pensado o considerado? Cuando salió de la casa de Brock Street no sabía adónde iba.

Y no sabía a qué.

¿O sí?

Miró por la ventana, sin ver, pensando tristemente en la época, no tan lejana, en que su vida era perfectamente satisfactoria y sin complicaciones.

Bueno, volvería a ser satisfactoria, maldita sea.

Lo sería.

Había prometido encontrar la esposa perfecta.

Pero existe más de un tipo de perfección.

Capítulo 15

$É$l pagó la entrada a Sydney Gardens, justo al otro lado de Sydney Place, y echaron a caminar por el borde de la pista para jugar a bochas hasta que el sendero empezó a subir, serpenteando por entre extensiones de césped y árboles cuyas ramas se mecían agitadas por el viento.

No era en absoluto el día ideal para pasear por ningún parque. No había ni un alma a la vista, aparte de ellos dos.

Frances se estremeció a pesar de ir abrigada, como cayó en la cuenta en ese mismo momento, con la misma capa, papalina y botas de media caña que llevaba cuando lo conoció. Estaba helada hasta la médula de los huesos, pero no tanto por los golpes de viento frío, como por el hecho de ir caminando junto a él otra vez, un día después de que pensara que él había vuelto a Londres, y dos días después de que se dijeran adiós para siempre, otra vez.

Ya había pasado todo un día de dolor tan intenso que le había parecido que se desesperaría del todo. ¿Iba a tener que soportar lo mismo otra vez el resto de ese día y el siguiente?

¿Es que nunca se marcharía definitivamente?

¿Es que ella no iba a tener jamás la resolución de enviarlo lejos para siempre?

En el correo de la mañana le había llegado una tarjeta de la señora Lund, la hermana del señor Blake, invitándola a acompañarlos al señor Lund y a ella al teatro la próxima semana. El señor Blake iba a formar parte del grupo también, añadía. Aunque ella vaciló, al final escribió que aceptaba. La vida tiene que continuar, razonó. Y tal vez por fin iba a lograr dejar atrás el pasado para concentrar la atención en el hombre que parecía tan impaciente por ser su galán. Y no es que hubiera tomado alguna decisión respecto a él; ni siquiera tenía que contarle todo de ella todavía. Sólo la invitaban a una salida al teatro.

Se había felicitado, otra vez, por su buen juicio. Pero ahí estaba, sólo unas pocas horas después, caminando por Sydney Gardens con Lucius Marshall, que pronto iba a casarse con la señorita Portia Hunt.

—Para ser alguien que tiene algo importante que decir —dijo, rompiendo el largo silencio—, y al que le he dado sólo una hora de mi tiempo, está extraordinariamente callado, lord Sinclair.

Entraron en un puente chino exquisitamente tallado y pintado en vivos colores y se detuvieron allí un rato a contemplar las aguas gris pizarra del canal que pasaba debajo. Ella estaba medio consciente de que en otras circunstancias toda la belleza que los rodeaba habría sido un festín para sus sentidos, a pesar del mal tiempo.

—¿Crees en el destino, Frances?

Ella pensó un momento la respuesta. ¿Creía?

—Creo en las coincidencias —repuso al fin—. Creo que ocurren cosas inesperadas que captan nuestra atención, y que lo que hacemos con esos momentos podría influir o cambiar todo el curso de nuestra vida. Pero no creo que seamos arrastrados irremisiblemente por un destino sobre el que no tenemos ningún control. Si así fuera, no tendría ningún sentido hablar de libre albedrío. Todos tenemos el poder de decidir, de decir sí o no, de hacer algo o no hacerlo, de ir en esta dirección o en aquella.

—¿Crees que todo el curso de tu vida te llevó a ese camino cubierto por la nieve cuando lo hizo, y que todo el curso de mi vida me llevó a mí a ese mismo lugar y al mismo tiempo? ¿Y crees que esa coincidencia, como la llamas, lo dispuso u ordenó? ¿O que de alguna manera inconsciente lo dispusimos nosotros? ¿Que tal vez no fue una simple casualidad, un accidente al azar, que estuvieras tú ahí y no otra mujer, o que fuera yo y no otro hombre?

Esa extraña e inverosímil posibilidad la hizo retener el aliento. ¿Podría la vida ser tan... intencionada?

—A usted le advirtieron que iba a nevar —dijo—. Podría haber decidido no viajar ese día. Yo había visto durante días todas las señales de una inminente tormenta. Podría haber esperado a ver qué ocurría.

—Exactamente. Cualquiera de los dos, o los dos, podría haber hecho caso de las advertencias y señales de aviso, que al parecer disuadieron a todas las demás personas de la zona que pensaban viajar. Pero ninguno de los dos hizo caso. ¿No te pareció curioso que no encontráramos a nadie más en el camino? ¿Que no parara nadie en esa posada?

No, no se lo había parecido. Jamás se le había ocurrido pensarlo. Pero lo pensó en ese momento. Ella deseaba salir temprano esa mañana, pero sus tías abuelas la convencieron de que las acompañara una hora más en la mesa del desayuno. Si se hubiera marchado a la hora que había planeado, era probable que no se hubiera encontrado con él.

¡Cómo deseaba haber partido más temprano!

¿O no?

¿Qué quería decir él, en todo caso?

Él reanudó la marcha por el sendero y ella continuó a su paso. Él no le ofreció el brazo; en realidad no se lo había ofrecido desde que salieron de la escuela. Se lo agradeció, pero no necesitaba tocarlo para sentirlo en todas las fibras de su ser.

¿Sería posible que no fuera sólo haberse acostado con él lo que la atraía con tanta fuerza que le era imposible olvidarlo, lo que había convertido su vida en un dolor horroroso esos días pasados? Había amado antes; amó a Charles, ciertamente, pero jamás se había sentido así.

Continuaron caminando en silencio. Todavía no se habían encontrado con nadie desde que entraron en el parque. Al parecer todos los habitantes y visitantes de Bath tenían mucha más sensatez que ellos.

Cuando llegaron a la cima de la colina se detuvieron nuevamente a mirar hacia abajo, los árboles, los jardines, el césped y los serpenteantes senderos. A la izquierda se veía un pabellón cubierto; también se veía el famoso laberinto un poco más abajo. Le habían dicho que en el Hotel Sydney se podía conseguir un plano del laberinto junto con la entrada al parque, para aquellos que temían perderse antes de encontrar por fin la salida. Detrás de ellos había una hilera de columpios, uno de ellos crujiendo al viento.

Evidentemente, era un jardín para disfrutar, como lo demostraba la belleza misma de la naturaleza. Sin embargo ella sentía justamente lo contrario a dicha al mirarlos. ¿A dónde los conduciría esa hora? A ninguna parte en absoluto.

El silencio de él la desconcertaba, pero se había jurado no volverlo a romper. Pero cuando lo miró lo encontró mirando hacia atrás, con una expresión insondable en la cara.

—¿A ti te llaman esos columpios con tanta fuerza como a mí? —le preguntó él.

Sus palabras la cogieron totalmente por sorpresa.

¿Qué? Por un momento su mente saltó, como catapultada, a la cocina de la posada la primera mañana que pasaron allí, cuando estaban tomando el desayuno y él la desafió a competir para hacer un muñeco de nieve. Eso, comprendió entonces, justamente eso, fue el verdadero comienzo de todo lo que ocurrió entre ellos. Si ella se hubiera negado...

Giró la cabeza para mirar los columpios. Los anchos asientos de madera colgaban de las ramas en largas cuerdas trenzadas. Al estar en el interior de un bosquecillo parecían estar protegidos del viento. Sólo el columpio del extremo más alejado se mecía y crujía.

—Más fuerte aún —contestó.

Girándose y recogiéndose los bordes del vestido y la capa, echó a andar hacia el columpio más cercano.

La necesidad de romper la terrible tensión entre ellos era avasalladora. ¿Qué forma más segura de hacerlo que montarse en un columpio?

—¿Necesitas un empujón? —le preguntó él mientras ella se sentaba.

—Por supuesto que no —dijo Frances, retrocediendo con ambos pies, y luego estirando las piernas y doblándolas por debajo del columpio para ponerlo en movimiento y darse impulso—. Y apuesto a que seré la primera en patear el cielo.

—Ah, un reto —dijo él, sentándose en el del lado—. ¿Nadie te enseñó nunca que es impropio de una dama hacer apuestas?

—Esa es una regla impuesta por los hombres porque tienen miedo de perder ante las mujeres.

—¡Ja!

Comenzaron a columpiarse y fueron subiendo más y más alto hasta que las cuerdas de ambos columpios crujieron protestando, con el viento azotándole las faldas y el ala de la papalina, y casi dejándola sin aliento a cada subida y bajada. En cada subida Frances veía más y más del parque hacia abajo, y en cada bajada veía las ramas de los árboles moviéndose a sólo unos palmos de ella.

—¡Guaaa! —gritó en un descenso.

—Esa es exactamente la palabra que estaba buscando —dijo él, pasando junto a ella en dirección opuesta.

Entonces los dos se rieron y continuaron columpiándose y gritando como dos críos eufóricos, hasta que, como por acuerdo tácito los dos fueron disminuyendo la velocidad y al final quedaron sentados uno al lado del otro meciéndose suavemente.

—Un problema es que no había cielo para patear —dijo él.

—¿Qué? —Se volvió a mirarlo con los ojos agrandados—. ¿No lo sentiste? Eso significa que no llegaste tan alto para tocarlo. Yo sí, y gané.

—Tú, Frances Allard, mientes descaradamente.

Le había dicho esas mismas palabras antes, y la ocasión irrumpió en su mente con alarmante claridad. Estaban en la cama, ella acababa de decirle que no tenía frío y él contestó qué era una lástima porque él podría haberse ofrecido a calentarla. «Estoy congelada», dijo ella entonces. «Mientes descaradamente, señora —dijo él—, pero me gusta tu ánimo. Supongo que ahora tengo que pensar en alguna manera de calentarte...»

¿Qué hacía ahí?, pensó de repente. ¿Por qué estaba haciendo eso otra vez, jugando con él, apostando contra él, riendo con él?

Sólo hacía un rato había estado intentando lograr que Rhiannon Jones sintiera la melodía que tocaba con la mano derecha y dejara que la pasión de la música se elevara por encima del acompañamiento que tocaba con la izquierda.

—Frances... —dijo él.

Pero en ese preciso instante ella sintió caer una gota gorda en una mejilla y vio caer más en la capa, oscureciendo la tela. Él extendió una mano con la palma hacia arriba y los dos miraron al cielo.

—¡Condenación! —exclamó él—. Nos va a caer un chaparrón, y no trajiste paraguas aunque yo te aconsejé traerlo. Vamos a tener que correr hasta el pabellón.

Acto seguido le cogió la mano, sin siquiera pedir permiso, y un instante después iban corriendo como locos hacia el pabellón, que estaba a corta distancia un poco más abajo en la colina, mientras el cielo daba todas las señales de que se iba a abrir en serio en cualquier momento. Cuando llegaron al refugio los dos iban jadeantes y riendo otra vez.

El pabellón era una estructura construida más para resguardar del sol que de la lluvia. Tenía paredes por tres lados y el techo sobresalía unos tres palmos de las paredes laterales. Afortunadamente, el viento soplaba desde atrás, sobre la pared transversal, y el interior estaba seco. Se sentaron en el ancho banco adosado a esa pared, a esperar que se desencadenara el diluvio. Este cayó en torrentes, golpeando ruidosamente el delgado techo, formando una cortina en la parte sin pared, casi ocultando de la vista los jardines de césped y los árboles del frente. Era como estar sentados detrás de una inmensa cascada.

—Es de esperar que esto no dure todo el día —comentó ella.

Pero la risa se había desvanecido y la soledad en que se encontraban se pronunció aún más cuando estaban fuera en los desiertos jardines.

Él le cogió una mano y la retuvo entre las suyas, mientras ella miraba hacia otro lado, tratando de no reaccionar a ese cálido contacto.

—Frances, creo que es mejor que te vengas conmigo a Londres.

Entonces ella trató de retirar la mano, pero él se la retuvo firmemente.

—Fue el destino —continuó él—. Y habló fuerte y claro. Y es un destino tan insistente que nos volvió a reunir esta semana, cuando habíamos desperdiciado la oportunidad que nos ofreció después de Navidad. Perdona que lo diga, pero he conocido a muchas mujeres, Frances, y nunca he lamentado la salida de ni una sola de ellas de mi vida. Es decir, hasta ti. Jamás había conocido a una sólo dos días y seguido obsesionado por ella tres meses después.

—Supongo —dijo ella amargamente— que eso se debe a que yo dije no, y no estás acostumbrado a que las mujeres te nieguen lo que deseas.

—He considerado eso como una clara posibilidad —reconoció él—. Pero el orgullo herido, si eso hubiera sido lo único que sentía, me habría lanzado corriendo en la dirección opuesta, a buscar otra mujer que me reforzara mi debilitada confianza en mis encantos. Jamás me habría arrastrado ante una mujer porque había frustrado mis deseos. Andaría por ahí en busca de una presa más fácil.

—De las cuales, sin duda, hay en abundancia —dijo ella, mordaz.

—Exactamente. Soy joven, ¿sabes?, Frances. Conservo el pelo y todos los dientes tolerablemente blancos. También soy rico y tengo título, con la perspectiva de tener mucho más en el futuro. Eso es una combinación irresistible para muchas mujeres. Pero nada de eso importa en las actuales circunstancias. Me estoy arrastrando ante ti, Frances, ¿no lo ves?

—¡Tonterías! —exclamó ella. El corazón le golpeaba las costillas como un martillo; lo oiría, estaba segura, si el ruido de la lluvia en el techo no hubiera sido ensordecedor—. Lo que quieres es meterme en la cama, nada más.

Sintió arder las mejillas por la vulgaridad de sus palabras.

—Si eso fuera todo —dijo él—, ya hace tiempo que me hubiera quedado satisfecho, Frances. Te tuve en la cama. Un revolcón suele ser suficiente para satisfacer la lujuria. Sin embargo, no estoy satisfecho.

Las mejillas le ardieron más aún. Pero no podía reprocharle esas palabras tan francas. Ella lo había inducido a decirlas.

—Necesitas estar en Londres —continuó él—. Bath se vuelve sofocante después de una o dos semanas.

—Tú lo encuentras sofocante porque estás ocioso aquí. Yo no.

—Aparte de que estarías conmigo si estuvieras en Londres, necesitas estar ahí para cantar, Frances. Estás desperdiciando tu talento enseñando música cuando deberías estar interpretándola. Si estuvieras en Londres yo podría presentarte las personas indicadas para que tuvieras las oportunidades de cantar que necesitas y el público que te mereces.

De un tirón ella se soltó la mano y se levantó bruscamente, atenazada por el terror. ¿Él quería prostituir su talento, entonces, igual que hiciera George Ralston? ¿Y de paso que ella fuera su querida, sin duda? ¿Aun cuando estaba a punto de casarse con otra? De pronto se sintió mal, con sabor a bilis en la boca. Pero ¿qué había esperado? Dio un paso hacia la parte abierta y se detuvo. No había señales de que fuera a amainar el chubasco.

—Detesté Londres cuando viví allí —dijo—, y juré que no volvería jamás. Y no necesito que nadie me presente a ninguna persona adecuada. Soy feliz tal como estoy. ¿No puedes entenderlo?

—Contenta —dijo él—. Has reconocido, Frances, que estás contenta. Y vuelvo a decir que no eres una mujer hecha sólo para estar «contenta». Estás hecha para una felicidad gloriosa, apasionada. Ah, para la infelicidad también, por supuesto. El reto de vivir es aspirar a una y aprender de la otra, aunque solo sea la fuerza para soportarla. Vente conmigo.

—No. Ah, no, de ninguna manera. Crees que la felicidad y la pasión sexual son una y la misma cosa, lord Sinclair, y que la última es algo que ha de satisfacerse a toda costa. En la vida hay algo más que gratificación física.

—Por una vez estamos en total acuerdo. Sigues creyendo que quiero persuadirte de que seas mi querida, ¿verdad, Frances?

Ella se volvió a mirarlo.

—Sí, y si dices otra cosa, mientes, o te engañas. Aquí soy una mujer independiente. No soy rica, pero no tengo obligaciones con nadie. Tengo una libertad con la que muchas mujeres sólo pueden soñar. No renunciaré a eso para convertirme en tu juguete hasta que te canses de mí.

—¿Mi juguete? ¿Es que no me has escuchado? Deseo ayudarte a compartir tu talento con el mundo y a que te sientas feliz y satisfecha por ello. Líbrate de la idea de que sólo soy un libertino sin principios. Te deseo en la cama, sí, sin duda. Pero más que eso, te deseo a ti.

Ella negó lentamente con la cabeza. Quería que el asunto continuara siendo sencillo. No deseaba nada que la tentara, como se tentó y cedió a la tentación en diciembre. No quería nada que le quitara su resolución de ser «sensata».

—¿Aún no lo has entendido? —le preguntó él—. Lo que te pido es que seas mi esposa, Frances.

Ella había abierto la boca para contestar antes de que él terminara de hablar. Lo miró y cerró bruscamente la boca, haciendo sonar los dientes.

—¿Qué?

—He descubierto que no deseo vivir sin ti. Ocurre que en estos momentos necesito una esposa. Mi abuelo se está muriendo, yo soy su heredero, y le prometí cumplir mi deber y tomar esposa mientras él todavía esté vivo, es de esperar. Y sólo hoy se me ha ocurrido que eres perfectamente elegible, Frances. Presumiblemente tu padre tenía alguna conexión con la corte francesa, y tienes lazos familiares con el barón Clifton. Habrá quienes piensen, claro, que yo debería aliarme con alguien de rango y fortuna más evidentemente igual o superiores a los míos, pero nunca he hecho mucho caso de lo que piensan los demás, y mucho menos tratándose de mi bienestar y felicidad. Y mi abuelo, cuya opinión en contra sería lo único que me importaría, te ha tomado un extraordinario afecto, y honra y respeta tu talento. Se convencerá en un momento cuando le quede claro que no quiero a nadie si no a ti. Y mi madre y mis hermanas también, al fin y al cabo me quieren y desean mi felicidad. Cásate conmigo, Frances. No me gusta mucho el aspecto de este suelo de piedra, pero hincaré una rodilla ante ti si quieres. Eso es algo de lo que podrás alardear ante tus nietos.

Le sonrió.

Ella casi no podía respirar, no lograba meter aire en los pulmones. No era que no hubiera aire en el interior del pabellón, en realidad había demasiado. Le temblaban las piernas, pero si intentaba volver a sentarse en el banco se tambalearía y caería al suelo, seguro. Se quedó donde estaba.

¿Quería casarse con ella?

—Te vas a casar con la señorita Hunt —dijo.

Él hizo un gesto de impaciencia con una mano.

—Ésa es la expectativa general —reconoció—. Nos veíamos muchísimo cuando éramos niños, ya que su familia iba con frecuencia a visitar a mis abuelos y nosotros íbamos a visitarlos a ellos. Y, claro, nuestras familias nos hacían pasar vergüenzas terribles, o a mí, en todo caso, hablando francamente de sus esperanzas de que algún día nos casaríamos, y nos hacían bromas sin piedad si por casualidad nos mirábamos. Y mi madre se aferra firmemente a la idea de que Portia me ha estado esperando hasta la avanzada edad de veintitrés años. Pero yo nunca le he dicho una palabra a ella que indique que tenga la intención de casarme con ella, ni ella a mí. No tengo ninguna obligación, por lo tanto, de proponerle matrimonio.

—Tal vez ella esté en desacuerdo con eso.

—No tiene ningún motivo para estarlo. He hecho mi elección, y eres tú. Cásate conmigo, Frances.

Ella cerró los ojos. Esas eran las palabras que su parte romántica, no realista, había soñado oír durante esos tres meses. Incluso había representado escenas similares en la imaginación. Pero si hubiera supuesto que las iba a oír en la boca de él, las habría temido. Su corazón, pensó, iba a acabar rompiéndose en serio.

Cuando abrió los ojos se sentía mareada, y se las arregló para volver tambaleante a sentarse en el banco. Él le cogió una mano y luego la otra y las sostuvo entre las suyas, cálidas y grandes. Bajó la cabeza y le besó las dos.

—No puedo volver a Londres —dijo ella.

—Entonces viviremos en Cleve Abbey. Ahí criaremos una familia numerosa y revoltosa, Frances, y viviremos felices para siempre. Podrías cantar para nuestros vecinos.

—Sabes que no podrías vivir en el campo indefinidamente. Cuando heredes el condado tendrás que asumir tu puesto en la Cámara de los Lores. Yo no puedo volver a Londres ni a la buena sociedad.

—¿No puedes? ¿O no quieres?

—Las dos cosas. No hay nada que me atraiga en la vida que me ofreces.

—¿Ni siquiera mi persona?

Ella negó con la cabeza.

—No te creo —dijo él.

Ella lo miró con un relámpago de rabia en los ojos.

—Ese es tu problema. No puedes aceptar un no, ¿verdad, lord Sinclair? No puedes creer que una mujer en su sano juicio prefiera el tipo de vida que llevo aquí al tipo de vida que me ofreces tú, ni que prefiera la relativa soledad de aquí a una vida en el bello mundo contigo.

Él arqueó las dos cejas. Pero por su expresión parecía que ella le hubiera dado una bofetada.

—¡No! —dijo, ceñudo—. Eso no me convence, Frances. ¿Qué es tan repugnante en la vida de Londres o en la vida como vizcondesa Sinclair que me rechazas para evitarlo? No creo que sientas aversión por mí personalmente. Te he visto, te he sentido, te he conocido cuando estás con la guardia baja, y esa mujer responde a mí con una efusión y una pasión que igualan a las mías. ¿Qué es?

—No soy conveniente —repuso ella—. No lo soy para ser la vizcondesa Sinclair. No lo soy para ser aceptable para tu abuelo ni para tu madre ni para la alta sociedad. Y no voy a decir nada más sobre eso.

No tenía ningún sentido decir más, contarle toda la lastimosa historia de su vida. Era un hombre impulsivo, lo sabía. Dudaba que él hubiera pensado detenidamente en todas las consecuencias de lo que estaba haciendo esa mañana. Le gustaba obtener lo que deseaba, y por alguna razón la deseaba a ella. No le haría caso si le contaba todo. Lo descartaría, quitándole importancia, e insistiría en que se casara con él.

Simplemente eso no debía ocurrir, por el bien de ella y por el de él.

Y por su abuelo, al que apreciaba y respetaba.

Debía imponer sensatez, como la había impuesto los tres últimos años, con algunas notables excepciones.

Y así perdería su última oportunidad de dicha. El destino la había elegido muy señaladamente, tanto esos días después de Navidad como esa semana, en eso él tenía razón, y ella rechazaría al destino, oponiéndole el poder de sus libre albedrío. ¿Para qué si no estaba el libre albedrío, después de todo?

No destruiría su nueva vida arduamente conseguida, ni la de él por añadidura.

—No me gusta la sociedad —dijo, como si eso fuera la explicación más lógica para rechazar una proposición enormemente ventajosa para ella y que él sabía era muy atractiva—. Es artificial y cruel, y no lo que yo elegiría como un entorno para vivir el resto de mi vida. Es lo que dejé adrede hace más de tres años para venir aquí.

—Si yo hubiera estado ahí entonces —dijo él vehementemente, perforándole los ojos con los suyos—, si me hubieras conocido entonces, y te hubiera pedido lo que te he pido ahora, ¿habrías tomado la misma decisión, Frances?

—Las preguntas hipotéticas son como el futuro de que hablabas antes. Son productos sin sentido de la imaginación. No tienen realidad. No te conocí entonces.

—No es tu respuesta final, entonces —dijo él. Y no era una pregunta.

—Sí.

—¡Buen Dios! —le soltó las manos—. Uno de los dos tiene que estar loco, Frances, y me temo que podría ser yo. ¿Puedes mirarme a los ojos, entonces, y jurarme que no tienes ningún sentimiento por mí?

—Nada es así de simple. Pero no voy a jurar ni en uno ni en otro sentido. No tengo por qué. He dicho no. Eso es lo único que es necesario decir.

—Tienes razón, caramba. —Se levantó él—. Te ruego me perdones, señora, por causarte tantas molestias.

Su voz sonó tensa de hostilidad.

De pronto ella cayó en la cuenta de que estaban rodeados otra vez por el silencio, aparte de las gotas que caían del techo al suelo mojado. La lluvia había parado tan de repente como empezó.

—Pero todavía hay una parte de mí, Frances —añadió él— que podría estrangularte alegremente.

Ella cerró los ojos y se cubrió la boca con una mano, para impedirse decir palabras que lamentaría después. La asaltó un deseo tan inmenso de arrojarse en sus brazos y lanzar al viento la sensatez que volvió a sentirse enferma.

Los pensamientos giraban por su cabeza como un caótico torbellino.

Tal vez debería ser más como él y sencillamente actuar en lugar de pensar siempre.

Pero no lo haría. No «debía». Se levantó, pasó por su lado y se asomó a mirar el cielo. Todavía había nubarrones de lluvia y seguía cayendo una suave llovizna.

—Se acabó la hora, lord Sinclair —dijo, volviendo al trato de usted—. Voy a volver a la escuela. No necesitas acompañarme.

—Maldita sea, Frances —dijo él en voz baja.

Esas fueron las últimas palabras que le dijo, las últimas palabras de él que oiría, pensó, echando a caminar a toda prisa por el sendero, sin fijarse que el suelo estaba muy mojado y lodoso y en partes incluso resbaladizo.

Él le pidió que se casara con él.

Y ella dijo no.

Porque, por todo un montón de razones, un matrimonio entre ellos simplemente no resultaría.

Y porque el amor no es suficiente.

Estaba loca, pensó, loca, loca, loca.

Él le pidió que se casara con él.

No, no era locura. Era cordura, cordura fría, incómoda, sin piedad.

Iba medio corriendo cuando llegó a las puertas del parque y salió a Sydney Place. También iba medio sollozando, aunque intentó convencerse de que sólo se debía a que iba jadeando por la prisa en llegar a la escuela antes de que empezara a caer la lluvia torrencial otra vez.

Lucius deseaba casarse con ella y ella se había visto obligada a decirle que no.

Capítulo 16

*E*n realidad, participar en los animados ritos de la temporada de primavera, asistir a bailes y fiestas, desayunos venecianos, conciertos y obras de teatro, cabalgar por Hyde Park a primera hora de la mañana y conducir el tílburi a la hora del paseo de los elegantes por la tarde, dejarse llevar a las mil y una actividades frívolas... en realidad, participar en todo eso iba muy bien para distraer los pensamientos de humillaciones pasadas y evitar que el ánimo se fuera a residir permanentemente a la suela de los zapatos. Eso lo descubrió Lucius a lo largo de ese mes, sobre todo después de pasar también buena parte de la noche en el White's o en alguno de los otros clubes de caballeros y la mañana en el salón de boxeo de Jackson, en una subasta de caballos en Tattersall's o en cualquiera de los otros lugares donde solían congregarse numerosos caballeros y podía olvidarse del buen comportamiento social.

Claro que todo eso era muy distinto de la vida a la que estaba acostumbrado, y tenía que obligarse a soportar las muecas de compasión y las groseras bromas de un buen número de sus conocidos, que no habían dejado de fijarse en que estaba viviendo en la casa Marshall y no en sus habitaciones de soltero, y que estaba participando en las actividades del mercado del matrimonio, y que, dicho sea de paso, estaban muy contentos de que no les tocara a ellos estar en su lugar.

Bailó con Emily en el baile de su presentación en sociedad, y con Caroline en el baile de celebración de su compromiso. Llevó a estas dos hermanas, y a Amy una o dos veces, a comprar y a pasear a pie y en coche. Acompañaba a su madre en sus visitas y compras y a mirar libros en la biblioteca. Las acompañaba al teatro y a la ópera. Incluso, por el amor de Dios, una noche las acompañó al centro social Almack's, ese insípido y exclusivista bastión de la clase alta, donde no había otra cosa que hacer que bailar, comer pan rancio con mantequilla, beber una sosa limonada y hacer el simpático ante un verdadero tropel de jovencitas esperanzadas y a sus madres.

Pero esas esperanzas, despertadas sin duda al ver a un tan buen partido asistiendo a esas fiestas a las que no acostumbraba a asistir, estaban totalmente mal colocadas y al parecer lo entendieron muy pronto. Porque incluso antes de que llegara a Londres procedente de Bath, ya se había organizado una cena en la casa de la ciudad del marqués de Godsworthy en Berkeley Square, en la que los miembros de su familia eran los invitados de honor, en realidad los únicos invitados, como no tardaría en descubrir, y también una cena similar con una velada íntima en la casa Marshall pocas noches después. Y muy poco después de su regreso, de hecho al día siguiente, cuando hizo una visita de cortesía a los Balderston, acompañado por su madre y sus hermanas, se decidió que las dos familias se sentarían juntas en el palco del conde de Edgecombe en el teatro una noche de esa misma semana.

Y en cada ocasión, durante las dos cenas, durante la visita de cortesía y en el teatro, se encontró sentado al lado de Portia Hunt. No podrían haber parecido una pareja más establecida si ya hubieran estado comprometidos.

Y, en efecto, ella estaba de buen ver, de muy buen ver. Tenía ese tipo de belleza que sólo mejora con la edad. Sus rizos rubios, sus ojos azules, sus rasgos perfectos y su piel de rosa inglesa sólo la hacían extraordinariamente bonita cuando era niña; ahora era nada menos que hermosa, y a esa belleza se sumaba un porte y una dignidad que la proclamaba la dama de la perfecta buena crianza.

Todo en ella era perfecto, en realidad. No había ni un solo granito, lunar, ojo bizco o un defecto fatal a la vista. Y era una mujer para quien el deber era algo tan instintivo que sin duda obsequiaría a su marido con un heredero y uno de recambio antes que transcurrieran dos años de las nupcias y ni se le ocurriría la posibilidad de parir hijas.

Sería la esposa perfecta, la anfitriona perfecta, la madre perfecta, la vizcondesa perfecta, la condesa perfecta.

Decididamente la palabra «perfecta» debía eliminarse del idioma.

Lucius lo sobrellevaba todo con los dientes resueltamente apretados, y sin rechistar. Había cometido el error fatal, y muy inesperado, de enamorarse de una mujer que lo había despreciado y rechazado. En general, eso era bueno. Si bien su abuelo admiraba a Frances como cantante, tal vez no se habría mostrado muy inclinado a aceptarla como candidata para el papel de condesa de Edgecombe, aun cuando era una dama con conexiones impecables, al menos por el lado de su padre.

Desde el horrible momento en que se marchó de Bath, había dejado atrás, con implacable firmeza y finalidad, cualquier intención de enamorarse y de soltar una impulsiva proposición de matrimonio.

Había hecho una promesa en Navidad, y por Dios que la cumpliría. Y puesto que no podía tener a la mujer que deseaba, tendría a Portia. No podía hacer nada mejor, después de todo, pensamiento que contemplaba con una ligera mueca.

Su madre, que era buena y cariñosa, quería que todos sus hijos disfrutaran de su momento especial bajo el sol. Las dos primeras semanas después de su regreso a la ciudad, ese momento perteneció a Emily, mientras se preparaba para su presentación a la reina y luego para el baile de su presentación en sociedad. Las dos semanas siguientes fueron el momento de Caroline, ya que sir Henry Cobham se decidió por fin y fue a hablar con él sobre el contrato de matrimonio y luego le hizo su proposición a su hermana. Y claro, la ocasión hizo necesario otro baile en la casa Marshall, para celebrar el compromiso.

Si él le hubiera hecho su proposición a Portia en ese mes, le habría quitado injustamente el foco de atención a una u otra de sus hermanas, y su madre se habría sentido afligida.

Al menos eso fue lo que se dijo; se estaba empeñando mucho en dar más tiempo, atención y afecto a su familia de lo que había acostumbrado a hacer durante los despreocupados años de su juventud.

Pero dar largas indefinidamente no era una opción para él esa primavera. Había hecho su promesa a su abuelo y ya no le quedaba más remedio que hacer su proposición formal y acabar con eso.

Lo haría a la mañana siguiente del baile de Caroline, decidió. Ya no le quedaba ninguna excusa para retrasarlo. Su madre ya le hacía comentarios intencionados y su abuelo lo miraba con ojos sonrientes cada vez que salía a colación el nombre de Portia, que salía con ominosa frecuencia.

Así pues, llegada esa mañana, se vistió con sumo esmero, con la experta ayuda de Jeffreys, y echó a andar hacia Berkeley Square, donde descubrió que después de prepararse y fortalecerse tanto para la terrible experiencia, lord Balderston no estaba en casa. Pero las señoras sí estaban, le informó el mayordomo. ¿Deseaba lord Sinclair visitarlas a ellas?

Lord Sinclair supuso que sí, aun cuando pensó nostálgico en sus amigos que en ese momento estarían practicando esgrima, boxeando o mirando caballos en los lugares habituales, y ninguno de ellos tenía que cuidarse de nadie en el mundo.

Cuando lo hicieron pasar al salón de mañana, se encontró con que Portia estaba sola ahí.

—Mamá todavía está en sus aposentos, pues anoche se acostó muy tarde por el baile de Caroline —le explicó ella una vez que él le hizo su venia.

Eso era comprensible. Lo sorprendente era que Portia estuviera en pie y tan pulcramente vestida y peinada que podía recibir invitados con tanta prontitud. Él no había visto a su madre ni a ninguna de sus hermanas cuando salió de la casa Marshall.

¿Añadía levantarse temprano a sus otras virtudes?

—¿Quieres que la haga llamar? —le preguntó, paseando la vista por la sala—. ¿O a tu doncella?

—No seas tonto, Lucius —repuso ella con frío aplomo, indicándole un sillón, mientras ella se sentaba elegantemente y cogía el bastidor con su bordado—. Ya no soy una niña que necesite carabina para recibir a un amigo de tantos años.

Se tuteaban porque se conocían desde que eran niños. ¿Eran amigos también?

—Lady Sinclair debe de sentirse gratificada —dijo ella—, con una hija casada, otra comprometida y Emily tan bien recibida en la alta sociedad. Y seguro que a Amy le irá igual de bien el próximo año si logra aprender a refrenar su exuberancia natural.

Su aguja entró y salió de la tela, formando una rosa perfecta color melocotón.

—Espero que nunca aprenda esa lección, Portia —dijo él—. Me gusta mucho tal como es.

Ella lo miró fugazmente.

—Fue desafortunado que la llevaras a caminar por el parque tan tarde anteayer. No debería haberse dejado ver por la gente bien. Y no debería haberse reído con tanto irreflexivo placer de algo que tú le dijiste, haciéndose notoria. Lord Rumford la miró con su monóculo, y todos conocemos su reputación.

—Cuando mi hermana va de mi brazo está muy a salvo de las impertinencias de libertinos, Portia. Y las niñas que todavía no se han presentado en sociedad necesitan aire fresco y ejercicio tanto como las damitas que lo están.

Volvía a sentirse irritado, pensó. Maldita sea, la irritación se estaba convirtiendo en algo casi habitual en él. Sin duda noventa y nueve de cada cien señoras de Londres estarían de acuerdo con Portia.

¿Estaría de acuerdo Frances? Desechó el pensamiento, sin piedad.

—Tu cariño por tus hermanas es encomiable —dijo Portia—, pero estoy segura de que no querrías estropear las oportunidades de Amy de ser bien aceptada el próximo año después de su presentación.

Él contempló sus rizos rubios pensando si los años que lo aguardaban estarían llenos de esos amables reproches por cada opinión o acto suyo. Apostaría una fortuna a que sí. Él escaparía, supuso, como hacían la mayoría de los maridos, recorriendo sus tierras rifle en mano y con su perro pisándole los talones cuando estuviera en el campo, y refugiándose en sus clubes cuando estuviera en la ciudad.

—Fue muy amable de tu parte —continuó ella— llevarla contigo cuando fuiste a Bath. Su presencia juvenil tiene que haber sido un enorme consuelo para lord Edgecombe.

—Creo que sí. Y yo también lo disfruté.

—Pero ¿fue juicioso permitirle asistir a una fiesta de noche?

Él arqueó las cejas pero ella no levantó la vista de su labor.

—¿Y una fiesta en las Upper Rooms? —continuó ella—. Mamá se horrorizó indeciblemente cuando Emily nos contó eso, no me importa decírtelo, Lucius.

Llevaba el pelo partido al medio, vio, aunque sólo unos dedos sobre la frente, luego la partición desaparecía bajo unos rizos muy bien ordenados.

No como otra persona que él conocía...

—Por lo menos tuviste el buen juicio de contratar a una maestra de escuela para que la acompañara, pero la mujer debería haberle impedido que bailara, Lucius.

Él entrecerró los ojos de furia, y contempló en silencio el placer que le procuraría aplastarle uno de esos rizos y desbaratarle todo el peinado.

—La señorita Allard asistió en calidad de invitada especial de mi abuelo —dijo—. Amy bailó con mi permiso.

—Sólo cabe esperar que no le hayas hecho un daño irreparable, Lucius. Me agradará ofrecerle orientación y consejos el próximo año.

En calidad de esposa suya y cuñada de Amy, sin duda, pensó él.

—¿Ah, sí? —dijo.

Ella levantó la vista y su aguja quedó suspendida sobre la labor.

—Te he ofendido. No tienes por qué preocuparte, Lucius. Las damas sabemos esas cosas mejor que los caballeros, y estamos muy preparadas para restablecer y mantener el decoro mientras los hombres se ocupan libremente de sus asuntos.

—¿De libertinaje?

Esperó que aparecieran manchas de color en sus mejillas, pero de repente recordó que Portia no se ruborizaba jamás, ni lo necesitaba, supuso.

—Creo que podríamos guardar silencio sobre ese tema, Lucius. Lo que hacen los caballeros con su tiempo es asunto suyo y no interesa en absoluto a las damas de buena crianza.

¡Buen Señor! ¡Demonios! ¿No se perturbaría su calma si él se dedicaba al libertinaje desde el momento mismo de la boda, día tras día hasta el día de su muerte? La respuesta, sospechaba, era que, en realidad, no.

—¿Has venido esta mañana a visitar a papá? —preguntó ella.

—Sí —reconoció él—. Volveré en algún otro momento.

—Claro que sí —dijo ella, mirándolo sin pestañear.

¿Tendría algún sentimiento por él? ¿Cualquier sentimiento cálido? ¿Desearía realmente casarse con él? ¿Es decir, con «él», no con el vizconde Sinclair, el futuro conde de Edgecombe?

—Portia —dijo, cuando ella estaba bordando otra vez—, ¿tienes la sensación de que nos sientan juntos en toda ocasión esta primavera, lo deseemos o no?

La aguja se detuvo, pero ella no lo miró.

—Por supuesto —dijo—, pero ¿por qué no habríamos de desearlo?

A él se le cayó el corazón al suelo.

—¿Deseas una relación conmigo, entonces?

«Una relación», ¡qué eufemismo más idiota!

—Por supuesto —repuso ella.

—¿Por supuesto? —repitió él arqueando las cejas cuando ella lo miró.

—Los hombres sois muy tontos. —Por un momento su expresión pareció casi maternal—. Evitáis la realidad a cada momento. Pero no se puede evitar indefinidamente, Lucius.

—¿Quieres casarte conmigo, entonces?

Ya está, ya estaba dicho, y no podía retirarlo ni simular que estaban hablando de otra cosa.

—Por supuesto.

Su corazón ya no tenía espacio para bajar más. De todos modos intentó lo imposible.

—¿Por qué?

Le tocó a ella arquear las cejas. Apoyó la mano con la aguja sobre la labor y pareció olvidarse de ella por el momento.

—¿Por qué? Tengo que casarme con alguien, Lucius, y tú eres mi mejor opción. Tú tienes que casarte con alguien y yo soy tu mejor opción.

—¿Es eso razón suficiente? —le preguntó ceñudo.

—Lucius, esa es la «única» razón.

—¿Me amas? —preguntó él.

Ella pareció casi horrorizada.

—Qué pregunta más tonta. Las personas como tú y como yo no nos casamos por un motivo tan vulgar como el amor, Lucius. Nos casamos por posición, fortuna y linaje superior.

—Todo eso es horrorosamente poco romántico.

—Tú eres la última persona que yo esperaría que hablara de romanticismo.

—¿Por qué?

—Perdona, pero tu reputación no me es del todo desconocida, por protegida que haya estado siempre de la vulgaridad. Sin duda deseas continuar con esa vida, la que dudo mucho que llames romántica. Y por lo tanto no esperarás ni desearás un romance con tu esposa. No tienes por qué preocuparte. Yo tampoco lo espero ni lo deseo.

—¿Por qué? —repitió él.

—Porque el romance es muy estúpido. Porque no es de buen tono. Porque es totalmente imaginario. Porque es ilusorio, normalmente por parte de la mujer. Los hombres sois más sabios y ni siquiera creéis en él. Yo tampoco creo.

Hasta hacía unos meses él habría estado de acuerdo con ella. Tal vez seguía estando de acuerdo. El romance no le había hecho ningún bien esos últimos meses, ¿verdad?, aparte de irritarle eternamente los nervios.

—¿Y la pasión, qué? ¿No esperarías eso de tu matrimonio?

—¡Muy ciertamente no! —exclamó ella, ya francamente horrorizada—. ¡Pero qué idea, Lucius!

Él la miró lúgubremente cuando ella volvió una vez más la atención a su bordado, su mano tan firme como si hubieran estado hablando del tiempo.

—¿He dicho o hecho algo alguna vez que te haya llevado a pensar que te propondría matrimonio? —le preguntó.

Sí que lo había hecho, hacía muy poco. Acababa de reconocer que había ido ahí esa mañana a visitar a su padre.

—No tienes por qué —dijo ella—. Lucius, comprendo que estés renuente y lo vayas postergando. Entiendo que todos los hombres son iguales en circunstancias similares. Entiendo también que finalmente todos hacen lo que deben hacer, como harás tú. Y las consecuencias no serán tan terribles. Habrá un hogar, una esposa y una familia donde antes no había nada, y esos son componentes necesarios para una vida agradable, de buen tono. Pero en lo principal la vida del hombre no cambia mucho y no tiene por qué cambiar. Todo el miedo a los grilletes y a la trampa del cura y esos otros clichés que emplean los hombres no tienen ningún fundamento en realidad.

Él pensó fugazmente si de verdad sería tan fría hasta el fondo del corazón, o sólo sería increíblemente rescata e inocente. ¿Existiría un hombre en alguna parte capaz de encender una chispa de pasión en ella? Lo dudaba.

—Estás resuelta a tenerme, entonces, ¿eh, Portia? ¿No hay nada que pudiera disuadirte?

—No logro imaginarme nada, a no ser que mamá y papá retiren su consentimiento, por supuesto. Pero eso es muy improbable.

Dios misericordioso, estaba condenado, pensó, como si no lo hubiera comprendido antes. Estaba ahí, por el amor de Dios, ¿no?

Maldita Frances, maldita, demonios. Ella podría haberlo rescatado de eso. Le pidió que se casara con él y después se dijo que no lo habría hecho si se hubiera parado a pensar. Pero si ella hubiera corrido el riesgo como hizo él y dicho sí, él no habría tenido por qué pensar. Habría estado muy ocupado sintiendo: euforia, pasión, triunfo.

Amor.

Pero ella dijo no, así que ahí estaba él, ante una condena a cadena perpetua tan cierta como que su nombre era Lucius Marshall. Sin haber hecho otra cosa que una visita matutina a un hombre que ni siquiera estaba en casa, y al parecer había ido demasiado lejos con Portia como para dar marcha atrás.

Pero antes de que pudiera reanudarse la conversación se abrió la puerta y entró la madre, con cara muy presumida, aunque sí dijo cuánto lamentaba que lord Balderston hubiera elegido esa mañana para irse temprano a su club, cuando siempre se quedaba en casa hasta mucho después del desayuno.

Los tres conversaron, entonces, sobre unos cuantos temas anodinos, incluidos, cómo no, los comentarios obligados sobre el tiempo y la salud de cada uno, hasta que Lucius pensó que ya había pasado tiempo suficiente para poder hacer decentemente su escapada.

¿En qué diablos se estaba metiendo?, se preguntó cuando iba caminando en dirección al salón de Jackson, donde esperaba ponerse los guantes y sacarle la mierda a golpes a alguien, o, mejor aún, lograr que alguien le sacara la mierda a él. Aunque no hubiera nada futuro en su apurada situación.

Era hermosa, refinada, habilidosa y perfecta. Era también una mujer que nunca le había caído simpática, aunque él se empeñara en pensar lo contrario, y su conversación esa mañana no había hecho nada para cambiar eso.

Sin embargo, estaba tan encadenado a ella como si ya hubieran leído las amonestaciones. Había ido a ver a Balderston esa mañana, y tanto lady Balderston como Portia lo sabían. Sólo podía haber un motivo para esa visita. Y había prometido volver. Es lo que Portia esperaba de él.

«Volveré en algún otro momento.»

«Claro que sí.»

Volvió a sentir toda la furia.

«Por lo menos tuviste el buen juicio de contratar a una maestra de escuela para que la acompañara, pero la mujer debería haberle impedido que bailara.»

¡Contratar a una maestra de escuela! ¡La mujer!

¡Frances!

Apretó los dientes y alargó los pasos. Jamás lograría decidir si el deseo de estrangularla era más fuerte que el dolor y la humillación de su rechazo. O que el dolor de saber que no volvería a verla nunca más.

O la molesta sospecha de que ella mostró más sensatez que él y lo salvó de sí mismo. Cuando salió de la casa de Brock Street ese día no tenía ni idea de que estaba a punto de proponerle matrimonio. Si ni siquiera sabía que iba a ir a la escuela a verla, por el amor de Dios.

Pero la calma y el sentido común nunca habían sido su fuerte. Siempre había forjado su camino hacia el futuro con impulsivo y temerario desenfado.

Y volvió a hacerlo, no mucho más de veinticuatro horas después de su visita a Berkeley Square.

Y nuevamente fue por causa de Frances Allard.

Capítulo 17

—*H*e sabido que la señora Melford está en la ciudad —comentó el conde de Edgecombe en el desayuno.

Ese era uno de sus mejores días en cuanto a salud y se había levantado para tomar el desayuno con la familia.

Por una vez, esa noche no había habido ningún baile ni fiesta, por lo que estaban todos reunidos a la mesa, con la excepción de Caroline, que sí había ido a una fiesta en Vauxhall con sir Henry, y volvió tarde a casa, después de los fuegos artificiales.

—¿Sí? —dijo lady Sinclair, levantando brevemente la vista de una carta que estaba leyendo.

—Con su hermana —añadió el conde—. Rara vez vienen a la ciudad. No sé cuándo fue la última vez que las vi.

—¿Sí?

Su madre no parecía muy interesada, observó Lucius, enterrando el cuchillo en su bistec. Ya había vuelto su atención a la carta.

—Son las tías abuelas del actual barón Clifton, de Wimford Grange —explicó el conde—. La señora Melford hizo su presentación en sociedad con mi Rebecca, y siguieron siendo íntimas amigas hasta que ella murió. ¡Qué jovencitas más bonitas eran las dos!

—Ah —dijo la vizcondesa, levantando la vista otra vez, un poco más interesada, pues ya entendía que su suegro se refería a unas damas que eran prácticamente sus vecinas en Somersetshire.

De repente Lucius recordó por qué le sonaba el apellido Melford.

También lo recordó Amy:

—Ah, pero si la señora Melford y su hermana son las tías abuelas de la señorita Allard también. ¿De veras están en la ciudad, abuelo?

—¿Quién es la señorita Allard? —preguntó Emily—. ¿Me pasas el azúcar, Amy, por favor?

—Es una dama que tiene la voz soprano más gloriosa de la cristiandad —explicó el conde a Emily, empujando el azucarero hacia ella—. Y no exagero. La oímos cantar cuando estuvimos en Bath.

—¿No irá a llover, verdad? —preguntó la vizcondesa a nadie en particular, mirando hacia la ventana—. Sería un incordio si lloviera. He puesto el corazón en ir de tiendas hoy.

—Creo que iré a presentarles mis respetos a las damas esta tarde —dijo el conde. Se echó a reír—: Será un placer hablar con personas que son casi tan viejas como yo.

—Yo te acompañaré, si me lo permites, señor —dijo Lucius.

—¡¿Tú, Luce?! —Emily lo miró sorprendida y se echó a reír—. ¿Vas a ir con el abuelo a visitar a un par de viejas cuando mamá siempre dice que es más fácil sacarte una muela que arrastrarte a hacer visitas de cortesía?

—Señoras mayores, Emily —la reprendió su madre—. Señoras mayores.

—Yo iré también —dijo Amy, alegrándose notablemente—. ¿Puedo ir, Luce? ¿Puedo, abuelo?

—Bueno, yo no voy a ir —declaró Emily—. Iré de compras con mamá.

—Nadie te ha pedido que vayas, Em —señaló Amy—. Además, la señora Melford y su hermana son las tías abuelas de «mi» amiga, y deseo muy especialmente conocerlas.

Más tarde, cuando se estaba arreglando para la visita, Lucius seguía extrañado, pensando para qué quería conocerlas. Después de todo Emily sólo dijo la verdad cuando comentó su aversión a hacer visitas sociales. Y las dos damas tenían que ser muy ancianas; sin duda la conversación consistiría en largos informes sobre la salud y evocaciones aún más largas sobre un borroso y lejano pasado, y una vez transcurridos los primeros minutos él tendría que pellizcarse para mantenerse despierto.

¿Iba a ir simplemente porque estaban emparentadas con Frances? Si fuera por eso, sería el motivo más condenadamente malo. Pero ¿qué otro motivo podía tener?

Sin embargo, la visita no fue en absoluto aburrida. La señora Melford, bajita y redonda, en cuyo semblante aún quedaban indicios de la belleza de que hablara su abuelo, se mostró encantada de ver al marido de su vieja amiga, y expresó efusivamente cuánto la alegraba que sus nietos hubieran querido acompañarlo. Sí que hablaron del pasado los dos ancianos, pero con tanta gracia y humor que Lucius y Amy no pararon de reír y desear oír más.

—Pero no hay nada más a propósito para alejar a los jóvenes —dijo al fin la señora Melford— que la cháchara de dos viejos acerca de un pasado tan lejano que incluso a mí me parece algo de otra vida. —Miró afectuosamente a Amy—: Cuéntame algo de ti, hija.

Al instante Amy se lanzó a detallarle su último triunfo, su visita a Bath, donde le permitieron asistir a una fiesta en la que oyó cantar a la señorita Allard, y después lo de la tarde que la señorita Allard fue a tomar el té con ellos y ella hizo de anfitriona, y también lo de la fiesta en las Upper Rooms, a la que fue acompañada por la señorita Allard, que iba como invitada especial de su abuelo.

—Me encantó sobremanera, señora —explicó a su anciana anfitriona, sonriendo—. Me trató como si yo fuera adulta.

—Bueno, es que lo eres, hija —dijo la señora Melford— aunque todavía no hayas hecho tu presentación en sociedad. Tienes todo eso para esperar con ilusión. Te pareces a tu abuela, especialmente en la boca y el mentón, y todo el mundo se enamoraba de ella, como puede decírtelo tu abuelo. Él también se enamoró.

—Pues sí —dijo el conde—. La llevé a toda prisa al altar, antes de los seis meses de conocerla, no fuera que viera a otro y lo prefiriera.

—Sólo tenía ojos para usted, como bien lo sabe —le aseguró la señora Melford, haciendo reír a todos—. ¿Así que conocieron a nuestra querida Frances cuando estuvieron en Bath? ¿Y ha vuelto a cantar? Ojalá hubiéramos estado ahí para oírla.

Hablaba de su sobrina nieta con evidente cariño, pensó Lucius.

Esa era una de las señoras de la que se despidió la mañana de ese día de la nevada, pensó. Cuando él la adelantó, Frances iba viajando en el viejísimo coche de ellas, conducido por su viejísimo cochero.

—Lo que me sorprende —dijo el conde— es que nadie haya descubierto el talento de la señorita Allard cuando vivía en Londres.

—Tenemos entendido que alguien lo descubrió —dijo la señora Melford—. Su padre siempre se preocupó de que tuviera clases de canto con los mejores maestros, ¿sabe? Era su sueño y el de ella que algún día fuera una gran cantante. Pero va y se muere repentinamente el pobre hombre. Entonces Frances se fue a vivir con lady Lyle y estuvo con ella un par de años, aun cuando nosotras le habíamos ofrecido un hogar en nuestra casa. Supimos que alguien aceptó patrocinar su carrera y que estaba cantando. Nos imaginábamos que cualquier día nos enteraríamos de que se había hecho famosa, pero de repente recibimos una carta de ella desde Bath, comunicándonos que había aceptado un puesto de profesora en la escuela de la señorita Martin. Desde entonces hemos estado preocupadas de su felicidad, pero cuando pasó unos días con nosotras las pasadas navidades, nos pareció ver que estaba muy contenta con su profesión elegida.

¿Lady Lyle?, pensó Lucius, arqueando las cejas, pero no hizo ningún comentario.

—A mí me aseguró que se sentía muy feliz con lo que hacía en su vida —dijo el conde—, cuando tuve la impertinencia de preguntarle por qué no estaba embelesando al mundo con su canto.

—Tanto Gertrude como yo la consideramos casi una hija —explicó la señora Melford—. Yo no tuve hijos, y Gertrude no se casó. Las dos adoramos a Frances.

Entonces el conde preguntó amablemente por la señorita Driscoll, que hasta el momento no se había presentado a saludar a las visitas.

Estaba en cama, explicó su hermana. No había logrado quitarse de encima el resfriado producido por el enfriamiento que cogió durante el viaje a la ciudad. Siempre había sufrido de debilidad en los bronquios, y era una eterna causa de preocupación para ella.

—Aunque aquí en la ciudad por lo menos tenemos el consuelo de tener a disposición los mejores médicos —añadió.

—Sin duda necesita un buen tónico —aconsejó el conde—. Algo que le levante el ánimo. Ha de pedirle a su médico que le recete algo conveniente para eso, señora. Yo le recomendaría ir a Bath para tomar las aguas, pero tal vez usted encuentra que su hermana está demasiado débil para hacer el viaje.

—Eso me parece, sí, aunque tendré presente la recomendación.

Y ahí fue cuando Lucius abandonó el sentido común y volvió a hablar impulsivamente, sin darse tiempo para pensar primero.

—Tal vez, señora, la señorita Driscoll se beneficiaría muchísimo de volver a ver a la señorita Allard —sugirió.

—No me cabe duda de que tiene razón, lord Sinclair —dijo la señora Melford, suspirando—. Qué maravilloso sería eso para las dos. Pero la salud de Gertrude tendría que mejorar considerablemente para que pudiéramos hacer el viaje a Bath.

—Lo que quería decir, señora, es que tal vez ella podría venir aquí —dijo él.

Pero, vamos, ¿en qué se estaba entrometiendo?, le preguntó su cerebro. Pero él no le hizo caso.

—Ah, pero es que estará ocupadísima con sus deberes en la escuela hasta bien entrado el verano —dijo la señora Melford—. No creo que puedan prescindir de ella.

—¿Ni siquiera por la salud de una amada tía? —preguntó Lucius—. Si ella supiera que la señorita Driscoll está enferma y no se recupera rápido aun cuando la atiende un médico de Londres, seguro que pediría que la eximieran de sus deberes una o dos semanas, para venir a verla, y me imagino que la señorita Martin no se lo negaría, por motivos de compasión.

—¿Usted cree? —La señora Melford se veía muy entusiasmada por la perspectiva—. Es muy amable de su parte mostrar tanto interés, lord Sinclair. Y la verdad es que no sé por qué esto no se me ocurrió a mí antes. Una visita de Frances sería justo el remedio para levantarle el ánimo a Gertrude. Nuestra sobrina siempre trae una ráfaga de aire fresco a nuestra vida.

—¡Uy! —exclamó Amy, juntando las manos en al pecho—. Espero que le escriba pidiéndole que venga, señora Melford, y ojalá lo haga. Así podré volver a verla. Le pediré a Luce que me traiga aquí. Eso me gustaría sobremanera.

—Y tal vez cante para la señorita Driscoll —añadió el conde riendo— y yo me las arregle para que me inviten también, para volver a oírla. No me imagino un tónico mejor.

—Lo haré —dijo la señora Melford con firme decisión juntando las manos—. No me sorprendería que no pudiera dejar la escuela a mitad del trimestre, pero no lo sabré si no lo pregunto, ¿verdad? Nada me gustaría más que volver a ver a Frances, y estoy segura de que le hará mucho bien a Gertrude.

—Tal vez, señora —le dijo Lucius, con su más encantadora sonrisa—, en su carta debería decirle que la idea fue toda suya.

—¿Y no lo fue? —preguntó ella, mirándolo con ojos risueños.

Pero ¿qué diantres le había ocurrido?, pensó Lucius, y continuó dándole vueltas al asunto durante el resto de la visita y después, cuando ya se habían marchado. ¿Por qué se precipitó a cogerse de una débil posibilidad de inducir a Frances a venir a Londres?

¿De veras deseaba volver a verla?

¿Pero con qué fin? ¿Acaso ella no le habló muy claro la última vez que la vio? ¿No había sufrido ya bastantes rechazos y humillaciones a manos de ella?

¿Qué demonios esperaba conseguir?

Si sólo la mañana anterior había ido a Berkeley Square a hablar de matrimonio con Balderston, aunque no estaba.

Y no había vuelto.

¿Volvería a ir la mañana siguiente?

Era muy probable que Frances no viniera.

Y si venía, ¿qué? Vendría a ver a su tía enferma, no a él.

Pero «si» venía, pensó resueltamente, apretando los dientes, mientras Amy le hablaba alegremente a su abuelo, que iba sentado al lado de ella, y tal vez a él también, haría todo lo posible por verla.

Nadie había escrito aún la palabra «fin» bajo su historia común. No estaba acabada.

Demonios, no estaba acabada.

No en su mente, en todo caso.

«Ese es tu problema. No puedes aceptar un no, ¿verdad, lord Sinclair?»

Pues sí que podía, lo hacía todo el rato. Pero ¿cómo iba a poder aceptar un no cuando nunca había estado convencido de que ella no deseaba desesperadamente decir sí?

Entonces, ¿por qué no lo dijo, caramba?

Los suburbios de Londres no eran atractivos ni en la mejor de las circunstancias. Se veían francamente feos bajo la lluvia y con la basura que arrastraba el arremolinado viento depositándola en montones mojados en los espacios abiertos y junto al bordillo de las aceras.

Le dolía todo el cuerpo; había hecho el viaje desde Bath en un día, en la dudosa comodidad y la enorme lentitud del coche de sus tías abuelas con Thomas al pescante. Le dolía un poco la cabeza; tenía la ropa húmeda, aun cuando llevaba las ventanillas firmemente cerradas. Y sentía frío.

Pero en realidad no iba pensando ni en las vistas ni en su comodidad física, ni siquiera en el hecho de que estaba de vuelta en Londres. Después de todo no venía a pasarlo bien ni a alternar con la sociedad.

Venía porque su tía abuela Gertrude se estaba muriendo. Cierto que la tía Martha no lo decía en su carta con esas crudas palabras, pero la conclusión era inevitable. Le suplicaba que viniera si le era posible, aún cuando sabía que estaba a mitad de trimestre. Y aunque añadía que estaba segura de que su querida Frances no podría dejar la escuela hasta el final del trimestre y que por lo tanto no se preocupara si no podía venir, le envió una señal que dejaba fuera de toda duda que la presencia de su sobrina nieta en Londres era una urgente necesidad. En lugar de mandarle la carta por correo, se la envió con Thomas y el antiquísimo coche particular. «Para tu comodidad, si pudieras venir», añadía en una postdata.

Claudia le dio el permiso para ausentarse antes que ella hubiera pensado las palabras para pedir algo tan inconveniente, asegurándole que encontraría una suplente temporal para sus clases y deberes. Anne la abrazó sin decir palabra. Susanna la ayudó a hacer su equipaje. El señor Huckerby se ofreció para dirigir los ensayos de los coros mientras ella estuviera ausente. Todas sus alumnas la instaron a volver lo más pronto posible.

Y ella se deshizo en lágrimas cuando les contó a sus amigas el contenido de la carta.

«Sólo son mis tías abuelas —les explicó—. No es mucho lo que las he visto en mi vida y sólo les escribo una vez al mes. Pero ahora que veo que podría perder a una de ellas comprendo qué ancora de seguridad han sido siempre en mi existencia y lo mucho que dependo de su cariño y apoyo. Habiendo muerto mi padre, ellas son lo único que tengo. Y las quiero muchísimo.»

Fue en ellas en quienes pensó con más angustia cuando lady Fontbridge la amenazó hacía ya más de tres años. Fue en gran parte por ellas prometió marcharse de Londres y no volver jamás. No podría haberlo soportado si lady Fontbridge se lo hubiera dicho. Eso les habría destruido gran parte de su mundo.

«Pero por supuesto que las quieres —le dijo Claudia enérgicamente—. Quédate todo el tiempo que sea necesario, Frances. Todas te echaremos de menos, claro está, nosotras y las niñas, pero en esta vida nadie es imprescindible. Eso puede resultar humillante a veces.»

Así que ahí estaba, en Londres otra vez, y enferma de ansiedad. La tía Gertrude nunca había gozado de muy buena salud, y solía mimarse manteniéndose muy alejada del aire fresco y lo más cerca posible del fuego del hogar. Pero a ella jamás se le había pasado por la mente pensar que la perdería.

Cuando por fin el coche se detuvo a la puerta de una casa de aspecto muy respetable en Portman Street, esperó impaciente a que Thomas abriera la puerta y sacara los peldaños, y se precipitó hacia la puerta, que se abrió antes que llegara, y entró en un vestíbulo embaldosado, donde cayó directamente en los brazos abiertos de la tía Martha.

—Frances, cariño —exclamó la tía, sonriendo de oreja a oreja de felicidad—, ¡has venido! No me atrevía a esperar que pudieras dejar la escuela. Y qué preciosa estás, como siempre.

—¡Tía Martha! —exclamó Frances, abrazándola también—. ¿Cómo está la tía Gertrude? —preguntó, casi con miedo.

Pero lo primero que notó al entrar, y con enorme alivio, fue que su tía abuela no vestía de luto.

—Hoy está un poco mejor, a pesar de la humedad. Incluso se levantó y bajó a la sala de estar. ¡Qué maravillosa sorpresa va a ser esto para ella! No le he dicho ni una palabra sobre tu venida. Y la verdad, apenas puedo creer que hayas venido sólo porque te lo pedí. Espero que la señorita Martin no te haya despedido.

—Me dio un permiso. Entonces, ¿tía Gertrude está mejorando? ¿No est...?

—Ay, mi pobrecilla —dijo la tía Martha cogiéndola del brazo y llevándola hacia la escalera—. No te habrás imaginado lo peor, ¿verdad? No ha estado gravemente enferma, pero ha venido arrastrando un resfriado que no se le quiere marchar, y eso la ha tenido terriblemente deprimida y desanimada. Las dos hemos estado deprimidas. Me pareció, egoístamente, cariño, que verte sería justo el tónico que necesitábamos.

¿O sea, que la tía Gertrude no estaba en su lecho de muerte?, pensó Frances. Esa era la mejor de las noticias. Al mismo tiempo pensó pesarosa en todo el problema que había causado a Claudia al dejar la escuela tan de repente para ausentarse unas semanas a mitad de trimestre, y en los trastornos para sus clases, coros y alumnas de música.

Pero encontraba tremendamente conmovedor que su presencia significara tanto para sus tías. Nunca volvería a desatenderlas y dar por descontadas las cosas. Y de verdad estaba feliz de volver a ver a la tía Martha. Se le llenaron los ojos de lágrimas y los cerró para contenerlas.

Fue inmenso el júbilo cuando apareció en la sala de estar, que estaba calurosa y sofocante con el fuego crepitando en el hogar. La tía Gertrude estaba acurrucada en un sillón muy cerca del fuego, sus hombros envueltos en un grueso chal de lana y las rodillas cubiertas por una manta, pero tan pronto como vio a su sobrina nieta hizo a un lado ambas cosas, se levantó con sorprendente presteza y corrió hacia ella. Se encontraron en medio de la sala y se abrazaron fuertemente, mientras la tía Martha revoloteaba alrededor explicando entusiasmada el secreto que se había callado esos cuatro días, no fuera a ser que Frances no pudiera venir y Gertrude cayera más hondo aún en su depresión por la desilusión.

Después, cuando estaba sentada con una taza de té en la mano y un plato de pasteles en la rodilla (tía Martha le puso tres pasteles aun cuando ella le había pedido sólo uno), Frances ya se sentía abrigada, feliz y agradablemente cansada. Era evidente que la tía Gertrude no estaba a rebosar de salud, pero tampoco estaba gravemente enferma. Incluso sintió una punzada de culpabilidad por haber venido. Pero no había venido con falsos pretextos, se dijo, y en realidad parecía que ella había sido un tónico para el ánimo de sus tías. Estaban charlando alegremente, y ni siquiera se habían fijado que el fuego había disminuido bastante.

Pasaría una semana o más con ellas y lo disfrutaría sin sentirse culpable, decidió, algo adormilada; después volvería a la escuela y trabajaría el doble hasta que terminara el trimestre. Tendría todo el trabajo extra de preparar la entrega de premios y el concierto de fin de año.

Tal vez trataría de ir a pasar otra semana con sus tías en el campo durante el verano. La necesitaban, acababa de comprender, y ella también las necesitaba.

—Unos amigos tuyos vinieron a verme hace unos días, Frances —le dijo la tía Martha, sonriente—. La pobre Gertrude estaba en cama ese día así que no los conoció, pero los vamos a invitar a cenar un día de estos.

Frances la miró interrogante, sintiendo un revoloteo de alarma en la boca del estómago ¿Alguien que la conocía ya sabía que ella iba a volver a Londres?

—¿Sí?

—Vino a visitarme el conde de Edgecombe —explicó la tía Martha—. Con su difunta esposa éramos amigas del alma, desde pequeñas, ¿sabes?, y a mí él siempre me cayó muy bien. Fue muy amable al venir a verme.

Frances notó que el estómago le daba un vuelco. Ah, sí, claro; recordó que el conde había dicho que conocía a su tía abuela Martha. Ni siquiera se le había ocurrido la posibilidad...

Pero su tía dijo «amigos».

Plural.

—Y trajo con él a su nieto y a una de sus nietas —continuó la tía Martha—. El vizconde Sinclair y la señorita Amy Marshall. Unos jóvenes encantadores. Y no veas cuánto alabaron tu voz, Frances, después de oírte en Bath. No me extraña, por supuesto.

—Lo que a mí me extraña es que no hayas cantado más y no seas ya famosa —dijo la tía Gertrude.

A Frances el corazón le había bajado a alojarse a la altura de las suelas de los zapatos. Ese era el tema de sus peores pesadillas. Tenía que encontrar la manera de disuadir a sus tías de invitarlos a casa. No soportaría volver a verlos.

No soportaría volverlo a ver a él.

Cielo santo, ¿y por qué había venido? ¿Sólo porque lo quiso su abuelo?

—Y los acompañaste a una fiesta en las Upper Rooms —estaba diciendo la tía Martha, mirándola con una sonrisa de oreja a oreja—. Le hizo bien a mi corazón, cariño, saber que has comenzado a disfrutar de tu vida otra vez. Siempre hemos pensado que eres demasiado joven y hermosa para enterrarte entre las cuatro paredes de una escuela y no tener ninguna oportunidad de conocer a galanes convenientes.

Frances terminó su té y dejó la taza con su plato en una mesita lateral.

—Bueno —dijo, forzando una sonrisa—, de verdad soy muy feliz tal como estoy, tía Martha. Y no estoy tan sin galán.

Ese mes había ido al teatro una noche con el señor Blake, su hermana y su cuñado, y otra a cenar con ellos. También asistió a dos servicios en la Abadía de Bath sólo con el señor Blake, y las dos veces caminaron juntos hasta la escuela dando un largo rodeo. Lo que había entre ellos no se podía llamar exactamente galanteo, pero eso lo agradecía. Prefería con mucho una apacible amistad que con el tiempo podría, o no, convertirse en algo más cálido.

—Lo que me gustaría saber —dijo la tía Martha, inclinándose hacia ella, sus ojos traviesos— es si bailaste con el vizconde Sinclair, Frances.

Frances sintió subir un molesto rubor a sus mejillas.

—Sí. Fue muy amable. El conde me había invitado a acompañarlos a la fiesta a petición de la señorita Marshall, y el vizconde tuvo la amabilidad de bailar conmigo después de bailar la primera danza con su hermana.

—No me dijiste, Martha —terció la tía Gertrude—, y a mí no se me ocurrió preguntarte, ¿es joven y apuesto el vizconde Sinclair por casualidad?

—Y encantador también —repuso la tía Martha, y las dos ancianas intercambiaron una sonrisa maliciosa—. ¿Y fue una serie de danzas o dos las que bailaste con él, Frances?

—Dos —contestó Frances, horrorizada por el giro que estaba tomando la conversación—, pero...

—Dos —repitió la tía Martha batiendo palmas, extasiada—. Lo sabía. Sabía, tan bien como sé mi nombre, que él te admira.

—¡Frances! ¡Qué espléndido! —La tía Gertrude se inclinó hacia ella y volvió a olvidarse del chal; este cayó detrás de ella en el cojín; la manta de las rodillas ya estaba a sus pies toda arrugada—. ¡Vizcondesa Sinclair! ¡Me gusta!

Estaban de broma, por supuesto. Las dos se estaban riendo alegremente.

—Ay de mí, me temo que estáis muy equivocadas —dijo, tratando de sacar un tono alegre y mantener la sonrisa en la cara—. El vizconde Sinclair se va a casar con la señorita Portia Hunt.

—¿La hija de Balderston? —dijo la tía Martha—. ¡Qué pena! Aunque supongo que no es una pena para la dama. Es «muy» apuesto, Gertrude. Pero tal vez no esté todo perdido. No se dijo nada sobre un compromiso cuando estuvieron aquí, y no he visto ningún anuncio en los diarios, desde que llegamos aquí, y eso que los leo muy concienzudamente cada mañana. Y estaba notablemente interesado en ti, Frances, aunque no lo dijo, claro. Si no fuera por él dudo que se me hubiera ocurrido invitarte a venir aquí, como tónico para el ánimo de Gertrude.

Frances la miró espantada.

—¿Qué?

—Fue él quien lo sugirió —explicó la tía Martha, sonriendo satisfecha—. Y aunque fue muy amable al mostrar tanta solicitud por dos viejas, algo me dijo en el momento que ese era un joven con un motivo ulterior. Deseaba volver a verte, Frances.

—¿Esto fue idea del vizconde Sinclair? —preguntó la tía Gertrude, con expresión embelesada—. Ya me gusta, Martha, aunque jamás haya puesto mis ojos en él. Parece ser un joven que sabe lo que quiere y cómo lograrlo. Tenemos que invitarlo a cenar aquí una noche, con su hermana y el conde de Edgecombe, por supuesto. Vinimos a Londres para ver algo de la sociedad después de tanto tiempo, ¿verdad?, y sin embargo después de casi tres semanas no hemos visto a nadie, al menos yo. Pero ya es hora de que lo vea. Ya me siento un mundo mejor que hace una hora. Ay, Frances, queridísima, aún no me hago la idea de que estás aquí.

Frances las miró a las dos, muda.

¿Su venida era obra de él?

¿Él fue el que sugirió que la indujeran a venir?

¿Por qué?

¿Aún no estaba comprometido?

—Pero aquí estamos dale que dale con la cháchara —dijo la tía Martha levantándose—, y tú estás cansada por el viaje, y muy pálida. Vamos, cariño. Te acompañaré a tu dormitorio para que decanses hasta la hora de la cena. Esta noche hablaremos más.

Frances se inclinó a besar a la tía Gertrude en la mejilla y se dejó llevar hasta un agradable dormitorio en la planta de arriba, que mostraba todas las señales de que lo habían preparado para ella, con la esperanza de que pudiera venir.

Cuando se quedó sola se echó en la cama y se puso a contemplar el dosel.

Él había estado ahí, en esa casa.

Y había sugerido que la llamaran. Tal vez incluso sugirió que se exagerara la enfermedad de la tía Gertrude para que ella se sintiera más obligada a abandonar sus deberes. Sería muy propio de él hacer algo tan enrevesado y despótico.

¡Qué atrevimiento!

¿No era capaz de aceptar un no? ¿No podía dejarla en paz?

¿Sería posible que todavía deseara casarse con ella? Pero cuando le propuso matrimonio en Sydney Gardens lo hizo totalmente por un impulso. Eso ella lo vio con absoluta claridad. Seguro que cuando lo pensó después tuvo que reconocer que se había escapado por un pelo de hacer algo muy imprudente.

Después de todo un mes seguía sufriendo en su carne la pena de haberlo vuelto a ver, bailado con él otra vez, tocado, acariciado, besado, hablado con él, peleado con él y rechazado su proposición de matrimonio.

Seguía profunda y perdidamente enamorada de él.

Lo estaba desde justo después de Navidad, claro, y el sentimiento se negaba obstinadamente a marcharse.

Tal vez porque él se negaba obstinadamente a salir de su vida.

Y ahora se las había arreglado para verla otra vez, utilizando a sus tías abuelas en un despreciable e intrincado complot para atraerla a Londres.

¿Por qué?

Era el hombre más irritante, fastidioso y despótico que había conocido en toda su vida. Con toda intención puso su mente a pensar en todo lo que le desagradaba de él. Trató de visualizarlo en el camino ese primer día cuando ella se erizó de hostilidad hacia él y él le devolvió el favor.

Pero no pudo. En lugar de verlo así lo vio girándose repentinamente para arrojarle una bola de nieve, y luego enzarzado en una animada pelea con bolas de nieve, los dos riendo, hasta cuando la hizo caer de espaldas en la nieve, sujetándole las muñecas con sus manos...

Exhaló un largo suspiro y, a su pesar, cayó en un profundo sueño.

Capítulo 18

*L*ord Balderston se había llevado a su señora y a su hija al campo, donde pasaría unos días, para participar en la celebración del cumpleaños de un pariente lejano. Así fue como, con cierta sensación de respiro temporal, Lucius salió una mañana temprano a cabalgar por el parque en la agradable compañía de tres amigos. El hecho de que estuviera cayendo una fina llovizna de un cielo gris no le estropeó de ninguna manera el ánimo. En realidad, eso le permitió encontrar un Rotten Row casi desierto y pudieron galopar a sus anchas sin poner en peligro a otros jinetes más serios y prudentes. Cuando volvía a casa a cambiarse ni siquiera tuvo que sostener el habitual debate interior acerca de qué debía hacer después del desayuno. No podía ir a la casa de Berkeley Square ni aunque hubiera querido.

Sólo estaban levantados su abuelo y Amy; los demás seguían en la cama, pues habían estado hasta tarde en un baile al que él no se sintió obligado a asistir. Se frotó las manos satisfecho y contempló el surtido de platos calientes dispuestos sobre el aparador. Tenía un hambre canina.

Vio que Amy estaba a punto de reventar por decirle algo, y no pudo esperar a que él hubiera hecho su elección y ocupara su lugar en la mesa.

—Luce, ¿adivinas qué?

—Dame una pista. No, déjame adivinar. Ya sé, has dormido diez horas y ahora estás rebosante de energía e ideas de cómo usarla, utilizándome a mí de esclavo.

—¡No, tonto! El abuelo acaba de recibir una invitación a cenar en casa de la señora Melford mañana, y yo también estoy invitada. Mamá no dirá que no, ¿verdad? Sencillamente tú tienes que hablar en mi favor. Tú y el abuelo.

—Supongo que no dirá que no —dijo él, cauteloso—, siempre que sea una cena íntima.

—Ah, y tú también estás invitado.

Eso era lo que había temido él. Una visita había sido agradable, pero...

—La señorita Allard vino de Bath.

¡Ah!

¡Bueno!

—Así que ha venido —comentó en tono enérgico—. ¿Y yo tengo que renunciar a una noche, para ir a cenar con la señora Melford y su hermana simplemente porque la señorita Allard está ahí también?

¡Simplemente!

—Sería lo cortés, Lucius —dijo su abuelo—, puesto que fuiste tú el que sugirió que la llamaran.

—Fui yo, sí —reconoció él—. Espero que su llegada haya tenido el efecto deseado.

—La señora Melford asegura que la señorita Driscoll experimentó una recuperación que se podría llamar milagrosa antes de la hora de la llegada de su sobrina nieta —dijo el conde—. Fue inspirada tu sugerencia, Lucius. ¿Puedo enviar una confirmación por ti también junto con la de Amy y la mía?

Lucius seguía junto al aparador con el plato vacío y un apetito que al parecer se le había evaporado. Cuando vio a Frances salir casi corriendo del pabellón de Sydney Gardens después de negarse a casarse con él y a darle un motivo de satisfacción por hacerlo, él pensó que si no volvía a verla nunca sería demasiado pronto.

Sin embargo, no podía negar que había manipulado las cosas para que viniera a Londres a ver a sus tías abuelas.

¿Y ahora se iba a mantener alejado de ella?

—Sí, por favor, señor —dijo, con la mayor despreocupación que pudo.

—Me ilusiona sobremanera volver a verla —dijo Amy, volviendo la atención a su desayuno—. ¿A ti no, Luce?

—Sobremanera —dijo él, sarcástico, poniéndose patatas fritas en el plato y pasando a las salchichas.

Seguro que haría algo estúpido, como contar las horas que faltaban para volver a verla. Como un tonto enamorado.

Pero ¿y Frances? ¿La ilusionaría «sobremanera» volver a verlo?

Frances empezaba a pensar, y a esperar, que sus tías abuelas se hubieran olvidado del plan de invitar a cenar al conde de Edgecombe con el vizconde Sinclair y Amy Marshall. Habían pasado dos días y no se había vuelto a hablar del asunto.

Y disfrutó esos días. Sus tías, no sólo la tía Gertrude sino también la tía Martha, habían mejorado visiblemente en salud y ánimo. Y ella también. Era agradable estar con ellas otra vez, sentirse mimada, ser la niña de sus ojos, tener la sensación de formar parte de una familia. Ese mes pasado había estado muy deprimida en realidad, y la verdad era que desde la Navidad no había estado en el mejor de los ánimos.

Ya tenía decidido quedarse una semana. Y no se preocuparía por estar de vuelta en Londres. Después de todo no pensaba salir a ninguna parte, y no era probable que el mundo viniera a visitarla.

Pero se había equivocado en lo del plan para la cena, descubrió a última hora de la tarde de ese segundo día, sólo unas horas antes del momento en que se esperaba a los invitados. Sus tías habían guardado el secreto hasta el último momento, le explicaron, pensando encantarla con la sorpresa cuando finalmente se lo dijeran.

También le suplicaron, con idénticas sonrisas del más puro placer, que se pusiera su vestido más bonito y que dejara que la peinara Hattie, la doncella personal de ella, de acuerdo con la ocasión.

Si ya era terrible saber que Lucius estaría ahí dentro de un par de horas, pensó cuando subía a su dormitorio a prepararse, aún era peor que sus tías parecían muy resueltas a hacer de casamenteras.

¡Qué vergüenza más atroz si él o alguno de los otros lo notaba! Había traído su vestido de seda crema. Y no porque esperara tener ocasión de ponérselo. Pero cualquier dama ha de ir preparada para diversas circunstancias cuando viaja. Se lo puso para la cena, y no tuvo valor para decirle a Hattie que no la peinara y desilusionar a sus tías. Así que cuando bajó a la sala de estar, sólo diez minutos antes de la hora en que se esperaba que llegaran los invitados, llevaba el pelo convertido en una masa de bucles grandes a la espalda y un complicado arreglo de finas trencitas cruzadas sobre el pelo liso en la coronilla.

Se veía muy bien, tuvo que reconocer ante Hattie cuando esta terminó de hacerle el peinado. Pero eso justamente la avergonzaba. ¿Y si Lucius se pensaba que lo había hecho por él? ¿Y si lo pensaban su abuelo y Amy?

Los invitados llegaron un minuto adelantados; lógicamente ella había estado mirando el reloj de la repisa del hogar de la sala de estar.

Amy fue la primera en entrar en la sala; radiante de exuberancia juvenil hizo su venia ante la tía Martha, luego ante la tía Gertrude, sonriéndole a cada una, y luego avanzó hacia Frances con las dos manos extendidas. Parecía encantada de verla, pensó ella, como si fueran hermanas que no se veían en mucho tiempo; alarmante pensamiento.

—¡Señorita Allard! —exclamó—. Qué contenta estoy de verla. Y ha conseguido que la señorita Driscoll se recuperara tal como predijo Luce.

Entonces entró el conde de Edgecombe, todo frágil y encorvado, sus ojos risueños. Se inclinó ante las dos ancianas y luego le tendió la mano derecha a Frances.

—Por las buenas o por las malas, señora —le dijo, sonriéndole con simpatía—, pretendo volver a oírla cantar otra vez antes de morir.

—Espero, milord —dijo ella, poniendo su mano en la de él y observándolo llevarla a sus labios—, que no esté pensando en hacer eso pronto.

Él se rió y le dio una palmadita en la mano antes de soltársela.

Y entonces entró Lucius, cerrando la marcha, apuesto a más no poder con su traje de noche negro, chaleco bordado en oro mate y camisa de lino blanca con encaje. Sonrió encantador a las tías y luego se volvió para hacer la venia formal a Frances.

Ella hizo su venia.

Las tías sonrieron y parecieron encantadas.

—¿Señorita Allard?

—Lord Sinclair.

Ella ya tenía que hacer un esfuerzo para introducir aire en los pulmones.

Todos parecían extraordinariamente complacidos con todos los demás, a pesar de ser un grupo mal avenido. Casi inmediatamente pasaron al comedor, el conde con una tía en cada brazo y el vizconde Sinclair con Frances en el brazo derecho y Amy en el izquierdo.

Y la conversación continuó animada durante toda la cena y después en la sala de estar.

Pronto acabaría la velada y llegaría a su fin su terrible sufrimiento, pensó Frances. Se habrían observado todas las cortesías y dentro de cinco días ella podría retirarse a Bath a su vida normal.

La perspectiva le resultaba curiosamente triste, tomando en cuenta que le encantaba enseñar, y que quería a todas sus alumnas y tenía verdaderas amigas en el colegio.

—Supongo que la señorita Marshall podría deleitarnos en el piano si hubiera uno en esta casa —comentó la tía Martha—. Y sé que Frances podría hacerlo con su voz. Pero no sugeriré que cante sin acompañamiento, aun cuando sé que podría hacerlo muy bien de todos modos.

—Siempre ha tenido mucho oído —explicó la tía Gertrude.

—Yo estoy encantada de que no haya ningún instrumento —dijo Amy, riendo alegremente—. Y no me sorprendería que mi abuelo y Luce también. Cualquiera que diga que toco bien sería excesivamente amable conmigo.

—Y yo no voy a fingir que no me decepciona no poder oír cantar a la señorita Allard otra vez —dijo el conde—, pero todas las cosas ocurren con una finalidad, estoy convencido. En la casa Marshall sí hay un piano, y de calidad muy superior además. Será un enorme placer para mí invitarlas a las tres a cenar alguna noche de esta semana. Y después, señorita Allard, usted podría cantar para ganarse la cena. —La miró con sus ojos sonrientes por debajo de sus tupidas cejas blancas—. Es decir, si quiere. Eso no será una condición para que venga a cenar. Pero ¿me haría el honor de cantar para mí allí?

O sea, pensó ella, que tal como ocurriera en Bath, ese encuentro se prolongaría. ¿Iba a volver a verlos a todos otra vez?

Miró a sus tías abuelas. Las dos le estaban sonriendo de oreja a oreja, las dos absolutamente felices. ¿Cómo podría decir no y negarles ese pequeño placer? Y la verdad, en el fondo, ¿deseaba decir no?

—Muy bien, entonces —dijo—. Iré y cantaré, milord, sólo para usted y mis tías. Gracias. Será un placer para mí.

—¡Espléndido! —dijo él, frotándose las manos—. Caroline la acompañará. Se lo pediré mañana por la mañana. Tendrá que ir una tarde a hablar con ella sobre la pieza elegida y practicar un poco las dos.

—Gracias, eso sería muy conveniente.

—¿Me concederá otra petición? —preguntó él—. Sea cual sea la otra pieza que elija, ¿cantará también la que cantó en Bath? He ansiado volver a oírla.

—Y a mí me encanta cantarla, milord —repuso ella sonriéndole cálidamente.

Estaba sentada algo alejada del hogar porque a la tía Gertrude siempre le gustaba tener el fuego muy fuerte. El conde volvió su atención a la tía Martha, que estaba sentada cerca de él, y la tía Gertrude invitó a Amy a sentarse en la banqueta que tenía a sus pies para que le contara todas sus emocionantes experiencias en Bath y lo que había hecho en Londres desde entonces. El vizconde Sinclair, que hasta el momento había estado de pie detrás del sillón de su abuelo con la mano apoyada en el respaldo, fue a sentarse en el sofá, al lado de Frances.

Durante toda la noche ella había puesto el mayor empeño en no mirarlo ni hacerle caso, lo cual era, pensó pesarosa, como tratar de evitar una marejada estando sentada en la playa a su paso.

—Estás muy hermosa esta noche —dijo él.

—Gracias.

—Espero que la escuela de la señorita Martin no haya quedado sumida en el caos e inminente desmoronamiento por haberte venido aquí.

—No es gracias a ti que no lo esté —dijo ella secamente.

—Ah.

Fue lo único que dijo en reconocimiento de que ella sabía su papel en traerla a Londres.

—Espero que la señorita Hunt goce de muy buena salud, y que siga igual de hermosa.

—La verdad es que me importa un rábano —dijo él en voz muy baja, incitándola a mirarlo a la cara por primera vez esa noche.

Afortunadamente lo dijo en voz tan baja que sólo ella podía haber oído esas chocantes palabras.

—¿Por qué lo hiciste? ¿Por qué persuadiste a mi tía de pedirme que viniera?

—Ella te necesitaba, Frances. También te necesitaba tu otra tía, que realmente estaba en cama esa vez que estuve aquí.

—¿Me pides que crea, entonces, que tu motivo fue puramente altruista?

—¿Qué crees tú? —Le sonrió con esa sonrisa algo lobuna que a ella le hacía dar un vuelco en las entrañas.

—¿Y por qué viniste esa primera vez? ¿Sólo para visitar a dos ancianas movido por la bondad de tu corazón?

—Estás enfadada conmigo —dijo él, en lugar de contestar.

Y en lugar de sonreír, la estaba mirando con los ojos intensos, los labios apretados y la mandíbula rígida y contundente.

—Sí, estoy enfadada. No me gusta que me manipulen, lord Sinclair. No me gusta que otra persona crea que sabe mejor que yo lo que me hace feliz.

—Contenta.

—Contenta, entonces.

—Sí que sé mejor que tú lo que te hará feliz.

—Creo que no, lord Sinclair.

—Podría lograrlo en un mes —dijo él—. En menos. Podría darte felicidad profesional. Y felicidad personal en tal abundancia que tu copa se derramaría, Frances.

Ella sintió un anhelo tan intenso que tuvo que romper el contacto visual con él. Se apresuró a bajar la vista a sus manos.

—Mis posibilidades para esos dos tipos de felicidad se arruinaron hace más de tres años, lord Sinclair —dijo.

—¿Sí? ¿Hace tres años? —preguntó él, en voz tan baja como antes.

Ella no contestó la pregunta.

—Desde entonces he cultivado eso de estar contenta —dijo—. Y aunque parezca increíble, lo he encontrado, y descubierto que es superior a cualquier otra cosa que haya experimentado. No me estropees eso también.

Él estuvo un largo rato en silencio, durante el cual oyeron reír al conde y a la tía Martha por algo que había dicho uno de los dos y la voz de Amy hablándole feliz a la tía Gertrude.

—Creo que ya lo he hecho —dijo él al fin—. O perturbado, en todo caso. Porque no creo que eso haya sido nunca estar contenta, Frances, sino sólo una especie de inercia, de la que despertaste cuando te saqué de ese fósil de coche, arrojándome fuego y azufre.

Ella lo miró entonces, muy consciente de que no estaban solos en la sala, que sus tías estaban a sólo unos palmos y muy probablemente observándolos disimuladamente con enorme interés. No podía por lo tanto permitir que las emociones que sentía se le reflejaran en la cara.

—Te vas a casar —dijo.

—Sí —convino él—, pero falta por contestar una pregunta. ¿Quién va a ser la novia?

Ella hizo una inspiración para hablar, pero se distrajo su atención al ver que el conde se estaba levantando, con la evidente intención de poner fin a la visita.

El vizconde Sinclair se levantó también, sin decir más, y procedió a agradecer su hospitalidad a las tías. Entonces Amy se acercó a abrazarla, asegurándole que de alguna manera persuadiría a su madre de permitirle estar abajo cuando fuera a cenar a su casa con la señora Melford y la señorita Driscoll.

—Después de todo —dijo ingenuamente—, usted es mi amiga especial. Además, por nada del mundo me perdería oírla cantar otra vez. Puede que yo no tenga un don especial para interpretar la música, señorita Allard, pero sé reconocer cuando alguien lo tiene.

El conde volvió a cogerle la mano e inclinarse sobre ella.

—Prepare más de una canción, por favor —le dijo—. Después de escucharla una vez, sé que desearé un bis.

—Muy bien, milord.

El vizconde Sinclair se inclinó ante ella con las manos cogidas a la espalda.

—Señorita Allard.

—Lord Sinclair.

Fue una despedida bastante austera, pero eso no impidió que las dos tías se expresaran con delirante embeleso una vez que se marcharon los invitados.

—El conde de Edgecombe está tan encantador como cuando era joven —comentó la tía Martha—, y casi tan apuesto también. Y la señorita Marshall es una delicia. Pero el vizconde Sinclair...

—Es tan apuesto y encantador como para hacer desear a cualquier mujer volver a ser joven para tratar de conquistarlo —terminó la tía Gertrude—. Pero mejor que ya no seamos jovencitas esperanzadas, Martha. Sólo tenía ojos para Frances.

—Fue muy encantador con nosotras también —dijo la tía Martha—, pero cada vez que miraba a Frances, parecía devorarla con los ojos y se olvidaba de nuestra existencia. ¿Te fijaste que fue a sentarse a su lado en el instante en que desviamos de ellos la atención de lord Edgecombe y de la señorita Marshall?

—Pues claro que me fijé —contestó la tía Gertrude—. Me habría sentido gravemente decepcionada si no hubiera resultado nuestra estratagema, Martha.

—Ay, Dios —protestó Frances—. No debéis ver un romance donde sencillamente no lo hay. Ni tratar de promoverlo.

—Tú, cariño, vas a ser la vizcondesa Sinclair antes que acabe el verano —dijo la tía Martha—, a no ser que yo esté muy equivocada. La pobre señorita Hunt va a tener que buscarse otro.

Frances se puso las manos en las mejillas, riendo a su pesar.

—Estoy absolutamente de acuerdo con Martha —dijo la tía Gertrude—. Y no puedes decirnos que te es indiferente, Frances. No te creeríamos, ¿verdad, Martha?

Frances se apresuró a darles las buenas noches y subió corriendo a su habitación.

Sus tías abuelas no lo entendían.

Tampoco él.

¿Existiría eso llamado destino?

Pero si existía, ¿por qué tenía que ser tan cruel? Porque el camino en que la había puesto ya tres veces desde Navidad era absolutamente imposible, inalcanzable.

¿No entendía el destino tampoco?

«Pero falta por contestar una pregunta. ¿Quién va a ser la novia?»

¿Seguía deseando casarse con ella, entonces? ¿No había sido un simple impulso el que lo precipitó a proponerle matrimonio en Sydney Gardens mientras la lluvia caía torrencialmente a su alrededor?

¿La amaba? ¿La «amaba»?

Frances había aceptado cantar en la casa Marshall, si bien imponiendo una especie de condición.

«Muy bien, entonces. Iré y cantaré, milord, sólo para usted y mis tías. Gracias. Será un placer para mí.

Esas palabras resonaban en la cabeza de Lucius esos días siguientes mientras planeaba sin piedad frustrarle su humilde voluntad. No había dicho en serio esas palabras, se decía.

Al menos, probablemente sí las dijo en serio, concedió, puesto que había algo muy raro, casi antinatural en la actitud de Frances hacia su talento. Pero no debería haberlas dicho en serio. Cualquiera que tuviera esa voz estaría impaciente por cantar para un público de un millón de personas, si fuera posible meter ese número en una sala. Sería un desperdicio criminal dejarla cantar solamente para su abuelo y sus tías, y, era de suponer, también para su madre, sus hermanas y él.

Frances Allard llevaba mucho tiempo encerrada, en cuerpo, mente y alma, entre las paredes de la Escuela de Niñas de la señorita Martin, y era hora de que saliera y enfrentara la realidad. Y si no lo hacía ella voluntariamente, por Dios que él tomaría la iniciativa y la sacaría de ahí. Era posible que ella nunca le diera la oportunidad de hacerla feliz en un sentido personal, aun cuando en ese frente aún no se daba por derrotado definitivamente, pero la obligaría a ver que la aguardaba un glorioso futuro como cantante. Haría todo lo que estuviera en su poder para ayudarla a llegar a ese futuro.

Frances no nació para enseñar, de eso estaba seguro. No era que él hubiera estado en alguna de sus clases y hubiera descubierto que no era apta para esa tarea, cierto. En realidad, lo más probable era que lo fuera. Pero estaba tan claro que nació para hacer música y compartirla con el mundo que cualquiera otra ocupación era simplemente un desperdicio del talento que Dios le dio.

Él la sacaría a la luz. La ayudaría, la obligaría, si hacía falta, a ser todo lo que estaba destinada a ser por sus dones innatos.

Por lo tanto, no haría caso de las palabras que ella dijera a su abuelo: «Iré y cantaré, milord, sólo para usted y mis tías».

Conocía a alguien. El hombre era un amigo suyo y se había casado hacía muy poco. Era un conocido experto en las bellas artes, especialmente en música, y particularmente famoso por los conciertos que ofrecía en su casa cada año, en los cuales actuaban músicos prominentes de todo el Continente, además de personas descubiertas por él, para un grupo muy selecto de invitados. Sólo las Navidades pasadas su intérprete estrella fue un niño soprano al que descubrió en un grupo de cantores de villancicos en Bond Street. Y en enero se casó con la madre del niño.

Le resultaba raro imaginarse al barón Heath casado y con dos hijastros. Pero al parecer eso les ocurría a todos finalmente, pensó tristemente; es decir, el matrimonio. Por lo menos Heath tuvo la satisfacción de elegir a su esposa y casarse por amor.

Lo invitó a asistir a un concierto en la casa Marshall y le prometió un regalo musical que le pondría los pelos de punta.

—Tiene una voz extraordinariamente bella —le explicó—, pero no ha tenido a nadie que atraiga sobre ella la atención de personas que puedan hacer algo para patrocinar su carrera.

—Y pronto yo estaré clamando por ser ese patrocinador, supongo —dijo lord Heath—. Oigo esto con tediosa frecuencia, Sinclair.

Pero me fío de tu gusto, siempre que estemos hablando de gusto en voces, no en mujeres.

Lucius sintió una punzada de rabia, pero la aplastó.

—Ven y trae a lady Heath. Así podrás oírla y juzgar por ti mismo si su voz no iguala a su belleza.

Pero una cantante necesita un público, creía él. ¿Cómo podría Frances cantar como cantó en Bath con sólo su familia y la de ella y los Heath mirando? Si incluso en Bath el público era modesto en número.

La sala de música de la casa Marshall tenía capacidad para unas treinta personas sentadas con cierta comodidad. Si se retiraban los paneles que la separaban del salón de baile, habría cabida para más, y el espacio de las dos salas tendría la amplitud apropiada para la potencia de una gran voz.

Además, un concierto hacía necesario a más de un intérprete...

Sus planes fueron aumentando en grandiosidad de hora en hora.

—Estoy pensando en invitar a unas cuantas personas a que se reúnan con nosotros en la sala de música después de la cena, la noche que venga a cenar la señorita Allard con sus tías abuelas —le dijo a su abuelo a la hora del té, tres días antes de dicha cena—. Entre ellas el barón Heath y su esposa.

—Ah, excelente idea, Lucius. Debería habérseme ocurrido a mí, y lo de Heath. Él puede hacer algo por ella. No me imagino que la señorita Allard ponga alguna objeción.

Bueno, bien podría, sospechaba Lucius. La conocía mejor que su abuelo. Pero no lo dijo.

—Tengo la clara impresión —dijo la vizcondesa— de que es esa tal señorita Allard, y no la señora Melford ni la señorita Driscoll, la que va a ser la invitada de honor a nuestra mesa. Eso es extraordinario, si se recuerda que es una maestra de escuela.

—Verás, Louisa —le dijo el conde— es extraodinaria.

Caroline había ahogado un chillido al oír las palabras de Lucius.

—¿Y yo tengo que acompañar a la señorita Allard ante un público que incluye al barón Heath? —protestó—. ¿Cuándo va a venir a practicar, Luce?

—Pasado mañana por la tarde —contestó él—. Pero será mejor

que no le digas nada de lord Heath, Caroline, ni de ningún otro invitado. Sólo la pondrás nerviosa.

—¡Ponerla nerviosa a ella! —exclamó Caroline, casi en un chillido—. ¿Y yo qué?

—Cuando empiece a cantar nadie se va a fijar en cómo tocas, Caroline —le dijo Amy amablemente.

—Bueno, gracias por decirme eso —dijo Caroline, echándose a reír.

Amy también se rió.

—No fue mi intención decir lo que pareció —explicó—. Tu interpretación es muy superior, mucho mejor que la mía.

—Lo cual no es un gran elogio, Amy, si lo pensamos bien —dijo Emily irónica.

—Y tú, padre —dijo firmemente la vizcondesa—, tienes aspecto cansado. Lucius te ayudará a subir a tu habitación, y reposarás hasta la hora de la cena.

—Sí, señora —dijo el conde haciendo un guiño travieso. En realidad tenía un tinte gris en la cara.

Pero nadie puso objeción a convertir la parte musical de la velada en un concierto hecho y derecho, iba pensando Lucius, subiendo lentamente la escalera con su abuelo apoyado pesadamente en su brazo. Claro que él no había empleado esas palabras para explicar sus planes. Pero cualquier reunión de un pequeño, o gran, número de personas con el fin de escuchar unas cuantas interpretaciones musicales se podía llamar concierto en sentido lato.

Tenía tres días para reunir un público de envergadura respetable para hacer justicia al talento de Frances Allard, en pleno auge de la temporada, cuando cada día llevaba una riada de invitaciones a las casas de cada miembro de la alta sociedad. Pero se podía hacer, caramba, y él lo haría. Sus pies se iban a mover firmes en el camino hacia el éxito y la fama en esa velada.

Y todo sería obra de él.

Claro que eso podría servirle de poco consuelo en los años venideros.

Aunque no todo estaba perdido en el frente personal. Todavía no estaba casado, y ni siquiera comprometido, al menos no oficialmente. Los Balderston ya estaban de vuelta en la ciudad, pero él se las había arreglado para evitarlos esas veinticuatro horas.

Jamás había sido un hombre que renunciara alegremente a lo que deseaba con desesperación. Y pasada la página o no, no había cambiado en ese particular.

Deseaba desesperadamente a Frances Allard.

Capítulo *19*

*L*a casa Marshall era una grandiosa mansión en Cavendish Square, el corazón mismo de Mayfair, descubrió Frances la tarde del día anterior al que iría a cenar allí. Podría habérselo imaginado, claro, puesto que era la casa de ciudad del conde de Edgecombe. Pero al bajar del viejo coche detenido en la puerta, ayudada por Thomas, sintió un extraño miedo de llamar demasiado la atención ahí. Bajó la cabeza y entró a toda prisa.

Muy consciente de que realmente estaba de vuelta en Londres.

Pero en el interior de la casa no vio a nadie, aparte de unos cuantos criados y a la jovencita que la esperaba en la sala a la que la hicieron pasar, que se presentó como la señorita Caroline Marshall. Era una joven alta, elegante y bonita, y se parecía muy poco a su hermano.

De él no vio señales.

La sala era enorme, y estaba magníficamente decorada, el cielo raso elevado pintado con una escena de la mitología, frisos dorados, lámparas de araña de cristal, grandes espejos en las paredes y un reluciente suelo de madera. Frances casi se quedó sin aliento. ¿Ahí iba a cantar para el conde y sus tías la noche siguiente?

Pero la señorita Marshall le dio una explicación que la tranquilizó un poco:

—El piano de aquí es muy superior al que está en el salón, y mi abuelo insiste que en nada que no sea lo mejor es lo bastante bueno para usted, señorita Allard. Lo que no entiendo es por qué han quitado los paneles. Esto es la sala de música y el salón de baile juntos. Mañana ya los habrán puesto, sin duda, y su voz no tendrá que llenar este espacio tan enorme. Pero la verdad es que esto no está bien. Debería poder practicar en el espacio en que va a cantar.

Pero qué glorioso sería, pensó Frances tristemente, regalándose los ojos con el opulento esplendor de la sala doble, estar a la altura de cantar para un público que llenara ese inmenso espacio. En otro tiempo había soñado con cantar en un lugar tan magnífico como ese.

Mientras se calentaba la voz con las escalas y ejercicios que aprendiera de niña, adecuó la voz a la enorme sala, aunque muy consciente de que cuando cantara la noche siguiente tendría que modificar el volumen de acuerdo al espacio más pequeño.

—¡Dios mío! —exclamó la señorita Marshall, antes que empezaran a practicar las piezas que habían elegido—, la sala doble no es demasiado grande para usted, después de todo, ¿verdad? ¡Qué extraordinario!

Entonces se pusieron a practicar en serio y Frances se entregó al placer de simplemente cantar que esa oportunidad le brindaba. En la escuela cantaba, por supuesto, pero no con frecuencia ni mucho rato, ni tampoco con toda la potencia de su voz. Después de todo, la finalidad de la escuela y la suya en su papel de profesora, era hacer cantar a las niñas, no complacer su deseo de crear música ella sola. Esa era una finalidad noble, siempre lo había pensado. Para ella era una dicha ayudar a las jóvenes a desarrollar sus capacidades.

Y seguía pensándolo, pero, ah, que maravilloso complacerse en cantar toda una hora.

—Ahora sé lo que quiso decir Amy —dijo la señorita Marshall, cuando habían terminado y estaba cerrando las partituras y ordenándolas en el atril— cuando me aseguró que nadie se fijaría en mi acompañamiento cuando usted comenzara a cantar. Nunca había oído una voz más hermosa, señorita Allard.

—Bueno, gracias —dijo Frances, sonriéndole afectuosa—. Pero usted es una pianista muy competente, ¿sabe?, y nunca tiene por qué sentir miedo ante un público. Pero no tiene ningún motivo para estar nerviosa por la noche de mañana, ¿verdad?, ya que sólo estarán su familia y mis tías, y ellas son lo menos intimidatorias del mundo, se lo aseguro.

Se puso la papalina y se ató las cintas bajo el mentón, echando una última mirada impresionada al salón de baile, que la noche siguiente estaría oculto por los paneles. Entonces oyó hablar a la señorita Marshall y cayó en la cuenta de que no le hablaba a ella.

—¿Cuánto tiempo llevas ahí? —estaba diciendo—. Creí que ibas a acompañar a la señorita Hunt a la fiesta en el jardín de Muriel Hemmings.

Le estaba hablando al vizconde Sinclair, lógicamente, que estaba apoyado en el marco de la puerta de la sala de música, como si hubiera estado bastante rato ahí.

—Han llegado unos primos del campo —dijo él— y tuvieron que abandonar la fiesta en el jardín para atenderlos.

—Bueno, podrías haber avisado de tu presencia —dijo su hermana, fastidiada—. ¿Has estado escuchando?

—Sí. Pero si te equivocaste en alguna nota, Caroline, no lo oí. Estoy seguro de que la señorita Allard no se equivocó en ninguna.

—Tienes que dar la orden de que vuelvan a poner los paneles entre las salas. Ha sido muy incómodo practicar en este espacio. Aunque la voz de la señorita Allard la llena de sobra, podría añadir.

—Sí —dijo él, apartándose del marco de la puerta y enderezándose—. Yo también me fijé en eso.

Frances no lo miró.

—Tengo que irme —dijo—. Ya llevo aquí diez minutos más de los que pensaba estar. El pobre Thomas debe de estar cansado de esperarme.

—Es posible que el pobre Thomas ya esté bebiendo una cerveza —dijo el vizconde—, es decir, si es capaz de conducir ese coche a un paso más rápido que el de una tortuga adormilada. Lo envié a casa.

—¿Que lo envió...? —Lo miró a los ojos, indignada—. Pues ahora tendré que ir caminando.

Él chasqueó la lengua.

—Y es un camino tan terriblemente largo, sobre todo en un día soleado y caluroso como hoy.

Él no lo entendía. Podrían verla si andaba por las calles del elegante barrio Mayfair.

—Luce, la señorita Allard no ha traído a ninguna doncella con ella —dijo su hermana severamente.

—Yo la acompañaré.

—No necesito una doncella —dijo Frances—, no soy una niña. Y no quiero causarle esa molestia, lord Sinclair.

—No será ninguna molestia. Necesito hacer ejercicio.

¿Qué más podía decirle estando presente la señorita Marshall? Él sabía muy bien que ella no montaría una escena. En sus ojos había un destello que ya comenzaba a resultarle conocido.

Para ser un hombre al que había rechazado dos veces, ella, una simple maestra de escuela, era notablemente perseverante. Pero ya desde el principio había visto que era resuelto, a veces hasta belicoso. Y desde entonces había comprendido que era también impulsivo y temerario; no era fácil persuadirlo de renunciar a nada en lo que tuviera puesta su mente.

Y por el motivo que fuera, tenía puesta la mente en lograr que ella aceptara tener algún tipo de relación con él. Si esa relación seguía siendo la de matrimonio, no lo sabía. Pero eso no importaba, en todo caso. Había dicho no una vez, y debía continuar diciéndolo.

En silencio echó a andar a su lado. Bajaron por la larga y curva escalera hasta el vestíbulo principal y continuaron hasta la puerta. Sólo cabía esperar que no anduviera nadie por las calles entre Cavendish Square y Portman Street a esa hora de la tarde.

A Lucius lo habían invitado a tomar el té en Berkeley Square con los Balderston, Portia y los primos. Pero si bien se habría sentido obligado por el honor a asistir a la fiesta en el jardín porque hacía días que había dicho que iría, no sintió los mismos escrúpulos una vez que cambiaron los planes. Envió una amable disculpa y se quedó en casa.

Se había estado paseando por el corredor, fuera del salón de baile, y de tanto en tanto quedándose inmóvil, desde unos pocos minutos después de la llegada de Frances, a la que había observado desde una ventana de arriba. Apenas podía creer lo que oía. La había encontrado magnífica en la velada de los Reynolds, pero lo que no comprendió entonces era que ella había controlado el volumen de su voz debido al pequeño tamaño del salón.

Esa tarde la había soltado, aunque dominándola a la perfección en todo momento.

El pelo de Heath iba a hacer algo más que ponerse de punta; tendría suerte si no le salía volando de la cabeza.

Pero él no había manipulado las cosas sólo para poder acompañarla a pie a Portman Street o para hablar de su voz o pelear con ella. Demonios, estaba enamorado y sin embargo sabía muy poco de ella. Nunca le había parecido importante el hecho de no conocer a una mujer. En todo caso las mujeres son personas raras, contradictorias, irracionales, hipersensibles, y él siempre se había contentado con mantener su distancia con su madre y sus hermanas, y jamás había intentado siquiera conocer o entender a las mujeres que se llevaba a la cama. En realidad nunca se le había ocurrido, hasta que lo pensó al caer en la cuenta de que no conocía a Portia aun cuando la conocía desde casi toda su vida. No le había parecido importante, y seguía no pareciéndoselo.

Pero con Frances sí le importaba.

—Este no es el camino para ir a Portman Street —dijo ella cuando él le cogió la mano y la puso en su brazo al salir de Cavendish Square.

—Hay muchos caminos para llegar ahí, algunos más rápidos y directos que otros. No me vas a decir, ¿verdad, Frances?, que tienes tan poca energía que debamos tomar la ruta más corta.

—No tiene nada que ver con la energía. Mis tías me esperan para el té.

—No, no te esperan. Les envié un mensaje con Thomas informándolas de que te llevaría a dar un paseo por el parque antes de llevarte a casa. Estarán encantadas. Les gusto.

—¿Qué? —Lo miró indignada y retiró la mano antes que él pudiera sujetársela—. No tenías por qué enviarles ningún mensaje, lord Sinclair. No tenías por qué enviar de vuelta a Thomas con el coche. No tengo ningún deseo de caminar por el parque. Y qué engreído al creer que les gustas a mis tías. ¿Cómo lo sabes?

—Te ves preciosa cuando estás enfadada —dijo él—. Pierdes esa frialdad de madona clásica y te conviertes en la beldad italiana apasionada que eres en el fondo.

—Soy inglesa —dijo ella secamente—. Y no deseo ir al parque.

—¿Porque te voy acompañando yo? ¿O porque no vas, perdona, vestida al último grito de la moda?

—No me importa nada la moda.

—Entonces eres muy diferente de toda otra dama que yo haya conocido. Y de todo caballero, si es por eso. No tomaremos los senderos que frecuentan a esta hora las multitudes elegantes, Frances. Soy demasiado egoísta para compartirte. Tomaremos algún sendero sombreado y hablaremos. Y si fueras vestida con harapos, de todas maneras serías más hermosa para mí que cualquier otra mujer que he conocido.

—Te burlas de mí, milord —dijo ella, pero siguió caminando a su paso, con las manos firmemente cogidas a la espalda—. Creo que no te tomas la vida muy en serio.

—A veces es más divertido no tomársela. Pero hay ciertas cosas que me tomo muy en serio, Frances. Estoy serio en estos momentos. Tengo ansias de saber qué me pierdo, puesto que no quieres aceptarme.

Eso la silenció. Lo miró con expresión de no comprender, y entonces bajó bruscamente la cabeza al ver que se acercaban dos personas, que pasaron junto a ellos musitando saludos.

—Sé unas cuantas cosas de ti —continuó él—. Sé que tu madre era italiana y tu padre algo así como un noble francés. Sé que estás emparentada con el barón Clifton. Sé que te criaste en Londres y te marchaste dos años después que muriera tu padre para enseñar música, francés y escritura en la escuela de la señorita Martin en Bath. Sé que eres buena cocinera. Sé que tienes una de las voces soprano más hermosas, tal vez la más hermosa, de nuestra generación. Sé otras cosas de tu carácter. Sé que eres muy dedicada a tu deber y que sabes ser obstinada y a veces francamente belicosa, y también afable y afectuosa con las personas que quieres. Sé que eres sexualmente apasionada. Incluso te conozco en el sentido bíblico. Pero en el fondo no te conozco en absoluto, ¿verdad?

—No tienes por qué —dijo ella firmemente en el momento en que llegaban a las puertas de Hyde Park.

Entraron y tomaron un estrecho y sombreado sendero que discurría paralelo a la calle, oculto a la vista por frondosos árboles.

—Nadie puede ser un libro totalmente abierto para otra persona —continuó—, aun cuando exista la intimidad de una relación estrecha con esa persona.

—¿Y no existe esa intimidad entre nosotros?

—No. Rotundamente no.

Él pensó si no estaría haciendo el tonto absoluto. Intentó imaginarse sus papeles invertidos. ¿Y si ella le hubiera ido detrás y él le hubiera dicho ya dos veces con mucha claridad que no la deseaba? ¿Cómo se sentiría si de todos modos ella hubiera continuado el asedio y manipulado las cosas para encontrarse a solas con él, y luego exigiera saber cosas de él?

El cuadro era desagradable.

Pero ¿y si las señales que él le daba eran contradictorias? ¿Y si mientras su boca decía no todo su ser decía sí?

—Háblame de tu infancia —dijo.

Buen Señor, ¿es que había perdido la chaveta? Jamás le había interesado la infancia de nadie.

Ella suspiró audiblemente, y por un momento él pensó que iba a seguir callada.

—¿Por qué no? —dijo ella entonces, como hablando consigo misma—. Hemos tomado una larga ruta y bien podríamos tener algo de qué hablar.

Él la miró. Llevaba un vestido de muselina color crema y una sencilla papalina de paja. Estaba totalmente pasada de moda. Sin embargo se veía pulcra, bonita y adorable. Por toda ella bailaban líneas de sol y de sombra al caminar.

—De eso se trata —dijo.

Por primera vez ella esbozó una sonrisa y levantó la vista para mirarlo.

—Te estaría bien si me pusiera a hablar horas y horas sin parar ni para respirar sobre todos los detalles que lograra recordar de mi infancia.

—Sí —convino él—, pero el asunto es, Frances, que dudo que me aburriera.

Ella agitó la cabeza.

—Fue una infancia feliz y segura. No conocí a mi madre, así que no la echaba de menos. Mi padre lo era todo para mí, aunque estaba rodeada de niñeras, institutrices, preceptores y criados. Tenía todo lo que puede comprar el dinero. Pero a diferencia de muchos niños privilegiados, no se me descuidaba emocionalmente. Mi padre jugaba conmigo, me leía, me llevaba con él, pasaba horas conmigo cada día. Me animaba a leer, a aprender, a estudiar música, y a hacer y ser todo lo que fuera capaz de hacer y ser. Me enseñó a aspirar a las estrellas y no conformarme con nada inferior.

Él podría haberle preguntado por qué se olvidó de esa lección en concreto, pero no quería volver a discutir con ella ni que volviera a quedarse callada.

—¿Vivías en Londres?

—La mayor parte del tiempo. Me encantaba vivir aquí. Siempre había un lugar para conocer, alguna iglesia para admirar o un museo o galería de arte para vagar o un mercado para explorar. Había muchísima historia para asimilar y muchas personas para observar. Y siempre estaban las tiendas, las bibliotecas, los salones de té y los parques para que me llevaran. Y el río para navegar.

Y sin embargo rehuía Londres, pensó él. Después de Navidad no logró convencerla de volver aun cuando le ofreció abundantes lujos para reemplazar los de su infancia, que al parecer había perdido.

Qué humillación debió ser para ella tener que trasladarse a Bath a enseñar, y llevar ropa que o bien tenía varios años, como los dos vestidos de noche con que la había visto, o eran de hechura barata, como el de muselina que llevaba puesto ese día.

—Pero también iba al campo —continuó ella—. A veces mis tías abuelas me llevaban a pasar un tiempo con ellas. Me habrían llevado a vivir con ellas cuando llegué a Inglaterra, la tía Martha ya era viuda. Supongo que creían que un caballero no sería capaz de criar a una hija él solo, sobre todo en un país que le era desconocido. Pero aunque las quiero muchísimo y siempre les he agradecido el afecto que me han prodigado, me alegra que mi padre no me entregara a ellas.

—¿Tenía ambiciones para ti como cantante? —le preguntó él, observando que nuevamente bajaba bruscamente la cabeza cuando pasó junto a ellos una pareja mayor que él no conocía, en dirección opuesta.

—Sueños más que ambiciones —dijo ella—. Ni siquiera quiso contratarme un profesor de canto antes que cumpliera los trece años, y después no me permitía cantar en público, ni en recitales ni conciertos, aún cuando mi profesor de canto decía que estaba preparada. Tenía que esperar hasta los dieciocho años, decía, porque entonces mi voz ya habría madurado, y entonces sólo si eso era lo que yo realmente deseaba. Era inflexible en su creencia de que a un niño o a una niña no se le debe explotar, aunque tenga talento.

—Pero ¿no suponía que a los dieciocho años tú estarías pensando en casarte?

—Lo reconocía como una posibilidad. Y cuando lady Lyle accedió a patrocinar mi presentación en sociedad después de cumplir yo los dieciocho, le insistió en que no hiciera nada respecto a mí hasta pasado el verano. Pero entonces murió de un ataque al corazón repentino. Él soñaba por mí porque sabía que yo tenía mis sueños. No me habría presionado a nada en contra de mi voluntad. Eso fue lo que hizo con mi madre su padre, mi abuelo, cuando ella era muy joven.

—¿Tu madre era cantante?

—Sí, en Italia. Y muy buena, según mi padre. Allí se enamoró y se casó con ella.

—Pero ¿tú dejaste morir tus sueños y ambiciones con tu padre? ¿Hiciste algún intento para cantar en algún recital o para atraerte algún patrocinador? —Creía haber oído decir a sus tías que había encontrado un patrocinador e incluso cantado algo—. Te fuiste a vivir con lady Lyle, ¿verdad? ¿Ella no te ofreció alguna ayuda?

—Sí que me la ofreció. —Le había cambiado la voz, le salía más abrupta, sin emoción—. Y canté unas cuantas veces ante públicos pequeños. No me gustó, y cuando vi el anuncio de un puesto de profesora en la escuela de la señorita Martin en Bath, lo solicité y me lo concedieron. No he lamentado nunca la decisión de coger ese puesto. He sido feliz ahí, ah, bueno, he estado contenta, si quieres. Pero no hay nada malo en sentirse contenta, lord Sinclair.

Ah. Por un momento él se había sentido introducido en su vida. Ella parecía disfrutar contando su historia. Había placer en su cara, una sonrisa en sus ojos, animación en su voz. Pero volvió a cerrarse a él. Seguro que una hermosa jovencita cuya presentación en sociedad la patrocinó una baronesa tendría perspectivas de matrimonio, aun cuando, como suponía él, su padre la dejara sin un céntimo. Pero aún en el caso de que entonces no hubiera ningún determinado galán en su vida, sí tenía ante ella la deslumbrante perspectiva de forjarse una ilustre carrera como cantante. Eso había sido el sueño de su padre y el de ella la mayor parte de su vida. Lady Lyle estaba dispuesta a ayudarla.

¿Sin embargo ella renunció a todo eso a la avanzada edad de veinte años?

Algo no le había contado de su historia. Algo muy importante, sospechaba él. Algo que muy posiblemente era la clave del misterio que envolvía a Frances Allard.

Pero ella no se lo iba a decir.

¿Y por qué habría de decírselo? Lo había rechazado cada vez; no le debía nada a él.

Pero alguien tendría que haber hecho algo más por ella en esa época.

No era demasiado tarde para hacer renacer sus sueños.

«Me enseñó a aspirar a las estrellas y no conformarme con nada inferior.»

La próxima noche ella tocaría esas estrellas e incluso las cogería.

Podría tener que decirle adiós otra vez y esta vez aceptarlo y atenerse a sus deseos, pero primero le restablecería su sueño, caramba.

Ella lo miró con una media sonrisa.

—No sospechaba, lord Sinclair que fueras tan bueno para escuchar.

—Eso se debe a que me conoces tan poco como yo a ti, Frances. Hay muchas cosas que no sospechas de mí.

—Creo que no me atrevo a pedir ejemplos —dijo ella, y se echó a reír.

—¿Porque temes que yo llegaría a gustarte después de todo?

Ella se puso seria al instante.

—No me disgustas.

—¿No? Pero ¿no quieres casarte conmigo?

—No hay ninguna conexión entre esas dos cosas. No podemos casarnos con todas las personas que nos gustan. Viviríamos en una sociedad muy bígama si lo hiciéramos.

—Pero si dos personas se gustan bastante, un matrimonio entre ellas tiene más posibilidades de éxito que si no se gustan nada. ¿No estarías de acuerdo?

—Esa es una pregunta bastante absurda. ¿La señorita Hunt no te acepta? ¿No le gustas?

—Podría haber supuesto que llevarías la conversación en torno a Portia.

La cogió por el codo para llevarla hasta la puerta del final del sendero, y salieron a la calle. Desde allí tomaría la ruta más directa a Portman Street.

—Me he tomado bastante mal, Frances, que me hayas rechazado. Tengo que casarme con alguien este año, como Portia me ha señalado, y si tú no me aceptas, supongo que entonces tendré que casarme con ella. Y antes que derrames tu desprecio en mi cabeza y compasión en la de ella, permíteme añadir que en el mismo aliento me dijo que ella también debe casarse con alguien, y que ese alguien bien podría ser yo. No hay ningún sentimiento por parte de ninguno de los dos, ¿sabes?, y nos gustamos muy poco también. No hay ningún peligro de que se rompa el corazón de otra mujer si tú me aceptas. ¿Querrías hacer la prueba?

—No —dijo ella.

—Entonces, ¿querrías explicarme exactamente por qué no?

Esa era una pregunta maleducada y con ella se buscaba un buen corte que sólo podría herirlo. Pero la pregunta ya estaba hecha, así que esperó la respuesta. Esta fue breve.

—No.

—¿No es porque no me tienes afecto? —le preguntó, cogiéndola nuevamente del codo para hacerla cruzar la calle a toda prisa.

Al pasar arrojó una moneda en la mano extendida de un mendigo que se hizo a un lado para darles paso.

—No quiero contestar ninguna pregunta más —dijo ella. Pero pasado un instante dijo—: ¿Lucius?

Él miró su cara vuelta hacia él, conmovido, como se sentía siempre en las raras ocasiones que ella lo lo llamaba por su nombre de pila.

—¿Sí?

—Mañana iré a cenar a la casa Marshall, y después cantaré en la sala de música para tu abuelo y mis tías. Incluso me encantará hacerlo. Pero eso debe ser el fin. Dentro de dos o tres días volveré a Bath. Tiene que ser el fin, Lucius. Puede que no creas que estarás mejor casándote con la señorita Hunt, pero te aseguro que sí. Ella es de tu mundo, y cuenta con la aprobación de tu familia, y de la suya me imagino. Si te lo propones, con el tiempo habrá afecto, e incluso amor entre vosotros. Debes olvidar tu obsesión conmigo. Eso es lo que es, ¿sabes? En realidad no me amas.

Él ya estaba furioso antes que ella terminara de hablar. Si todavía hubieran estado en el parque la habría golpeado. Pero si bien no había mucha gente en la calle por la que iban caminando, no dejaba de pasar una que otra persona. ¿Y quién podía saber quiénes estaban mirando u oyendo, a la vista o detrás de las ventanas de las casas que bordeaban la calle?

—Gracias —dijo, cortante—. Eres muy amable, Frances, al señalarme a quien amo y a quien amaré. Es tranquilizador saber que lo único que siento por ti es una obsesión. Sabiendo eso, me recuperaré en un dos por tres. ¡Ja! Ya estoy recuperado. Ahí está la casa de sus tías abuelas, señora. Ha sido un placer para mí acompañarla a tu casa, aun cuando la ruta fuera algo larga para su gusto. Me hará ilusión verla mañana por la noche. Buenos días tenga.

—Lucius —dijo ella, mirándolo afligida.

—En realidad, señora, creo que prefiero que me trate de usted y me llame lord Sinclair. Lo otro sugiere una intimidad entre nosotros que ya no cultivo.

—Ah —dijo ella—. Ah.

Él golpeó la puerta con la aldaba y se inclinó en una elegante reverencia cuando esta se abrió, casi al instante. No se quedó a verla entrar. Se dio media vuelta y echó a andar por la calle.

Se sentía a punto de explotar de furia.

Se sentía asesino.

«Debes olvidar tu obsesión por mí.»

Apretó los dientes.

«Eso es lo que es, ¿sabes? En realidad no me amas.»

¡Quisiera Dios que tuviera razón!

Pero a veces, pensó, el amor se siente extraordinariamente parecido al odio.

Y esa era una de esas veces.

Capítulo 20

*A*l atardecer del día siguiente, la señora Melford y la señorita Driscoll llegaron puntuales a la casa Marshall con su sobrina nieta, y fueron recibidas muy amablemente en el salón por la vizcondesa Sinclair, que les fue presentada por el conde de Edgecombe.

—La conozco de antes, creo, señora Melford —dijo la vizcondesa—, y a usted también, señorita Driscoll. Pero de eso hace mucho tiempo, cuando estaba vivo mi marido. Y usted es la señorita Allard. —Sonrió a Frances—. Hemos oído hablar mucho de usted y esperamos con inmensa ilusión oírla cantar después de la cena. Y debo agradecerle el haber sido tan amable con Amy cuando estuvo en Bath. Le fastidia tremendamente ser la menor de la familia y tener que esperar un año para su presentación en sociedad.

—Me atendió muy amablemente cuando tomé el té en Brock Street, señora —le aseguró Frances—. Me hizo sentirme muy a gusto.

Había nueve personas reunidas en el salón, observó, bastante más de las que había imaginado. Eso hacía un total de doce. Pero eso no explicaba el nerviosismo que sentía. O tal vez «nerviosismo» no era la palabra adecuada. No había dormido bien la noche pasada ni había logrado concentrarse en ninguna actividad ese día. La furia con que se marchó Lucius después de acompañarla a casa la había preocupado desde ese mismo instante. Por primera vez se vio obligada a considerar la posibilidad de que él tuviera realmente sentimientos profundos por ella, que su persecución no fuera motivada simplemente por la lujuria, la voluntad frustrada o un simple impulso.

No logró evitar la conclusión de que él se había sentido «herido».

Entonces lamentó no haberle contado simplemente toda la historia de su vida. Ya no podía importar, ¿verdad? Y lo habría disuadido finalmente, al demostrarle que un matrimonio entre ellos era absolutamente imposible.

La vizcondesa las presentó a todos. La jovencita rubia y bonita con el hoyuelo en la mejilla izquierda cuando sonreía, era la señorita Emily Marshall. El joven y serio caballero con anteojos sujetos en el puente de la nariz era sir Henry Cobham, el prometido de Caroline. La otra pareja eran lord y lady Tait. Por su parecido con Emily Marshall, Frances coligió que lady Tait era una hermana mayor.

Una vez hechas las presentaciones todo fue bastante bien. Frances evitaba al vizconde Sinclair, tarea que le resultaba fácil pues él parecía decidido a evitarla a ella. En la cena le tocó sentarse entre el señor Cobham y lord Tait, y descubrió que eran muy amenos y locuaces. Sus dos tías estaban muy animadas y se veía a las claras que lo estaban pasando muy bien.

Lo único que quedaba por hacer, pensó cuando la cena llegó a su fin y estaba esperando que lady Sinclair hiciera la señal para que las señoras se retiraran para dejar a los caballeros con su oporto, lo único que le quedaba por hacer era cantar para el conde y sus tías y luego podrían marcharse, y habría acabado toda esa terrible experiencia.

Al día siguiente, o tal vez al otro, volvería a Bath. Esta vez se sumergiría totalmente en su trabajo de profesora. Se olvidaría del señor Blake; era injusto obligarse a acoger bien su interés por ella cuando no sentía nada por él aparte de una moderada gratitud. Olvidaría totalmente todo lo concerniente a galanes.

Y sobre todo, olvidaría a Lucius Marshall, vizconde Sinclair.

Concentró sus pensamientos en la música que iba a cantar y trató de prepararse mentalmente. Su único deseo era poder cantar en el salón en lugar de en la sala de música. Ésta la encontraba demasiado formal y magnífica para un grupo familiar relativamente pequeño.

Aunque suponía que se vería distinta con los paneles que la separaban del inmenso salón de baile.

—Señorita Allard —dijo el conde de repente, hablándole desde el otro extremo de la larga mesa—, estos últimos días hemos pensado que sería mucho egoísmo dejar que su actuación fuera para nosotros solos. Por lo tanto Lucius ha invitado a algunos amigos a que se reúnan con nosotros después de la cena para escucharla. Pensamos que la sorpresa le agradaría. Espero que así sea.

Algunos amigos.

Frances se quedó paralizada.

Pues sí que le importaba. Le importaba muchísimo.

Estaba en Londres.

—¡Qué espléndido! —exclamó la tía Martha—. Y qué considerado por su parte. —Sonrió al conde y luego a Lucius—. Por supuesto que a Frances no le importará. ¿Verdad, cariño?

¿Cuántos serían «algunos»? ¿Y «quiénes» serían?

Pero sus tías, observó, estaban casi a punto de reventar de orgullo y felicidad. Y el conde no podría estar más complacido consigo mismo si estuviera presentándole un collar de diamantes en un cojín de terciopelo.

—Será un honor para mí, mildord —dijo.

Tal vez algunos sólo significaba dos o tres. Tal vez serían desconocidos. Seguro que lo eran, en realidad. Hacía tres años que no aparecía por Londres.

—Sabía que la complacería —dijo el conde, frotándose las manos satisfecho—. Pero el honor es todo nuestro, se lo aseguro, señora. Ahora bien, no deseará tener que ser sociable con los invitados durante un rato; deseará relajarse en silencio antes de cantar. Lucius la acompañará al salón mientras los demás vamos a la sala de música. ¿Lucius?

—Ciertamente, señor. —Lucius se levantó de su puesto bastante lejos del de ella en la mesa, y le ofreció el brazo mientras ella se levantaba—. ¿Nos reunimos con vosotros dentro de media hora?

Frances puso la mano en su brazo.

El comedor y el salón no estaban en la misma planta de la sala de música. De abajo no subía ningún sonido particularmente notable.

De todos modos Frances tuvo la angustiosa sensación de que sí oiría sonidos de personas si bajaban la escalera.

—¿Cuántas personas son algunos amigos? —le preguntó.

—Pareces molesta, Frances —dijo él, abriendo las puertas del salón y haciéndola entrar.

—¿Lo parezco? —preguntó ella volviéndose a mirarlo—. ¿Lo estaré más entonces cuando sepa la respuesta?

—Hay personas con un cuarto de tu talento que matarían por el tipo de oportunidad que se te ofrece esta noche —dijo él.

Ella agrandó los ojos.

—Entonces dale la oportunidad a esas personas y sálvalas de tener que asesinar.

Él arqueó una ceja.

—¿Y qué tipo de oportunidad? —quiso saber ella.

—No sé si has oído hablar de lord Heath —dijo él.

Ella lo miró en silencio. Todo el mundo había oído hablar de lord Heath, al menos todo el mundo con inclinaciones musicales.

—Es un famoso experto y mecenas de la música —explicó él—. Puede promover tu profesión como nadie podría en Londres, Frances.

Eso fue lo que le dijo su padre una vez. Él planeaba conseguir que el barón se fijara en ella, aun cuando, según dijo, eso sería muy difícil pues todas las personas mínimamente dotadas vivían acosándolo para que las escuchara.

—Ya tengo una profesión —dijo—, y tú me has alejado de ella a mitad de trimestre, en gran parte con falsos pretextos. Volveré allí dentro de uno o dos días. No necesito ningún mecenas. Ya tengo una empleadora, la señorita Martin.

—Siéntate y relájate —dijo él—. Te vas a causar un abatimiento que te impedirá cantar tan bien como sabes.

—¿Cuántos, lord Sinclair? —insistió ella.

—No sé si podría decirte el número exacto, sin ir a la sala de música a contarlos.

—¿Cuántos? ¿Aproximadamente cuántos?

Él se encogió de hombros.

—Deberías estar contenta —dijo—. Esta es la oportunidad que

has esperado mucho tiempo. Ayer reconociste que este era tu sueño y el de tu padre.

—¡No metas a mi padre en esto! —De pronto sintió una especie de frío alrededor del corazón y se sentó bruscamente en el sillón más cercano; era una idea espantosa—. Ayer habían quitado los paneles que separan la sala de música del salón de baile. Tu hermana te llamó la atención al respecto y te recordó que tenían que volverlos a poner. ¿Los han puesto?

—En realidad, no —dijo él, yendo a situarse de espaldas al hogar, mirándola a ella.

Dios santo, las dos salas formaban una sala de conciertos bastante grande. ¿Sería posible que...?

—¿Por qué no?

—Vas a estar magnífica esta noche, Frances —dijo él.

Tenía las manos cogidas a la espalda. La estaba mirando con una intensidad que podría haberla desconcertado en otras circunstancias.

Sí, esa era la intención, comprendió. Habían quitado a posta los paneles porque el público era tan numeroso que no cabría en la sala de música sola. Y lo habían hecho, él lo había hecho, sin consultarla a ella.

Tal como la trajo a Londres con ardides, sin consultar los deseos de ella.

—Debería marcharme inmediatamente —dijo—. Y lo haría si con eso no hiciera quedar como unas estúpidas a mis tías abuelas.

—Y desilusionaras a mi abuelo —añadió él.

—Sí.

Lo miró furiosa. Él le sostuvo la mirada, con las mandíbulas apretadas.

—Frances —dijo él pasados unos minutos de hostil silencio—, ¿de qué tienes miedo? ¿De hacerlo mal? Eso no ocurrirá, te lo prometo.

—No eres otra cosa que un entrometido —dijo ella, amargamente—. Un entrometido arrogante que está convencido eternamente de que sólo tú sabes lo que yo debo hacer con mi vida. Sabías que yo no quería volver a Londres, sin embargo manipulaste las cosas para que viniera. Sabías que no quería cantar ante un público muy numeroso, y mucho menos en Londres, pero has reunido un público de todos modos y me has hecho casi imposible negarme a cantar ante él. Sabías que no quería volverte a ver, pero no has hecho el menor caso de mis deseos. Creo que de verdad te imaginas que me quieres, pero te equivocas. Uno no manipula a una persona que quiere ni se desvive por hacerla desgraciada. Sólo te quieres a ti mismo. Eres un tirano, lord Sinclair, el peor tipo de déspota.

Observó que él se había puesto muy pálido mientras ella hablaba; su expresión se había vuelto dura y reservada. De pronto él se giró a mirar los carbones sin encender del hogar. Transcurrió un largo rato de incómodo silencio.

—Y tú, Frances —dijo él, al fin—, no sabes el significado de la palabra «confianza». No tengo nada en contra de tu elección de enseñar en lugar de cantar. ¿Por qué habría de tenerlo? Eres libre para elegir tu rumbo en la vida. Pero sí necesito entender tu motivo para hacerlo, y hay un motivo que no es simple preferencia ni incluso simple pobreza. No tengo nada en contra de tu negativa a venirte conmigo a Londres después de Navidad ni de la de casarte conmigo cuando te lo pedí hace poco más de un mes; no me considero un regalo de Dios para las mujeres, ni espero que toda mujer se enamore locamente de mí, ni siquiera aquellas que se han acostado conmigo. Pero sí necesito entender el motivo de tu negativa, ya que no creo que sea aversión y ni siquiera indiferencia. No confías en mí para explicarme tus motivos. No te fías de mí con... con tu persona.

Ella estaba tan furiosa que ni siquiera volvió a sentir pesar por no haber sido más franca con él la tarde anterior.

—No tengo por qué —exclamó—. No tengo ninguna obligación de fiarme de ti ni de ningún hombre. ¿Por qué habría de confiar? No eres nada para mí. Y sólo estoy segura de una cosa en esta vida y es que puedo confiar en mí. Yo no me defraudaré.

Entonces él se volvió a mirarla, desaparecida de su cara toda expresión de humor o burla.

—¿Estás segura de eso? ¿Estás segura de que no lo has hecho ya?

De pronto ella entendió, tal vez lo había sabido todo el tiempo, por qué había podido contemplar un futuro con el señor Blake pero no con Lucius Marshall. Aparte de una confesión completa sobre su pasado, incluyendo lo que ocurrió justo después de Navidad, nunca tendría que compartir nada más profundo de su ser con el señor Blake. El instinto se lo decía. La cortesía, la amabilidad, ciertos intereses y amistades comunes los habrían llevado por la vida muy contentos. Con Lucius tendría que compartir hasta su misma alma, y él la suya con ella. Ninguna otra cosa serviría jamás entre ellos, se había equivocado al decir eso del libro abierto. Cuando era muy joven podría haberse arriesgado a abrirse a él, en realidad habría acogido bien esa perspectiva. Las jovencitas tienden a soñar con ese tipo de amor y pasión que arde y brilla fuerte durante toda la vida e incluso después de la muerte.

Aunque ella sólo tenía veintitrés años, la amilanaba la perspectiva de una relación así, aunque la anhelaba también.

Entonces recordó, con repentina y no invitada claridad, la noche que pasaron juntos, y cerró los ojos.

—Vendré dentro de veinte minutos para acompañarte a la sala de música —dijo él—. Es un concierto que he organizado para ti, Frances. Habrá otros intérpretes, pero tú serás la última, como es lógico; nadie querría actuar después de ti. Ahora te dejaré sola para que te serenes.

Caminó hasta la puerta con largos pasos, sin mirarla. Pero cuando tenía la mano en el pomo, se detuvo.

—Si me lo pides cuando vuelva, o incluso ahora, te llevaré a tu casa en Portman Street. Ya encontraré una disculpa para decir a los invitados. Nunca me falta inventiva cuando la necesito.

Esperó, por si ella decía algo, pero ella no dijo nada. Entonces salió en silencio y cerró la puerta.

Sería un milagro que era mejor no esperar, pensó Frances, que en la sala de música y salón de baile no hubiera nadie que la reconociera. Curiosamente, comprender eso le produjo una sensación de casi tranquilidad, resignación ante su destino. Ya no podía hacer nada. Podría marcharse de la casa, claro, y podría hacerlo sin esperar que volviera Lucius. Pero sabía que no lo haría.

El conde de Edgecombe se sentiría decepcionado.

Sus tías se sentirían afligidas y humilladas.

Y en algún sitio, muy en el fondo de ella, había un motivo más egoísta para quedarse.

Había renacido dolorosamente el sueño de toda su vida.

Él no le había contestado la pregunta respecto al número de invitados. Pero no era necesario. Sabía que tenían que ser muchos. ¿Por qué, si no, iban a quitar los paneles que separaban la sala de música del salón de baile? Incluso la sala de música sola era bastante grande, con capacidad para unas cuantas decenas de personas; pero no era lo bastante grande para el público de esa noche.

Y uno de los miembros de ese público sería lord Heath. Qué orgulloso se sentiría su padre si pudiera saberlo.

La artista que había en ella, la cantante que había crecido soñando con cantar ante un público, ansiaba cantar esa noche fueran cuales fueran las consecuencias.

Al fin y al cabo, un pintor no pinta un óleo y luego lo tapa con una sábana para que no lo vea nadie. Un escritor no escribe un libro y luego lo esconde en un estante debajo de otros libros para que nadie pueda leerlo jamás. Y el dueño de una casa enciende una lámpara, como dice el Evangelio, no para ponerla bajo un celemín, sino sobre un candelero para que alumbre a cuantos hay en la casa.

Durante sus años de profesora no había captado del todo lo mucho que reprimía su instinto natural de cantar para que otros la oyeran.

«Me enseñó a aspirar a las estrellas y no conformarme con nada inferior.»

¡Papá!

Bueno, esa noche cantaría, para él y para sí misma.

Y al día siguiente arreglaría sus cosas para volver a Bath.

La intención de Lucius cuando salió del salón era subir a su habitación para pasar esos veinte minutos consumiéndose de malhumor en privado, o golpeando las cuatro paredes con justificada furia. Pero tenía la molesta sospecha de que sus pensamientos serían más que un poco perturbadores si se iba a un sitio donde no tendría otra cosa que hacer que permitirles inflarle la cabeza gritándole acusadores.

Un entrometido.

Un tirano.

Un déspota.

«Uno no manipula a una persona que quiere ni se desvive por hacerla desgraciada.»

¡Condenación!

Su siguiente impulso fue irrumpir en la sala de música y echar a todo el mundo con cajas destempladas. Después de todo habría montones de diversiones donde podrían ir, siempre las había durante la temporada. Pero aunque solía ser impulsivo e incluso temerario, casi nunca era maleducado, al menos no a esa escala. Además, esa no era su casa. Y su abuelo había esperado con mucha ilusión esa velada.

Al final terminó yendo a la sala de música a ver quienes habían venido y a hacerse el simpático. Y por lo que parecía, pensó tan pronto como entró en la sala, que ahí estaban todas las personas que había invitado, y que en realidad era un buen número. La sala de música estaba atestada; también lo estaba el salón de baile, aunque muchas personas aún no habían tomado asiento y formaban grupos aquí y allá, haciendo muchísimo ruido.

Fue a saludar al barón Heath y a su esposa y los llevó a los asientos en primera fila que se les había reservado. Conversó aquí y allá con amigos y conocidos. Puso especial cuidado en ir a saludar y dar la bienvenida a lady Lyle y asegurarle que iba a disfrutar particularmente del concierto. Cuando ella lo miró algo perpleja, le sonrió y le dijo que pronto vería lo que quería decir.

Se abrió camino hacia Portia Hunt y los Balderston, cayendo en la cuenta, con una mueca reprimida, que esa era la primera vez que pensaba en ellos en toda la tarde. El marqués de Godsworthy, observó, estaba conversando con su abuelo.

—Esto es muy agradable —le dijo lady Balderston—. Un concierto en la casa Marshall es un obsequio no habitual.

—Será el mejor, señora —le aseguró él.

—Caroline me dijo que iba a cantar la maestra de la escuela de Bath —le dijo Portia—. ¿Es prudente eso, Lucius? El público de aquí es muy superior en gusto a lo que está acostumbrada ella.

—La señorita Allard no nació maestra de escuela, Portia. Tampoco nació en Bath. Se crió en Londres, y tuvo los mejores profesores de canto.

—Sólo cabe esperar —dijo ella— que las personas sentadas atrás logren oírla. Perdóname, Lucius, pero tu mamá está ocupada con los invitados. ¿Sabe que Amy está aquí?

—No son muchas las cosas concernientes a sus hijas que mi madre no sepa. Amy es miembro de esta familia, y esta es una velada familiar que se ha abierto a nuestros amigos.

Haciéndole una amable inclinación de cabeza, se alejó, antes de comenzar a sentirse irritado otra vez. Ya sentía muchas cosas negativas para añadir irritabilidad a la lista.

Los otros intérpretes ya habían llegado y eran cada vez más los invitados que se iban sentando. No hay nada peor que un concierto que comience tarde. Era hora de ir a buscar a Frances.

Ella pediría su cabeza en una bandeja cuando viera la cantidad de público, pensó, caminando hacia el salón. Por algún motivo que escapaba a su comprensión, ella había renunciado a sus sueños hacía tres años y estaba más que renuente a recuperarlos.

Un entrometido. Un tirano. Un déspota.

Bueno, era culpable de lo que lo acusaba, suponía. Mejor ser un entrometido que un pusilánime. Siempre había enfrentado la vida de cara. Y era poco probable que cambiara a su avanzada edad.

Ella estaba de pie junto a la ventana, de espaldas a la sala, contemplando la oscuridad. Tenía la espalda muy recta, pero cuando se volvió al oír el sonido de la puerta, él vio que su cara y su postura general reflejaban tranquilidad y serenidad.

Estaba en presencia de la profesional consumada, comprendió. La habían tomado por sorpresa, la sorpresa no le había gustado nada, nada, pero en ese momento estaba preparada para cantar.

—¿Vamos? —le dijo.

Ella atravesó la sala sin decir palabra y se cogió del brazo que él le ofrecía.

Esa sería tal vez la última vez que caminaba hacia alguna parte con Frances Allard, pensó. Ella no lo deseaba, o mejor dicho no quería desearlo. Y había llegado el momento de renunciar. Después de esa noche ella tendría clara su elección, de eso estaba convencido.

Podría volver a Bath o podría ponerse en las manos de Heath y forjarse una nueva y gloriosa carrera.

Por lo menos él había organizado las cosas para que ella tuviera esa elección. Pero no volvería a entrometerse.

Si demostrar su amor por ella significaba dejarla salir de su vida, lo haría.

Aunque sería lo más difícil que habría hecho en toda su vida. La pasividad no se le daba bien por naturaleza.

Cuando llegaron a la puerta de la sala de música, Frances se detuvo y apretó ligeramente la mano en su brazo.

—Ah —dijo en voz baja—, así que estos son «algunos» amigos.

No lo dijo en tono de pregunta así que él no ofreció ninguna respuesta, simplemente la condujo al asiento desocupado entre sus tías abuelas, en la primera fila.

—¿No es esta una sorpresa deliciosa, queridísima? —le comentó la señorita Driscoll mientras ella se sentaba.

—¿No estás terriblemente nerviosa, cariño? —le preguntó la señora Melford.

Lucius se alejó a ocupar su asiento, al otro lado del pasillo central. Ya había visto que todos estaban sentados. Cuando él apareció se produjo casi un silencio. Se levantó nuevamente, dio la bienvenida a todos y presentó al primer intérprete de la velada, un violinista conocido suyo que durante el año pasado había gozado de cierto éxito en Viena y otros lugares del Continente.

Su interpretación fue impecable, y bien recibida por el público. También lo fue la de la pianista que tocó después de él y la del arpista que tocó después de ella. Pero a Lucius le estaba resultando difícil concentrarse. La siguiente sería Frances.

¿Habría cometido un horroroso error de juicio?

No dudaba que ella lo haría bien, pero... ¿lo perdonaría alguna vez?

Pero, demonios, alguien tenía que sacudirla para sacarla de su inercia.

Se levantó y la presentó:

—Con mi abuelo y mi hermana menor asistimos a una fiesta en Bath hace varias semanas y hubo un recital musical. Entonces fue cuando, como parte del recital, oímos por primera vez una voz que mi abuelo sigue definiendo como la voz soprano más gloriosa que ha oído en sus casi ochenta años de escuchar. Era una voz que los dos nos sentimos honrados y privilegiados de escuchar. Esta noche la volveremos a oír, como también vosotros. Señores y señoras, la señorita Frances Allard.

Se oyó un educado aplauso cuando Frances se levantó y Caroline ocupó su lugar ante el piano y abrió las partituras en el atril.

Frances estaba ligeramente pálida, pero tan serena como él la viera en el salón. Miró tranquilamente al público, luego bajó la cabeza y cerró los ojos, manteniéndolos cerrados un momento. Estaba, vio Lucius, mientras se hacía el silencio en las dos salas, llenando lentamente de aire los pulmones y luego soltándolo.

Entonces ella abrió los ojos y le hizo un gesto de asentimiento a Caroline.

Había elegido «Let the Bright Seraphim», la última aria del oratorio *Sansón* de Haendel, ambiciosa pieza para trompeta y soprano. No había trompeta, lógicamente, sólo el piano y su voz.

Y así su voz fue también la trompeta, planeando por los complicados trinos y escalas de la música, llenando las dos salas de sonido puro, nunca estridente, nunca chillón, sin avasallar ni un instante el espacio ni abrumar a los oyentes. Voz, música, espacio, todo una combinación gloriosa, perfecta.

—*Let the bright Seraphim in burning row, their loud, uplifted angel trumpets blow.**

Miraba a los asistentes mientras cantaba. Les cantaba a ellos y para ellos, introduciéndolos en el sentimiento triunfal de la letra y la magnificencia de la música. Y sin embargo era evidente que para ella no era una mera actuación. Esta vez, por primera vez, Lucius la veía cantar, y le quedó claro que ella estaba inmersa en el mundo de la música, creándola en cada nota que cantaba.

---

* *Let the bright seraphim in burning row, their loud, uplifted angel trumpets blow. Let the cherubic host, in tuneful choirs, touch their immortal harps with golden wires.* Que los resplandecientes serafines en brillante fila, alcen sus trompetas angélicas y soplen con fuerza. Que las huestes de querubines en melodiosos coros pulsen las cuerdas de oro de sus arpas inmortales. *(N. de la T.)*

Y él estaba en ese mundo con ella.

Tan inmerso se encontraba que pegó un salto de sorpresa cuando comenzó el fuerte y prolongado aplauso al terminar la pieza. Tardíamente se unió a los aplausos, su garganta y pecho oprimidos por lo que sólo podían ser lágrimas no derramadas.

Decir que se sentía orgulloso de ella habría sido usurpación; él no tenía ningún derecho a hacer suyo ese sentimiento. Lo que sentía era... dicha, alegría pura. Alegría por la música, alegría por ella, alegría por él, por formar parte de esa experiencia.

Y entonces, más tardíamente aún, comprendió que debería haberse levantado a hacer algún comentario y pedirle otra canción. Pero no fue necesario. El aplauso se apagó y fue seguido por algunos «chsss», mientras Caroline abría otra partitura y esperaba la señal para comenzar a tocar.

Frances empezó a cantar el aria «I Know That My Redeemer Liveth».

Lo que en la primera pieza fue brillantez pura se convirtió en viva y absoluta emoción en la segunda. Antes que ella hubiera terminado, Lucius estaba tratando de contener las lágrimas, totalmente indiferente a la ignominia que significaría llorar en público por una simple interpretación musical. La estaba cantando mejor que aquella vez en Bath, si eso era posible. Pero esa vez, claro está, él había tenido que desentenderse de distracciones para oírla.

Ya estaba de pie antes que se apagara la última nota, aunque no aplaudió inmediatamente. La observó, alta, regia y hermosa, continuar inmersa en el mundo de la música hasta que se apagó el último eco de sonido.

En el momento intemporal entre la última nota de la música y el primer sonido de los aplausos, Lucius supo sin el menor asomo de duda que Frances era la mujer a la que amaría en el fondo de su alma el resto de su vida, aunque no volviera a verla nunca más después de esa noche. Y a pesar de todo, a pesar de todas las acusaciones de ella en el salón, no lamentaba lo que había hecho.

Por Dios que no lo lamentaba. Lo volvería a hacer todo otra vez.

Y ella no lo lamentaría jamás. Nunca jamás podría lamentar ella esa noche.

Finalmente ella sonrió y se volvió para señalar a Caroline, que realmente había hecho un trabajo soberbio en el piano. Las dos hicieron sus reverencias, y Lucius les sonrió a las dos, más feliz que nunca en toda su vida, que recordara.

Era imposible en ese momento no creer en los finales felices.

Capítulo 21

*F*rances se sentía feliz; consciente y gloriosamente feliz.

Estaba donde le correspondía estar, eso lo sabía, y haciendo aquello para lo que había nacido.

Estaba llena a rebosar de felicidad.

Y cuando empezaban a apagarse los aplausos, instintivamente, sin pensarlo, se giró a sonreírle a Lucius, que estaba de pie en la primera fila, sonriéndole con una expresión de orgullo, no pudo evitar ver, y una felicidad que se correspondía con la suya.

Y mucho más que eso, ciertamente.

¡Qué tonta había sido! Casi desde el momento en que se conocieron él le había dado la posibilidad de tocar las estrellas, de arriesgarlo todo por la intensidad de la vida, por la pasión y el amor. Y luego por la música también.

Ella prefirió no correr el riesgo.

Entonces él se arriesgó por ella.

Sintió una oleada de amor tan intensa que casi le quitó el aliento.

Pero el conde de Edgecombe venía abriéndose paso hacia ella. Él le cogió la mano derecha y delante de todos se inclinó sobre ella y la levantó hasta sus labios.

—Señorita Allard —dijo, dirigiéndose al público—. Recordad el apellido, amigos míos. Algún día muy pronto alardearéis de haberla oído aquí antes que se hiciera famosa.

El concierto había acabado y ya se oía el murmullo de conversaciones y el ruido producido al levantarse las personas de sus asientos, y en la puerta del salón de baile aparecieron lacayos en fila con bandejas de comida y bebida para ponerlas en las mesas con mantel blanco dispuestas en la parte de atrás.

Pero Frances no quedó desatendida, aun cuando el conde se apartó un poco para hablar con sus tías abuelas. El vizconde Sinclair ocupó inmediatamente su lugar. Nuevamente tenía la expresión recelosa.

—No hay palabras, Frances —le dijo—. Sencillamente no hay palabras.

Entonces ella deseó llorar. Pero ya estaba allí la madre de él también, que fue y la abrazó.

—Señorita Allard. Esta noche he subido y bajado del cielo. Mi suegro, Lucius y Amy no exageraban cuando hablaban con tanto entusiasmo de su talento. Gracias por venir a cantar para nosotros.

Lord Tait la saludó con una inclinación de cabeza y lady Tait le sonrió de oreja a oreja diciendo que no podía estar más de acuerdo con su madre.

Emily Marshall pasó el brazo por el de Caroline y le sonrió a Frances.

—Te he escuchado, Caroline —dijo—, y lo has hecho extremadamente bien. Pero el abuelo tenía razón. Algún día podré alardear de que mi hermana acompañó a la señorita Allard en su primer concierto en Londres.

Amy, chispeante de entusiasmo, también la abrazó.

—Y yo podré alardear ante todos mis conocidos que usted ya era mi amiga especial antes que me presentara en sociedad —dijo.

Frances se rió. No se le escapaba el hecho de que estaba rodeada por la familia de Lucius y que todos la miraban con aprobación. Ese era un momento precioso que recordaría siempre con placer.

Y entonces todos se hicieron a un lado al acercarse otra señora y un caballero. Lord Sinclair hizo las presentaciones. Pero Frances ya había visto al caballero antes. Era lord Heath. Se inclinó en una venia ante él y ante lady Heath.

—Señorita Allard —dijo él—. Ofrezco un concierto cada año alrededor de Navidad, como tal vez sabe, en el que reúno, para el placer de mis amigos e invitados esmeradamente elegidos, a los mejores talentos que puedo atraer de toda Inglaterra y del Continente. Espero que me permita hacer una excepción a esa regla y organizar un recital musical ahora, durante la temporada, con usted como la única intérprete. Le aseguro que todos los que la han oído esta noche desearán volver a oírla. Y la voz correrá como el proverbial reguero de pólvora. No habrá espacio en mi casa para dar cabida a todos los que desearán asistir.

—Tal vez, entonces, Roderick —dijo lady Heath, poniendo la mano en su brazo y mirando a Frances con los ojos sonrientes—, deberías considerar la posibilidad de alquilar una sala de conciertos para la ocasión.

—¡Brillante idea, Fanny! Así será. Señorita Allard, sólo necesito su confirmación. Puedo hacerla grandiosa en un abrir y cerrar de ojos. No, permítame que corrija esa ridícula afirmación. Usted no me necesita a mí para eso, ya es grandiosa. Pero puedo convertirla en la soprano más solicitada de Europa, me atrevo a asegurar, si se pone en mis manos. Aunque debo disfrutar de esta sensación de tenue poder mientras puedo; no durará mucho. Muy pronto usted no necesitará patrocinio, ni mío ni de nadie.

Esas palabras le ofrecieron a ella una saludable dosis de realidad.

Era demasiado para soportarlo. Demasiada luz había inundado su vida en muy poco tiempo. Sintió una angustiosa necesidad de retroceder un paso y levantar una mano pidiendo silencio, para pensar. Daría cualquier cosa, pensó, por ver la tranquila y sensata cara de Claudia en esa multitud. Ansió tener a su lado a Anne y Susanna.

Al mismo tiempo estaba muy consciente de Lucius a su lado, callado y tenso, perforándola con los ojos.

—Gracias, lord Heath —dijo—. Me siento profundamente honrada. Pero soy profesora. Enseño música entre otras cosas en una escuela de niñas en Bath. Esa es mi profesión e incluso en estos momentos deseo volver allí con mis alumnas, que me necesitan, y con mis compañeras, que son mis más queridas amigas. Me gusta cantar para mi satisfacción personal. De vez en cuando disfruto haciéndolo ante un público, incluso ante uno tan numeroso como este. Pero no deseo hacer una profesión de ello.

Y había verdad en sus palabras. No toda la verdad, tal vez, pero...

—Cuánto lamento oír eso, señora —dijo lord Heath—. Lo lamento muchísimo, de verdad. Me temo que entendí mal. Cuando Sinclair me invitó a venir aquí esta noche pensé que lo hacía a petición suya. Pensé que usted deseaba promocionarse. Si no lo desea, lo comprendo. Tengo un hijastro que posee una voz extraordinariamente dulce, pero mi esposa mantiene una rienda muy firme sobre mis ambiciones para él. Y tiene mucha razón, es un niño. Respeto su decisión, pero si alguna vez la cambiara, puede acudir a mí en cualquier momento. En cinco meses he tenido la extraordinaria suerte de haber oído la más pura de las voces soprano de niño y ahora la más gloriosa de las voces soprano femeninas.

Después que se alejaron, Frances miró a lord Sinclair.

—Todavía podría sorprenderme sacudiéndote hasta hacerte saltar los dientes, Frances —dijo él.

—¿Porque no comparto tus ambiciones para mí?

—Porque las compartes —replicó él—. Pero no volveré a discutir contigo. No volveré a manipularte ni a empujarte nunca más, como estarás encantada de saber. Después de esta noche, te librarás de mí.

Ella habría alargado la mano para cogerle la manga, aunque no sabía por qué, pero en ese momento se le acercaron otras personas, con el deseo de hablar con ella, felicitarla y elogiarle su interpretación.

Frances sonrió y trató de entregarse al simple placer del momento.

Y era un placer, no tenía ningún sentido negarlo. Encontraba un algo cálido y maravilloso en saber que lo que hacía, que lo que le gustaba hacer, había entretenido a otras personas, y más que entretenido en muchos casos. Varias personas le dijeron que su canto las había conmovido tanto que se les saltaron las lágrimas.

Y entonces parte de su placer de desvaneció cuando el vizconde Sinclair le presentó a lord y lady Balderston y a la joven que estaba con ellos.

—La señorita Portia Hunt —dijo él.

Ah.

Era exquisitamente hermosa, con esa belleza perfecta tipo rosa inglesa que ella siempre había envidiado cuando estaba creciendo, hasta que comprendió que nunca sería así. Y además de su belleza, la señorita Hunt demostraba tener un excelente gusto para vestirse, un porte perfecto y gran dignidad en sus modales.

¿Cómo podría un hombre mirarla y no amarla?

¿Cómo podía Lucius...?

La sonrisa de la señorita Hunt era elegante, refinada.

—Ha sido una interpretación muy encomiable, señorita Allard —le dijo—. La directora y las profesoras de su escuela deben de estar muy orgullosas de usted. Sus alumnas son afortunadas por tenerla de profesora.

Hablaba con amable superioridad, eso era inmediatamente evidente.

—Gracias —dijo Frances—. Me honra tener la oportunidad de formar las mentes y los talentos de las jovencitas.

—Lucius —dijo la señorita Hunt volviéndose hacia él—. Me tomaré la libertad de acompañar a Amy a su habitación ahora que ha terminado el concierto.

Lucius. Lo llamaba Lucius, lo tuteaba, pensó Frances. Y estaba claro que conocía muy bien a la familia y la casa Marshall. Se iba a casar con él, después de todo. Él podía negarlo, aferrándose a la estricta verdad de que no estaba comprometido con ella todavía, pero era esa realidad la que tenía ante sus ojos.

¿Importaba?

—No debes tomarte esa molestia, Portia —dijo él—. Mi madre la enviará a la cama cuando lo estime conveniente.

La señorita Hunt volvió a sonreír y fue a reunirse con sus padres, que en ese momento estaban hablando con lady Sinclair. Pero Frances observó que la sonrisa no le llegó a los ojos.

Entonces se giró a mirar a lord Sinclair y lo encontró mirándola con una ceja arqueada.

—Uno de esos atroces momentos de las peores pesadillas que cobran vida —dijo él—. Pero heme aquí, vivo todavía al final de la pesadilla.

Se refería, supuso ella, a que acababa de encontrarse cara a cara con la señorita Hunt.

—Es muy hermosa —dijo.

—Es perfecta —dijo él, enarcando la otra ceja—. Pero el problema es, Frances, que yo no lo soy y nunca he deseado serlo. La perfección es algo infernal. Tú distas mucho de ser perfecta.

Ella se rió a su pesar, y se habría girado para reunirse con sus tías abuelas, pero se iban acercando otras dos personas, de modo que se volvió hacia ellas, sonriendo.

¡Ah!

El caballero, que venía delante de la dama, seguía pareciendo un niño bonito con su pelo rubio y ojos azules de bebé y la cara algo redondeada. También se veía un poco pálido y en sus ojos tenía la expresión de sentirse herido.

—Françoise —dijo, mirándola sólo a ella—. Françoise Halard.

Ya antes de entrar en la sala de música del brazo de lord Sinclair ella sabía que podría ocurrir algo así. Incluso recordó haber pensado que sería casi un milagro que no ocurriera. Pero en el instante en que comenzó a cantar olvidó sus temores y su convicción de que no debía estar ahí.

Y ante ella estaba justamente la persona que más había deseado evitar, a no ser que ese honor recayera en la persona que estaba detrás de él.

—Charles —dijo, tendiéndole la mano.

Él se la cogió y se inclinó sobre ella, pero no se la llevó a sus labios ni la retuvo en su mano.

—¿Conoce, entonces, al conde de Fontbridge? —preguntó lord Sinclair, mientras ella se sentía como si estuviera mirando a través de un largo túnel al hombre al que amó y con el que estuvo casi a punto de casarse hacía más de tres años—. ¿Y a su madre, la condesa?

Entonces ella miró a la mujer que estaba detrás de él. La condesa de Fontbridge estaba tan gorda y formidable que casi hacia parecer un enano a su hijo, aunque más por su obesidad y la fuerza de su presencia que por su altura.

—Lady Fontbridge —dijo.

—Mademoiselle Halard. —La condesa ni siquiera trató de disimular la hostilidad de su cara ni la dureza de su voz—. Veo que ha vuelto a Londres. Cuando decida ofrecer otro concierto en el futuro, lord Sinclair, tal vez sería conveniente que divulgara la identidad dede los intérpretes a sus invitados, para que ellos puedan tomar decisiones informadas sobre si les vale la pena asistir o no. Aunque en esta ocasión es del todo posible que ni mi hijo ni yo hubiéramos entendido que la señorita Frances Allard es la misma mademoiselle Françoise Halard, con la que en otro tiempo tuvimos una desafortunada relación.

—Françoise —dijo el conde, mirándola como si no hubiera oído lo que acababa de decir su madre—, ¿dónde has estado? ¿Tu desaparición tuvo algo que ver con...?

—Vámonos, Charles —lo interrumpió su madre poniéndole firmemente la mano en el brazo—. Nos esperan en otra parte. Buenas noches tenga usted, lord Sinclair.

Intencionadamente ignoró a Frances.

Después de dar una larga y dolida mirada a Frances, Charles se dejó llevar por su madre, cuyas plumas se agitaban indignadas en su cabeza mientras caminaba muy erguida por la sala sin mirar ni a la derecha ni a la izquierda.

—¿Uno de tus atroces momentitos de pesadilla que cobraron vida, Frances? —le preguntó lord Sinclair—. ¿O debería decir Françoise? ¿Supongo que Fontbridge es un novio rechazado de tu pasado?

—Será mejor que me marche —dijo ella—. Creo que mis tías están deseando volver a casa. Todo esto ha sido muy ajetreado para ellas.

—Ah, sí, huye. Eso es lo que haces mejor, Frances. Pero tal vez yo pueda animarte un poco más llevándote a ver a lady Lyle.

—¿Está aquí?

Frances se sorprendió echándose a reír. Lo único que necesitaba para completar el desastre de esa noche sería descubrir que George Ralston también estaba allí.

—Pensé que le gustaría oírte —explicó él—. Y que a ti te gustaría volverla a ver. La invité.

—¿Sí? —Lo miró sonriendo—. ¿De veras? ¿No se te ocurrió pensar que yo la habría visitado antes de hoy si hubiera deseado tener una tierna reunión con ella?

Él suspiró audiblemente.

—Recuerdo —dijo—, que en cierto camino nevado hace varios meses te informé que ibas a tener que ir conmigo en mi coche y tú te negaste rotundamente. En ese momento, Frances, cometí el mayor error de mi vida. Cedí a un impulso caballeroso, si bien a regañadientes, y me quedé a discutir. Debería haberme marchado, dejándote abandonada a tu destino.

—Sí —dijo ella—, deberías. Y yo debería haberme mantenido firme en mi primera decisión.

—Desde entonces cada uno ha sido una pesadilla para el otro —dijo él.

—Tú has sido mi pesadilla.

—Y tú no has sido otra cosa que dulzura y luz para mí, supongo.

—Nunca he deseado ser nada para ti. Siempre me he mantenido firme en eso.

—A excepción de una memorable noche, cuando uniste tu cuerpo con el mío, y tres veces, Frances. No creo que fuera una violación.

Ay, Dios, pensó ella, se estaban peleando delante de toda esa gente que llenaba el salón de baile. Y acababa de ver a lady Lyle, sentada un poco aparte de los demás, en el salón. Estaba tan elegante como siempre, su distintivo pelo plateado recogido sobre la cabeza y decorado con plumas. También se veía ligeramente divertida, sus ojos fijos en ella.

—No tengo ningún deseo de hablar con lady Lyle —dijo—. Y no tengo ningún deseo de continuar aquí más tiempo. Voy a ir a reunirme con mis tías. Gracias por lo que trataste de hacer por mí esta noche, Lucius. Comprendo que pensaste que me complacería, y por unos momentos sí fue un placer. Pero voy a volver a Bath dentro de unos días. Este es un adiós.

Él arqueó una ceja otra vez y sonrió. Pero pese a la sonrisa, ella notó tristeza en sus ojos, una tristeza semejante a la que sentía ella en su corazón.

—¿Otra vez? —dijo él—. ¿No se está poniendo algo tedioso esto, Frances?

Ella podría haberle recordado que ese adiós no habría sido necesario si él la hubiera dejado en paz y no le hubiera sugerido a la tía Martha que la llamara a Londres, supuestamente al lecho de muerte de la tía Gertrude.

—Adiós —dijo, y sólo cuando la palabra salió de sus labios cayó en la cuenta de que la había susurrado.

Él inclinó la cabeza varias veces y luego giró bruscamente sobre sus talones y salió del salón de baile.

Frances lo observó salir, pensando si ese sería el final por fin.

Pero ¿cómo podría no serlo?

La condesa de Fontbridge sabía que había vuelto a Londres.

Charles también lo sabía.

Y también lady Lyle.

No le llevaría mucho tiempo a George Ralston descubrirlo también.

Lo único que le quedaba por esperar era que Bath siguiera siendo un refugio lo bastante seguro.

Capítulo 22

*L*ucius tenía toda la intención de cumplir su promesa de dejar salir a Frances de su vida esta vez. Le había dejado muy claros sus sentimientos e intenciones; había hecho todo lo posible por lograr que ella reconociera que él no le era indiferente; incluso había intentado ser generoso y favorecer su profesión como cantante, como debería ser desde hacía tiempo, aun cuando no pudiera hacer nada por favorecer un romance entre ellos.

Pero ella se había mantenido obstinada.

No tenía más remedio que dejarla marchar, a no ser que estuviera dispuesto a hacer el tonto más de lo que ya lo había hecho.

Sencillamente tendría que mantenerse ocupado con los planes de boda.

Su boda ¡Dios misericordioso!

Pero cuando se encontró sentado esa tarde en el salón, con Portia y su madre que estaban de visita, justamente al día siguiente del concierto, se sintió atrapado en lugar de dichoso o por lo menos resignado.

Acababa de llegar a casa con Amy, después de una visita a la Torre de Londres, y asomó la cabeza por la puerta del salón para informar a su madre de que no lo esperaran para la cena. Al instante se maldijo por no haber preguntado antes a los criados si su madre estaba con alguien. Pero las maldiciones, aunque silenciosas, no carecían de fundamento. Estaban todas ahí: su madre, Margaret, Caroline y Emily, con lady Balderston y Portia. Si no hubiera estado Tait también, mirando tristemente hacia la puerta, como si esperara que lo rescataran, él podría haberse retirado después de un breve intercambio de banalidades. Pero le dio pena abandonar a su cuñado a ese destino solitario.

Y así, dos minutos después, estaba sentado en el sofá al lado de Portia, con una taza de té en las manos.

Resultó que había interrumpido una larga conversación acerca de papalinas. Miró a Tait e intercambió con él una mueca casi imperceptible cuando se reanudó la conversación.

Pero una vez que se había dicho todo lo que era posible decir sobre el tema, Portia se volvió hacia él.

—Mamá le ha explicado a lady Sinclair que en realidad fue un error permitir que Amy asistiera al concierto anoche —le dijo.

Al instante se le instaló la irritación.

—¿Ah, sí?

—En realidad todo el asunto fue un error —continuó ella—, y sin duda será una vergüenza para ti los próximos días. Pero supongo que no lo sabías, y eso será tu defensa. Será mi defensa por ti. Los errores no tienen por qué ser desastrosos, a no ser que nos neguemos a aprender de ellos. Estoy segura de que aprenderás a ser prudente, Lucius, sobre todo cuando tengas a alguien con más sensatez para aconsejarte.

Él la miró con las cejas arqueadas. ¿De qué demonios estaba hablando? ¿Y le ofrecía su sensatez como futura consejera? Pero claro. Aunque en realidad no se la ofrecía, la daba «por supuesto».

—En el futuro deberás elegir con más cuidado el talento musical de tus intérpretes —continuó ella amablememente—. Deberías haber comprobado mejor las credenciales de la señorita Allard, Lucius, aunque uno debería dar por sentado que una maestra de escuela es respetable. Mamá, papá y yo lo suponíamos cuando condescendimos a pedir que nos la presentaran.

Todos estaban escuchando, lógicamente, pero por lo visto se conformaban muy bien con dejar que hablara Portia.

Lucius entrecerró los ojos. La irritación ya le superaba. Había pasado a algo mucho más peligroso. Pero mantuvo dominados sus sentimientos.

—¿Y qué es exactamente, Portia, lo que hace no respetable a la señorita Allard? ¿Qué tipo de cotilleo has estado escuchando?

—Realmente no creo, lord Sinclair —dijo lady Balderston, con la voz tensa de indignación reprimida— que se nos pueda acusar de ser tan vulgares para hacer caso de cotilleos. Lo oímos de los propios labios de lady Lyle anoche. Lady Lyle cometió el error hace unos años de tener la amabilidad de dar un hogar a esa muchacha francesa que ahora se hace pasar por inglesa.

—¿Y ese es el pecado de la señorita Allard, señora? —dijo Lucius arqueando las cejas—. ¿Que algunas personas pronuncian su apellido Halard? ¿Que tuvo un padre francés y una madre italiana? ¿La plantaron aquí cuando era un bebé para que cuando creciera fuera una espía francesa? ¡Qué emocionante sería eso! Tal vez deberíamos salir corriendo a capturarla para llevarla encadenada a la Torre de Londres a esperar su destino.

Tait convirtió su ladrido de risa en un ejercicio de aclararse la garganta.

—Lucius, este no es momento para la frivolidad —dijo su madre.

—¿Ha dicho alguien que lo fuera? —preguntó él volviéndose a mirarla, y observó que Emily, que estaba más allá, lo estaba mirando con ojos risueños y su hoyuelo en la mejilla a plena vista.

—A mí me gusta la pronunciación francesa de su apellido —dijo Caroline—, y me extraña que se lo haya cambiado.

—La verdad es, Lucius —dijo Portia—, que lady Lyle se sintió obligada a despedir de su casa a la señorita Allard porque se asociaba con personas inconvenientes y cantaba en fiestas privadas de las que ninguna dama respetable debería saber siquiera, y mucho menos asistir, y se estaba forjando una reputación escandalosa. Quién sabe en qué más estaba metida.

—Portia, cariño —dijo su madre—, es mejor no hablar de esas cosas.

—Es doloroso hacerlo, mamá —reconoció Portia—, pero es necesario que Lucius sepa lo peligrosamente cerca del escándalo que puso a lady Sinclair y a sus hermanas anoche. La verdad ha de decírsele suavemente al conde de Edgecombe, que está reposando en su cama esta tarde. Confiaremos en la discreción de lady Lyle, que no le dirá a nadie lo que nos dijo a nosotros. Y por supuesto nosotros no correremos la voz. Ella nos hizo jurar que guardaríamos el secreto, pero de todos modos nosotros ni soñaríamos con decirle nada a nadie.

—Te hizo jurar que guardarías el secreto —dijo Lucius, con los ojos entrecerrados otra vez.

—Ella no querría que alguien supiera cómo la engañó en otro tiempo su pupila, ¿verdad? Pero pensó que mamá y papá debían saberlo. Y que yo debía saberlo.

—¿Por qué? —preguntó Lucius.

Por una vez Portia pareció casi confundida. Pero se recuperó enseguida.

—Sabe, supongo, de la íntima conexión entre nuestras familias, Lucius.

—Me extraña —dijo él—, que no haya hablado sencillamente conmigo.

—Lo que yo creo —terció Margaret— es que a lady Lyle le fastidió no poder reclamar para ella nada de la gloria de la interpretación de la señorita Allard anoche e ideó una manera de introducir un malévolo chisme en nuestro círculo familiar para que cortemos nuestra relación con ella. Creo que todo esto es un montón de tonterías.

—Yo también Marg —dijo Emily—. ¿A quién le importa lo que hizo la señorita Allard en otro tiempo?

—Para mí sería un honor volver a acompañarla en cualquier momento —dijo Caroline—. Me extraña que quisieras repetir esa tontería, Portia.

—Ah, pero debemos agradecer a lady Balderston y a Portia el informarnos de lo que han oído —dijo lady Sinclair, siempre tan diplomática—. Mejor eso que descubrir que se murmura a nuestras espaldas. Aunque parece que la señorita Allard ha corregido cualquier defecto que hubiera en su naturaleza cuando vivía con lady Lyle, y eso le hace honor. Estaré eternamente feliz de no haberme perdido la oportunidad de oír su gloriosa voz anoche. Tal vez, Emily, alguien querría otra taza de té.

Lucius se levantó bruscamente.

—¿Te marchas, Lucius? —le preguntó su madre.

—Sí. Acabo de recordar que debo ir a visitar a la señorita Allard.

—¿Para agradecerle personalmente lo de anoche? —le preguntó su madre—. Eso me parece muy conveniente, Lucius. Tal vez tu abuelo querrá acompañarte si se ha levantado de su descanso de la tarde. Incluso Amy...

—Iré solo —dijo Lucius—. Ya se lo agradecí anoche. Hoy tengo otra misión.

Se interrumpió, pero ya era demasiado tarde para no completar lo que había comenzado a decir; todos, sin excepción, lo estaban mirando expectantes.

—Iré a pedirle que se case conmigo —dijo.

Aunque el suelo del salón estaba cubierto de pared a pared por una gruesa alfombra, podría haberse oído el ruido de un alfiler al caer cuando él salió de la sala.

Y bueno, ¿qué demonios acababa de hacer?, se preguntó cuando subía de dos en dos los peldaños de la escalera para ir a su habitación.

Había abierto la boca y metido la pata con bota y todo.

Pero el asunto era que ni siquiera lo lamentaba.

Frances tuvo una mañana muy ocupada. No se había imaginado que lo fuera a ser después de todo el torbellino de conmociones, placer y aflicción de la noche pasada. Y además, se había pasado casi toda la noche sin poder dormir.

Pero sus tías se quedaron hasta tarde en la cama, por lo que estaba sola en la sala de desayuno cuando le entregaron la carta de Charles.

Deseaba volver a verla y le suplicaba un encuentro con ella; le decía que nunca entendió por qué huyó sin decir una palabra, que era cierto que se habían peleado en su último encuentro, pero que después siempre arreglaban sus diferencias. Que ya no estaba enfadado con ella, si eso era lo que se temía, que veía que se había redimido después de marcharse de Londres; tenía entendido que ella había estado enseñando discreta y respetablemente en Bath desde entonces.

Dobló la carta y la dejó a un lado de su plato. Pero se le había evaporado el apetito por culpa de los recuerdos.

Estaba al comienzo de la temporada en que hizo su presentación en sociedad cuando conoció al conde de Fontbridge, y no tardaron en enamorarse. Él deseaba casarse con ella, pero decía que le llevaría un tiempo lograr que su madre aceptara a la hija de un inmigrante francés. Pero justo entonces murió su padre, con lo cual él tendría además que reconciliar a su madre con el hecho de que ella no poseía ninguna fortuna. Después vino el problema de que él consideraba que su futura esposa no debía ser conocida como una persona que cantaba para ganarse la vida. Entre tanto, al mismo tiempo que ella dudaba que alguna vez él considerara adecuados el momento y las circunstancias para que se casaran, también comenzó a desenamorarse de él. Entonces tuvieron una terrible pelea a raíz de que él se enteró de que ella había cantado en una determinada fiesta; ella defendió su derecho a hacer lo que quisiera puesto que ni siquiera estaban comprometidos oficialmente, y al final le dijo que no quería volver a verlo nunca más.

Y realmente no volvió a verlo, hasta esa noche pasada. Mientras tanto ella había hecho la promesa de no volverlo a ver. En realidad hizo algo peor...

Estaba obligada por el honor a no contestar esa carta.

Se estaba ganando la fama, pensó, de no dar las explicaciones que debiera. Además, los dos años siguientes a la muerte de su padre había cometido montones de errores de juicio, la inevitable consecuencia de haber sido la mimada y adorada hija de un hombre que la protegía, orientaba y tomaba casi todas las decisiones por ella.

Cerró los ojos y puso a un lado el plato. Se había acostumbrado a no reflexionar nunca acerca de esos dos años. Le había ido bien así. Había tomado el mando de su vida, y se enorgullecía de lo que había hecho de ella. Pero claro, es imposible quitarse algo totalmente de la mente simplemente por fuerza de voluntad, sobre todo cuando ese algo es tan importante como dos años de la propia vida mal empleados. Muchas veces había deseado poder retroceder para hacer las cosas de otra manera.

Bueno, pensó, abriendo los ojos y contemplando el mantel blanco, estaba de vuelta en Londres, ¿no? Y ya era tarde para marcharse tan sigilosamente como había entrado, sin ser vista. Ya la habían visto todas las personas que había deseado especialmente evitar: Charles, la condesa de Fontbridge, lady Lyle. No le cabía duda de que George Ralston ya sabría que estaba allí.

Y si era ya tarde para marcharse sin ser vista, entonces igual debería dejar de caminar con sigilo.

Tal vez debería hacer las cosas de otra manera después de todo, aun cuando ya fuera un poco tarde.

Una hora después iba por la calle, sola y a pie, en dirección a la casa de la condesa de Fontbridge. No era la hora en que solían hacerse las visitas sociales, pero esa no iba a ser una visita social.

Cuando la hicieron pasar a la casa del conde en Grosvenor Square, preguntó si la condesa estaba en casa y le entregó al mayordomo la corta carta que le había escrito a Charles, con la orden de que se la entregara en mano. El mayordomo la dejó esperando en el vestíbulo embaldosado, pero ella suponía que la condesa se negaría a recibirla. Pasados unos minutos la llevaron a una salita de estar de la primera planta.

No hubo ningún tipo de saludo. La condesa estaba de pie ante un pequeño escritorio, la cabeza ladeada en una arrogante pose y las manos juntas a la altura de la cintura. No la invitó a tomar asiento.

—Así que ha encontrado conveniente romper su promesa, mademoiselle Halard —dijo—. Supongo que ha venido aquí esta mañana a ofrecer una explicación. Ninguna es aceptable. Es de esperar que cuando decidió volver a Londres también se preparó para aceptar las consecuencias.

—Vine porque una de mis tías abuelas estaba bastante enferma, señora —repuso Frances—. Cuando acepté cantar en la casa Marshall a petición del conde de Edgecombe, no sabía que iban a invitar a otras personas a escucharme. Mi tía abuela está mejor y el concierto ya ha pasado. Volveré a Bath sin tardanza. Pero no he venido aquí a pedir disculpas. Quería decirle que no debería haber hecho el acuerdo que hice con usted hace más de tres años. Lo hice porque me enfureció que el muy implacable dominio que ejercía sobre la vida de Charles la hiciera creer que podía ahuyentar con dinero a la mujer con la que él quería casarse. Lo hice con resentido cinismo. Por entonces no tenía la menor intención de casarme con él. Incluso se lo había dicho.

—Su incumplimiento del acuerdo iba a tener consecuencias —le recordó la condesa.

Y esas consecuencias la seguían preocupando enormemente, pero no quería seguir dominada por el miedo. Tal vez Lucius le había hecho un favor al traerla a Londres con falsos pretextos. Tal vez era necesario que ocurriera todo eso.

—Sí —dijo—. Y puede proceder a hacer efectiva su amenaza si quiere, señora. No estoy en posición de impedírselo, ¿verdad? Le hice una promesa entonces que tenía toda la intención de cumplir. Pero «siempre» es demasiado tiempo para cualquier acuerdo. Su finalidad era separarme de su hijo. Que eso ya estuviera hecho antes de que usted me pagara esa bonita suma, no tiene importancia. Mi finalidad era pagar unas molestas deudas. Eso ya está hecho y olvidado. Pronto volveré a Bath y continuaré allí, enseñando. Pero no le prometo no volver nunca más aquí. No le doy ni a usted ni a nadie ese poder sobre mí.

La condesa de Fontbridge la miró fijamente con los ojos entrecerrados, pero antes que pudiera decir algo, si es que pensaba decirlo, Frances se dio media vuelta y salió de la sala.

Se sintió algo mareada mientras bajaba la escalera y salía a la calle al aire fresco, y enormemente aliviada de que Charles no hubiera hecho su aparición. Lo más probable es que no estuviera en casa.

Por un momento casi cedió a la tentación de dirigir sus pasos de vuelta a la casa de sus tías. Ya había experimentado más confusión emocional en esas veinticuatro horas pasadas, ¡menos aún!, que en los tres últimos años hasta antes de Navidad. Pero no tenía ningún sentido parar ahí.

Y al cabo de un rato la hicieron pasar a una sala de estar mucho más elegante de la que acababa de dejar. Y lady Lyle no estaba de pie en una pose hostil para recibirla. Estaba reclinada en un sofá, acariciando con una mano a un perro pequeño echado en su falda y con una expresión que indicaba que se sentía divertida.

—Bueno, Françoise —dijo, a modo de saludo, con esa voz ronca y aterciopelada tan conocida—, al final no has sido capaz de ignorarme, ¿eh? ¿Debo sentirme honrada, hija? Estás bastante bonita, aunque esa ropa que llevas es horrorosamente provinciana, y el vestido que llevabas anoche no era mejor. ¡Y ese pelo! Es como para echarse a llorar.

—Soy maestra de escuela, señora.

Lady Lyle hizo callar al perro faldero, que estaba ladrando por la entrada de una desconocida en su territorio.

—Eso dicen, Françoise. Qué divertido que hayas estado en Bath todo este tiempo, y como «profesora». Qué vida más atrozmente aburrida debes haber llevado.

—Me encanta enseñar —repuso Frances—. Me gusta todo de esa vida.

Lady Lyle volvió a reírse haciendo un gesto despectivo con la mano.

—A George Ralston le interesará saber que has vuelto —dijo—. Te perdonará y te restablecerá su apoyo, Françoise, aunque hiciste muy mal al desaparecer sin decir palabra. Ya le he escrito, intercediendo en tu favor.

—Me vuelvo a Bath —dijo Frances.

—Tonterías, hija. Ah, vamos, siéntate. Me da tortícolis tener que mirar hacia arriba. No tienes la menor intención de marcharte. Has estado urdiendo tus planes con mucho ingenio, y te has conquistado el favor del conde de Edgecombe y de lord Sinclair, que estuvieron en Bath hace poco, tengo entendido. Y te has asegurado el interés de lord Health, gracias a ellos. Te concedo todo el mérito. Te ha llevado unos cuantos años, pero lo has logrado. Y he de decir que tu voz ha mejorado; fue impresionante tu interpretación de anoche. Pero tus ardides no te llevarán más lejos, ¿sabes? Incluso sin tener en cuenta que no estás libre para aceptar el patrocinio del barón Heath, resulta que estás a punto de perder a esos influyentes amigos, Françoise. Una palabra dejada caer en el oído de cierta damita que está a punto de convertirse en la novia de Sinclair y en los de su madre y su padre, y tu único recurso será buscar en otra parte esa promoción de tu carrera. Ah, y por cierto, hija, esa palabra ya cayó en esos oídos anoche. Nada extremado, nada muy condenatorio, te lo aseguro, pero eso no hubiera sido necesario con esa damita. Es «muy» relamida, y tiene un «muy» firme dominio sobre el pobre Sinclair.

Sólo el día anterior Frances se habría encogido de miedo. Pero esa mañana se había quebrado algo en ella, y se sentía como si volviera a estar viva después de un largo sueño semejante a la muerte. Se había creído libre en esa nueva vida que se había forjado, pero en realidad no era libre. Tenía que enfrentar su pasado para poder volver a serlo.

Y no se sentó.

—No estoy en deuda con usted, lady Lyle —dijo—, aunque tengo la impresión de que usted va a asegurar que lo estoy, para volver a tener poder sobre mí. Nunca estuve en deuda con usted, aparte tal vez de mi alojamiento cuando vivía aquí, a instancias suyas, después que murió mi padre. Pero le pagué esa deuda, y muchas veces. No tengo ninguna obligación hacia George Ralston tampoco, aunque no me cabe duda de que muy pronto él me aseguraría que soy su esclava de por vida si me quedara en Londres el tiempo suficiente para oírlo.

—¡Esclava! —exclamó lady Lyle, divertida otra vez—. ¡Pobre George! Y después de todo lo que hizo por ti, Frances. Estabas bien encaminada para ser famosa.

—Creo que «de mala fama» sería una expresión más apropiada —replicó Frances—. Puede decirle lo que quiera a la señorita Hunt o a lord Sinclair, e incluso a lord Heath. A mí no me importa. Me vuelvo a Bath, porque quiero, por elección. Allí está mi hogar, mi profesión y mis amigas.

—Ay, pobre Françoise. ¿No te has castigado bastante ya? —Lady Lyle bajó el perro al suelo, se sentó bien y dio unas palmaditas en el mullido sofá—. Venga, siéntate aquí y pongamos fin a esta tonta discusión. Siempre nos hemos tenido afecto, ¿verdad? Y yo adoraba a tu padre. Todavía deseas angustiosamente tu carrera de cantante, no tiene ningún sentido negarlo. Eso quedó perfectamente claro anoche. Bueno, todavía puedes recuperarla, niña tonta. No tenías ninguna necesidad de abandonarla y luego urdir planes para recuperarla con tus propios esfuerzos. Hablaremos con Ralston y...

—Ahora me voy —dijo Frances—. Tengo otras cosas que hacer esta mañana.

—Ah, hablas igual que tu padre. También era obstinado y muy orgulloso. Pero tan apuesto y encantador, absolutamente irresistible.

Frances se dio media vuelta para salir.

—A Ralston no le gustará nada esto, Françoise —le dijo lady Lyle—. Y a mí tampoco. Y ahora sé dónde encontrarte. Me imagino que no habrá ninguna dificultad para descubrir el nombre y la dirección de la escuela donde enseñas y la identidad del presidente del consejo, o la directora o quien sea que te emplea. Bath no es una ciudad grande, y no creo que haya muchas escuelas de niñas ahí.

Por un momento Frances se sintió como si unos dedos de hielo se hubieran alargado para cogerla. Pero ya no era la niña de hace tres años para asustarse ante cualquier amenaza.

—La escuela de la señorita Martin está en Daniel Street —dijo secamente sin volverse—. Que tenga un buen día, señora.

Mantuvo su postura erguida hasta que salió a la calle; entonces se le hundieron los hombros. Estaba muy bien haber desafiado descaradamente a la condesa de Fontbridge y a lady Lyle esa mañana, pero la euforia de hacerlo le había dado una falsa sensación de seguridad. En realidad su mundo amenazaba con derrumbarse estruendosamente. Ahora la condesa de Fontbridge sabía dónde vivía y trabajaba. También lo sabía lady Lyle. Y esas dos damas eran capaces de cualquier cosa. Si cualquiera de ellas decidía complicarle allí la vida, tendría que marcharse. No era que le hubiera ocultado ningún secreto a Claudia. Pero era imperioso que las profesoras de una respetable escuela de niñas estuvieran por encima de todo reproche. No podría continuar allí si algún rumor de escándalo respecto a ella llegaba a los oídos de los padres de las niñas, o a los del desconocido benefactor de Claudia.

¡Y todo por culpa del vizconde Sinclair! Sin su intromisión ella no habría venido a Londres y nada de eso habría ocurrido.

No, eso era injusto.

Se le pasó por la mente ir a la casa Marshall, pero ¿con qué fin?, pensó. Sería muy indecoroso llegar ahí y pedir hablar con el vizconde Sinclair.

Sería mejor escribirle. Él le había causado bastantes problemas durante un tiempo, pero tal vez se merecía que le diera una explicación completa y veraz de por qué se negaba a casarse con él.

Además, estaba perdidamente enamorada de él. Tenía que hacérselo entender.

Pero no le escribiría desde Londres, decidió, de camino a casa. Igual se precipitaba en Portman Street otra vez para intentar persuadirla de hacer lo que en el fondo él sabía que no era posible.

En todo caso, esa noche pasada había quedado muy claro que su compromiso con la señorita Hunt era inminente.

Esperaría hasta estar de vuelta en Bath, y entonces le escribiría.

Un último adiós.

Sonrió tristemente al pensarlo.

Con eso, sólo le quedaba por considerar qué debía hacer respecto a sus tías abuelas.

No fue sólo cinismo lo que la indujo a hacerle la promesa a lady Fontbridge de que se marcharía sin decirle nada a Charles y se mantendría lejos para siempre. También fue miedo, no tanto por ella como por sus tías abuelas. No pudo soportar la idea de que ellas sufrieran; muchas veces le decían que ella era como una hija para cada una, la persona que más querían en la vida.

Era posible que la condesa decidiera hacerles daño.

Cuando llegó a la casa se enteró de que sus tías ya estaban en pie y se encontraban en el pequeño cenador en la parte de atrás del jardín, disfrutando del buen tiempo.

Mientras iba a reunirse con ellas, tomó la decisión.

Y en menos de tres horas se puso en camino hacia Bath. Ya era casi más de media tarde. Habría sido más juicioso esperar hasta la mañana del día siguiente, como trataron de convencerla sus tías, pero una vez tomada la decisión se sentía casi desesperada por estar de vuelta en Bath, de vuelta a la ajetreada rutina de la vida escolar, de vuelta con sus amigas.

Era casi seguro que tendría que detenerse en alguna parte del camino para pasar la noche, pero podría pagárselo. Podía pagarse una noche en una posada.

Aunque no fue sólo la desesperación por estar en Bath la que motivó su brusca partida. También fue la desesperación por marcharse de Londres, por alejarse de «él», antes de que viniera con más pretextos para hablar con ella, y mucho se temía que lo haría, a pesar de haber afirmado lo contrario esa pasada noche.

No soportaría volverlo a ver.

A su corazón le hacía falta una oportunidad para comenzar a recomponerse.

Las tías se llevaron una desilusión, lógicamente. ¿Y el barón Heath?, le preguntaron. ¿Y su carrera como cantante? ¿Y lord Sinclair? Segurísimo que él estaba enamorado de su querida Frances; las dos habían llegado a esa conclusión la noche pasada.

Pero al final aceptaron su decisión y le aseguraron que se sentían muy contentas de que hubiera hecho todo el camino hasta Londres sólo para verlas y de que se quedara casi toda la semana.

Insistieron en enviarla de vuelta en su coche.

Y así, después de las largas y llorosas despedidas y fuertes abrazos, ya estaba de camino.

En realidad el viaje era bastante parecido a como había comenzado todo después de las vacaciones de Navidad, pensó, cuando las calles de Londres iban dando paso al campo y trataba de encontrar una posición cómoda en el coche; se sentía cansada hasta la médula de los huesos. Era conveniente tal vez que así fuera como acabara todo.

Pero esta vez no había nieve.

Y esta vez no habría ningún Lucius Marshall que apareciera detrás de ella en un coche más rápido.

Derramó unas cuantas lágrimas de autocompasión, después se las secó firmemente con el pañuelo y se sonó la nariz.

Capítulo 23

*S*i continuaba insistiendo en tener más tratos con Frances Allard, decidió Lucius, igual se encontraría con que se había molido los dientes hasta los raigones.

Llegó a la casa de Portman Street, totalmente dispuesto a darle una tremenda paliza, para enterarse de que ella ya se había marchado hacía apenas media hora. Entonces tuvo que pasar diez minutos completos con sus bastante llorosas tías abuelas, que declararon que él debería haber llegado antes para persuadir a su queridísima Frances de quedarse más tiempo. Pero ella había decidido que ya llevaba muchos días ausentándose de la escuela y que debía ponerse en marcha inmediatamente, aun cuando le fuera imposible llegar a Bath ese día.

—¿La envió en su coche, entonces, señora? —preguntó él, dirigiéndose a la señora Melford.

—Por supuesto. No podíamos permitirle que viajara con todas las incomodidades de una diligencia, lord Sinclair. Es nuestra sobrina, y nuestra heredera.

Poco después de eso se marchó. Y eso debería haber sido todo.

Fin de la historia.

Adiós.

Fin.

Pero claro, después de salir del salón de la casa Marshall con tanto aspaviento e intenso dramatismo, totalmente improvisado y sin ensayo previo, sería algo así como ridículo volver ahí y anunciar que abandonaba su plan de proponerle matrimonio a Frances Allard porque ella ya se había marchado de la ciudad.

Proponerle matrimonio, desde luego, después que ella lo rechazara una vez y desde entonces no diera señales de haber cambiado de opinión.

Sí que parecía estar sufriendo de una demencia grave e incurable.

Cuando llegó a la casa Marshall subió de dos en dos los peldaños de la escalera para ir a su habitación, al menos esa era su intención. Pero se encontró con una verdadera muralla de personas en el primer rellano; debieron verlo llegar por la ventana del salón, y salieron a interceptarlo.

Medio esperó ver a Portia entre ellas, pero no estaban ni ella ni lady Balderston. Pero sí el resto, a excepción de su abuelo; incluso estaba Amy.

—¿Y bien, Luce? —le preguntó esta damita cuando a él todavía le faltaban seis peldaños para llegar ahí—. ¿Te ha dicho que sí? ¿Sí?

—Calla la boca, Amy —dijo severamente su madre—. Lucius, ¿qué has hecho?

—Salir en una búsqueda inútil —contestó él—. No estaba ahí. Va de camino a Bath.

—Jamás en mi vida me había sentido tan azorada —dijo su madre—. Portia no te aceptará ahora, ¿sabes? Lady Balderston no lo permitirá, y tampoco lord Balderston, me imagino, cuando se haya enterado de lo ocurrido. Y aún en el caso de que ellos lo permitieran, no creo que ella te acepte. Se portó con mucha dignidad después que te fuiste, e incluso le dio consejos a Emily sobre el vestido que debería ponerse para el baile de los Lawson mañana. Pero tú la humillaste delante de casi toda tu familia.

Él llegó al rellano y Tait dio un paso a un lado para dejarle un hueco; incluso se las arregló para obsequiarlo con una sonrisa secreta.

—¿La humillé, mamá? —dijo entonces—. ¿Cómo? ¿Dándole a entender que es una chismosa? Tal vez debería haber tenido más tacto, pero no dije otra cosa que la verdad.

—Totalmente de acuerdo —dijo Emily—. Como si yo no fuera perfectamente capaz de elegir mis vestidos.

—A mí nunca me ha caído bien lady Lyle —añadió Margaret—. Siempre lleva esa media sonrisa en la cara. Me inspira desconfianza.

—Vamos, callaos —dijo la vizcondesa—. Te muestras terco adrede, Lucius. Sabes muy bien que Portia ha estado esperando tu proposición de matrimonio todo el mes pasado y más. Todas la hemos estado esperando.

—Entonces todas habéis estado equivocadas. Prometí elegir una esposa esta primavera, no a Portia Hunt.

Amy batió palmas.

—Me alegra, Luce —dijo Caroline—. No me ha gustado la actitud de Portia esta primavera. No me ha gustado «ella».

—¿Y crees que la señorita Allard es una opción conveniente? —preguntó su madre, ceñuda.

—No veo por qué no, aparte de que me ha rechazado más de una vez.

—¿Qué? —exclamó Emily.

—¿Está loca? —exclamó Margaret.

Tait hizo un gesto de pena.

—Uy, no, Luce, ¡no! —exclamó Amy—. Ella no haría eso.

—Vamos, callaos todos —insistió lady Sinclair—. Vais a despertar al abuelo.

—¿Todavía está durmiendo? —preguntó Lucius.

—Me temo que se ha exigido demasiado y ha agotado sus fuerzas —respondió su madre—. No se ha encontrado nada bien hoy. Y ahora esto. Le causará un gran pesar. Ha tenido su corazón puesto en que te casaras con Portia. ¿Seguro que no actuaste con más precipitación que de costumbre esta tarde, Lucius? Tal vez si fueras a Berkeley Square y te disculparas...

—No haré nada de eso. Y mientras sigo aquí hablando estoy perdiendo un tiempo valioso. Perdonadme, pero tengo que ir a cambiarme ropa. Mi tílburi debería estar en la puerta dentro de media hora.

—¿Adónde vas? —le preguntó su madre, apenada.

—En pos de Frances, por supuesto —contestó él empezando a subir el siguiente tramo de escalera—. ¿Adónde si no?

Oyó los entusiasmados vivas de Amy hasta que su madre la hizo callar.

A Frances le dolían todas las partes del cuerpo. Era imposible encontrar una posición cómoda en el duro asiento del coche. Y cada vez que creía haber encontrado una, el vehículo pegaba un salto sobre un surco duro o una sacudida sobre un bache, y volvía a pensar que si alguna vez ese coche tuvo buenas ballestas, ya no las tenía.

De todos modos, al aproximarse el crepúsculo se sorprendió dando cabezadas. Pronto estaría oscuro y se verían obligados a parar. Había rechazado el ofrecimiento de sus tías de una doncella para que la acompañara, por eso de la respetabilidad. No le importaba viajar sola. No se detendrían a pasar la noche en una posada de posta muy concurrida ni elegante, y su ropa sencilla y práctica le serviría para que el posadero y los demás alojados no se sintieran escandalizados porque iba sola.

Al día siguiente estaría de vuelta en la escuela. Habría descansado poco, como era lógico. Tendría que averiguar exactamente qué les había enseñado la profesora suplente a sus alumnas y luego preparar las clases para el día siguiente. No sería fácil. Nunca jamás se había tomado ni un solo día libre. Pero le agradaba la idea de volver a estar ocupada.

Y con cada día que pasara iría olvidando poco a poco la gloriosa maravilla del concierto de esa noche pasada y el terrible momento de su último adiós a Lucius, hasta que finalmente transcurriría todo un día sin pensar ni en la altura ni la hondura de las emociones que le había producido esa semana.

Estaba metida en el interior de un bloque de nieve, escondiéndose de Charles. Estaba cantando y sosteniendo una nota alta cuando se le estrelló en la boca una bola de nieve, y vio a Lucius sonriendo de oreja a oreja y aplaudiendo con entusiasmo. Su coro de las mayores estaba cantando un madrigal ante lord Heath pero todas cantaban con voces monótonas y a destiempo, mientras ella agitaba inútilmente los brazos para restablecer el orden.

Y así siguió soñando, unos cuantos sueños más, muy nítidos, sin sentido, desordenados, hasta que de repente despertó sobresaltada cuando el coche se ladeó y balanceó, al parecer descontrolado.

Se cogió del desgastado agarradero de cuero que colgaba sobre su cabeza y esperó que ocurriera el desastre. Oyó un atronador ruido de cascos de caballos y gritos y entonces vio los caballos; venían en la misma dirección de su coche. Tiraban de un tílburi de caballero, observó, agrandando los ojos de indignación. ¿Un tílburi en el camino a Bath? ¿Y viajando a esa velocidad criminal? Iba adelantando como un rayo por ese tramo de camino que se veía particularmente estrecho. ¿Y si venía otro coche en sentido contrario?

Apoyó la cara en el cristal de la ventanilla para tratar de ver al cochero sentado en su elevado pescante. Vestía muy elegante, una chaqueta larga de montar color tostado, con varias esclavinas y un sombrero de copa algo ladeado.

Con los ojos como platos, Frances no logró dar crédito a lo que veía; no podía estar segura de reconocerlo; estaba mucho más arriba de su línea de visión. Pero no así el mozo que iba de pie atrás. Su expresión era de un desprecio absoluto, e iba gritando algo, seguro que a Thomas, algo que afortunadamente ella no oía. Verle la expresión de la cara bastaba para saber que lo que gritaba no era elogioso.

No se había equivocado, entonces. Si ese hombre era Peters, el cochero tenía que ser el vizconde Sinclair.

¿Por qué sería que eso no la sorprendía?

Cuando terminó de pasar el raudo vehículo, se enderezó en el asiento y cerró los ojos, atrapada entre la furia y un ataque de hilaridad totalmente inapropiada.

Él hablaba de eliminar la palabra «agradable» del idioma, pero por lo visto ya había borrado totalmente la palabra «adiós» de su vocabulario personal.

No soltó el agarradero de cuero. Cuando Thomas frenó bruscamente el coche, estaba bien preparada para los balanceos y saltos que la habrían catapultado hacia el asiento de enfrente aplastándole la nariz en el respaldo de no haber estado preparada.

Se asomó a la ventanilla y miró hacia delante, pero la escena era muy parecida a la que había esperado. El tílburi, ya a cargo de Peters solo, estaba atravesado en el camino. El vizconde Sinclair venía caminando hacia el coche, los largos faldones de la chaqueta agitándose sobre las relucientes botas y su látigo de montar golpeándoselas. Su expresión era decididamente ceñuda.

—Si prefirieras viajar por la carretera del rey en un coche y no en esta birria de chalupa vieja, Frances —dijo, después de abrir bruscamente la puerta—, ya podrías haber ido y vuelto de Bath. Muévete.

Frances lo miró impotente, y se movió.

Ofendía al alma de corintio de Lucius tener que viajar en ese viejo fósil. Pero no había manera de evitar ese destino; el coche ofrecía más intimidad que su tílburi, sobre todo llevando a Peters, y más importante aún, los oídos de Peters, detrás. Sólo le cabía esperar que ninguno de sus amigos fuera por el camino a Bath y viera el vehículo en que viajaba. Jamás se recuperaría de la ignominia.

—Gracias a ti hoy he perdido a una esposa perfecta —dijo, cerrando la puerta y sentándose al lado de ella; notó que se quedaba firmemente en el borde del asiento en lugar de hundirse cómodamente—. Y quiero una recompensa, Frances.

Comprensiblemente, ella continuó sentada en el rincón, donde se había retirado cuando él se sentó, y lo miró con expresión hostil.

Fuera se oyeron muchos gritos malhumorados, presumiblemente Peters y Thomas mentándose sus respectivas genealogías otra vez, y luego Peters debió emprender la marcha con el tílburi, tal como le había ordenado, porque entonces pasó un coche de postas en sentido contrario, el cochero con la cara morada de rabia, y el coche en que estaban sentados crujió y emprendió la marcha a su paso de tortuga.

—¿La señorita Hunt te ha rechazado? —preguntó ella al fin—. Me sorprende, he de confesar. Pero ¿en qué sentido soy responsable yo, si se puede saber?

—No me rechazó —dijo él—. No tuvo la oportunidad. Yo anuncié, estando ella y su madre presentes, que me iba a Portman Street a ofrecerte mis elogios y mi mano. Cuando descubrí que te habías ido y volví a casa, ellas ya se habían marchado enojadísimas, y según la considerada opinión de mi madre, Portia ya no me aceptará ni aunque me arrastre a cuatro patas, tragando el polvo o un humilde pastel, lo que sea que estuviera disponible.

—¿Y harías eso si tuvieras la oportunidad?

—¿Arrastrarme a cuatro patas? Buen Dios, no. Mi ayuda de cámara dimitiría en el acto, y me gusta como le hace el nudo a las corbatas. Además, Frances, no tengo el menor deseo de casarme con Portia Hunt, nunca lo he tenido ni jamás lo tendré. Creo que preferiría estar muerto.

—Es muy hermosa.

—Sobremanera. Pero esta conversación ya la tuvimos anoche, Frances. Prefiero que hablemos de ti.

Estaba parloteando, lo sabía, haciendo broma de cosas que en realidad no eran nada divertidas. Dicha sea la verdad, no tenía nada que hacer donde estaba. Pero eso no lo iba a reconocer.

—No hay nada que decir de mí —dijo ella—. Creo que será mejor que hagas venir tu tílburi y te vuelvas a Londres, lord Sinclair.

—Por el contrario, hay muchísimo de qué hablar. Que eres una francesa que se hace pasar por inglesa, por ejemplo. ¿Cómo va a saber uno que no eres una espía?

Ella chasqueó la lengua.

—Sabías que soy francesa. ¿Importa que haya preferido que me llamen Françoise Halard o Frances Allard? No sé, la gente espera que una francesa sea llamativa, que hable con las manos, que palpite de emoción. Esperan que sea «extranjera». Me crié en Inglaterra. Soy inglesa en todo lo que importa.

Si tuviera que viajar muchas horas en ese coche, pensó él, su columna podría sufrir daños irreparables, por no decir lo que les ocurriría a sus nalgas.

—Te libero de la sospecha de espía, entonces —dijo—. Pero ¿qué me dices de eso que cantabas en orgías antes de convertirte en profesora, Frances?

De pronto volvió a sentirse triste. Y vio que ella tenía los labios apretados.

—Orgías —repitió ella en voz baja.

—Lady Lyle no empleó esa palabra exactamente —explicó él—. Estaba hablando con Portia y se sintió obligada a moderar su lenguaje. Pero eso fue lo que quiso decir.

Ella giró la cabeza para mirar por la ventanilla. No llevaba puesta la papalina, observó él, que estaba en el asiento de enfrente. Su perfil parecía tallado en mármol, y su color era el del mármol también.

—No tengo por qué justificarme ante ti, cuando adoptas ese tono conmigo. Ni siquiera cuando no lo haces, si es por eso. Puedes bajarte del coche de mis tías y volver a la ciudad.

Él exhaló un largo suspiro de exasperación, muy audible.

—Pero no puedo, ¿sabes? Sencillamente no puedo marcharme, Frances, mientras no haya terminado nuestra historia. Recuerdo un libro que leí de pequeño; era un libro antiquísimo, que encontré en la biblioteca de mi abuelo. Me sumergí tanto en la historia que dejé pasar dos días de verano perfectamente decentes para estar al aire libre, quedándome en casa bebiendo su contenido. Y entonces la historia llegó a una brusca interrupción, faltaban las últimas no sé cuántas páginas. Me quedé con la impresión de estar colgando de un acantilado agarrado por las uñas, sin la menor esperanza de que me rescataran. Y ninguna de las personas a las que pregunté había leído el maldito libro. Cuando arrojé lejos el libro, salió volando por la ventana de la biblioteca, llevándose el panel de cristal con él, lo que me costó mi asignación de por lo menos seis meses. Pero jamás he olvidado mi ira y frustración. Y estas se han reanimado últimamente. Me gustan las historias que tienen finales claros.

—No estamos viviendo en las páginas de un libro —replicó ella.

—Y por lo tanto la historia puede terminar como deseemos que termine —dijo él—. Ya no pido un felices para siempre, Frances. Hacen falta dos para un matrimonio feliz, y hasta el momento parece que tenemos un total de uno bien dispuesto. Pero necesito saber los por qués, por qué me has rechazado a mí, por qué anoche rechazaste una oportunidad con lord Heath por la que muchos músicos matarían. Demonios, Frances, ¿qué te ocurrió en tu pasado? ¿Qué esqueleto tienes escondido en tu armario?

Ella casi se hundió visiblemente en su rincón.

—Tienes razón. Te mereces una explicación. Tal vez te la habría dado en Sydney Gardens si hubiera comprendido que hacías tu proposición en serio y no actuabas simplemente movido por un impulso romántico. Debería habértelo dicho cuando me llevaste a caminar por Hyde Park, pero no lo hice. Pensaba escribirte desde Bath, pero ahora tendré que decírtelo en persona.

—¿Desde Bath? ¿Por qué no desde Londres?

—Porque —suspiró ella—, temía que vinieras a verme después de leer la carta. Temía que no tuvieras suficiente sensatez.

Lo miró y él le sostuvo la mirada; y vio juguetear una sonrisa en las comisuras de sus labios.

—¿Nunca eres sensato? —le preguntó ella.

—Hay un fino límite entre la sensatez y la tontería. Aún no he determinado en qué lado estás tú, Frances. Cuéntame lo del esqueleto que tienes en el armario.

—Ah, hay como para llenar toda una mansión llena de armarios. No es una sola cosa sino un montón de cosas. Después de que murió mi padre hice un embrollo con mi vida. Pero tuve la suerte de poder liberarme y forjarme una nueva vida. A esa vida es a la que vuelvo ahora. Y es una vida que no puede incluirte a ti.

—Porque soy vizconde, supongo —dijo él, irritado—, y heredero de un condado. Porque vivo gran parte de mi vida en Londres y alterno con la alta sociedad.

—Sí. Exactamente.

—También soy Lucius Marshall —dijo él, y tuvo la satisfacción de ver brillar lágrimas en sus ojos antes que bajara la vista a sus manos.

El coche tomó un recodo del camino y el sol crepuscular entró oblicuo por la ventanilla del lado de él reflejándose en el pelo de ella.

—Háblame de lady Lyle —le dijo—. Viviste con ella un par de años, pero anoche casi me cortaste la cabeza cuando te dije que la había invitado a oírte cantar. Después ella dejó caer unas palabras en el fértil oído de Portia. Su intención sólo puede haber sido hacerte daño.

—Quería mucho a mi padre. Creo que estaba enamorada de él. Tal vez, no, probablemente fue su amante. Ella patrocinó mi presentación en sociedad y era atenta conmigo en otros sentidos tambien. Cuando él murió me invitó a vivir con ella y a mí me pareció de lo más natural. No creo que quisiera hacerme ningún daño, pero mi padre dejó muchas deudas, algunas a ella. Yo estaba totalmente arruinada, aunque tenía esperanzas de hacer un matrimonio ventajoso.

—Con Fontbridge —dijo él.

Ella asintió.

Fontbridge era un tipo pusilánime, apegado a las faldas de su madre. Le resultaba difícil imaginarse a Frances enamorada de él. Pero claro, era tremendamente difícil entender cualquier cosa que ella hiciera. Además, de eso hacía ya varios años. Y Fontbridge era bien parecido, de esa manera que podría despertar los instintos maternales de algunas mujeres.

—Me molestaba depender totalmente de lady Lyle —dijo ella—. Le agradecí y me sentí muy feliz cuando me presentó a un hombre que estaba dispuesto a patrocinar y organizar mi carrera como cantante. Y él fue muy elogioso y me dijo que estaba seguro de que me daría fama y fortuna. Firmé un contrato con él. Me parecía un sueño hecho realidad. Podría trabajar como cantante, podría pagar todas las deudas de mi padre, y podría casarme con Charles y vivir feliz para siempre. Era una cría muy ingenua, tienes que entender. Había llevado una vida muy protegida y resguardada.

—¿Quién? —preguntó él—. ¿Quién era ese patrocinador?

—George Ralston.

—¡Maldita sea, Frances! Ese hombre ha hecho una profesión de timar a desvalidas y tontas. ¿No lo sabías? Pero claro que no lo sabías. ¿Lo sabía lady Lyle?

—Ella me dijo que cantar me permitiría pagar lo que le quedó debiendo mi padre y los gastos en que yo había incurrido viviendo con ella. Me sentí obligada por el honor, aunque eso fue después. Al principio estaba tan extasiada pensando que por fin iba a cantar como había soñado, que el dinero y las deudas eran algo muy secundario.

—Y así cantaste en orgías —dijo él.

—En fiestas. Muy pronto me decepcioné. No podía elegir los lugares para cantar ni las canciones y ni siquiera la ropa que ponerme; el contrato estipulaba que Georges Ralston tenía el control total de esas cosas. Y los públicos estaban formados casi exclusivamente por hombres. Si las fiestas eran orgías, no lo sé, aunque no me sorprendería que lo hubieran sido. Recibí unas cuantas proposiciones a través de mi agente, ninguna de ellas de matrimonio, comprenderás, y él trataba de persuadirme de que provenían de hombres ricos e influyentes que podrían promocionar mi carrera más rápido que él. Muy pronto, vivía diciéndome, yo cantaría en salas de conciertos grandes y tendría la libertad para cantar lo que quisiera cantar.

—Buen Señor, Frances. —Le cogió una mano y se la sujetó firme cuando ella intentó retirarla—. ¿Ese es el terrible pasado que me has ocultado? Qué idiota eres, mi amor.

—Seguía moviéndome en sociedad —continuó ella—. Seguía asistiendo a fiestas de la alta sociedad. Pero el rumor ya empezaba a filtrarse. Una vez Charles se enteró de dónde había cantado y para quien. Me lo echó en cara y me ordenó que lo dejara, y tuvimos una terrible pelea. Pero aún antes de esa pelea yo ya había decidido que no podría casarme con él jamás. No era capaz de liberarse del dominio de su madre, y yo sabía que era débil de carácter. Además me dijo que de ninguna manera podría cantar en público una vez que fuera su condesa.

—Qué burro —dijo Lucius.

—Pero no sería diferente contigo —dijo ella, mirándolo fijamente con los ojos entrecerrados, hasta que el coche hizo otro viraje en una curva y le dejó la cara en la sombra otra vez—. Si hubiera podido aceptar el ofrecimiento de lord Heath, es decir, si no estuviera obligada por el contrato con George Ralston, y si él me hubiera organizado las cosas para cantar en conciertos prestigiosos en Inglaterra y en el Continente, no me desearías por esposa. Una vizcondesa no hace esas cosas.

—Maldita sea, Frances.

Pero estaba tan exasperado que no se le ocurrió nada que decir.

En lugar de eso, la cogió en sus brazos, la besó en la boca y la estrechó fuertemente hasta que ella se relajó y le correspondió el beso.

—Siempre supones que me conoces muy bien —dijo, cuando finalmente apartó la cara—. Con frecuencia soy un tipo impulsivo, desmedido, Frances, pero tendría que estar loco de atar para pedirte que te casaras conmigo y luego organizar un concierto para que Heath te oyera cantar, si pensara que tener la carrera que deberías tener como cantante y casarte conmigo fueran actividades mutuamente excluyentes. Diablos, has hecho muchísimo de la nada.

—Nunca me sentí una nada —dijo ella amargamente, apartándose y volviendo a retirarse a su rincón—. Las deudas que dejó mi padre eran más cuantiosas de lo que yo creía, había firmado un contrato del que nunca podría librarme, y lady Lyle se tornó menos agradable cuando comencé a quejarme.

—Un contrato. ¿Qué edad tenías, Frances?

—Diecinueve. ¿Importa eso?

—Pues claro que importa. Vale tanto como papel mojado. Eras menor de edad.

—Ah. No pensé que importara. —Se cogió las mejillas con las manos un momento y movió la cabeza—. Las cosas iban de mal en peor. Y entonces ocurrió lo peor de todo. Después de pelearme con Charles fue a verme la condesa de Fontbridge. No sabía nada de la pelea, pero estaba resuelta a separarnos. Me ofreció dinero, una buena suma, si aceptaba marcharme de Londres sin decir una palabra a Charles y no volvía nunca más.

Él la miró incrédulo y también con una expresión parecida a sonrisa.

—¿Y aceptaste el dinero?

—Sí. Me sentí muy furiosa. Pero además, no tenía otra alternativa que hacer la promesa, al menos yo creía que no la tenía. Y entonces pensé ¿por qué no? ¿Por qué no coger el dinero aun cuando no tenía la menor intención de casarme con su hijo? Así que lo acepté. Necesitaba ese dinero para liberarme, y así justifiqué mi decisión. Se lo entregué todo a lady Lyle, y después metí mis cosas en una maleta y me marché de la casa por la noche aprovechando que ella estaba en una fiesta. No tenía ningún plan, pero al día siguiente vi el anuncio de un puesto de profesora en la escuela de la señorita Martin; lo solicité y un día más tarde su agente en Londres accedió a enviarme a Bath para una entrevista. Necesitaba marcharme, Lucius, y me marché. No había nada para mí en Londres. Me creía atada a un contrato que encontraba aborrecible, estaba a punto de estallar el escándalo en torno a mí, y tanto lady Lyle como lady Fontbridge podían desatarlo en cualquier momento. Me marché, esperando contra toda esperanza tener la oportunidad de empezar de nuevo, de forjarme una vida mejor. Y por increíble que pueda parecer, resultó. Desde entonces he sido feliz. Hasta que te conocí a ti.

—Ah, mi amor. —Volvió a cogerle la mano, pero esta vez ella logró retirarla.

—No, no lo entiendes —dijo, justo en el momento en que el coche hacía un brusco viraje para entrar en el patio del establo adoquinado de una posada rural, donde Peters ya estaba de pie junto al tílburi—. No sabes por qué tuve que hacer esa promesa a la condesa de Fontbridge. Ella sabía algo que le contó lady Lyle, algo que yo no sabía. Supongo que lady Lyle quería asegurarse de que yo no me casara con Charles, porque entonces dejaría de cantar y de pagarle esas grandes sumas de dinero por deudas que muy posiblemente eran inventos suyos. Pero lo único que me importaba a mí era que mis tías abuelas no descubrieran nunca la verdad. Las habría hecho sufrir insoportablemente, creía yo.

Al parecer no había notado que el coche estaba detenido. Lucius levantó una mano para impedir que Peters abriera la puerta.

—No soy quien crees que soy —dijo ella.

—¿Ni Françoise Halard ni Frances Allard? —preguntó él en voz baja.

—No soy ni francesa ni inglesa. Mi madre era italiana y también lo era mi padre, que yo sepa. En realidad no sé quien era, o es.

Él le contempló el perfil cuando ella abrió las manos sobre la falda y se las miró.

—Mi madre era cantante —continuó ella—. Mi padre se enamoró y se casó con ella aun cuando ya estaba embarazada de otro. Después de que ella murió, al año de nacer yo, me trajo a Inglaterra con él y me crió como a su hija. Nunca me dijo una palabra de la verdad; la supe por primera vez en aquella ocasión, hace más de tres años.

—¿Estás segura, entonces, de que es cierto?

Ella sonrió mirándose las manos.

—Supongo que una parte de mí siempre pensó que tal vez era un cruel invento. Pero mis tías abuelas me lo confirmaron hoy. Antes de marcharme les dije la verdad, y entonces descubrí que mi padre ya se la había dicho a las dos cuando llegó a Inglaterra conmigo. Siempre lo habían sabido.

Estaba llorando, comprendió él, al ver en su falda una mancha de humedad que oscurecía la tela. Le pasó un pañuelo; ella lo cogió y se lo puso en los ojos.

—Así que ya ves, no puedo casarme con nadie de rango elevado. No puedo casarme contigo. Y antes que te precipites a contradecirme, Lucius, párate a pensar. Le has hecho una promesa a tu abuelo, a toda tu familia en realidad. Los he conocido y te he visto con ellos. Sé que les tienes afecto. Más que eso, sé que los amas. Y sé que tu impetuosidad está con más frecuencia que menos motivada por el amor. Eres una persona mucho más preciosa de lo que piensas, creo. Por el bien de tu familia, no puedes casarte conmigo.

Y entonces, absurdamente, a él le entraron ganas de llorar. ¿Sería cierto eso? ¿Tal vez no era el perdido que a veces creía ser?

«Sé que tu impetuosidad está con más frecuencia que menos motivada por el amor.»

—Ya está casi oscuro —dijo—, y si esta posada no ofrece un pastel de carne decente para la cena me voy a sentir terriblemente mal. ¿Supongo que tú estás dispuesta para una taza de té?

Ella se sonó la nariz y miró alrededor, como si en ese momento cayera en la cuenta de que el coche no iba traqueteando por el camino.

—Uy, Lucius —rió temblorosa—. Dos tazas sería mejor.

—Sólo una cosa —dijo él antes de darle la señal a Peters de que abriera la puerta—. Por esta noche somos el señor y la señora Marshall. No vamos a escandalizar a nuestro posadero llegando en el mismo coche y luego anunciándonos como el vizconde Sinclair y la señorita Allard.

No le dio oportunidad de contestar. Bajó del coche de un salto y se giró a tenderle la mano para ayudarla a bajar.

—Ya empezaba a pensar, jefe —le dijo Peters— que iba a tener que esperar hasta altas horas de la madrugada para atraer la atención del viejo Thomas para que entrara aquí en lugar de seguir traqueteando.

Lucius no le hizo el menor caso a la gracia.

Capítulo 24

—*I*mporta, Lucius —dijo ella—. Importa, de verdad.

—De verdad, no importa—dijo él, mirándola exasperado—. Buen Dios, Frances, si me hubieras dicho todo esto cuando estábamos en Sydney Gardens, aislados por la lluvia, ya podríamos estar casados y empezando a vivir felices para siempre.

—No podríamos —dijo ella, aunque todo era dolor en su corazón—. Nunca te paras a «pensar», Lucius.

Tuvieron que interrumpir la discusión. Estaban en el comedor público, pues no había salones reservados en la posada. Los únicos otros comensales presentes formaban un grupo en el otro extremo, y estaban sumidos en la conversación, pero acababa de llegar el posadero con la comida, carne asada con verduras. Frances lamentó no haber pedido solamente té y pan con mantequilla.

Lucius estaba muy apuesto y elegante; se había cambiado de ropa para cenar, y afeitado. Y esa última actividad la realizó a la vista de ella, mientras estaba sentada en la enorme cama de la habitación que compartían, con los brazos alrededor de las rodillas. Él se había quitado la camisa.

Esa escena le resultó casi sofocante por la intimidad. Y pudo contemplar todos los ondulantes músculos de sus brazos, hombros y espalda. Sí que tenía una figura espléndida. Y no es que su contemplación hubiera sido puramente científica; mientras lo miraba se sentía terriblemente consciente de él sexualmente. También estaba muy consciente de que pasarían la noche juntos en esa habitación, y en esa cama. No se le pasó ni por la mente horrorizarse.

—¿Te importa que Allard, o Halard, supongo, no fuera tu verdadero padre? —le preguntó Lucius cuando el posadero ya se había alejado, cogiendo su cuchillo y tenedor y empezando a cortar la carne.

—Al principio me importaba muchísimo, y me inclinaba a no creerlo. Pero no me parecía el tipo de cosa que pudiera haber inventado lady Lyle. Era codiciosa y de vez en cuando malévola, pero no me parecía que fuera mala. Después, cuando ya me recuperé de la primera impresión, comprendí que el inmenso amor que él siempre derramó sobre mí era más precioso aún de lo que yo había creído, puesto que yo ni siquiera era de su sangre. Pero me importaba en otros sentidos. Yo era una impostora en la sociedad. No podría haberme casado con Charles ni aunque lo hubiera amado. Y esto sigue valiendo ahora, no es sólo algo del pasado; no puedo casarme contigo.

Se llevó el tenedor con comida a la boca y entonces descubrió que masticarla casi la superaba.

—¿De veras eres tan ingenua, Frances? Muchos miembros de la alta sociedad no tienen los padres que declaran tener. ¿No has oído decir que una vez que la mujer ha dado a su marido un heredero y otro de recambio puede empezar a disfrutar de su vida de la manera que quiera siempre que sea discreta? Hay muchas mujeres de la buena sociedad que hacen eso con gran entusiasmo y proveen a sus maridos con un buen surtido de ilusionados hijos que él no ha engendrado. ¿Qué te dijeron tus tías abuelas sobre esto?

—Me dijeron que la primera vez que me vieron yo era una pequeñaja de ojos grandes y que se enamoraron de mí al instante. Me dijeron que mi padre les dijo la verdad sobre mí y eso sencillamente no les importó nada. Mi padre era su amado sobrino y me reconocía como hija suya. Así que jamás se les ocurrió no reconocerme como sobrina nieta. Me dijeron que yo era la niña de sus ojos.

—Cuando fui a verlas esta tarde —dijo él—, me dijeron que también eres su heredera.

—Ah —dijo ella, dejando casi sonoramente en la mesa el cuchillo y el tenedor, ya sin siquiera fingir que comía.

—No irás a llorar otra vez, ¿verdad, Frances? Si lo hubiera sabido habría traído una docena de pañuelos limpios, pero no lo sabía. No llores, mi amor.

—No, no voy a llorar. Pero hace tres años, cuando la condesa de Fontbridge fue a verme con sus amenazas, sólo pensé en ellas. No podía soportar que supieran lo engañadas que habían estado todos esos años. Y supongo que no soportaba la idea de perder su cariño. Pero hoy cuando fui al cenador a decirles la verdad, me miraron consternadas porque «yo» lo sabía. Entonces me abrazaron, me besaron y me dijeron que era una boba por haber dudado de ellas un sólo momento.

—¿Lo ves? —dijo él, con el plato ya casi vacío—. Están de acuerdo conmigo, Frances, en que eres una boba, quiero decir. Nunca compensa ceder a las amenazas ni al chantaje. Iré a ver a lady Fontbridge y le arrearé una buena bofetada, si quieres, o lo haría si no fuera muy poco caballeroso tratar con esa violencia a una dama.

—Ah, Lucius —rió ella—. Esta mañana fui a verla y le dije que aunque me volvía a Bath ya no me consideraba atada por la promesa que le hice hace tres años, aparte de la de no casarme con Charles porque en ese tiempo yo ya no tenía la menor intención de casarme con él. Y después fui a ver a lady Lyle y le dije que ya no me consideraba en deuda con ella ni obligada con George Ralston. Entonces me amenazó con seguirme a Bath con sus crueles cotilleos, y yo le dije el nombre y la dirección de la escuela.

El tenedor de él quedó suspendido a medio camino hacia su boca. Le sonrió y ella sintió dar un vuelco completo a su corazón dentro del pecho.

—¡Bravo, mi amor!

—Lucius —dijo ella, suspirando—, esta es la tercera o cuarta vez que me llamas así en la última hora más o menos. Debes dejar de hacerlo. De verdad, debes. Necesitas concentrarte en cumplir la promesa que le hiciste a tu abuelo. Si la señorita Hunt ya no es una candidata, tienes que encontrar otra.

—Ya la he encontrado.

Ella volvió a suspirar.

—Tu esposa debe ser una mujer aceptable para tu familia. Sabes que tiene que serlo. Hiciste esa promesa de casarte tan pronto como te enteraste de que el conde de Edgecombe estaba mal de salud. ¿Sabes por qué hiciste esa promesa? ¿Porque era tu deber hacerlo? Sí. Creo que el deber significa mucho para ti. ¿Porque lo quieres y quieres también a tu madre y a tus hermanas? Sí. Te comprometiste a casarte, a establecerte y a tener tu propia familia, Lucius, porque amas a la familia que te crió y nutrió y piensas que les debes esa estabilidad en tu vida.

—Veo que hoy estás muy propensa a asignarme todo tipo de motivaciones sentimentales —dijo él. Su plato ya estaba vacío; dejó en la mesa el cuchillo y el tenedor y cogió su copa de vino—. Pero si hay verdad en lo que dices, Frances, también la hay en esto. Me casaré «por amor». Eso ya lo he decidido y te pone en una posición difícil, porque te amo a ti y por lo tanto no puedo conformarme con ninguna otra. Y sin embargo tengo que cumplir una cierta promesa antes que acabe el verano.

Llegó el posadero a retirar los platos. Detrás de él llegó una camarera con dos platos de humeante pudín. Frances le hizo un gesto indicándole que se llevara el de ella y pidió una taza de té.

—Tu padre te reconoció desde el momento de nacer, ¿verdad que sí? —dijo Lucius cuando volvieron a quedarse solos—. ¿Estaba casado con tu madre? ¿Te dio su apellido?

—Sí, por supuesto.

—Entonces eres legítima. A los ojos de la iglesia y de la ley eres Frances Allard, o tal vez Françoise Halard.

—Pero ningún etiquetero estirado querría casarse conmigo sabiendo la verdad —dijo ella.

—Buen Señor, Frances, ¿para qué querrías casarte con un etiquetero estirado? Eso me parece un destino tremendamente horroroso. Cásate conmigo mejor.

—Estamos dándole vueltas al mismo asunto.

Él levantó la vista de su pudín para sonreírle.

—Acabo de caer en la cuenta —dijo— de que al final no hiciste el pudín de sebo con nata para coronar el pastel de carne, Frances.

Pero diré esto: ese pastel me llenó tanto, que seguro que el pudín se habría desperdiciado si lo hubieras hecho.

Cuánto, cuánto lo amaba, pensó ella, mirándolo. Debió haberse enamorado cuando...

—Creo —continuó él— que me enamoré de ti después de saborear el primer bocado de ese pastel, Frances. O tal vez fue cuando entré en la cocina y te encontré pasando el rodillo por esa pasta y me golpeaste la mano cuando yo robé un trozo. O tal vez fue cuando te saqué de tu coche, te deposité en el camino y tú opinaste que deberían achicharrarme en aceite hirviendo. Sí, creo que tiene que haber sido entonces. Ninguna mujer me había dicho palabras tan cariñosas antes.

Ella continuó mirándolo.

—Necesito saber algo, Frances —dijo él—. Por favor, debo saberlo. ¿Me amas?

—Eso no tiene nada que ver con nada —repuso ella, negando lentamente con la cabeza.

—Por el contrario, tiene todo que ver con todo.

—Claro que te amo, por supuesto que te amo. Pero no puedo casarme contigo.

Él enderezó la espalda, la apoyó en el respaldo, su pudín sólo a medio comer, y le sonrió con esa expresión con que la había mirado antes: los ojos intensos, los labios apretados, la mandíbula rígida. Tal vez no se le podía llamar sonrisa, pero...

—Mañana —dijo— tu continuarás tu camino a Bath en la vieja chalupa, Frances. Tienes tus deberes como profesora ahí, y sé que son importantes para ti. Yo volveré a Londres en mi tílburi. Tengo deberes que me esperan ahí, y son importantes para mí. Esta noche haremos el amor.

Ella se mojó los labios y vio que él seguía con los ojos el movimiento de su lengua.

O sea, que él había renunciado a la discusión.

Se le rompió el corazón otro poquito más.

Pero estaba esa noche.

—Sí —dijo.

Lucius no podía creer el cambio que entrañaba el hecho de amarla, de amarla conscientemente, no sólo llevarse a la cama un cuerpo atractivo por el que había concebido un fuerte deseo sexual.

Se había enamorado de ella muy pronto, suponía, tal como le dijera a ella en la cena. ¿Por qué, si no, le rogó que se fuera con él a Londres cuando no tenía ningún plan y sí todos los motivos para no llevarla? ¿Por qué, si no, le resultó imposible olvidarla en los tres meses siguientes a su rechazo, aun cuando se convenció de que la había olvidado? ¿Por qué, si no, le hizo esa impulsiva proposición de matrimonio en Bath? ¿Y por qué, si no, continuó persiguiéndola sin cesar desde entonces?

Pero en algún momento a lo largo del camino, y era imposible saber cuándo y por qué ocurrió, sus sentimientos por ella cambiaron, se ahondaron, de modo que ya no estaba sólo enamorado de ella; la amaba. La belleza de su persona y de su alma, ese fuerte sentido del deber y del honor por el que vivía, a veces equivocado y casi siempre irritante, la manera que tenía de ladear la cabeza y mirarlo con expresión de exasperación e inconsciente ternura, cómo se le iluminaba la cara de alegría cuando se olvidaba de sí misma, su capacidad para entregarse a la diversión, al juego y la risa, ah, había ciento y una cosas de ella que lo habían llevado a amarla, y ciento y una otras intangibles que la convertían en la única mujer que había amado en su vida, y la única que amaría.

Cuando se acostaron desnudos en el medio de la ancha cama de la habitación de la posada y rodeó con los brazos su cálido y esbelto cuerpo, estrechándolo contra el de él, comprobó que estaba casi temblando. La idea de que todavía podría perderla estuvo a punto de avasallarlo, así que puso los labios entreabiertos sobre los de ella y trató de concentrarse en el momento.

En ese momento ella estaba desnuda y deseosa en sus brazos, y eso era lo único que importaba.

En ese momento estaban juntos.

Y ella había reconocido que lo amaba. Él ya lo sabía, lo sabía en su corazón, pero ella había dicho las palabras.

«Claro que te amo, por supuesto que te amo.»

—Lucius —dijo ella, con la boca pegada a la de él—, hazme el amor.

Él apartó la cara lo justo para sonreírle a la tenue luz de las lámparas del patio del establo que entraba por la ventana.

—Creía que era eso lo que estaba haciendo. ¿No lo hago bien?

Notó cómo se le estremecía todo el cuerpo de risa. Cómo le encantaba cuando hacía eso.

—Claro que —dijo, poniéndola de espaldas e inclinándose sobre ella, pasándole un brazo por debajo de la cabeza y metiéndole una rodilla entre sus muslos— estás muy caliente para acariciarte, Frances. Al rojo vivo. Podría quemarme acariciándote. ¿No estarás enfermando de alguna fiebre por casualidad?

Ella volvió a reírse, le rodeó la nuca y le acercó la cara para darle otro beso, apretando los pechos contra el pecho de él.

—Creo que sí —dijo—, y me parece que la enfermedad va a empeorar antes de mejorar. Pero sólo se me ocurre un remedio. Mejórame, Lucius.

Lo dijo con una voz grave, ronca, que le puso la carne de gallina en los brazos y por la columna.

—Encantado, señora —repuso, depositándole besos de pluma por el mentón y la garganta—. ¿Pasamos de los preliminares esta vez?

—¿Esta vez? —preguntó ella entrelazando los dedos en su pelo—. ¿Habrá otra vez entonces?

—¿Cuántas horas nos quedan de la noche?

—¿Ocho?

—Entonces habrá otras veces —dijo él—. Una para jugar, una para descansar entre la una y la otra. ¿Otras tres veces, entonces? Tal vez cuatro puesto que ésta va a ser breve.

—Pues, pasemos de los preliminares esta vez —dijo ella riendo suavemente.

Entonces él montó encima, pasó las manos por debajo de su cuerpo, acomodándola, se posicionó entre sus muslos y se enterró fuerte y profundo en ella.

Ya casi desde el principio sabía que era una mujer apasionada. Pero esa noche ella había abandonado todas sus inhibiciones. No le mintió cuando le dijo que estaba casi demasiado caliente para acariciarla. Lo que siguió fue pura y gloriosa carnalidad. Ella respondió embite por embite, y se acoplaron con vigor, las respiraciones jadeantes, la pasión y el sudor mezclados, hasta llegar a un avasallador orgasmo al mismo tiempo.

Recordando en el último instante que estaban en una posada y las paredes podrían no ser todo lo gruesas y a prueba de ruidos que debieran, le cubrió la boca con la suya abierta para absorber su último grito.

Después giró la cabeza hacia un lado, relajó todo su peso sobre ella y suspiró.

—El secreto cuando uno quiere pasar toda una noche de juego —dijo— es ahorrar un poco de energía, realizar el primer asalto de modo restringido e ir acumulando para llegar a un delicioso orgasmo en el último asalto por ahí después del alba.

—Pero eso es exactamente lo que estamos haciendo, ¿no? —dijo ella en voz baja, echándole el cálido aliento en la oreja—. Espera ese último asalto, Lucius. Va a hacer explotar el orbe y saldremos disparados por el espacio.

—El cielo me ampare —dijo él—, y el cielo ampare al mundo.

Y entonces se quedó dormido, sin antes molestarse en bajar de encima de ella.

¿Sería posible que algunas personas vivieran la vida con esa intensidad día tras días, mes tras mes e incluso año tras año?, estaba pensando Frances en uno de esos adormilados momentos de esa noche en que no estaba haciendo el amor ni durmiendo. ¿Así, dando y tomando dicha con temeraria indiferencia a las consecuencias, al futuro o a cualquier otra cosa, en realidad, que no fuera el precioso momento que estaba viviendo?

La parte prudente de ella le decía que era una tonta al hacerlo, incluso inmoral. Pero algo en su alma sabía que si nunca alargaba la mano para coger la dicha, nunca la encontraría, y al final de su vida sabría que había vuelto adrede la espalda a las oportunidades más preciosas que le había ofrecido la vida como regalo.

No podía casarse con Lucius; o más bien no quería, porque sabía que él nunca sería totalmente feliz sin la bendición de su familia.

¿Y cómo le iban a dar esa bendición si su esposa era la hija de una cantante italiana y un italiano desconocido?

No podía casarse con él, pero sí podía amarlo esa noche.

Y eso hizo, entregándose de lleno a toda la pasión que sentía por él. Hicieron el amor una y otra vez, a veces con vigor rápido, como al principio de la noche, a veces con caricias preliminares prolongadas, seductoras, casi dolorosas, y acoplamientos lentos, largos, rítmicos, tan atrozmente sensuales y hermosos que los dos, por acuerdo tácito, retardaban el momento en que la excitación se desataría y los arrojaría por el precipicio a la saciedad, la paz y el sueño.

Sus manos, su cuerpo, sus potentes piernas y brazos, su boca, su pelo, su olor, todo en él se le fue haciendo tan conocido a lo largo de la noche como su propio cuerpo. Y tan amado. Llegó a entender la idea de que el hombre y la mujer pueden convertirse en una sola carne. Cuando él estaba dentro de ella le costaba saber dónde terminaba ella y comenzaba él. Sus cuerpos parecían hechos para encajar el uno en el otro, para unirse y relajarse juntos.

—¿Feliz? —musitó él en su oreja cuando la aurora empezaba a dar una luz gris a la habitación.

Tenía un brazo bajo su cuello, los dedos entrelazados con los de ella, una de sus piernas sobre las dos de ella, y con la otra mano le trazaba lentos círculos en el vientre.

—Mmm —musitó ella.

Pero a la aurora seguía inevitablemente el día, pensó.

—¿Estarás contenta de volver al trabajo?

—Mmm —repitió.

Pero sí que lo estaría. Siempre había sido feliz en la escuela y su trabajo en ella siempre le producía satisfacción. Sus compañeras eran las mejores y más íntimas amigas que había tenido en su vida. Las quería, así de sencillo.

—¿El resto del año escolar será ajetreado? —le preguntó él, cogiéndole el lóbulo entre los dientes y frotándole la punta con la lengua, produciéndole unas sensaciones que le enroscaron los dedos de los pies.

—Habrá que preparar y corregir los exámenes de final de curso

—explicó—. Habrá un té de despedida para las niñas que dejan la escuela, y buscar ocupación para las niñas en régimen gratuito, en puestos para los que las cualifiquen su educación e inclinaciones personales. Haremos la selección de nuevas alumnas para el próximo año; Claudia siempre nos hace participar en la decisión a todos sus profesores. Y luego vendrá el concierto de fin de año para los padres y amigos, con la entrega de premios. Actuarán todos mis coros y algunas de mis alumnas de música. Desde ahora hasta entonces habrá ensayos diarios. Sí, estaré demasiado ocupada para pensar en otra cosa.

—¿Lo agradecerás?

Ella mantuvo cerrados los ojos un momento, sin contestar.

—Sí —dijo al fin.

Él le giró la cabeza con las manos entrelazadas y la besó en la boca.

—Y tú estarás muy ocupado asistiendo a todos los bailes y fiestas.

—Parece que mi madre y las niñas disfrutan llevándome a rastras —dijo él.

—Y tendrás deseos de conocer a alguien. Tal vez...

Él la interrumpió con otro beso.

—No digas tonterías, cariño. En realidad, no digas nada. Me viene otro ataque de energía.

Le cogió la mano libre y se la puso sobre el miembro. Ella lo sintió endurecerse de excitación y lo rodeó con la mano.

—Pero tengo demasiada pereza para ponerme encima o para subirte a ti encima de mí —dijo él—. ¿Vemos si hay una manera perezosa de amar?

La giró hacia él, le puso la pierna sobre su cadera, acomodó su posición y la penetró. Ella acomodó las caderas para darle más acceso.

Y se amaron lenta y perezosamente y el ardiente y casi relajado orgasmo llegó varios minutos después.

Él le bajó la pierna de su cadera y los dos se durmieron, todavía unidos.

Cuando despertó, el sol ya había salido y brillaba en sus ojos.

«Mañana tú continuarás tu camino a Bath... Yo volveré a Londres...»

Indiscutiblemente, el mañana ya había llegado.

Ella debería volver a Londres con él, estaba pensando Lucius. Debería volver a la casa de sus tías abuelas, dejarse mimar por ellas y prepararse para la celebración de su compromiso y luego para la boda antes de que acabara el verano.

Debería volver para ir a hablar con Heath, para organizar con él el concierto que este planeaba para ella. Debería dedicarse a practicar canto y prepararse para esa profesión que estaba esperando a que ella alargara la mano y la cogiera.

Pero había algo mucho más importante que debía hacer.

Debía volver a Bath, a la escuela de la señorita Martin, volver a sus alumnas y deberes docentes y a todo lo que había enriquecido y dado sentido a su vida durante esos tres años y medio pasados.

Podría haberse derrumbado entonces, atrapada como estaba entre el ultimátum que le diera la condesa de Fontbridge y la cruel explotación de su talento al que se dedicaron Ralston y lady Lyle durante dos años.

Pero ella no se derrumbó, a pesar de cómo la habían educado. Tuvo la fuerza de carácter y la resolución para volverle la espalda a ese bastante desastroso comienzo de su edad adulta y forjarse una nueva vida.

Se equivocó al llamarla cobarde, había llegado a comprender, al acusarla de conformarse con estar contenta cuando podía alcanzar la felicidad con él y con su canto.

Ella no huyó de su antigua vida.

Corrió hacia una nueva.

Estaba mal esperar que ella renunciara a esa vida simplemente porque lo amaba y quería que se casara con él. Estaba mal esperar que renunciara a eso por la perspectiva de una carrera como cantante, aun cuando había soñado con dicha profesión toda su vida.

Tenía una vida y una profesión, y a las dos les debía su presencia y compromiso, por lo menos hasta que finalizara el año escolar en julio.

Lo más difícil que le tocaría hacer, en mucho, mucho tiempo, sería dejarla seguir su camino sin intentar persuadirla de volver a Londres con él, y ni siquiera rogarle que le permitiera venir a buscarla en julio.

Porque ella tenía razón. Aun cuando ya sabía que no podría de ninguna manera casarse con una mujer a la que no quisiera, también sabía que era importante para él la bendición de su familia, la de su madre y de sus hermanas además de la de su abuelo.

Si su amor por Frances pesaría más que la desaprobación de ellos, si se daba el caso, no lo sabía, aunque creía que sí. Pero sí sabía que debía hacer todo lo que estuviera en su poder para ganarse esa aprobación.

Y eso sería más fácil si volvía solo, si no los enfrentaba a algo ya hecho.

Por lo tanto, después del desayuno, que igual podrían no haber pedido, por lo que comieron, se despidieron en el patio del establo, él y Frances Allard.

Thomas ya estaba sentado en el pescante de su coche, los dos dóciles caballos ya enganchados, esperando la señal para partir. Peters, mientras tanto, estaba junto a las cabezas del par de caballos más briosos enganchados al tílburi, y parecía impaciente por ponerse en marcha, aunque esa mañana pareció decepcionado cuando Lucius le informó que no conduciría él el vehículo.

Estando los dos fuera de la puerta abierta del coche de ella, Lucius le cogió las dos manos, se las apretó fuertemente, se llevó una a los labios y la sostuvo ahí un largo rato, con los ojos cerrados.

—Hasta luego, mi amor —le dijo—. Que tengas un buen viaje. Procura no trabajar demasiado.

Con sus oscuros ojos grandes y expresivos, ella lo miró largamente a los ojos, como si quisiera embeberse de él para aplacar la sed del resto del día.

—Adiós, Lucius —dijo. Tragó saliva con dificultad—. Adiós, mi amadísimo.

Se soltó bruscamente las manos y subió a toda prisa al coche, sin ayuda. Allí se puso a ordenar sus cosas mientras él cerraba la puerta, y mantuvo la cabeza baja mientras él le daba la señal a Thomas. El viejo cacharro se puso en movimiento.

Ella mantuvo la cabeza baja hasta el momento en que el coche viró para entrar en el camino. Entonces alzó la vista y, casi demasiado tarde, agitó la mano en despedida.

Y se marchó.

Pero no para siempre, caramba.

Eso no era un adiós.

Jamás volvería a decirle adiós.

De todos modos, pensó, caminando hacia el tílburi, saltando al elevado pescante y cogiendo las riendas de manos de Peters, se sentía como si lo hubiera sido.

Estaba a punto de echarse a llorar, condenación.

—Será mejor que te afirmes bien —le advirtió a Peters cuando este subió detrás—. Tan pronto como entremos en el camino voy a hacer brincar los caballos.

—Eso diría yo también, jefe —dijo Peters—. A algunas personas poco aficionadas a los desayunos de campo les gusta hacer su comida de mediodía en Londres.

Lucius puso a brincar los caballos.

Capítulo 25

Cuando habían transcurrido dos semanas desde el sorprendente anuncio del vizconde Sinclair en el salón de la casa Marshall y viendo que no aparecía ningún anuncio de su compromiso, lady Balderston dejó muy claro a lady Sinclair, con una serie de indirectas y circunloquios, que si el vizconde Sinclair quería ofrecer humildes disculpas sería recibido con perdón y comprensión. Al fin y al cabo, se decía que la mitad de los caballeros presentes en el concierto se habían enamorado de la señorita Allard, y era un hecho bien sabido que el vizconde Sinclair muchas veces hablaba y actuaba impulsivamente.

Cuando pasaron otras dos semanas, y no llegó ninguna disculpa, ni humilde ni de otra clase, lady Portia Hunt se convirtió repentinamente en la «comidilla» de los salones elegantes de Londres, pues corría el rumor de que había rechazado la proposición del vizconde Sinclair en favor de las atenciones y requerimientos que le hacía un personaje de la importancia del marqués de Attingsborough, hijo y heredero del duque de Anburey. Y de pronto, como prueba de que los rumores no mentían, se los comenzó a ver juntos en todas partes, paseando en tílburi por Hyde Park, sentados uno al lado de otro en un palco del teatro, bailando en diversos bailes.

Mientras tanto Lucius no había estado ocioso, aun cuando estaba mucho menos activo que de costumbre. Se pasaba horas y horas sentado en los aposentos de su abuelo, o bien junto a la cama o en la sala de estar cuando el anciano se sentía lo bastante bien para levantarse.

Según su médico, había sufrido otro fallo cardiaco muy leve.

La tarde del mismo día en que volvió a Londres, Lucius se sentó junto a la cama para frotarle alternativamente las frías y fláccidas manos entre las suyas y calentárselas.

—Abuelo, siento no haber estado aquí antes. He estado a medio camino de Bath de ida y vuelta.

Su abuelo le sonrió adormilado.

—Cuando fui a ver a la señora Melford y la señorita Driscoll ayer por la tarde, descubrí que Frances acababa de marcharse de regreso a Bath. Fui tras ella.

—¿Así que no desea cantar, entonces, aún cuando Heath quedó tan impresionado con ella?

—Sí que lo desea, pero es profesora, y en estos momentos la escuela, sus alumnas y sus compañeras son más importantes para ella que cualquier otra cosa. No quiere estar más tiempo ausente, lejos de ellas.

Su abuelo tenía los ojos fijos en su cara.

—¿Y tampoco te desea a ti, Lucius?

Lucius le friccionó otro poco la mano.

—Me quiere. Me desea tan locamente como yo a ella. Pero no se cree digna de mí.

—¿Y tú no lograste convencerla de lo contrario? —rió el anciano—. Debes de estar perdiendo facultades, hijo mío.

—No, no podía, porque no tenía la autoridad para convencerla. Ella no se casará conmigo a no ser que cuente con la bendición de toda mi familia.

El abuelo cerró los ojos.

—Sabe tan bien como yo —continuó Lucius— que tú tienes el corazón puesto en que me case con Portia.

Esos vivos ojos se abrieron otra vez.

—Eso es algo que a lo largo de los años hemos hablado con Godsworthy como un resultado deseable —dijo—. Pero tú debes volver la mente al día de Navidad, Lucius, cuando te dije que la decisión para elegir esposa debe ser tuya y sólo tuya. El matrimonio es una relación íntima, de cuerpo, mente e incluso de espíritu. Puede procurar mucha dicha si los cónyuges están unidos por la amistad, el afecto y el amor, y mucho sufrimiento si no lo están.

—¿No sufrirás si no me caso con Portia, entonces? —le preguntó Lucius—. Y la verdad, abuelo, no puedo. Es perfecta en todos los sentidos, pero yo no lo soy.

Su abuelo se rió suavemente otra vez.

—Si yo fuera joven y aún no hubiera conocido a tu abuela, Lucius, creo que me habría enamorado de la señorita Allard. He notado tu creciente estimación por ella.

—Tuvo buena crianza y educación —le explicó Lucius—, pero no le quedó nada de dinero cuando murió su padre. Cayó en las manos de lady Lyle y George Ralston, nada menos. Él la hizo firmar un contrato para dirigir su carrera de cantante. Puedes imaginarte, si quieres, abuelo, el tipo de compromisos para cantar que le encontraba. Eran mucho menos que respetables. Él y lady Lyle se fueron quedando con el dinero durante un tiempo, supuestamente para pagar deudas de su padre. Fontbridge cortejaba a Frances en ese tiempo, pero la condesa es demasiado etiquetera y estirada para mirar con buenos ojos su boda con la hija de un inmigrante francés. Entonces lady Lyle intervino para romper la conexión. Fontbridge le había dicho a Frances que no podría cantar después de su matrimonio y sin duda lady Lyle temió perder sus ingresos. Vertió veneno en los oídos de lady Fontbridge. Y su plan tuvo éxito. La condesa no sólo separó a Frances de su hijo con amenazas sino que también la obligó a alejarse totalmente de la vida que llevaba aquí. Frances se fue a Bath sin decirle una palabra a ninguno de ellos y desde entonces ha estado enseñando ahí.

—Mi admiración por ella ha aumentado —dijo el conde—. Y el hecho de que haya vuelto ahí ahora, Lucius, en lugar de dejarse arrastrar por el entusiasmo de Heath y nuestro, indica estabilidad, formalidad y firmeza de carácter. Me gusta cada vez más.

—Pero es el veneno vertido en el oído de la condesa lo que más preocupa a Frances —continuó Lucius—. Es lo que considera que la descalifica más para ser mi esposa. Resulta que no es hija de Allard, aun cuando él se casó con su madre antes que ella naciera, sabiendo cuando se casó que estaba embarazada de otro hombre. Frances no conoce la identidad de su verdadero padre, pero supone que era italiano, como su madre. Allard la reconoció cuando nació y la crió como a una hija, y nunca le dijo ni una palabra de la verdad. Pero sí se la dijo a la señora Melford y a la señorita Driscoll, y a lady Lyle, que colijo era su amante. Por la ley, entonces, Frances es legítima.

Su abuelo estuvo con los ojos cerrados un largo rato. Lucius llegó a pensar que se había dormido. Tenía un ligero tinte gris en la piel, y se veía delgado como un pergamino. Sintió deseos de llorar, por segunda vez ese día. Le acarició la mano que todavía tenía en la suya.

—Lucius, hijo mío —dijo su abuelo al fin, con los ojos cerrados—, tu matrimonio con la señorita Allard tiene mi bendición. Puedes decírselo.

—Tal vez puedas decírselo tú, abuelo. Al final del año escolar hay una velada en que se da un concierto con entrega de premios. Cantarán todos sus coros y actuarán algunas de sus alumnas de música. Pensé que podríamos asistir.

—Iremos —dijo su abuelo—. Pero ahora voy a descansar, Lucius.

Ya estaba roncando suavemente cuando Lucius le metió la mano bajo las mantas.

Lady Sinclair y sus hijas resultaron sorprendentemente fáciles de persuadir.

Lady Sinclair estaba tan contenta de que su hijo estuviera viviendo en la casa Marshall, comportándose responsablemente la mayor parte del tiempo, mostrando tanta preocupación y cariño por su abuelo y tan buena disposición para acompañar a sus hermanas en sus diversas salidas, que no le cabía duda de que estaría encantada con cualquier novia que eligiera, puesto que ya casi se había resignado a la idea de que él no pondría nunca fin a sus correrías juveniles. Y si el nacimiento de la señorita Allard era de dudosa legitimidad, bueno, también lo era el de un buen segmento de la aristocracia. Los aristócratas sencillamente no hablan de esos asuntos.

Una semana después, Lucius se enteró de que su madre había hecho un esfuerzo especial la noche anterior para hablar con la condesa de Fontbridge en el centro social Almack's, durante una fiesta a la que asistió con Emily. Intencionadamente llevó la conversación al tema Frances Allard, habló sin tapujos de su nacimiento y conexiones y luego expresó la opinión de que una damita de tan buena crianza y recato y con ese pasmoso talento sólo podía ser deseable como amiga y, con el tiempo, tal vez, ¿quién podía saberlo de cierto?, incluso algo más que una amiga para la familia. Ah, ¿y sabía lady Fontbridge que la señorita Allard era la heredera de la señora Melford y la señorita Driscoll, las tías abuelas del barón Clifton? ¿Y que con esas dos damas, por cierto, ella tenía una relación tan íntima y de tanto cariño que no había «ningún» secreto entre ellas?

—Nunca había oído hablar así a mamá —comentó Emily, muy orgullosa—. Dejó pequeña a cualquiera de esas viejas cotillas en dulzura y virulencia, Luce. Se veía en la expresión estirada y altiva de la condesa que entendía muy bien.

—Vigila tu lengua, Emily —dijo su madre enfadada—. Tu madre una vieja cotilla, desde luego.

Pero todos los reunidos alrededor de la mesa del desayuno se echaron a reír.

Margaret, que por Navidad había hablado locuazmente en favor de Portia como esposa de su hermano, se había casado con Tait por amor, y entonces dio su opinión diciendo que si la señorita Allard era la mujer que amaba Lucius, ella no diría nada para disuadirlo. Además, Tait ya la había advertido hacía tiempo de que Lucius se cortaría el cuello antes de casarse con Portia cuando llegara el momento.

Caroline, que seguía con la cabeza metida en las nubes desde su compromiso, sólo pudo aplaudir que su hermano hubiera elegido a una mujer de la cual estaba tan evidentemente enamorado. Además, todavía se sentía pasmada por el talento de la señorita Allard y le gustaría muchísimo tenerla de cuñada.

Emily se había llevado una grave desilusión con Portia esa primavera, en que la veía con más frecuencia que de costumbre. No la consideraba en absoluto conveniente para Luce. La señorita Allard, en cambio, era perfecta, como lo probaba el hecho de que tuvo las agallas para volver a Bath a enseñar aún cuando Lucius había ido tras ella a intentar convencerla de que volviera a Londres.

Amy estaba sencillamente extasiada.

Más o menos una semana después de encontrarse con la condesa de Fontbridge en el centro social Almack's, la vizcondesa se encontró con lady Lyle en una fiesta de jardín a la que asistió con Emily y Caroline, y tuvo con ella una conversación acerca de Frances, muy similar a la que tuvo con la condesa, si es que se podía llamar conversación, porque lady Sinclair era la que hablaba y lady Lyle se limitaba a escuchar, con su habitual media sonrisa jugueteando en sus labios.

—Pero escuchó —informaría Caroline después.

Pero Lucius no iba a permitir que su madre luchara todas las batallas. Una mañana se encontró con George Ralston en el salón de boxeo de Jackson. Normalmente no se habrían ni mirado, no porque hubiera una hostilidad particular entre ellos sino porque iban con grupos muy diferentes. Pero esa determinada mañana se fijó en la mala caída de la corbata de Ralston y se lo dijo en tono desaprobador, ante la perplejidad de sus amigos. Y luego, acercándose el monóculo al ojo, observó una mancha de lodo que llevaba el hombre en una de sus botas de caña alta y comentó en tono elevado que cualquiera que mantuviera a un ayuda de cámara tan descuidado tenía que ser descuidado.

Y entonces, como si se le acabara de ocurrir, lo invitó a entrenarse con él en un combate de boxeo amistoso.

La reacción de sus amigos ya había pasado de sorpresa al pasmo.

No fue un combate amistoso. Ralston estaba furioso por los insultos a que lo había sometido uno de los corintios más respetados de la sociedad, y Lucius estaba más que dispuesto a satisfacerlo.

Cuando el propio caballero Jackson puso fin al combate después del sexto asalto, aunque estaban planeados diez, Lucius tenía las mejillas brillantes, los nudillos más brillantes aún y unas costillas que le recordarían el combate varios días, mientras que Ralston tenía un ojo convertido en una rajita en medio de dos hinchazones, una heridita encima del otro, una nariz roja brillante que inducía a sospechar que podría estar quebrada, y moretones en los brazos y torso que al final del día estarían más negros y mantendrían a su propietario despierto y rígido muchos días y muchas noches.

—Gracias —le dijo Lucius al final—. Ha sido un placer, Ralston. Tengo que acordarme de decirle a la señorita Allard la próxima vez que la vea que me topé contigo y pasamos una hora muy agradable eh... conversando. Pero tal vez tú la recuerdas como *mademoiselle* Halard. Lord Heath está impaciente por patrocinar su carrera como cantante, ¿lo sabías? Es posible que ella acepte su ofrecimiento puesto que está en total libertad para hacerlo. La conociste, creo, cuando todavía era menor de edad, ¿no? Pero hace tanto tiempo de eso que tal vez ya ni siquiera te acuerdes de ella. Ah, tienes un diente suelto, ¿verdad? Yo en tu lugar no lo movería, compañero. Es posible que se afirme en la encía si lo dejas en paz. Que tengas un buen día.

—¿Y de qué diablos iba todo eso? —le preguntó uno de sus amigos más obtusos, cuando Ralston ya no podía oírlo.

—Ah, así que por ahí van los tiros, ¿eh, Sinclair? —le dijo un amigo más astuto, sonriendo.

Pues sí.

Se le hicieron interminables los dos meses que tuvo que esperar para el concierto de fin de año de la escuela de la señorita Martin. Y lógicamente este tiempo estuvo plagado de ansiedad, ya que no tenía ninguna seguridad de que Frances se alegrara de volver a verlo o incluso que aceptara casarse con él, aun cuando llegaría armado con la bendición de todos y cada uno de los miembros de su familia.

Nunca se sabía con Frances.

En realidad, el sólo pensar en su obstinación le causaba una grave irritación.

Iba a tener que raptarla y fugarse con ella si volvía a decir no. Así de sencillo.

O ponerse de rodillas y suplicarle.

O hundirse en una decadencia romántica.

Pero no creía que fuera a fracasar. Lo acompañarían su abuelo, que estaba dispuesto a probar las aguas de Bath otra vez, y Amy, que estaba mortalmente harta de Londres. También irían Tait y Margaret, que no querían perderse la ocasión ni por todo el oro del mundo. Al menos eso es lo que dijo Tait. Margaret fue mucho más refinada y declaró que tenía muchos deseos de visitar Bath otra vez, ya que no había estado allí desde hacía cinco años.

Y también iban a ir la señora Melford y la señorita Driscoll, ya que Bath no quedaba lejos de su ruta a casa, y estaban muy deseosas de ver a su querida Frances en el ambiente de su escuela. Y siempre habían deseado conocer a sus amigas de allí, entre ellas la señorita Martin, y oír sus coros.

Lucius tenía la fuerte sospecha de que habían decidido ir cuando se enteraron de que iba a ir «él». Deseaban que se casara con su sobrina nieta.

Y él, Dios misericordioso, estaba más que dispuesto a complacerlas.

El último mes del año escolar siempre era un frenesí de trabajo. Ese año no fue una excepción. Había que preparar y corregir exámenes, hacer los exámenes orales de francés, escribir las cartillas de notas e informes, elegir a las alumnas premiadas, y preparar el concierto de final de año.

Este último consumía las energías de todas durante todos los momentos no ocupados por las clases académicas y las horas de comer y dormir; incluso estas dos últimas actividades tuvieron que recortarse la última semana.

Frances era tal vez la más ocupada puesto que tenía que preparar y perfeccionar todos los números musicales, a excepción de la serie de contradanzas. Pero todas las profesoras tenían un papel que desempeñar. Claudia iba a ser la maestra de ceremonias y tenía que preparar su discurso de fin de curso. Susanna había ideado, escrito, puesto en escena y elegido el reparto de una corta parodia de la vida escolar, y la ensayaba con las niñas durante largas horas y en el mayor de los secretos, y con muchas risas, a juzgar por los sonidos que llegaban de su aula. El señor Upton había diseñado el decorado del escenario para toda la velada, y Anne reunía a un grupo de niñas, además de David, para realizarlo en la sala de arte todas las tardes hasta el anochecer cuando podían escaparse de sus estudios y deberes.

Frances le había anunciado a Claudia su dimisión al terminar el año. No venía huyendo cuando llegó a la escuela hace tres años, sino a forjarse una vida mejor y a encontrarse a sí misma, y estaba orgullosa del éxito conseguido en ambas cosas. Pero continuar allí, había decidido, después de varias noches sin dormir y varias conversaciones con sus amigas, sería esconderse de la realidad.

Porque la realidad y sus sueños habían coincidido por fin, y si esta vez les volvía la espalda rechazaría al destino y era posible que nunca más tuviera la oportunidad de cumplirlo.

Iba a ir a ver a lord Heath. Se pondría en sus manos y descubriría hasta dónde podía llevarla su voz.

Iba a actuar para hacer realidad sus sueños.

Anne y Susanna la bañaron en lágrimas, aunque las dos declararon vehementemente que iba a hacer lo correcto. Pero la echarían terriblemente de menos. Su vida en la escuela no sería igual sin ella.

Pero no volverían a dirigirle la palabra nunca más, le dijo Susanna, si no lo hacía.

Y estarían al tanto de su progreso y fama, le dijo Anne, y reventarían de orgullo por ella.

Claudia declaró que no le aceptaría la dimisión. Contrataría a una profesora suplente hasta Navidad. Si entonces Frances deseaba volver, su puesto estaría esperándola. Si no, entonces contrataría a una profesora permanente.

«No te irá mal ocurra lo que ocurra, Frances —le dijo—. Si continúas con el canto como profesión, querrá decir que has nacido para eso. Si después de todo encuentras que esa vida no te va, volverás a lo que haces soberbiamente, como podrán atestiguar el resto de su vida las muchas niñas que han estado en esta escuela los tres últimos años.»

Y así llegó la aurora del día del concierto de fin de año y continuó de la manera habitual, con la amenaza de todos los desastres imaginables y posibles, todos evitados en el último instante por un pelo: las bailarinas no encontraban sus zapatillas de baile, las cantantes no encontraban sus partituras, y nadie lograba encontrar a Martha Wright, la alumna más pequeña de la escuela, que sería la primera en salir al escenario a dar la bienvenida a los invitados; al final la encontraron encerrada en el cuarto de las escobas, recitando su parlamento con los ojos fuertemente cerrados y los dedos metidos en las orejas.

Poco antes de que comenzara la función, Susanna se asomó a mirar por un extremo de la cortina del escenario, para ver si había venido alguien, siempre la última ansiedad de esas veladas.

—Caramba —dijo por encima del hombro a Frances, que estaba ordenando sus partituras en el atril—, la sala está repleta.

Siempre lo estaba, por supuesto.

—¡Ah, mira! —exclamó justo cuando estaba a punto de soltar la cortina para que cayera en su lugar—. Ven a mirar, Frances, fila seis desde atrás, a la izquierda.

Frances siempre se resistía a la tentación de asomarse a mirar subrepticiamente. No le gustaba que alguien del público pudiera verla mirando. Pero no podía negarse, puesto que Susanna la estaba mirando con los ojos como platos, las mejillas encendidas y su traviesa sonrisa.

Miró.

Curiosamente, aunque estaban más hacia el centro, fueron sus tías abuelas las que vio primero. Pero antes que pudiera reaccionar a la alegría que le hinchó el pecho, recordó que Susanna no las había visto nunca y que por lo tanto no podía reconocerlas. Movió los ojos hacia la izquierda.

El conde de Edgecombe estaba sentado al lado de la tía Martha, más allá estaban lady Tait y lord Tait, luego Amy y luego...

Hizo una larga y lenta respiración y soltó la cortina.

—¡Frances! —exclamó Susanna, cogiéndola en un fuerte abrazo, sin hacer caso de las miradas de curiosidad de unas pocas niñas que estaban trabajando entre los bastidores; le asomaban lágrimas a los ojos—. Uy, Frances, vas a ser feliz. Una de nosotras va a ser feliz. ¡Me siento tan... feliz!

Frances estaba demasiado aturdida para sentir algo aparte de perplejidad.

Pero no había tiempo para los sentimientos. Eran las siete en punto y Claudia siempre insistía en que las funciones de la escuela comenzaran con puntualidad.

Apareció Anne con Martha Wright, le apretó los delgados hombros, le dio un beso en la mejilla y con un suave empujón la hizo salir al escenario.

El ensayo general realizado esa tarde había salido todo lo mal que podía salir. Pero la señorita Martin les aseguró alegremente a las niñas que ésa era una buena señal, que presagiaba que la actuación de esa noche resultaría muy bien.

Y tenía toda la razón.

Los coros cantaron al unísono, con ritmo y melodía; las bailarinas danzaron con pies ligeros y no se enredaron ni una sola vez en las cintas; el grupo coral recitativo hizo su número con mucho brío y dramatismo como si fueran una sola voz; Elaine Rundel y el niño David Jewell cantaron sus solos a la perfección; Hanna Swan y Veronica Lane tocaron su dúo al piano sin equivocarse en una sola nota, aunque debió quedar muy claro, incluso para aquellos sin el menor oído musical, que el instrumento ya tenía sus buenos años y que era muy improbable que durara muchos más, y las actrices de la parodia de Susanna, que representaba a profesoras y niñas preparando el concierto, sacó muchas risas del público y aplausos incluso antes de que terminara.

La velada llegó a su fin con un discurso de la señorita Martin, en el que subrayaba los logros más importantes del año, y que acabó anunciando el comienzo de la entrega de premios.

Después, al recordarlo, Frances nunca lograría explicarse cómo había pasado por todo eso. Cada vez que estaba en el escenario dirigiendo un coro y se volvía a agradecer los aplausos del público, veía o bien a sus tías abuelas sonriéndole de oreja a oreja, o al conde o a Amy. Ni una sola vez miró a Lucius. No se atrevía.

Pero sabía que él estaba sonriéndole con ese brillo en los ojos y esa expresión de labios apretados y mandíbula rígida que demostraba orgullo, afecto y deseo.

Y amor.

Ya no dudaba que él la amaba.

Ni que ella lo amaba a él.

Lo único de lo que había dudado era de la posibilidad de que hubiera algún futuro para ellos.

Pero el conde de Edgecombe estaba con él. También estaban Amy y lord y lady Tait. Y sus tías abuelas.

¿Qué podría significar eso?

No se atrevió a contestar esa pregunta.

Ni siquiera intentó hacérsela. Procuró concentrarse en el concierto, darles a las niñas toda la atención que merecían. Inconscientemente, les prestó más atención que de costumbre y ellas cantaron mucho mejor que de costumbre.

Pero finalmente se entregó el último premio y apagado el último aplauso, y no le quedó otra cosa por hacer que salir al vestíbulo con las niñas y los demás profesores a mezclarse con los invitados mientras se pasaban bandejas con galletas y limonada.

Ahí estaban la tía Martha y la tía Gertrude esperando para abrazarla y deshacerse en exclamaciones de alabanza por la belleza de toda la música. Amy la felicitó después de ellas. Lord Tait le hizo su inclinación con la cabeza, y lady Tait le sonrió con algo más que amabilidad en su expresión. El conde de Edgecombe, algo más encorvado de lo habitual, le cogió las dos manos entre las suyas, se las apretó y le dijo que al parecer era tan buena profesora como cantante, y que eso ya era decir algo.

Lucius se había mantenido en segundo plano, al parecer sin ninguna prisa por acercarse. Pero cuando Frances lo miró, temió que se le doblaran las rodillas. La estaba devorando con los ojos.

Al fin él le tendió la mano y cuando ella puso la suya en la de él se la llevó a los labios.

—Frances —dijo—, ya te dije adiós por última vez. Me niego rotundamente a volver a decirlo. Si insistes en tu no, me marcharé con la cara larga sin decir palabra.

Ella sintió subir el color a las mejillas. Sus tías estaban ahí escuchando. También el abuelo de él, sus hermanas y cuñado. Y Anne y David, que acababan de ponerse detrás de ella.

—¡Lucius! —dijo en voz baja.

Él no le soltó la mano, sus ojos ya estaban sonrientes.

—El último impedimento ya está eliminado —dijo, en el momento en que Susanna se ponía detrás de él—. Tenemos la bendición de todos y cada uno de mis familiares. No se la he pedido a tus tías abuelas, pero apostaría a que contamos con su bendición también.

—¡Lucius!

Empezaba a sentirse horrorosamente azorada. La gente ya empezaba a mirarlos. Un buen número de niñas se estaban dando codazos y disimulando risitas. Ahí estaba su profesora, la señorita Allard, en medio del vestíbulo, su mano sujeta muy cerca del corazón de un apuesto y elegante caballero, que la miraba risueño, con una expresión en su cara que sugería que era algo más que diversión lo que sentía.

Claudia ya había visto la escena y venía hacia ellos.

Frances lo miró en muda súplica.

Y entonces su osado, impulsivo, fastidioso y maravilloso Lucius hizo lo que seguro era lo más temerario que había hecho en su vida. Lo arriesgó todo.

—Frances —dijo, sin siquiera intentar bajar la voz para hacer algo más íntimo el momento—, mi amor más querido, ¿me haces el honor de casarte conmigo?

Se oyeron exclamaciones ahogadas, chillidos, suspiros y sonidos pidiendo silencio. A alguien se le escapó un lloriqueo, tal vez a Amy o a una de las tías abuelas.

Ese era el tipo de proposición de matrimonio, pensó una remota parte del cerebro de Frances, con que ninguna mujer ni soñaría. Era el tipo de proposición de matrimonio que toda mujer merecía.

Se mordió el labio.

Y luego sonrió radiante y dijo:

—Sí, Lucius, sí, por supuesto.

Se había equivocado. Aún no se había apagado el último aplauso de esa noche. Le ardieron las mejillas cuando todos los que estaban lo bastante cerca para haber escuchado, comenzaron a aplaudir otra vez.

El vizconde Sinclair bajó la cabeza como si fuera a besarle el dorso de la mano, pero en lugar de eso le dio un fuerte y breve beso en la boca.

Y entonces fueron aclamados por los familiares, amigos y niñas chillonas.

—Y ahora —dijo Claudia entonces, exhalando un suspiro que contradecían sus sonrientes ojos—, supongo que voy a tener que aceptar tu dimisión, Frances. Pero siempre dije que estaría dispuesta a hacerlo por una buena causa, ¿verdad?

Capítulo 26

*L*a boda de la señorita Frances Allard con el vizconde Sinclair se celebraría en la Abadía de Bath, un mes después de las muy públicas proposición de matrimonio y aceptación.

La vizcondesa, que pronto se convertiría en la vizcondesa viuda, quería que las nupcias se celebraran en Londres, en la iglesia St. George de Hanover Square. La señora Melford quería que se celebrara en la iglesia de Mickledean de Somersetshire.

Pero por mucho que sus tías abuelas fueran su única familia, sus amigas de la escuela le eran como mínimo igualmente queridas a Frances. Y si bien Anne pensaba pasar una parte del verano en Cornualles, ni Susanna ni Claudia podían alejarse de Bath ya que en la escuela se quedaban nueve de las niñas en régimen gratuito de las que había que ocuparse.

Le resultaba inconcebible que sus tres mejores amigas no asistieran a su boda.

Y Lucius no opuso ninguna objeción.

«Mientras estés tú ahí, mi amor —le dijo—, yo estaría muy feliz de casarme en un granero de la isla más remota de las Hébridas.»

Y así Frances pudo vestirse para su boda en su conocida habitación de la escuela, el último día que sería de ella, y pudo despedirse en privado de sus compañeras antes que se marcharan a la iglesia y ella bajara a la sala para las visitas, donde la esperaba el barón Clifton, su primo en segundo o tercer grado, para acompañarla a la iglesia y entregarla.

—Frances —dijo Susanna, mirando su elegante vestido nuevo azul celeste y su papalina a juego adornada con flores—, estás preciosa. Y hoy te vas a convertir en vizcondesa. Lo único que puedo decir es que es una suerte que lord Sinclair no sea duque. Te lo intentaría arrebatar.

Rió alegremente de su chiste, pero también tenía lágrimas en los ojos.

—Te cedo tu duque —dijo Frances, abrazándola—. Aparecerá un día de estos, Susanna, te enamorará y te llevará con él.

—Pero ¿cómo me va a encontrar cuando vivo y enseño dentro de las paredes de una escuela?

La pregunta la hizo en tono alegre, pero Frances percibió que Susanna, si bien joven y hermosa, desesperaba tal vez de casarse o de incluso tener un galán.

—Te encontrará —le aseguró—. Lucius me encontró, ¿no?

—Y siguió encontrándote y encontrándote —dijo Susanna, riendo otra vez y haciéndose a un lado para dejar el lugar a Anne.

—Ah, sí que estás hermosa, Frances —dijo Anne—. El vestido y la papalina son bonitos, pero es la felicidad que irradias la que te hace hermosa. ¡Sé feliz! Ah, pero ya sé que lo serás. Este es un matrimonio por amor y te casas con un hombre extraordinario, que te permitirá hacer tu carrera como cantante, que te anima a hacerlo, en realidad.

—Tú también serás feliz, Anne —le dijo Frances mientras se abrazaban—. Lo sé.

—Ah, es que soy feliz. Tengo a David y tengo esta vida. Es muy preferible a lo que tenía antes, Frances. Tengo mi hogar aquí.

Estaba sonriendo y era evidente que encantada por su boda. Pero Frances siempre había percibido un matiz de tristeza detrás de sus cálidas sonrisas.

Sin embargo, en ese momento apareció Claudia en la puerta de la habitación.

—Frances —le dijo—, no sabes cuánto te vamos a echar de menos, querida mía. Pero este no es un día para la autocompasión. Estoy muy, muy feliz por ti, de verdad.

Claudia Martin no era el tipo de mujer dada a los abrazos. Tampoco era del tipo que llorara por cualquier motivo. Pero en ese momento hizo las dos cosas, o si no lloró, lo que se dice llorar, sí le bajaron dos claras lágrimas por las mejillas.

—Gracias —le dijo Frances, cuando todavía la tenía abrazada—. Gracias por arriesgarte y darme la oportunidad cuando yo estaba desesperada. Gracias por hacerme sentir una profesora profesional y una amiga, e incluso una hermana. Claudia, te deseo que seas así de feliz algún día. Lo deseo.

Pero ya era el momento de que las tres se marcharan.

Y poco después llegó el momento en que Frances debía ponerse en marcha hacia su boda en la Abadía.

El grupo congregado no era muy numeroso. De todos modos, era sorprendente la cantidad de personas llegadas de Londres para la ocasión, entre ellas el barón Heath con su esposa y sus hijastros.

Lo más importante, observó Lucius mientras esperaba en la Abadía la aparición de su novia, era que estaban presentes toda la familia y las amigas de ella, entre estas las niñas en régimen gratuito que pasaban las vacaciones en la escuela, cada una con su mejor vestido dominguero, y toda la familia de él.

Sólo un año antes lo habría asustado la idea de desear tener a su familia alrededor.

Sólo un año antes lo habría asustado la idea de casarse.

Y seguro que no habría creído que ese día, o cualquier otro día, iba a celebrar un matrimonio por amor.

Ah, pero la palabra «amor» no tenía bastante potencia.

«Adoraba» a Frances. Le gustaba y la admiraba además de todos los sentimientos románticos y lujuriosos que tenía por ella.

Y de pronto ahí estaba ella, entrando en la nave y avanzando por el pasillo del brazo de Clifton, esbelta y elegante en su morena belleza.

Recordó la primera vez que la vio, de refilón, cuando su coche adelantó al de ella bajo una fuerte nevasca. Recordó la segunda vez que la vio, cuando la sacó de su sumergido coche, una mojada arpía arrojando fuego y azufre por los ojos y la boca.

La recordó preparando el pastel de carne y el pan.

La recordó esculpiendo una sonrisa en su muñeco de nieve y luego retrocediendo a contemplarlo con complacida satisfacción, la cabeza ligeramente ladeada.

La recordó bailando el vals con él, entonando la melodía.

Recordó el momento en que él se detuvo a la puerta del salón de los Reynolds y descubrió que la cantante que tanto había cautivado su alma era Frances Allard.

Recordó...

Pero ya no tenía ninguna necesidad de recurrir a recuerdos para extraer placer. Ese día estaban ante sus familiares y amigos para comprometerse a pasar toda una vida juntos.

Ella ya estaba a su lado, sus muy oscuros ojos iluminados por la maravilla del momento.

Ése era un momento que viviría en toda su plenitud mientras ocurría, un momento que guardaría en su memoria todo el resto de su vida.

Le sonrió, y ella le sonrió.

—Amadísimos hermanos... —comenzó el cura.

La mañana había estado nublada, y amenazaba lluvia. Pero cuando el vizconde Sinclair salió al patio de la Abadía con su flamante vizcondesa cogida de su brazo, brillaba el sol en un cielo azul purísimo.

—Hemos pasado juntos ciertos cambios climáticos extremos, mi amor —le dijo, mirándola—. Pero ahora tenemos sol. ¿Te parece que eso es un buen presagio?

—No es otra cosa que un día hermoso —repuso ella—. No necesitamos ningún presagio, Lucius, sólo nuestra voluntad para coger nuestro destino y vivirlo.

Entonces él la cogió de la mano y echaron a correr por el patio; pasaron junto a una pequeña multitud de interesados espectadores que habían salido de la Pump Room a mirar, pasaron por debajo de los arcos y llegaron al coche que los esperaba, con Peters sentado en el pescante. El coche los llevaría de vuelta a la escuela, donde a ellos y a los invitados les esperaba el desayuno de bodas.

—La sala del teatro ha estado cerrada para mí estos dos últimos días —explicó Frances—. Pero Claudia, Anne y Susanna se han pasado ahí horas y horas con las niñas. Creo que han estado decorándola.

Lucius entrelazó los dedos con los de ella.

—No me cabe duda de que será una obra de arte —dijo—. La admiraremos, Frances, saludaremos a nuestros invitados y seremos felices con ellos. Hoy he cumplido una promesa y mi abuelo ha vivido para verlo. Y hoy hemos hecho muy felices a dos hermanas ancianas, tus tías abuelas. Pero ahora, este momento, es sólo nuestro. Y no tengo la menor intención de desperdiciarlo. Ah, esto sí que es muy conveniente.

El coche acababa de hacer un brusco viraje para entrar en el puente Pulteney, y el movimiento los hizo chocar.

—Mucho —dijo Frances, mirándolo con los ojos brillantes y risueños.

Él le pasó un brazo por los hombros, bajó la cabeza y la besó larga y concienzudamente.

A ninguno de los dos ni se les ocurrió preocuparse de que las ventanillas no estuvieran tapadas con unas cortinas.

El mundo sería muy bien recibido si quería compartir su felicidad.

www.titania.org

Visite nuestro sitio web y descubra cómo ganar
premios leyendo fabulosas historias.

Además, sin salir de su casa, podrá conocer
las últimas novedades de
Susan King, Jo Beverley o Mary Jo Putney,
entre otras excelentes escritoras.

Escoja, sin compromiso y con tranquilidad,
la historia que más le seduzca
leyendo el primer capítulo de cualquier libro
de Titania.

Vote por su libro preferido y envíe su opinión
para informar a otros lectores.

Y mucho más…